文学研究

第八辑

安徽大学网络文学研究中心 ◎ 编

周志雄 ◎ 主编

WANGLUO WENXUE YANJIU

时代出版传媒股份有限公司
安徽文艺出版社

图书在版编目（CIP）数据

网络文学研究. 第八辑 / 安徽大学网络文学研究中心编；周志雄主编. -- 合肥：安徽文艺出版社，2024. 8. -- ISBN 978-7-5396-8160-3

Ⅰ．I207.999

中国国家版本馆CIP数据核字第2024M2T172号

出 版 人：姚 巍
责任编辑：宋晓津　成 怡　　　装帧设计：徐 睿

....

出版发行：安徽文艺出版社　　www.awpub.com
地　　址：合肥市翡翠路1118号　　邮政编码：230071
营 销 部：(0551)63533889
印　　制：合肥创新印务有限公司　　(0551)64456946

....

开本：787×1092　1/16　印张：19.75　字数：300千字
版次：2024年8月第1版
印次：2024年8月第1次印刷
定价：58.00元

....

(如发现印装质量问题，影响阅读，请与出版社联系调换)
版权所有，侵权必究

《网络文学研究》编委会

编　　委（按姓氏音序排列）

　　　　　　陈定家　何　弘　黄发有　黄鸣奋

　　　　　　黎杨全　李　玮　马　季　欧阳友权

　　　　　　单小曦　邵燕君　苏晓芳　桫　椤

　　　　　　谭旭东　汤哲声　王　祥　王泽庆

　　　　　　吴长青　夏　烈　许苗苗　禹建湘

　　　　　　张春梅　周　冰　周兴杰　周志强

主　　编　周志雄
执行主编　许潇菲
主办单位　安徽大学网络文学研究中心

目 录

宏观视野

东亚、东南亚网络文学发展状况
　　——以日、韩、泰为例 　　　　　　　　　　　　　　　何　弘（1）
论网络文学介入现实的路径、问题与突破 　　　　　　　　童　娣（11）
论现实题材网络小说的情节创作 　　　　　　　　　　　　徐亮红（25）
从"互联网+"到"人工智能"
　　——近十年网络文学研究热点回眸 　　　　张慧伦　司淑敏（40）
网络作家的群体划分及其艺术观念 　　　　　　　　　　　江秀廷（55）

跨界研究

网络军事小说题材创新的文学生态性研究 　　　　　　　　李盛涛（73）
权且利用：网络女频文的"盗猎"生产 　　　　　　　　　王婉波（86）
当网络文学的"产生"沦为"生产"
　　——兼论网络文学的"经典性"问题 　　　　　　　　　杨　熹（102）
女尊小说的文学人类学批评
　　——基于结构功能主义的视角 　　　　　　　　　　　余　叙（129）

类型探析

主持人语 　　　　　　　　　　　　　　　　　　　　　　肖映萱（149）
器官的融合怪：大数据下的分众隐喻
　　——以《从红月开始》为例 　　　　　　　　　　　　王　鑫（151）
"理想新人"、类型探索与选择难题
　　——评《穿进赛博游戏后干掉BOSS成功上位》 　　　　黄　蕾（167）

1

历史、丛林与权力关系中的女性
　　——古代言情网络小说的"反言情"主题　　　　　　肖映萱（180）

文学地理
河北网络文学发展报告（2021—2023）　　　　　　　　梦椤等（195）
网络文学的兼类性、地方性与游戏性
　　——"新时代这十年池州长篇小说研讨会"网络小说读札　陈 进（203）

作品解读
网络犯罪心理小说的类型美学探析
　　——以雷米"心理罪"系列为例　　　　　谭旭东　李昔潞（218）
网络玄幻小说主角流动身份的文化隐喻探析
　　——以《诛仙》为中心　　　　　　　　　王 瑜　陆 赟（232）
"大女主"及其裂隙
　　——以希行《大帝姬》为例　　　　　　　　　　陈立群（253）
"创世纪"的尝试
　　——论《我们生活在南京》的科幻书写　　　　　　汪 杨（271）

名家访谈
网络新武侠中的文化传承
　　——藤萍访谈录　　　　　　　　　　　　　王 颖　藤 萍（280）
让未知始终停留在那里
　　——狐尾的笔在北京大学的分享会　狐尾的笔　王玉玊　吉云飞（292）

作家论坛
四组关键词道尽网文创作感悟　　　　　　　　　　　管平潮（305）

《网络文学研究》征稿启事　　　　　　　　　　　　　　　（309）

宏观视野

东亚、东南亚网络文学发展状况
——以日、韩、泰为例

何　弘[①]

摘　要:网络文学已成为中华文化"走出去"的重要载体,随着中国网络文学文本及其 IP 改编作品在海外的广泛传播,中国网络文学的叙事模式和产业模式被一并借鉴,网络文学在海外,特别是东亚、东南亚发展迅猛。日漫、轻小说对中国网络文学的发展曾产生过重要影响,市场潜力巨大,但日本自身网络文学发育相对滞后,进入门槛较高。韩国全面引入中国网络文学运营机制,市场发育成熟,已形成与中国竞争的态势。泰国等东南亚市场对中国网文接受度高,但市场规模总体偏小。本文以日、韩、泰为例考察其网络文学发展状况,并形成了加强中国网文出海的思路。

关键词:网络文学;海外传播;日本;韩国;泰国;发展状况

东亚、东南亚是中国网络文学海外传播的重要市场。近年来,网络文学在东亚、东南亚本土化发展势头强劲。2023 年底,我和中国几家知名网络文学平台负责人到日本、韩国、泰国考察,对网络文学在东亚、东南亚的发展状况有了更为全面、准确的了解。研究分析国外网络文学发展状况,对进一步推动网文出海,促进中国网络文学高质量发展,具有十分重要的意义。

一、日本网络文学市场潜力巨大

目前,日本大概有 100 个网络小说平台,起初以手机短篇小说为主,后来逐

[①] 作者简介:何弘(1967—　),男,河南省新野县人,中国作家协会网络文学中心主任,二级研究员。

1

渐发展成为阅读平台。日本网络小说平台分为出版社运营和IT(互联网技术)企业运营两种,以刊载轻小说和新文艺类作品为主。日本基本没有付费阅读模式,部分通过广告收益获利,多数免费提供展示位,通过实体书出版获利,进而对优质IP(网络作品中具有一定知名度的形象式故事)进行深度开发。

"成为小说家吧"是一家由IT企业运营的平台,前身是梅崎祐辅于2004年创立的个人网站,后来由其本人于2010年实现法人化。目前,"成为小说家吧"是日本最大的小说连载网站,月活用户约1500万人,提供免费阅读,收入来自广告,月均PV(浏览数)约26亿,年收入约10亿日元。"成为小说家吧"上的作品类型包括青春、恋爱、悬疑、时代剧等,现在基本成为"异世界"的代名词。原来,2000年创立的Arcadia是日本最大的小说连载网站,聚集了写RPG(角色扮演)世界观故事的写手,2010年后,用户转移到了"成为小说家吧"。平台的发展使小说的创作、阅读行为发生了极大变化,相近主题小说的阅读和创作者通过网络逐渐发展为社群,小说类型成为兴趣相近群体社交的内容媒介。

出版社运营的平台如Kakuyomu等,开办的主要目的是从中发现好作品进行纸质书出版、漫画和影视改编等。角川书店于1945年成立,1998年11月上市,业务包括出版、影像、游戏、网络服务、教育、周边商品、体验业务以及入境游等。20世纪90年代起进行数字化转型,积极实施"全球媒体混合"策略。2016年,角川旗下网络文学平台Kakuyomu上线运行,采取免费阅读的运营模式。目前月活用户约260万,月均PV约1.9亿,年广告收入约1.2亿日元。平台主办有网络小说大赛等活动,主要目的是发现和培养作者。

讲谈社于1909年成立,是日本最大的综合性出版社及版权持有者,也是日本主要的漫画出版社之一,同集英社、小学馆并称日本出版界的漫画三雄。在全球出版商排名中一直名列前15位。讲谈社的漫画出版及周边开发非常成熟,网文业务只是纸质书出版的辅助,主要是线上招揽人气,没有形成赢利模式。

平台之外,日本的著作权代理业非常成熟。Japan Uni Agency是日本顶级出版著作权代理公司,主要进行纸质书出版和版权代理服务,出版或代理过莫言、贾平凹等中国作家的作品。通过代理机构，作家可专注创作，与出版社、线上平台的协调都不必自己去处理。

对日本网络文学的发展，总体上有以下判断：

1. 日本网络文学发展相对滞后

日本网络文学产业模式和二十年前比基本没有变化，仍然是线上揽人气，线下出版，基本没有采用付费阅读的模式，收入主要来自广告。这种模式导致其类型发育极不充分。比如，异世大陆题材在日本大概十年前兴起，到现在才形成一个新类型。而中国十年前参考日本动漫游戏的创意，不到一年就形成了异世大陆类型并迅速完善。中国网文无限流的鼻祖《无限恐怖》借鉴了日漫《杀戮都市》的创意，不到两年时间即形成一个独有类型，被深度开发。而在日本，无限流还只有零星创作，形不成气候。

日漫的发达，严重压制了漫画以外的文学形式，日本成熟的漫画改动画收割周边的经济模式，也让他们痴迷实体出版，在线付费的模式在日本一直没有形成，网络文学也一直未能独立发展。

2. 日本 IP 开发能力极强

日本的强项在于实体出版及后续周边开发。在森美术馆，我们看到多个展览在同时举办，其中就有《东京复仇者》等漫画的手稿、造型展。而秋叶原的周边市场更是异常火爆。日本人做市场，主要是通过产品开发的精致、极致取胜，而非简单靠量的堆积。日本市场的特点，决定了靠作品数量的扩张来提升传播规模和影响，难以达到预期效果，可行的办法是做好头部作品的推介，与 uni 这样的代理公司深度沟通合作，从实体书出版，根据后续反馈，开发动画并且定制周边产品，充分挖掘头部 IP 的潜力，扩大传播影响。同时，日本的 IP 开发经验，对中国网文平台做好市场深度开发有重要借鉴意义。

3. 日本市场门槛高、潜力大

日本对实体出版极为重视，引进作品都在中国线上很红且已经出版，或者有过其他改编形式并且成绩优秀。晋江等国内平台有很多适合实体出版的高人气作品，加强与日本有关机构的合作，将日本读者喜欢的类型推介出去，通过实体书出版来不断扩大影响。根据日本读者对漫画接受度极高的特点，可进行漫画改编输出,或授权日方进行改编,通过漫画来提升作品影响。

韩国网漫进入日本市场的方法值得借鉴。日本漫画是在纸质期刊、图书的基础上发展起来的,以页为单位构图,所以又叫"页漫"。页漫通常一页有多格图画,阅读顺序是先横向再纵向。但在读屏时代,手机屏幕上同时显示多格图画,阅读体验很差。日本人囿于传统习惯,未能及时做出调整。韩国人抓住机会,适应手机阅读习惯,发展出单格画面从上向下顺序阅读的漫画形式,即"条漫",韩国称为"网漫(Webtoon)",很快打开了日本市场。

韩国进入日本漫画市场这个事例说明,日本成熟的漫画、轻小说商业模式,已经成为其发展的负担和束缚,严重影响其创新发展。日本的商业模式,为进入其市场设置了较高的门槛,但同时也留下了巨大的空间。日本网络文学市场发育滞后,只要找到合适的办法扩大中国网文的影响,进而把我们成熟的商业模式移置过去,完成本土化,一定会实现中国网络文学海外传播规模和市场效益的双丰收。

二、韩国已成为中国网络文学行业的主要竞争对手

网络文学在韩国被称为"微小说",既有类似中国的付费阅读模式,又像日本轻小说市场一样,从实体出版后带来的衍生品开发获利,因此韩国网文市场大体类似日本漫画和中国网文的结合体。韩国最大的互联网平台有NAVER、Kakao、RIDI三家,旗下有相应的网络文学平台。

Kakao Entertainment 是 Kakao 旗下的综合内容子公司,2021年3月由Kakao Page 和 Kakao M 合并而成,主要发行网络动漫和网络小说、投资音乐及音乐发行和制作、经营演员和歌手、制作电视剧、电影和才艺等。腾讯公司持有 Kakao Entertainment 5.14%的股份,因而阅文集团与其有较多合作,相应地,其在网文、网漫方面的经营也相当成熟。但韩国国内市场相对较小,而且开发比较充分,增长空间不大,所以 Kakao 对海外市场开发高度重视,收购 Wuxia World 充分体现了他们的经营理念。

BookPal 是一个网文、网漫平台,主要面向女性读者;2020年7月开始进入

网漫行业，成功引入男性读者。2022年被Naver旗下网上书店排行第一的YES24株式会社收购，网文业务发展迅速。BookPal与晋江文学城类似，目前主要作品为言情小说、网漫，存量作品有6万部小说、3700部网漫，对外授权作品9000部，网文读者超过600万，网漫读者超过2000万，2022年收入800万美元。其母公司Naver网文、网漫月活用户超过3500万。

韩国网络文学发展有以下特征：

1. 韩国用户付费意愿高，网文市场发展快

韩国网络文学产业模式几乎完全承袭自中国，非常成熟，疫情期间增长迅速。韩国总人口5000多万人，网文、网漫用户超过3500万，占总人口的七成以上。目前韩国网文和网漫的市场总规模大约3兆韩元（约200亿元人民币），其中网文收入接近一半。韩国用户习惯付费阅读，一章收费约100韩元，人均年付费额接近1000元人民币，是中国用户的10倍以上。

2. 韩国网文的海外市场开发已显露与中国的竞争态势

韩国的国内市场不足以支撑其网文和网漫业务的持续发展，在市场近乎饱和的情况下，比中国更强烈地关注海外业务的开发。Kakao自2018年开始海外业务以来，在北美有Radisk平台，主要面向女性读者；Tapaz主要面向男性读者；收购了Wuxia World，直接继承了其在北美的传播优势；在日本有Picoma平台；在泰国、印尼也开展了相关业务，发展很快。Kakao计划在北美重点发力，认为做付费业务占据日韩和北美市场就会占据一半以上的高付费意愿的用户群体。

Kakao收购Wuxia World后，这家原本以翻译发表中国玄幻、武侠类网文为主的平台，韩国本土网文已和中国授权网文基本持平。加上韩国网文尺度相对较大，色情、暴力、亚文化等元素在海外相对容易传播。这些因素叠加，我国网文在传播影响力上的优势渐渐减弱。同时，韩国平台海外拓展的主要区域也集中在北美、东亚、东南亚，与我们基本重叠，成为中国网络文学海外传播的直接竞争对手。

3. 韩国网文IP开发潜力巨大

韩国有成熟的偶像剧制作经验，其网文发展一开始就和网漫紧紧联系在一起，Kakao Entertainmen 本身就是综合性娱乐公司，旗下有一大批演员和偶像，粉丝经济非常成熟。目前韩国网文市场，由文字转为漫画，再转换为动画或者影视剧，再进行作者或者角色见面会等，整个商业模式基本形成。同时像 VentaVR 这样的新公司，在 VR 制作方面技术领先，已开发出多种产品，未来介入网文 IP 元宇宙开发等，潜力巨大。但目前韩国本身网文内容不足以支撑整个产业链，中国网络文学自身拥有内容优势，可以借机拓展传播形式，扩大传播规模。

4. 对韩网文输出依然有较大空间

韩国网文市场虽然发展很快，但在内容创作方面与中国相比，仍然有不小的差距，对创意本身的深度开发能力不足。因此目前韩国网文大规模进入中国市场的可能性不大，相反中国网文进入韩国市场，只要找准题材类型，相对容易。韩国网漫用户占比很高，影视剧观众群体庞大，中国网文 IP 改编许多影视剧正在播出，《天官赐福》《魔道祖师》等在韩国很受欢迎。所以，中国网文 IP 输出空间相对较大。同时，韩国企业拓展海外市场，需要大量优质内容，中国网文通过韩方平台向海外传播，也存在较大合作空间。

三、泰国网络文学市场发育成熟

泰国最大网文企业 Ookbee 公司 2011 年成立，专注于泰国电子书市场，旗下有 Fictionlog（从外国引进作品）、Tunwalai 等网文平台及 WebCom（主要做中国漫画）等，不仅有泰国当地原创内容，也是中文翻译作品的代表性平台，目前在泰国、越南、菲律宾和马来西亚开展业务。Ookbee 月活跃用户约为 500 万人，全年总收入约为 240 万美元。Ookbee 和 Ookbee U 目前共同为超过 1000 万用户提供服务，线上年收入约 1 亿美元。

腾讯公司持有 Ookbee 公司 33% 股份，阅文集团持股 13%，是其第二、三大股东。因此，Ookbee 和中国合作密切，市场是考量的唯一因素。

综合来看，泰国网络文学发展有以下特点：

1. 泰国网文市场发育成熟

泰国与中国网文市场接轨早、联系密切,有比较完备的网络文学平台。除实体书出版外,在线电子销售及有声业务都有开展。Ookbee 是泰国最大的网文公司,旗下的 fictionlog 引入了大量中国网文,和中国多家平台有长期合作。

泰国有大量华侨,自古以来受中华文化影响较大,认同感很强。从实体书出版到线上阅读,中国网文多类型在泰国都有不少读者。2023 年 12 月份 fictionlog 上排名前五的作品里面有四部是纵横文学的作品。泰国女性读者偏爱古代言情题材,喜欢大女主、穿越等类型,很看重感情线。男性偏爱武侠、修仙等类型。不论什么题材,电视剧火了的,小说也会跟着火。

2. 泰国读者付费意愿和能力相对较弱

泰国网文市场男女读者的比例大体相当,但主力付费用户是男性。受泰国整体消费水平和阅读习惯的影响,用户付费意愿不强,付费额偏低,整体付费规模不大。在其他国家,网文付费用户中的一半以上为女性,但泰国女性消费能力比想象中的差,影响了泰国市场总付费规模。免费阅读模式在泰国用户接受度高,但受市场总体规模限制,广告收益不足以支撑业务开展。

3. 泰国读者对知名作者忠诚度高

与很多国家读者只关心作品是否好读,不关心作者是谁不同,泰国读者比较认作者的知名度,对知名作者的忠诚度较高,后续作品会受到持续追捧。12 月份 fictionlog 上排名前五的四部中国网文作品,除烽火戏诸侯的《剑来》外,其余三部都是萧瑾瑜的作品。

泰国读者对作者的忠诚度高,组织中国知名作者到泰国举办讲座、召开读者见面会等形式,可有效扩大中国网络文学在泰国的影响,进而带动更多作品的传播。

4. 对泰输出的优势及增长点

中国网文对泰输出渠道顺畅,纸质书出版和线上阅读都有一定规模,应继续加强。目前中文译为泰文的翻译成本大概是每个字 0.25 泰币,即千字 50 元人民币。随着 AI 翻译的成熟,中国网文对泰输出规模会进一步扩大。

中国网文改编影视剧在泰国很受欢迎,影视剧走火会反向带火原著。加大网文 IP 改编作品的输出，不仅可以延长产业链，扩大市场规模，对网文本身也有很好的促进作用。泰国最大的网文平台 Ookbee 目前对开发短剧市场兴趣很高，泰国本身又没什么短剧可看。将中国短剧输出泰国，在 Ookbee 平台播出，或与泰方合作制作短剧，是一个新的增长点。

四、对做好网文出海的几点思考

分析研判日本、韩国、泰国网络文学行业的发展状况，做好中国网络文学海外传播，可重点做好以下几个方面的工作。

1. 强化政策支持

网络文学海外传播，面对的国情各有不同，平台各自为战，容易造成资源的浪费，而且传播效果欠佳。发挥各平台的优势，实现资源共享、优势互补，已成当务之急。

日、韩等国都有推动本国文化产业发展的法律法规，并提供一定的财政资金促进文化产业发展和文化输出。我国也应尽快出台网文出海的相关扶持政策，并设立专项基金，拉动网络文学平台的海外发展，为网络文学走向世界提供政策保障。

2. 精准施策

不同国家的读者文化背景、审美爱好等各有不同，对作品题材类型的爱好、阅读方式的选择也不同。中国网络文学想要在海外有更好的传播效果，必须针对不同国情，精准施策，特别是面向海外"Z 世代"做好有针对性的精准传播。

日本认可引进纸质书，可以将更多头部作品，特别是日本读者喜爱的恋爱、悬疑、历史等题材作品推介给相关出版机构，或通过 UNI 等代理公司进行纸质书出版。漫画在日本读者群庞大，可以将作品改编为漫画传播到日本，或将作品漫画改编权推介到日本。通过向日本读者推送纸质书、漫画，逐步扩大中国网文的影响，择机将中国网络文学的产业模式引入日本，提升中国网络文学在日本的传播度。

国内目前发展快速的免费阅读模式,在人口基数大但发展欠发达的地区较为适合。韩国读者付费意愿强,但其自身原创能力不足,可将更多类型的中国网文作品及其改编漫画,翻译成韩文发行到韩国的Kakao page等平台上,通过收费阅读模式获得较高收入。

泰国对中国网文接受度高,对作者忠诚度高,可将知名作家的作品进行从线上阅读、实体书、IP衍生品的立体投放。

3. 做好本土化

要鼓励和支持网络文学平台"走出去",引导重点网络文学企业加大在国际传播方面的投资,参与全球资源整合,扩大网络文学国际传播规模和效果。中国网文平台在对象国落地完成本土化,或收购、参股当地公司,当有效规避许多风险,提升传播效能。

Kakao明年海外业务主要发力点还是北美地区,付费用户占比虽少,但是付费金额很高,高于奈飞的平均付费金额的级别,中国网文平台可加强与KaKao旗下平台合作,包括通过Wuxia World向美国等市场投送,也可借用其Tapaz、Picoma等平台向多国投送。通过Ookbee旗下平台,可将作品向其他东南亚国家投送。

4. 加强微短剧等IP开发

韩、泰、日三国市场有个共同的特点,就是有影视、动漫等改编的作品,文本也同样会受到读者的喜欢。加强IP开发,不仅可有效延长对外传播的产品链,对文本阅读也有反向推动作用。

网络微短剧是种新型的网络文艺样式,目前,韩国、日本都没有专门的公司开展相关业务。泰国OokBee准备重点发展短剧业务,并借鉴中国公司的模式。OokBee公司非常愿意和中国公司合作,我们可以利用这一新型样式,拓展海外市场。

5. 加强对外交流

目前,"网文出海"整体上较为粗放,对海外市场了解不足,作品、产品不够精细。组织网络作家、平台负责人等进行海外受众和市场调研,了解对象国的市场状况、用户偏好等,对做好网文出海十分重要。像泰国这样对读者忠诚度高的国家,组织作家去举办讲座、读者见面会等,可迅速扩大作家作品的影响,提升传播效果。

论网络文学介入现实的路径、问题与突破

童 娣[①]

摘 要：网络文学是否介入现实，并不以其是否书写现实题材为依据，也不以其是否严格遵循现实主义创作方法为旨归，而在于作者植根现实的创作理念与作品中呈现出的现实情怀、现实精神与现实品格。根据网络文学介入现实的路径差异，可以将网络文学的现实书写分为模仿性介入与隐喻性介入两个维度。部分网络文学的现实书写呈现出政策的图解化、题材的同质化、叙事的模式化、人物的脸谱化等倾向，阻碍了网络文学现实精神的深化与艺术性的提升。网络文学介入现实需要警惕将现实主义过度意识形态化，忽视现实主义的批判性；以所谓的"时代共情"放弃对"后真相"时代大众的启蒙；爽感机制造成的"美学的脱身术"等问题。

关键词：网络文学；介入现实；现实主义

随着新时代文学的转型，网络文学如何关联与介入现实，发挥与时代同频共振的功能，参与时代精神建构，捕捉与回应大众的普遍情绪成为其迭代转型亟须解决的问题。

网络文学的介入现实大体可以从现实题材、现实主义创作方法与现实情怀三个维度进行甄别与把握。现实题材是指以现实的社会与人生为表现对象，具有浓郁的时代感与深刻的现实性的题材类型。有些作品虽然不直接描写现实，却以幻想、隐喻、变形等方式比附现实状况、提炼生活本质、穿透时代情绪、把握时代精神。这种非现实题材却有着强烈的现实精神与人文情怀的

[①] 作者简介：童娣（1982— ），女，江苏扬州人，博士，南京晓庄学院教授，研究方向为中国现当代文学。

作品理应纳入现实性网络文学的范畴。正如有研究者所说的"具有奇幻叙事特征的网络文学展现出特殊的现实品格,即使是非现实题材的作品也可能抵达现实主义所追求的真实、真相或真理"[①]。现实主义作为一种创作理念与方法,强调客观真实地反映现实社会与人生、塑造典型环境中的典型人物、重视细节的真实、符合时代特征与社会历史的发展规律。现实主义经由批判现实主义、社会主义现实主义与无边的现实主义的发展,到网络时代,建构出有学者认为更为深刻独特的"网文现实主义"[②],彰显了现实主义的时代新质。少数基于网络文学的想象力与爽感机制的作品尽管没有遵循现实主义方法,却始终以现实精神为落脚点,反映多元变动的社会历史文化生活、回应当下人的审美诉求与心理期待,体现了网络文学介入现实的新维度。因此,网络文学是否介入现实,并不以其是不是现实题材为依据,也不以其是否严格遵循现实主义创作方法为旨归,而在于作者植根现实的创作理念与作品中呈现出的现实情怀、现实精神与现实品格。

一

网络文学作者何常在将网络小说中的现实分为"重现实""轻现实"与"超现实"三种类别,并从创作内容和读者定位层面对三者进行区分。他认为重现实"再现时代的波澜壮阔,反映社会的巨大变迁",轻现实"更多关注个人命运和感情",超现实"带着'外挂'在类似现实的平行空间大展宏图","但本质上讲,还是脱离了真正的现实"[③]。正如20世纪五六十年代习惯将题材分级,认为革命历史与重大现实题材必然优于家务事、儿女情题材,这里"重现实""轻现实"的等级区分多少有轻视"轻现实"的倾向。此外,超现实是否脱离了真正

---

① 胡疆锋:《通向及物的现实主义——论网络文学的现实转向》,《社会科学辑刊》2021年第1期。

② 夏烈、段廷军:《网络文学"无边的现实主义"论——场域视野下的网络文学现实题材创作20年》,《中国文学批评》2020年第3期。

③ 何常在:《"重现实"题材的创作难点》,2021年7月30日,见 https://www.chinawriter.com.cn/n1/2021/0902/c441011-32215823.html。

的现实,还是可以看作现实的另一重向度也值得进一步商榷。无独有偶,有研究者将网络文学的现实主义分为社会主义现实主义、民间现实主义与网文现实主义,认为"这三元并置的网络文学现实主义景观","它们从文化层次、美学层次上各有对应的功能与合理性,同时也是网络文学所代表的新型文化场域内主要力量的作用及合力矩阵的结果"[①]。这一区分从场域视野的维度注意到政治资本、经济资本与文化资本对网络文学的深层影响。政治政策、资本运作、大众文化心理诉求、精英读者的审美期待等从不同维度影响了网络文学与现实发生关联的方式。这一区分更为符合网络文学的创作实际,却有套用布尔迪厄场域理论的倾向,一方面未充分考虑到三者之间的交融现象,另一方面未能进一步挖掘社会主义现实主义在网络文学中的时代新变、民间概念的多元混杂以及虚拟文本与现实映射的关系等问题。

摆脱题材等级论以及外部影响机制的区分,根据网络文学介入现实的路径差异,可以从模仿性与隐喻性两个维度对网络文学的现实书写做出区分。模仿性介入侧重对社会现实的描摹、介入、预言甚至革新,具有时代特征的政治、经济、思想文化,拥有清晰辨认度的日常生活场景等构成了模仿的基础。隐喻性介入采用虚拟现实的形式,其叙事的焦点是充满奇幻色彩的想象世界,强调以幻想的形式实现对现实的折射。

模仿性介入侧重对社会外部形态的描摹、对社会历史的洞察以及对时代变化规律的揭示,试图以文学的形式记录、参与社会变革的进程与文化实践。就个人与时代的关系而言,全景式的社会结构、时代公共议题是模仿性文本呈现的核心,个人是特定时代不同面向的代言者与承载者。作为现实题材热点的行业文,是模仿性介入现实文本的典型代表。行业文作者往往具有天然的职业背景优势。他们关注行业热点,结合自身的行业经验,涉及工业制造、航天航空、医学、经济、消防、警察、律师等职业体系。专业概念的知识性、行业揭秘的趣味性、行业人的使命感成为行业文在网络类型小说中占据一席之地的重要原因。铁路行业文《铁骨铮铮》的作者我本疯狂曾在一线铁路系统工作八

[①] 夏烈、段廷军:《网络文学"无边的现实主义"论——场域视野下的网络文学现实题材创作20年》,《中国文学批评》2020年第3期。

年多,《关键路径》的作者匪迦是航空航天业专家,医学行业文《谁动了我的听诊器》作者凝陇是一名麻醉医生,外交行业文《蹦极》的作者卢山两度出任驻外大使。这类行业文往往能以小见大,反映特定行业发展变迁,贴近当下现实。行业文类似雷蒙·威廉斯所说的"社会纪实小说","社会描写的功能实际上享有优先考虑的特权"[①]。当然,并非所有作者都有足够的生活经历与行业经验。一些作家也借助书籍与实地采访等,强化现实生活的细节,营造现实代入感。

网络职场、都市、青春校园等题材小说中,人物的职业成长与情感欲望占据叙事的核心地位,更接近雷蒙·威廉斯所说的"个人小说"。区别于行业文对行业景观的描摹,职场生存环境与运作机制构成了职场小说的现实底色。人物的行动主要体现在对职场生存法则和信条的演绎,人物的思想简化为对职场经验的总结。在《夺单》《杜拉拉升职记》《圈子圈套》《米娅,快跑》等职场小说中,由职场关系学、职场人的生存境遇以及都市消费文化景观构成职场文的主要叙事内容。柳翠虎的职场言情小说《装腔启示录》中,唐颖和许子诠的职场与恋爱装腔,既体现职场对年轻人的职业规训,也呈现了职场男女恋爱的极限拉扯。正如雷蒙·威廉斯所说的:"在个人小说里,社会则是人物的一个方面。""在最高的现实主义中,基本上是从个人的角度来看社会,又从社会的角度——通过各种关系——来看个人。"[②]如果说行业文侧重从个人的角度描摹社会,职场文则侧重在社会关系场中呈现时代大背景下职业精英与普通大众的生活境遇、思想观念、心理与情绪的律动,映射时代和社会对个体命运的影响。

"社会纪实小说"与"个人小说"从相反的维度传达社会与个人的关系,体现了文学对现实生活的模仿。隐喻性介入则遵循幻想叙事法则,典型的如玄幻小说、科幻小说等类型。这类作品既包括浦安迪所说的"可辨认的日常生活

---

① [英]雷蒙德·威廉斯:《漫长的革命》,倪伟译,上海:上海人民出版社,2022年版,第370页。
② [英]雷蒙德·威廉斯:《漫长的革命》,倪伟译,上海:上海人民出版社,2022年版,第370页。

场景",更涉及"奇幻的想象世界"①。"它借助奇幻叙事或超现实叙事,让读者快速看清世事和事情的清晰全貌,让读者转换视角重新打量早已熟悉的社会,深刻体会社会的相对性与历史的改造力量,以'陌生人'或'局外人'的眼光重新审视其所置身的狭小空间,唤醒了'好奇的能力','获得了新的思维方式,经历了价值的再评估'。"②隐喻性介入尽管不直接描摹现实,却以其独特的想象视角抵达更为深层的现实。

"科幻现实主义"的提出体现了文学对科技和社会现实的双重思考。"科幻现实主义中的'现实主义',意味着中国科幻文学以立体的视角宏观地把握现实。这里的现实不仅是物理、具象、实在层面的现实,还包括虚拟、数据、意识、非人类、精神等维度的现实。"③科幻现实主义一方面拓展了现实的边界、融入了对未来虚拟世界的思考;另一方面对现实进行反思并从未来的角度提供了创造性的解决方案。天瑞说符的《我们生活在南京》是一部典型的科幻现实主义作品。小说中既有对现实世界的精细描摹,更有对科学幻想世界的深度建构。现实世界以男主人公白杨所生活的 2019 年的南京为背景,小说对新街口、南京图书馆、人寿广场、玄武湖、紫金山、苜蓿园大街、月牙湖公园等南京地标性景观细节的熟稔与精细描绘体现了地方性写作的特点。科学幻想世界则是女主人公半夏所生活的 2040 年的南京,2024 年的南京呈现为被原始文明覆盖的末日景象。小说的现实隐喻功能体现在三个层面:一是凸显末世拯救过程中的中国精神与中国力量。这既是对西幻小说中西方主导模式的反拨,同时也是对新时代中国航天技术、军工力量的确认以及对中国在世界格局中的地位与担当的呈现。二是在普通人与时代、世界关系的定位中,强调个体在拯救世界过程中的使命、责任与担当。无论是高三学生白杨还是末日幸存者半夏都是普通人,特别是半夏,拯救末世本与她毫无关联,并且拯救计划的实施

---

① [美]浦安迪:《前现代中国的小说》,见《浦安迪自选集》,刘倩等译,北京:生活·读书·新知三联书店,2011 年版,第 103 页。
② 胡疆锋:《通向及物的现实主义——论网络文学的现实转向》,《社会科学辑刊》2021 年第 1 期。
③ 孟庆枢:《科幻现实主义的多重意涵》,《中国文学批评》2022 年第 3 期。

极有可能意味着自己的消亡。但他们借时光慢递通力合作,实施末日拯救计划。在白杨与半夏身上,体现了人类的倔强、智慧与勇气。除了主人公,无线电三人小组的团队参与,呈现出普通人的团结与情谊。三是对当下社会人与人之间从陌生到亲密的情感关系的模拟。对南京的共同情感、勾连起处于不同时空的两个主人公的情绪脉络,使他们从防范、犹疑到信任与依赖。尽管《我们生活在南京》淡化了一般网络小说中惯用的两性情感模式,却为"数字化孤独"时代亲密关系的重建提供了可供参考的路径。《我们生活在南京》以科幻的形式增强了对社会现实的描述,传达对现实的忧虑与困惑,起到警示现实的作用;同时又以深厚的人文情怀穿透现实,烛照人类文明的未来。

"科幻就是一种方法,让我们用疏离、无限复杂、变动不息的方式来理解世界和自己。世界可以不是一种现实,而是一种高密度的科幻。"[1]如果说科幻小说是对高密度现实的隐喻,以陌生化的方式呈现人类当下与未来生存的内在逻辑,那么玄幻小说更为重视在异于现实的幻想世界中表达对现实的曲笔与反讽,即以幻写实,彰显其批判性的文化功能。

"网络文学拓宽了现实主义的边界,它将虚拟现实通过一定的玄幻叙事在文学世界中再现出来,展现出的超现实图景还是来源于现实,最终表现的是现实的诉求。"[2]网络玄幻小说中常见的底层逆袭,一方面固然是爽文机制的内在要求,另一方面也是对现实社会的真实反映与想象性释放。爱潜水的乌贼《诡秘之主》尽管采用克苏鲁神话题材,却可以看作现实世界中的寓言。《诡秘之主》中,爱潜水的乌贼虚构了一个蒸汽朋克背景下的魔法世界,并创造了二十二序列图,通过对非凡特性三大定律的设定以及"序列""锚""扮演法"等概念的阐释,接通了现实社会的人物关系与生存法则。非凡特性三大定律包括非凡特性不灭定律、守恒定律与聚合定律。"序列"体现的是资源的多寡、权柄的大小与地位的高低,"锚"体现了普通人对非凡者的认可,"扮演法"是非凡者获取社会认可与消除魔药消极影响的方式。人物为了晋升为非凡者需要拿到并

---

[1] 宋明炜:《在摹仿论的废墟上,如何建立真实性——科幻诗学问题与当代文学的知识论》,《南方文坛》2023年第6期。

[2] 禹建湘:《网络文学写作凸显现实题材转向》,《中国社会科学报》2023年9月4日。

服用"魔药"。而魔药既意味着更好的身体素质、高级的魔法、更大的权柄,又意味着发狂、变形的风险,普通非凡者既渴望快速升级又要防止失控。正如邓恩所说:"我们是守护者,也是一群时刻对抗着危险和疯狂的可怜虫。"主人公克莱恩对"扮演法"及其规则有着深刻的理解,他认为规则中最重要的一条是晋升可以代表更大的责任,"晋升是为了更好地为女神效劳,更好地守护善良的信众,记住这一点,就能抵抗失控的诱惑——记住,是诱惑。"小说中克莱恩与阿蒙的交锋,体现的正是以责任、爱与信仰为锚与以自身为锚的两种人生选择。小说一方面以批判现实主义的笔法影射了残酷的世界真相;另一方面又以人道主义的笔法,强调个体道德选择的人性内涵,彰显了人性的光辉。克莱恩的形象,正如有研究者指出的,"是一个从被启蒙到饱经考验并最终长大成人、背负了守护世界重任的平凡英雄"[①],爱潜水的乌贼在克莱恩身上映射了当下青年自我角色的认知、定位与期待。

隐喻性介入文本以想象与虚构的方式介入现实,丰富的想象、深度的隐喻强化了小说的现实主义生命力。"幻想性的网络文学,提供一个看似与触目所及的现实世界毫不相干,其实却时时指向现实、映射当下的文本世界。"[②]网络文学对虚拟现实与隐喻现实的书写应当引起足够的重视,从而避免以单纯模仿的形式窄化现实与浅表化现实。

二

随着新时代网络文学的发展,网络文学主流化成为一个重要的发展趋势。这种主流化倾向包括将网络文学纳入主流文学排行榜、主流文学评奖体系等。2023年,中国作协网络文学委员会推出了"新时代十年百部中国网络文学作品榜单",就榜单所选作品以及专家评语来看,"把握时代脉搏""坚持人民立场"是网络文学评奖的重要标准。正如研究者所指出的,"网络文学以独特的笔法

---

① 张永禄、陈至远:《〈诡秘之主〉:数字化时代平凡英雄的成长镜像》,《南京师范大学文学院学报》2023年第1期。

② 许苗苗:《描形与会意:网络文学中的幻想和现实》,《中国社会科学报》2023年9月4日。

反映改革开放以来取得的重要成就,集中表现在工业、科技等领域,建构起'工业流''技术流''机械流'的叙事模式。"[1]工业流代表作品如齐橙的《材料帝国》《大国重工》《工业霸主》、任怨的《神工》、给您添蘑菇啦的《超级电力强国》、志鸟村的《超级能源强国》等。这些作品普遍以重生或穿越的形式聚焦中国的工业科技崛起之路,穿越或重生元素的运用为重审中国现代性的发展提供了别样的视角。

除了工业题材,书写新时代山乡巨变的乡村振兴题材也成为网络文学争相追逐的热点。"新时代山乡巨变创作计划"从官方层面确认了该类题材的前沿性与主流性。网络文学作家何常在的《向上》入选该计划,该计划强调将文学发展放到中国式现代化进程和中华民族伟大复兴的历史使命中看待,以文学的方式回应时代变革。《向上》以雄安新区建设为背景,将主人公的命运变化与乡村的时代变迁相结合,挖掘新时代乡土内涵、外延的转变,展现时代拓疆者们的成长蜕变及拼搏"向上"的精神风貌。《向上》的成功为网络文学书写新时代山乡巨变提供了有益的借鉴。同时,莫贤的《稔子花开》、三生三笑的《我不是村官》、童童的《大茶商》《洞庭茶师》、姚璎的《野马屿的星海》等作品书写青年返乡创业,以特色乡村产业助力乡村振兴,以科学技术精准扶贫,开掘乡村传统文化的现代性转化,弘扬当代青年的拼搏与担当精神。

然而,网络文学主流化过程中,一些创作主体出于投机心态,"一窝蜂"转向现实题材,选题式写作与评奖化写作现象较为突出。一些作者对现实的描摹不是对时代变化的敏锐把握,而是对热点题材的跟风。一些作家缺乏生活经历与真实体验,照搬新闻材料和热点事件,对现实进行浮光掠影的表象呈现。

"工业"叠加"帝国""大国""王朝"等关键词,成为网络文学创作的主流题材,如《工业之动力帝国》《帝国重器》《智能工业帝国》《超级电子帝国》《动力王朝》《大国航空》《大国重坦》《机电帝国》《重生工业帝国》,甚至出现了将修真与工业硬性结合的《修真大工业时代》。工业强国、民族腾飞的政治主题以

---

[1] 黄发有:《现实题材创作的收获与挑战》,《文艺报》2024年1月24日。

及大国工匠的形象设定符合主流文学的期许,彰显了民族自信与强国情怀,重生主人公的产业升级、技术革新与工业领域的攻城略地又符合爽文的叙述法则。

与此同时,白领辞职返乡、逆行也成为网络文学的热点,出现了《辞职后,我回村赚麻了》《辞职后,我回老家去种田》《辞职后我回乡种田创业》《自贫困山村出发:我的崛起之路》《我有远古神木空间》《桃源仙村》《辞职返乡,继承一座宝藏山》等返乡文。区别于纯文学的知识人返乡叙事对乡村世界的现实观察、对乡村出路的探寻以及对身份认同焦虑的书写,这些作品的主人公往往在城市失意受挫,意外获得"天工开物""振兴乡村""家园"系统或随身空间,辞职回乡借助系统种田并获得个人成功。这类网络返乡小说,并不致力于对乡土世界真实性的发现,而是将虚拟性的乡村空间作为人物个人成功逆袭的试验场。

叙事层面,上述工业与返乡题材的网络小说往往过度倚重奇观化叙事技巧。诚然,现实倾向的网络文学区别于传统纸质作品的网络化,金手指、打怪升级、换地图等网文常用手法的恰当运用是增强网络文学奇观化与趣味性的重要手段。然而,这种奇观叙事通过对现实的收缩、挤压、变形来营造奇观化的叙事效果,阻碍了文学向现实生活的敞开与掘进。

无论是工业题材我本疯狂的《铁骨铮铮》,还是乡村振兴题材童童的《洞庭茶师》的成功,都离不开真实的生活体验和对人物的熟稔。这些作品摆脱了故事与人物的向壁虚构、凭空捏造,作家创作前通过搜集素材、实地考察、探访以及追踪人物原型的方式,扎根现实、深入生活,使得作品具有现实性与真实感。真实元素使得其作品能更好地反映时代面貌与人物精神。然而,一些工业和乡土题材的网络小说,是人物的身份与活动场景具备工业与乡土题材特点,其叙事本质依然遵循的是网络文学的游戏逻辑。从文学的现实功能来看,这些作品还未能真正在新时代科技变革与乡村振兴实践中发挥积极功能;从文学的审美功能来看,也未能对新时代工业美学与乡土美学的建构起到根本性作用。这类文本无论是对现实社会的理解还是对人性的洞察都呈现出隔膜与疏离的状态。

现实主义强调塑造典型环境中的典型人物。这类作品往往根据哲理和道德原则塑造人物,主人公往往具有道德化与英雄化色彩。《铁骨铮铮》中的王忠国、刘建、吴振涛实现了道技合一的代际传承,与作品中尸位素餐的反面人物形成鲜明对照,表达了作者对时代理想人格的想象与询唤。这类人物致力于塑造符合新时代精神的新人形象,发挥新人与英雄"典型"的政治表达功能,符合新时代关于文学价值与文化转型的引导和定位,强化与巩固新时代意识形态的价值整合和认同建构,重建了文学与社会、时代的联系。

然而,一些现实题材的网络小说,刻意生硬立人设,将人物作为时代观念与情绪的承载体与符号,人物普遍刻板与类型化,缺乏鲜明的个性特征,抽空了其现实内涵与灵魂深度。这类作品中的人物命运轨迹遵循"低开高走"的爽文逻辑,如《神工》中的郭泰来一开始疾病缠身,《重生工业帝国》中的金小强出身草根,人物在前期往往遭受各种困境与打压。尽管人物通过"打怪升级"的方式完成了草根逆袭,但这种升级往往只是外在实力的提升,而非人物的成长与性格逻辑的发展。

尽管现实题材的网络文学也陆续出现了一些优秀之作,但政策的图解化,题材的同质化,叙事的模式化,人物的失真化、定型化、脸谱化等叙事倾向阻碍了网络文学现实精神的深化与艺术性提升。

三

一些网络文学作品打着现实题材的旗号,也大体遵循现实主义的一些原则与方法,却误把采用现实背景或书写现实场景当作现实精神或情怀,作品内容缺乏现实根基,人物关系与情感违背现实逻辑,呈现为脱离现实、粉饰现实、遮蔽现实的伪现实主义。这种伪现实主义具体表现为:将现实主义过度意识形态化,忽视现实主义的批判性;以所谓的"时代共情"放弃对后真相时代大众的启蒙;爽感机制所造成的"美学的脱身术"对现实功能的弱化。因此,网络文学介入现实需要警惕上述三种伪现实主义的倾向,并从中寻求突破的路径。

一是警惕网络文学中现实主义的过度意识形态化。从网络文学的现实题材征集、评奖来看,意识形态对网络文学的引导与规范日趋显著。新时代网络文学打破一味娱乐化格局,体现出把握时代脉动、呈现民族国家文化想象、扎根土地与人民的主流化的倾向,"既承接了社会主义现实主义的叙事话语,又呈现出朴素的民间伦理与主流价值观的结合"①。然而,当网络文学一味沉湎于这种被引导与规训的现实与"非虚构"时,其所呈现的现实是悬浮与空洞的。"如今一种被重重意识形态包裹着的现实主义又逐渐开始冒头,这是创新还是篡改呢?……我以为这种变异的现实主义创作方法是一把双刃剑,游走在颂词与唱诗之间,就决定了其作品不能承受历史之轻的归属。"②这种过度意识形态化的现实主义一方面丧失了现实批判精神,消解了文学的主体干预色彩;另一方面也使得网络文学不能有效适应与对接大众话语,影响了其对时代精神的呈现、对社会思潮的引领与对价值认同的塑造。

二是警惕以所谓与大众的共情,忽视对后真相时代大众的启蒙。有研究者指出,网络文学的现实题材要强调时代共情,挖掘客观真相背后的主观现实,这种主观现实主要涉及时代情绪和主体情感之间的同频共振。"那些都能将大众日新月异的生活中闪现的微弱悸动、诞生新兴源泉以及怀揣的多样情感以不同的创作路径于文学作品中充分呈现,并达成'时代共情'的,或许都应视为现实主义文学的一种。"③这一观点可谓对网络"现实"的拓展与深化。然而,应当进一步追问的是,在一个体验现实、媒介现实占据主导性地位的后真相时代,网络文学所达成的"时代共情"是否只是一种虚妄的真实?网络文学成为后真相时代"情绪传播"的集散地,通过对时代情绪的强化获得大众的认同。网络文学作者同样受到信息茧房的圈禁,形成一系列的认知误区和对真相的遮蔽。网络文学成为情绪的载体,情绪的真实性与合理性不是网络文学考虑的范畴,一些作者理性缺位,强化不同群体的对立,加剧社会的撕裂。网络文学作者呈现的现实正如英国学者赫克托·麦克唐纳在《后真相时代》提出的"竞争性真相",或失之片面,或流于主观,或被过多裁剪与加工。"后真相时

---

① 桫椤:《网络文学中的乡村想象与叙事策略》,《中国文学批评》2021年第2期。
② 丁帆:《寻觅现实主义文学的路标》,《文艺争鸣》2022年第1期。
③ 张学谦:《网络文学的"真实"与"现实"之辩》,《文汇报》2024年1月6日。

代的'泛感性化'（政治的感性化/美学化、感性/美学的政治化）、意识形态、文化霸权的感性/审美维度、生态与人类感性化的大趋势。从大历史的角度来观察，今天全球都面临着民粹主义和民族主义情绪泛滥的困境。"①网络文学所反映的现实不是或不仅仅是创作主体体验的现实，而是经由主流政治与大众媒介加工后的政治现实与媒介现实的艺术虚构。网络文学中狭隘民族主义与民粹主义思潮的泛滥正是对这种大众时代情绪不加审视与批判的迎合。《幸福的小农民》《随身装着一口泉》《山洼小富农》《桃园山庄》等对乡土田园牧歌的书写回避了真实的"三农问题"。《平民寻仇记》《极品小村医》刻意强化对官员、富人和知识分子的对立情绪，表现出极端平民化与反精英化的民粹主义倾向。《最强兵王》《终极猎杀》等网络军事题材小说对"犯我中华，虽远必诛"的华夏战神的刻画以及"华夏拯救世界"的叙事逻辑迎合了网络中盛行的狭隘民族主义情结。正如塞缪尔·约翰逊所说："之所以要教导这些人，是因为他们欢乐的头脑里没有思想，很容易迷信自己的印象；因为他们没有固定的原则，很容易顺从流行的风气；因为他们没有亲身的经历，其后果是很容易接受每个虚伪的劝告和带有偏见的叙述。"②一些网络文学作品非但没能对这种后真相时代受引导的情绪起到纠偏作用，反而加剧了这种傲慢与偏见。

无论是西方的启蒙运动时期还是中国的五四时期，情感在人性与社会启蒙中承担了重要的角色，是人格独立与社会批判的媒介与表征。然而近年，网络言情与职场等类型小说中普遍呈现批评"恋爱脑"的反浪漫主义叙事倾向，这在一定程度上折射了当下青年群体的两性情感危机，对情感的恐惧、幻灭与逃离成为年轻人的日常生活政治。《穿进赛博游戏后干掉 BOSS 成功上位》《她对此感到厌烦》《祝姑娘今天掉坑了没》《寒门贵女》等作品一反过去文学作品中常见的情感依赖与亲密关系，以拒绝两性情感的方式来寻求女性自身的独立与价值。当这种反浪漫主义叙事姿态成为一种主流的叙事潮流时，不可避免地迎合了消费主义时代以工具理性规避情感伤害、把控情感风险、以情

---

① 刘康:《"文学"和"理论"的谱系》,《文艺争鸣》2022 年第 7 期。
② ［英］塞缪尔·约翰逊:《人的局限性 约翰生作品集》,蔡田明译,成都:四川文艺出版社,2021 年版,第 69 页。

爱祛魅的方式量化利益得失的大众情绪。陈之遥《智者不入爱河》通过律师行业的男女主人公所涉及的多个离婚案件折射女性在不同阶段所遭遇的婚恋法律困境,与此同时,又通过陷入情感危机的男女主人公情感的双向治愈彰显智者清醒而坚决地踏入爱河的叙事姿态,进而以情感共同体反抗原子化与个人化的孤独,以爱的召唤与缔结纠正自恋式、权衡式与疲怠式的情感模式。网络文学的现实主义不应是对上述大众情感现实的简单复制与疏泄,更应对被个人主义与情爱虚无等时代情绪所裹挟的大众起到引导作用,进而重构人们关于爱、关于超越自恋、关于个人性与共同体性的生命哲学。

三是警惕网络文学爽感机制所造成的"美学的脱身术"对现实批判功能的弱化。网络文学为了凸显故事性与娱乐性,在作品中特别重视突破叙事常规,营造戏剧冲突与反转。就网络文学中最常见的升级与成长体系而言,如果说前半部分书写主人公生存与成长环境的艰难,遵循现实逻辑的话,那么到了后半部则借助穿越、重生、系统等"金手指",保障主人公走向成功,遵循理想逻辑,强调对现实的超越。这种突转或反转的叙事结构先将苦难与困境拉扯到极致,之后再进行有效补偿与释放,满足了读者对成功的期待。还有一些网络文学尽管未采用穿越、系统,却依靠权力与资本来解决主人公的困境。《铁骨铮铮》中主人公刘建的现实困境需要依赖省委书记徐宁的从天而降来惩恶扬善,《网络英雄传:艾尔斯巨岩之约》中郭天宇创业失败,心灰意冷,冲走澳洲无人区,偶遇美国创投界的传奇人物蒂姆·霍顿,得其亲自传授,化解了现实困境。过度的巧合一方面违反普遍现实,使得情节反转过于突兀,损害了叙事的合理性;另一方面也悬置了对困境的深层追问,使得问题未能从时代发展与制度进步层面给予解决。无论是反映现实还是超越现实都呈现出模棱两可、无所适从的状态,网络文学所抵达的不是对残酷真相的深刻揭示,而是对现实想象性的解决与弥合,这就造成"伪现实主义"的流行,以现实的名义遮蔽现实的真相,形成对现实的悬置,既不能反映现实生活的广度与深度,又不能揭示真实的人性。

从网络文学介入现实的路径及其效果来看,"社会纪实小说"与"个人小说"构成了网络文学模仿现实的两个向度,彰显了网络文学的现实属性;隐喻性文本以想象与虚构的方式介入现实,丰富与强化了网络文学的现实感。突破意识形态的陷阱、重建关怀与批判现实的立场和精神、拓展现实主义的边界,是开拓网络文学的现实道路的基本原则。

论现实题材网络小说的情节创作[①]

徐亮红[②]

摘　要：在现实题材网络小说中，故事情节呈现出"单线情节"的特点，即以主人公的活动为主线，叙事线索单一，按照时间顺序来讲故事，较少插叙和倒叙，注重读者的感受。基于此，现实题材网络小说的故事情节采用因果关系法和时间顺序法，在因果关系法中，事件之间的因果关系要鲜明，逻辑能自洽；在时间顺序法中，为了避免情节的松散，让情节生动有趣，需要在事件中设置悬念，采用反转等写作手法。因此，现实题材网络小说要生成有"爽"感的情节，在提出问题时要注重和读者"共情"，在解决问题时要具有"爽"感，不仅要避免两者失衡，而且要注意叙事节奏，才能创作出精彩的故事。

关键词：单线情节；因果关系法；时间顺序法

　　三十年来，网络小说迅猛发展。与传统纸媒小说相比，不仅小说三要素（世界、人物、情节）表现出明显的变化，其语言风格、细节描写、文体运用、接受和传播都显现出了不同。写作的载体也多样化，如今，网络小说以各大阅读 App 的连载为主，也有部分网文作者在微博、微信公众号、豆瓣、知乎、网易、今日头条等 App 上写小说。多样写作要素的改变，促使网络小说在故事情节上做出调整和变革，现实题材网络小说作为其中一种类型化小说，不仅延续着传统现实主义的写作传统，采用因果关系法和时间顺序法来创作情节，也结合了新的媒介样态，注重读者的接受和传播，形成了"单线情节"。因此，现实题材

[①] 基金项目：国家社科基金重大项目"中国网络文学评价体系建构研究"（18ZDA283）。
[②] 作者简介：徐亮红（1980—　），女，安徽潜山人，安徽大学文学院博士生，主要研究网络文学。

网络小说要兼具"爽"感和审美价值,就需要灵活运用多重因素:在情节中设置悬念,巧妙布下因果,注重细节刻画,以构建逻辑紧密的系列事件;在叙事时运用对比和反转等手法以制造出其不意的叙事效果;按照时间顺序讲故事,较少采用倒叙和插叙,方便读者阅读等,这些都是创作精彩的故事情节,引发读者关注的常规创作手段。

众所周知,福斯特在《小说面面观》中曾经陈述过"国王死了,王后也死了"和"国王死了,王后也因悲痛而亡"之间的区别。"国王死了,王后也死了"是个故事,而"国王死了,王后也因悲痛而亡"是情节[①]。可见,故事由情节构成,情节是对事件的叙述,其中包含着因果关系和时间顺序,"王后死了"有巨大的留白空间,可以衍生出众多的情节,作者可以发挥出巨大的想象力来设计其中包蕴的情节。何谓情节?"戏剧、故事和小说的叙述性结构传统上称为情节"[②],"说到所有的情节时,通常都认为其中包含有冲突:人与自然之间、人与人之间或人与自己之间的冲突,冲突具有戏剧性"[③],"情节(或叙述性结构)本身又是由较小的叙述结构即插曲和事件组成的"[④]。"情节是按照因果逻辑组织起来的一系列事件"[⑤]。"情节(plot)指戏剧、小说、电影或类似作品中由作者设计并呈现的一系列相互关联的主要事件"[⑥]。从以上各种说法可以看出,设计情节或者构思情节就是编排事件的顺序,情节主要由包含着戏剧性冲突的事件组成,事件相互之间有关联,作者要对事件进行刻意安排,事件与人物和背景关系密切。

要探讨网络小说的故事情节,就需要比对传统纸媒小说。在传统现实主义小说中,故事情节不仅仅是"讲故事",情节还承担着人物塑造、背景渲染、表

---

① [英]E.M.福斯特:《小说面面观》,杨蔚译,天津:天津人民出版社,2022年版,第75页。
② [美]勒内·韦勒克、奥斯汀·沃伦:《文学理论》,刘象愚、邢培明、陈圣生、李哲明译,杭州:浙江人民出版社,2017年版,第211页。
③ [美]勒内·韦勒克、奥斯汀·沃伦:《文学理论》,刘象愚、邢培明、陈圣生、李哲明译,杭州:浙江人民出版社,2017年版,第211页。
④ [美]勒内·韦勒克、奥斯汀·沃伦:《文学理论》,刘象愚、邢培明、陈圣生、李哲明译,杭州:浙江人民出版社,2017年版,第212页。
⑤ 童庆炳:《文学理论教程》,北京:高等教育出版社,2015年版,第261页。
⑥ 《牛津高阶英汉双解词典》,北京:商务印书馆,1997年版,第1128页。

达主题和描绘现实的功能,每一个情节在叙事中都必不可少。在网络现实主义小说中,故事情节最重要的功能是"讲故事",而是是否塑造了人物形象、是否做了背景的渲染、是否表达了故事主题,并不是故事情节必须承担的任务。据此,本文把传统现实主义小说的情节称为"多线情节",指多个故事情节同时展开,主线和支线交织,人物行为及命运与矛盾冲突有必然的联系,作家在写作的时候,需要把表面上看起来偶然地沿着时间先后顺序出现的事件用因果关系加以重组和安排,构成情节的事件之间有叙述人的态度和解释,每一个事件在情节中都必不可少。网络现实主义小说的情节则称之为"单线情节",指故事以主人公的活动为主线,叙事线索单一,按照开端、发展、高潮和结局的时间顺序来讲故事,虽然故事中间偶尔有倒叙和插叙,但占比较少。构成情节的事件是否具有逻辑性和真实性,有没有传达叙述人的思想和情感并不重要,"单线情节"以读者接受为前提。

对比一下,在"多线情节"中,人物特征和故事结构都比较复杂,情节进展由作品中的人物性格来驱动,人物性格的发展变化、人物与人物之间的纠葛决定着情节的发展走向,情节的进展并不受作家的操控。主人公不仅要面临主要矛盾,还有次要矛盾,"小说情节由两对以上的矛盾的冲突过程所构成,矛盾一方的欲望和行动不仅受到矛盾另一方的阻碍,而且要受到同时交错存在的其他矛盾的制约,而冲突的结果是矛盾的任何一方都没有料到的局面"[①]。而且,叙事线索繁多,"小说是建构在更为广阔的规模之上,它涉及的范围要比戏剧宽广。在小说中,我们可能让几条行动线索同时进展,很多事件在不同的地点同时发生"[②]。并且,故事主题具有多重性,表现了宽广和宏大的社会现实。例如,《白鹿原》(陈忠实)以陕西关中地区白鹿原上白鹿村为缩影,通过讲述白姓和鹿姓两大家族祖孙三代的恩怨纷争,表现了从清朝末年到20世纪七八十年代长达半个多世纪的历史变化。该小说不仅人物众多、线索纷繁,而且矛盾冲突不断,故事主题深刻。

[①] 石昌渝:《中国小说源流论》,北京:生活·读书·新知三联书店,1994年版,第361页。
[②] [美]利昂·塞米利安:《现代小说美学》,宋协立译,西安:陕西人民出版社,1987年版,第91页。

在"单线情节"中，人物对情节的推动起不到关键作用，两者的关系因人物而异。当主人公置身于一个矛盾冲突时，就绝不再有其他冲突，情节主线由主人公的行动来串联和统摄，构成"单线情节"的事件一个串一个，横向延伸，互相之间构成并列的关系，如果挪动事件的时间和空间，故事也无伤大雅。而且，故事主题清晰单一，故事都以大团圆为结局。例如《浩荡》（何常在）以大学毕业生南下打工创业为题材，展现了深圳特区成立四十年的发展历程。该小说时间跨度长，但由于按照时间顺序讲故事，以主人公何潮的行动为故事主线，突出主人公的主观能动性，所涉配角皆配合主角的行动，所以，小说情节仍旧具有单线的特点。

在设计情节的时候，现实题材网络小说常采用因果关系法和时间顺序法，故事主人公是情节的核心，主人公并不必然推动情节进展，静止地描绘环境也会阻碍讲故事的速度，为了吸引读者，网文作者经常借鉴程式化的小说套路，如才子佳人、英雄救美等，经过改头换面，这些被大众心理认可的情节很容易被读者共情，接受效果好。而在传统现实主义小说中，"多线情节"由人物来推动，事件要表现人物的矛盾行为和命运结局，每一个事件都有意味，每一个事件都不会凭空而来，事件和情节有深刻的因果关系。因此，网络小说从"多线情节"转移为"单线情节"，是媒介变革的必然结果。

二、因果关系法：因为……因为……

因果关系指事件在因果上相关联，情节不只是时间链条上发生的一连串事件，而是一件事致使另一件事发生，而不是恰好先于另一件事发生。"因"是产生"果"的某一事物，"果"是事件的结果，即 B 因为 A 的发生而发生，C 因为 B 的发生而发生等，因果关系法引出的问题是"谁、什么、为什么"，"谁"指人物，"什么"指人物所携带的行为，"为什么"指人物行为形成的原因。用因果关系法推进情节时，事件之间的关系较为紧密，情节按照预期在朝着某个方向发展，故事也因此呈现线性的特点。

在《欢乐颂》中，安迪的前后转变即运用了因果关系法，"谁"指安迪，"什么"指安迪恐惧亲密关系,"为什么"指安迪原生家庭不幸。

1. 安迪原生家庭不幸,父亲缺席,母亲是个疯子。

2. 安迪被送进孤儿院,后被养父母收养,并接受了良好的教育,成为美国金融街精英。她性格孤僻,不擅长与人交往。

3. 安迪回到上海寻找弟弟,目睹弟弟的疯病,了解了家族病史。

4. 安迪恐惧婚姻,怕遗传家族疯病,排斥亲密关系,和奇点分手。

5. 安迪和欢乐颂小区的邻居相处融洽,逐渐融进大家的平常生活当中,性格有所改变。

6. 安迪拒绝小包总的追求,但小包总了解真相后,依旧不放弃。

7. 安迪被邻居的热情感染,被小包总的感情治愈,她抛开了一切顾虑,解开了心结,接受小包总的追求,两个人相爱。

在以上七点中,情节是按照因果关系法构建的。不幸的原生家庭是根源,导致安迪的性格特异,对爱情和婚姻充满恐惧,但由于欢乐颂邻居和安迪日常相处带来的温暖,让安迪的性格逐渐发生改变,而小包总的大胆追求和勇敢无畏,让安迪得到了治愈。在因果关系法中,情节构建有个目标驱动,人物有需要到达的地方,或者有改变的意愿和实现的需求,事件绝不会在一片虚无中突然出现,它们是原因的结果,安迪的前后转变有理有据,事件之间衔接紧密,使得故事情节环环相扣,内在逻辑一致。

对于"国王死了,王后也死了"和"国王死了,王后也因悲痛而亡"之间的区别,"美国学者查特曼后来对福斯特的说法提出了异议,他认为,两个例子的区别并不在于因果联系的有无,而在于这种因果关系是公开还是隐秘的,在前一个例子里,尽管作者没有直接提供王后的死因,但只要他不给予其他方面的暗示,读者自己仍会在二者之间建立联系。因此这两个句子的区别是表面的,在更深一层,它们都受到因果关系的制约"[①]。因果关系要有"因"才能有"果",隐藏的"因"也会有"果"。网络小说在叙述故事情节的时候,对于"因"的交代非常明显,很少运用传统现实主义小说的暗示和隐匿的叙事手法,所以因果关

[①] 罗钢:《叙事学导论》,昆明:云南人民出版社,1994年版,第80页。

系很鲜明。

而以抗击新冠肺炎为主题的《踏月归来》在因果关系上处理不得当。

1. 赵帅是在国外留学的医生,看到国内新冠肺炎暴发,决定回国帮忙。

2. 赵帅回国后和女友文馨相聚,文馨从事记者工作,在为抗击新冠肺炎做宣传报道工作。

3. 赵帅不理解女友文馨的工作,并和文馨的闺密苏蕊蕊产生了暧昧之情,搞三角恋,苏蕊蕊因为妒忌文馨,以她的名义借网贷陷害她。

4. 文馨和其母亲因为受父亲的连累,被放高利贷的追债,父亲的私生子文晓龙偷拍文馨裸照以此索要钱财。

5. 文馨认识了警察陈毅然,在他的帮助下回归到正常生活,并和陈毅然相恋。

在以上情节中,"谁"指赵帅,"什么"指赵帅想回国为抗击新冠肺炎贡献力量,"为什么"一开始是清晰的,后来则指向不明。在小说的开头,武汉暴发的新冠肺炎让赵帅和同学们在国外被歧视,他们愤怒地包机回国,迫切地想要为抗击新冠肺炎做贡献。回国后,赵帅不仅没有参加抗击新冠肺炎的工作,而且,情节陡然一转,赵帅陷入了"三角恋",甘心被第三者苏蕊蕊蒙骗,还不支持女友文馨抗击新冠肺炎的工作。接着,情节中的"谁"由赵帅切换成了文馨,但又没有完全落在文馨抗击新冠肺炎的工作上,又开始讲述文馨父母和邻居的故事。可见,失败的因果关系造成了事件脱离情节,不仅偏离主题,而且逻辑混乱。

三、时间顺序法:然后……然后……

时间顺序法指事件在时间上连续发生,在任意或者所有步骤间都存在时间间隔,事件与事件之间的时间联系并不紧密,这种叙事手法的结构通常是"这个发生了,然后这个发生了,然后这个发生了"。按照时间顺序法来讲故事,是传统小说常用的写作策略,故事采用线性叙事,通常不会通向特定的某处,它会一直通向结尾,到达结尾时,故事就会停下来,时间顺序法关系引出的问题是"谁,什么"。

相对于注重逻辑的因果关系,时间顺序法用"然后"把各个事件连接起来,事件是一件接着一件发生,它们彼此之间是什么关系,或者即将演变成何种关系都并不清晰。以《朝阳警事》为例,"谁"指主人公韩朝阳,"什么"指韩朝阳每天的工作日常。

1. 韩朝阳在花园街派出所工作,送片区的陈奶奶回家。

2. 韩朝阳被调到朝阳警务室,帮助小区居民抓蛇。

3. 韩朝阳处理张贝贝、江二虎、江小芳、江小兰几个人的遗产纠纷。

4. 韩朝阳和同事捣毁527厂办假证的窝点。

5. 韩朝阳抓到抢劫犯谭科。

6. 韩朝阳密切联系群众,清查城中村,抓到杀人犯计庆云。

7. 韩朝阳疏散烂尾楼的"闹事"百姓,帮助解决孩子上学问题。

8. 秋燕母子被杀,此案破案时间长。在此期间,韩朝阳参与了暴雨救灾、抓赌工作,处理偷鱼人触电而亡的意外事故。

9. 韩朝阳帮生病的农民工讨薪并筹款治病。

10. 韩朝阳参与抓捕毒贩工作。

11. 韩朝阳被借调到龙道县公安局新营派出所工作,抓捕重大罪犯立大功。

从以上列举得知,韩朝阳作为基层警察,所干的工作不但烦琐有危险,而且这些事件之间并没有关联,是"这件事完成了,然后完成那件事,然后完成又一件事"的结构模式。其中,事件之间也有因果关系,第5个事件导致了第6个事件的发生,因为抓到了抢劫犯谭科,所以才需要对城中村的租房住户进行排查,形成连续性事件。在第8个案件,即秋燕母子被杀的侦破期间,发生的系列事件与秋燕母子被杀案并不相关,情节安排还是"然后……然后……"的关系。可见,时间顺序法中的事件相互之间没有交集,仅仅是按照时间次序发生,这难免造成情节松散,难以形成一环套一环的严密逻辑。所以,为了引起读者的关注,设置悬念非常重要,如在第2个事件,居民报警家里有蛇的时候,小说写道:

> 韩朝阳问:"一条大蛇,到底有多大?"
> 王阿姨紧张地说:"好大,真大,头游到茶几,尾巴还在阳台!"
> 何况,王阿姨家住在十一楼,蛇怎么能爬那么高呢?①

抓蛇事件在一开始就布下了悬念,城市里那么高的楼层,怎么会出现那么大的蛇呢?明显引起了读者的好奇心。

秋燕母子被杀的时候,小说写道:

> 刚才带路的中年人显然被吓坏了,紧张地说:"秋燕死了,孩子也死了。秋燕是被人用刀捅死的,血都干了,人都臭了!孩子应该是被勒死的,死的时间也不短。"
> "时间不短,家里没其他人?"
> "没有,就他们娘儿俩。"
> "孩子爸爸呢?"
> "显宏……显宏的事我也说不清,好长时间没回来。"②

通过和邻居的对话,秋燕和孩子被杀的惨剧不仅从一开始就有了悬念,而且埋下了伏笔,母子惨死和孩子的爸爸有必然的联系,这也让读者带着一探究竟的好奇心读下去。

从以上示例可以看出,因果关系法和时间顺序法有明显的区别:其一,因果关系在叙事中常采用倒叙来回忆过去的情节,为了不影响阅读效果,倒叙的篇幅不长,时间顺序法在叙事中通常不用倒叙。其二,在安排事件时,因果关系法让读者产生怀疑,想去探求事件的联系和结局。时间顺序法会欣然满足作者给出的解释,接受世界的原本模样。例如,在童话故事中,大众熟知的白雪公主善良又美丽,女巫邪恶又丑陋,后妈狠心又恶毒。在时间顺序法中,读

---

① 卓牧闲:《朝阳警事》,2017 年 9 月 21 日,见 https://book.qq.com/book-read/20558260/7。
② 卓牧闲:《朝阳警事》,2017 年 11 月 1 日,见 https://book.qq.com/book-read/20558260/95。

者对于世界是顺从接受的,作者设置好悬念,引起读者的好奇心,故事按照时间顺序依次进展。而在因果关系法中,读者会质疑:为什么白雪公主善良又美丽?为什么女巫邪恶又丑陋?为什么后妈狠心又恶毒?其三,构建故事的时候,因果关系法注重故事内在的逻辑结构,采用铺垫和伏笔等写作手法,注重细节,让读者信服。时间顺序法注重故事的悬念,引发读者的好奇心。

在传统写作中,时间顺序法和因果关系法也是生成情节的两大方法。不同的是,由于因果关系法常使用倒叙和插叙,网络小说只有个别事件才使用此法,整个情节以时间顺序法为主,时间顺序法不仅方便读者阅读,让读者结束一个故事后,能快速找到下一个故事的入口,而且有助于故事"换地图",延长故事篇幅。在现实题材网络小说的创作中,从"多样情节"到"单线情节"的位移,是数字媒介介入现实后的必然结果,用户的阅读更注重娱乐性和情感的体验,传统现实主义小说的"多线情节"天然具有严肃厚重的精神气质,而"单线情节"的轻灵和便捷更容易制造阅读的"爽"感。

四、设计具有"爽"感的情节

现实题材网络小说虽然着力描绘"现实",但仍然兼具商业性特点。设计让读者具有代入感,能产生"共情",实现"爽"感的情节,是小说创作不二的选择。虽然在现实题材的创作中,也有一些作品愈来愈趋向传统现实主义的创作手法,主人公除了独特的个性和意志之外,几乎没有"金手指",故事中也没有穿越/重生和升级系统设定,情节也随之不再大起大落,平铺直叙的叙述方式让小说的精彩程度降低。如《上海凡人传》(和晓)、《逆行不等式》(风晓樱寒)、《官太太》(唐达天)等。这类小说要设计"爽"感情节,常采用突转的手法,以制造出其不意的阅读效果,一般都是按照两个步骤来进行:提出问题偏向"共情"模式,解决问题偏向"爽"感模式。

其一,提出问题偏向"共情"模式。现实题材网络小说描绘的都是当下的现实,是读者熟悉的社会问题,如全职妈妈、二孩、婚姻、职场、孩子教育、养老、官场争斗、房贷、车贷、医疗现状等。这些题材紧扣当下社会的热点和痛点,很容易引发读者的关注和共鸣。所以,作者在提出问题时,能够娓娓道来,极力描摹现实的真实模样。以《官太太》(唐达天)为例。

陶然是王正才的老婆,王正才是许少峰的办公室主任,这种由官场中的上下级关系延伸到家里就变成了太太们的等级关系。夫贵妻荣,这种传统观念已经根深蒂固扎根在了乡土中国的习俗中,又潜移默化地传播了一代又一代,丈夫地位的高低直接决定了妻子的地位以及受尊重的程度。科长夫人见了局长夫人觉得矮一截,局长夫人见到市长夫人又觉得矮一截。[①]

在社会层级结构中,官太太群体与读者的日常是比较疏离的,读者要了解这个群体,大部分是从媒介中获取信息。由于读者难以代入官太太的遭遇,小说必须从常态事件切入官太太群体,引起读者的好奇心。所以,小说第一章用"寻找狐狸精"为标题,把官太太放置于普通女性的认知范围内。如果丈夫出轨,官太太怎么办?会采取何种化解措施?有人送礼贿赂怎么办?是接受贿赂还是拒绝人情?如此,故事情节由文体局局长许志峰包养小三始,继而牵扯出系列事件:官场倾轧、工程招标、人事变动、纪委调查、下属翻脸、儿子留学费用、妻子复仇、小三上位等,各个事件按照时间顺序法依次展开。显然,作者提出的问题不但是社会热点问题,而且发生在官太太这个特殊群体中,成功勾起了读者的好奇心,具有博读者眼球的效果。

其二,解决问题偏向"爽"感模式。"爽"感模式指当故事冲突激烈时,叙事节奏加快,人物性格突转,前后不一,主人公解决问题的措施比较简单。这是网络小说的通病,提出问题时,通常铺垫较长,叙事缓慢,而解决问题时节奏过快,草率结尾。接着以《官太太》为例来做说明。许少峰被妻子林茹发现出轨后,林茹采取了沉默,因为要支付儿子的留学费用,林茹利用丈夫的权力挣了不少钱,她不能毁了这些到手的利益。同时,她在工作单位备受关注,在生活中受到别人的尊敬,都源于丈夫的官位,她也不想失去这些。林茹多方权衡,既想保住利益,又想惩罚小三;既恨丈夫的背叛,又不甘丈夫失去官位。所以,小说在解决问题的时候,趋向了快节奏的"爽"感。

---

① 唐达天:《官太太》,2024 年 1 月 10 日,见 https://dushu.baidu.com/pc/reader?gid=4356743817&cid=1587393930。

《官太太》的"爽"感来源于林茹的转变。如果以许少峰出轨事件为标点，林茹的前后转变跨度过大过猛。在前期，面对丈夫的种种劣迹，林茹非常痛苦，但她虚荣，爱面子，想要保住自己局长夫人的位置，权衡利弊选择忍耐，不惜和小三陈思思联手撒谎，在"艳照门"事件中扮演窦娥的角色，这是她作为官太太的真实一面。到了后期，当矛盾冲突剧烈的时候，林茹当起了"圣母"，她原谅丈夫的不轨，作为医生，她亲自给陈思思动手术，给她输自己的熊猫血，并术后给陈思思送营养汤。此行为终于感动了丈夫和陈思思，丈夫选择了回归家庭，陈思思远走他乡。从情节交代看，林茹后期的转变并不是"以柔克刚"的谋略，也不是忍气吞声的"苦肉计"，而是她的自发行为，小说并没有交代她为什么突然放下了心结，情节的转变非常突兀。

> 这一个早上，好像浓缩了她的一生，让她经历了太多的心路历程。她遭到了一直尊敬她的冯海兰的嘲笑，她看到了一直很信任的人对她的背叛，她用自己的鲜血换来了情敌的生命，这难道就是人生中不可错过的交叉口？①

对于林茹前后的突兀转变，小说仅用这段话就概括了全部。可以看出，林茹内心有着复杂的情感，以及大量的心理活动，但小说没有着力去描述，不仅在行动上没有表现人物内心的挣扎和痛苦，而且在语言上也仅用"医生的责任"而一笔带过。在网络小说中，所谓"爽"感，不仅包括"情绪爽"，也包括"实现爽"。"情绪爽"指读者代入故事情节后，故事中的人物宣泄了读者内心的情感；"实现爽"指读者不仅从故事情节中获得了情感上的舒适感，而且故事中的人物达成了读者的期望目标。从"情绪爽"来说，林茹终于赶走了小三，陈思思因为大出血而失去了生育能力，这是她道德败坏而付出的代价，坏人受到了惩罚；从"实现爽"来说，林茹得到了她需要的利益，维护了丈夫的位置，得到了丈夫的回心转意。但由于网文作者没有扎实地去书写人物的内心冲突，"爽"感

---

① 唐达天：《官太太》，2024 年 1 月 10 日，https://dushu.baidu.com/pc/reader? gid = 4356743817&cid = 1587393941。

来得太快,情节不免失衡。

失衡的"爽"感模式反映了网文作者现实想象的匮乏、日常经验的困顿,以及对人物性格的单一化认知。在拉康的"镜像理论"中,人从镜子中看到另一个自己,但镜中的自己和镜外的自己并不是同一个人,镜内是虚空,镜外是实体,不仅寓意着人类混淆现实和想象,也表现了真实与虚构、自我与世界的冲突。镜内的幻象投射了林茹两种类型的人格:镜子外是普通女性,按照利益原则来生存,只要能保住自己的收益和面子,就可以置身于道德之外。镜子内是"圣母",按照道德原则来生存,一切于她有害的人和事,只要投入真心,以德报怨,总会有正果。这两个原则并不是截然对立的,而是想象与现实的混合,当小说情节走向无法解决的现实状况时,就用理想和浪漫的情怀来遮蔽问题,用镜内幻象代替现实场景,用道德原则来置换利益原则,用理想世界来勾勒大团圆结局,导致故事情节突兀,"人设"前后不一,主题出现偏差,"爽"感过于单薄。

网文作者何常在把现实题材进行细分,分别为重现实、轻现实和超现实。认为"重现实就是不穿越不重生,严格按照现实生活来记录时代和书写历史。优点是真实、有力量,具有时代的厚重感,可以再现时代的波澜壮阔,反映社会的巨大变迁,缺点是爽感不够"[1]。他认为,"重现实由于过于注重时代的真实和现实的逻辑,遵循客观事实,不能脱离现实范畴的约束,很难在技巧上随意制造爽点"[2]。而且,要写好"重现实",作家在创作前期需要走访、采风和深入调查,其代表作《浩荡》从萌生想法到落笔,中间花了四五年时间。可见,要给这类小说设定具有"爽"感的情节,强行使用突转手法也不一定有好的叙事效果,要完成从共情/提出问题到"爽"感/解决问题,非常考验作家的基本功。所以,为了弥补"爽"感的不足,很多网文作者在其他方面下功夫,《强国重器》中有大量的关于陕西美食和地方风土人情的描写;《京杭之恋》中有很多制作景

---

[1] 何常在:《"重现实"题材的创作难点》,2021年7月30日,见 https://www.chinawriter.com.cn/n1/2021/0902/c441011-32215823.html。

[2] 何常在:《"重现实"题材的创作难点》,2021年7月30日,见 https://www.chinawriter.com.cn/n1/2021/0902/c441011-32215823.html。

泰蓝的细节描写;《重卡雄风》用诗意的笔触描绘了祖国各处的大好风光。以此增强阅读的观感,引起读者的兴趣。

此外,要让故事情节变得饱满,真实可信,细节事件也必不可少。在《生命之巅》(麦苏)中,主人公钟景洲因为父母突然离世而产生心理阴影,从外科医生成为救护车司机。钟景洲救护车上的急救搭档夏医生是父母在世时资助的"小夏天",但彼此都不知道双方的身份。有一天夏医生给钟景洲送饭:

> 钟景洲把叠起来的饭盒依次打开,发现真的如同夏沫所说的那般,是一顿很精心准备的早餐,就是她之前提起的菜,但切的胡萝卜丝和土豆丝特别细,这刀工了得,一看就知道是经常做。
> "土豆丝炒青椒丝,还要弄一堆胡萝卜丝进去,你怎么也喜欢整这道菜呢?"
> 钟景洲嘴上是在真真假假地抱怨,可心里边不这么想,他爸在的时候,每天早餐里必然有这道菜,还振振有词地说,三丝聚会,维生素大满贯,再没比这个更加营养均衡的了。
> 脑子里又在轰隆隆地响。
> 他夹起一筷子,送进嘴里。
> 一瞬间,口腔味蕾里全是熟悉的味道,炸裂开来。
> 他简直不敢相信,忍不住又夹了一筷子,快速地咀嚼。
> 他努力不想让自己那么诧异,于是赶紧去夹那块煎蛋,外焦里嫩,还是溏心的,只淋了一点点酱油上去,味道和口感真是太好了。
> 就和记忆里的一模一样。
> 这世界上,纵然有巧合,也不至于巧到这种程度。①

给同事"送饭",此事件看似无用,却让钟景洲对夏医生的来历产生了好奇,这个世界上竟然有人和父母做同样的菜,连味道也一样。"送饭"事件具有

---

① 麦苏:《生命之巅》,2022 年 4 月 18 日,见 https://read.qq.com/read/1043391706/147。

两重功能：一是钟景洲开始好奇夏医生的身份和过往，两个人的感情出现了变化，由互撑变成了互生好感。二是夏医生做的菜让钟景洲找到了家的感觉，这为两个人成为恋人以及钟景洲重返手术台埋下了伏笔。"送饭"事件引发了一连串故事效应，让故事情节一环套着一环，顺其自然而又衔接得当。

同是"送饭"事件，在甜宠小说《杉杉来吃》（顾漫）中又是另一种情节。杉杉因为是熊猫血，给生产大出血的封月输血，封月是杉杉的老板封腾的妹妹。为了表示感谢，封月在给封腾做营养午餐的同时，也给杉杉准备一份。

> Linda挥挥衣袖，留下个饭盒便走了，同事们也带着若有所思的神情去用餐，办公室里只剩下薛杉杉，在资本家给予的感动中打开了饭盒。
> 虽然没有杉杉意淫中的鱼翅、海参，不过还是非常丰盛的。小米饭，炒猪肝，炒牛肉，清煮菠菜，凉拌海带，木耳炒蛋，外加胡萝卜数片，赤豆红枣甜汤一碗。①

"送饭"让杉杉和封腾有了接触，故事情节由此展开并逐渐推进，送饭—挑菜—近距离接触—互相了解—产生好感—相恋。"送饭"不仅是故事的起因，也推动了情节进展，在一起吃饭的过程中，两个人因为挑菜发生了多次碰撞，恋爱发生得顺理成章，具有鲜明的喜剧效果。

从以上两个示例可以看出，同是"送饭"，因为逼真的细节，让情节变得饱满，达到了真实的叙事效果。在《生命之巅》中，夏沫给钟景洲送的"三丝聚会"是维生素大满贯，符合医生的身份，注重饭菜的全面营养。同时，夏沫送的饭口感也很独特，"煎鸡蛋是外焦里嫩""还是溏心的""淋了一点点酱油"，独特、细腻的细节描写充满了生活气息，由此触发的情感记忆打开了钟景洲的心扉，让他感受到了久违的亲情。小说充满了平凡生活的烟火气，不仅人物形象真实可信，而且表达了普通人的情感，凸显了平凡英雄的主题。

在《杉杉来吃》中，"送饭"事件的真实效果也很鲜明。首先，豪门总裁家并

---

① 顾漫：《杉杉来吃》，2007年9月26日，见https://www.jjwxc.net/onebook.php?novelid=247098&chapterid=2。

不是天天吃鱼翅、鲍鱼,饭菜也很日常:小米饭,炒猪肝,炒牛肉,清煮菠菜,凉拌海带,木耳炒蛋,外加胡萝卜数片,赤豆红枣甜汤。如此家常便饭,营养全面,但又不奢侈,无疑赢得了读者的好感。其次,灰姑娘如何遇到白马王子?若不是"送饭"这样的寻常事件,杉杉哪里有机会遇到封腾这样的霸道总裁?在小说中,"送饭"是灰姑娘与白马王子相遇和相爱的重要桥梁,正因为"送饭"的行为极其日常和普通,没有时间和地点的限制,是每一个普通读者都能做到的事情,读者才容易代入,"送饭"也由此具有推动情节进展的叙事功能。作为一部流量文,《杉杉来吃》具有很强的流量价值,不仅仅在于这部小说能提供给读者白日梦境,还因为小说的细节事件比较真实。封月的孩子满月,杉杉送了个便宜的玩具鸭子;封腾让杉杉考证,杉杉却担心自己被扣工资。细节事件让故事情节变得饱满,也让故事拥有了真实的品格。

概括来说,在"多线情节"中,复杂的人物性格、多个矛盾冲突、严密的事件逻辑、宏大的叙事结构、特定的环境描写以及多重的故事主题,都不适合读者的滑屏阅读方式和碎片化的接受习惯。而在"单线情节"中,鲜明的人物性格、简明的叙事线索、单个的矛盾冲突、并列的事件、清晰的故事主题以及大团圆的结局,都能迅速吸引读者。从"多线情节"向"单线情节"转移,是现实题材网络小说兼顾传统现实主义小说的特点和媒介变革的共同结果,现实题材网络小说要创作具有"爽"感的情节,网文作者不仅要扎根现实,从现实生活中寻找素材,重视刻画具有生活气息的细节事件,而且要考虑读者的"共情"和接受习惯,才能实现"爽"感和审美价值的统一。

从"互联网+"到"人工智能"[①]
——近十年网络文学研究热点回眸

张慧伦　司淑敏[②]

摘　要：依托于互联网技术发展而生根发芽的网络文学，乘着互联网的东风已然培育出"网络文学+"的庞大文化产业，甚至成为中国文化海外传播的一面闪亮旗帜。而今，人工智能科技拐点已现，网络文学又一次面临新的时代变局。如何运用AI技术新成果，抓住新一轮发展机遇，已成为研究者关注的最新热点话题。纵观近十年网络文学研究热点，新现象纷至迭出，呈现出很强的当下性和时效性。本文以2013—2023年中国知网数据库收录的网络文学研究文献为分析样本，回眸研究热点，聚焦创作前沿，客观呈现近十年网络文学研究热点演变，对网络文学发展趋势判断许有裨益。

关键词：网络文学；研究热点；人工智能；发展趋势

产生于互联网场域的网络文学，近年来逐渐成为中国现当代文学研究的热点领域。相较于传统文学研究，网络文学研究更具有时代性、多样性、学科交叉性等特点。网络文学发展初期，学者们多从宏观层面进行研究，如网络文学概念的厘定、特征总结和价值评估等，为网络文学研究打下了坚实基础。网络文学与社会发展同频共振，其研究热点的演进体现出鲜明的时代特征。随着云计算、大数据、移动互联网等技术的发展，元宇宙、虚拟现实、人工智能之于网络文学的影响成为网络文学研究领域关注的新焦点。本文纵观近十年中

[①] 基金项目：中国博士后科学基金资助项目"网络小说伴随文本数据库整理与研究"（2019M662434）。

[②] 作者简介：张慧伦（1991—　），女，浙江台州人，文学博士，山东师范大学文学院副教授，硕士生导师，主要研究方向为中国现当代文学、网络文学研究。司淑敏（2000—　），女，山东师范大学中国现当代文学硕士研究生。

国网络文学批评和研究的相关成果,总结网络文学研究的几大热点主题演进,以期通过对演进热点的梳理,展望网络文学未来发展趋势。

一、追根溯源与价值重估:网络文学本体性研究

十年间,网络文学发展势头强劲,再次触发了学界对网络文学本体性问题的关注。学者们从文学史的角度梳理中国网络文学的前世今生,对中国网络文学的起源、经典性、价值等问题做出重新思考,以此评估网络文学的文学史价值及时代意义。

学界曾普遍将1998年视作中国网络文学的起点,随着研究的深入,学者们掀起了一场关于起点溯源问题的论争。邵燕君、吉云飞认为,中国网络文学的起始点应该是新动力机制的发生地,因此,建立论坛模式、开辟趣缘社区、形成论坛文化的"金庸客栈"(1996年)应当被视为中国网络文学的起点[1];欧阳友权指出,在承认网络文学是基于互联网这一媒介载体而创生于"网络"的新兴文学的前提下,"网生起源说"更具历史真实性与逻辑合理性。他认为中国网络文学应以1991年在美国诞生的全球第一个华文网络电子刊物《华夏文摘》为起点[2];马季坚持"现象说",认为1998年痞子蔡开始在BBS上连载《第一次的亲密接触》为中国网络文学的起点。[3] 随后,邵燕君指出:"《华夏文摘》在内的海外华文网络文学与今日作为中国网络文学主体的商业文学网站和超长篇类型小说并无直接的亲缘关系。"[4]许苗苗从媒介转型的整体环境谈起,认为2000年应当论定为网络文学的起点。[5] 黎杨全从网络文学的交往性出发,指出

---

[1] 邵燕君、吉云飞:《为什么说中国网络文学的起始点是金庸客栈?》,《文艺报》2020年11月6日第2版。

[2] 欧阳友权:《哪里才是中国网络文学的起点》,《文艺报》2021年2月26日第2版。

[3] 马季:《一个时代的文学坐标——中国网络文学缘起之我见》,《文艺报》2021年5月12日第2版。

[4] 邵燕君:《再论中国网络文学的源头是金庸客栈——兼应欧阳友权"网生起源说"》,《文艺报》2021年5月12日第2版。

[5] 许苗苗:《如何谈论中国网络文学起点——媒介转型及其完成》,《当代文坛》2022年第2期。

1993年的ACT(ait.chinese.text)构成了中国网络文学的起点。① 必须承认，网络文学的发生是复杂多元的，代表性作品、原创性网站的出现以及媒介环境的优化共同促成了网络文学的发生，并集合成完整的网络文学生态。溯源研究为中国网络文学的发展指明了来路，使我们得以清晰地认识到网络文学的特殊性，更接近网络文学的本质。

网络文学能否"经典永流传"？经典化问题的探讨自网络文学诞生一直存在，并于2013年后迎来了爆发期。此问题源于学者对网络文学本体价值的评估和确认，由于网络文学与传统文学在写作模式、传播媒介、批评方式等方面的差异，学者们不得不重新梳理网络文学与经典文学秩序的关系。周波、邵燕君、林俊敏、刘奎、房伟、周志雄等学者将网络文学置于文学史特别是当代文学史视野中加以考察，论证网络文学经典化的可能以及如何走向经典的问题。② 近两年，因一篇名为《网络文学的经典化是个伪命题》的文章，经典化问题再次成为论争焦点。黎杨全从文学经典的静态性、准确性出发，指出经典化是对网络文学的冻结和阉割，鲜活开放的网络文学不应被禁锢在固态的经典标准之下，断定网络文学经典化本身就是一个伪命题。③ 观点一出，学者们纷纷就此展开讨论。赵静蓉认为作为事件的网络文学可以经典化，应摆脱对经典的传统定义，从发展的新经典论出发看待网络文学。④ 王玉玊认为网络文学的经典化并不因其流动性而成为一个伪命题，任何文学作品都既是流动的也是稳定

---

① 黎杨全：《从网络性到交往性——论中国网络文学的起源》，《当代作家评论》2022年第4期。
② 周波：《关于网络文学经典化问题的思考》，《东岳论丛》2016年第1期；邵燕君：《网络文学的"断代史"与"传统网文"的经典化》，《中国现代文学研究丛刊》2019年第2期；林俊敏：《"经典边界"的移动——论网络文学的主流化和经典化》，《暨南学报》(哲学社会科学版)2019年第5期；刘奎：《网络文学的经典化问题》，《中国当代文学研究》2020年第6期；房伟：《网络文学能否产生经典》，《群言》2021年第4期；周志雄：《网络文学经典化与评价体系建构》，《中国文学批评》2021年第3期。
③ 黎杨全：《网络文学的经典化是个伪命题》，《文艺争鸣》2021年第10期。
④ 赵静蓉：《网络文学的经典化何以可能——兼与黎杨全教授商榷》，《文艺争鸣》2022年第11期。

的,文学研究者应该将网络文学经典化视为肯定性和建设性的工作。[①] 汤哲声从中国网络文学是中国传统通俗小说的当代呈现的属性出发,提出了文学性的坚持和中华性的创化是中国网络文学走向经典的路径[②]。除研究论文外,邵燕君主编的《中国网络文学二十年·好文集》和《中国网络文学二十年·典文集》、肖惊鸿主编的《网络文学名家名作导读》丛书以及单小曦等所著的《入圈——网络文学名作细评》等著作,以点评和推介的方式,对网络文学作品进行了经典化尝试。

值得一提的是,对中国网络文学起源和经典化问题的论证恰恰证明了网络文学的无限生命力,网络文学的时代性、当下性和流动性虽使其与传统文学的距离较远,但不可孤立地考察其价值。如何看待网络文学与中国传统文学的关系,以及如何将网络文学经典化放在当代文学经典化的语境中加以考察,仍需研究者进一步解答。

二、继承传统与百花齐放:网络小说的类型化研究

大众流行文化语境下,类型小说始终是网络文学的主体,媒介环境的改变使网络小说的类型化趋势愈加明显,类型学批评在网络小说研究中占据重要位置。研究者基于网络类型小说的现状和特点,关注网络小说类型化为网络文学发展带来的巨大红利。许苗苗通过跟踪式研究挖掘类型网文的时代价值和文化意义。[③] 宋学清、乔焕江指出大数据时代加速了网络文学的类型化趋势。[④] 常方舟认为网络文学类型化可以走向经典化,提出"以作品的类型化为中心,从标签化的分类思维出发,立足于作品超文本的非线性特征"重建网络

[①] 王玉玊:《流动性与经典型不可兼得？——并与黎杨全〈网络文学的经典化是个伪命题〉一文商榷》,《文艺理论与批评》2023年第3期。
[②] 汤哲声:《中国网络文学的属性和经典化路径》,《中国文学批评》2023年第1期。
[③] 许苗苗:《网络小说:类型化现状及成因》,《文艺评论》2009年第5期;《网络文学20年发展及其社会文化价值》,《中州学刊》2018年第7期。
[④] 宋学清、乔焕江:《大数据背景下网络文学的新生产机制与新景观》,《文艺评论》2017年第3期。

文学批评机制。① 战玉冰借助大数据分析网络小说内容的类型特征,为网络类型小说研究提供了新方法。② 张永禄对网络类型小说的批评和研究工作加以反思,提出了关于网络小说分类的基本思路、分类原则与分层操作等的初步设想,从类型学批评观照网络小说批评体系的建构。③

网络文学常被视为当代的通俗文学,通过挖掘中国古代通俗文学遗产,学者们找到了网络类型小说与传统通俗文学间的历史渊源。范伯群将网络文学置于通俗文学的历史参照系中,梳理出"冯梦龙们—鸳鸯蝴蝶派—网络类型小说"这条从古至今的市民大众"文学链",证明网络类型小说与鸳鸯蝴蝶派间的密切血缘关系。④ 周志雄指出网络类型小说在接续传统通俗类型化小说传统的同时又进行了符合时代要求的新发展,从表现时代的角度纠正了当前人们对网络类型小说存在的偏见。⑤ 当前研究立足古今文学发展脉络,梳理了网络文学与传统通俗文学、网络文学与类型小说、网络类型小说与通俗文学间的复杂关系,并指明网络类型小说在继承传统中走向新发展的可能。

网络类型小说的快速发展带来了网络文学市场的繁荣,网络小说以标签化的面貌出现在各大文学网站上,鲜明的标签、细致的分类使网络小说的类型化特征更加明显。近十年,网络小说的类型化研究不仅有宏观层面的考察,更有以某一类型文为对象的细评和分析。据中国知网检索数据,现实、科幻、玄幻以及"女性向"等类型的网络小说的研究数量较多。其中,现实题材的网络小说的研究热度不减,在中国知网以网络文学和现实题材为主题进行合并搜索,共检索到两百多篇研究论文,且论文数量从2018年开始呈现快速上升趋势。在国家主流意识形态的倡导以及网络媒体的传播运作下,现实题材网络

---

① 常方舟:《网络文学类型化问题研究》,《上海文化》2018年第6期。
② 战玉冰:《网络小说的数据法与类型论——以2018年的749部中国网络小说为考察对象》,《扬子江评论》2019年第5期。
③ 张永禄:《建构网络小说的类型学批评》,《当代文坛》2022年第6期。
④ 范伯群、刘小源:《冯梦龙们—鸳鸯蝴蝶派—网络类型小说——中国古今"市民大众文学链"》,《中山大学学报》(社会科学版)2013年第6期;《通俗文学的传统与网络类型小说的历史参照系》,《中国现代文学研究丛刊》2015年第8期。
⑤ 周志雄:《网络小说的类型化问题研究》,《南京社会科学》2014年第3期。

小说呈现出深刻的现实性和宏阔的时代性。与此同时,网络小说的现实主义创作已突破经典的现实主义理论,在书写中兼具开放性和多元性。通俗新潮、娱乐性强的网络类型小说突破以往的叙事框架、"爽文"套路,衍生出无限的叙述可能和阐释空间,在对传统文学资源的继承和改造中迎合了不同群体的审美偏好。研究者以时下流行的网络小说为研究对象,从叙事策略、艺术特色、文化形态、性别意识等角度出发,挖掘不同类型网络小说的文学价值及审美意蕴。但值得反思的是,网络类型小说数量众多,研究难度较大,针对某一类型小说的研究并不充分,存在热度先行、理论不足、忽视细节等问题,需要批评者在创新研究思路的同时进一步完善和建构网络小说批评体系。

三、价值衍生与产业发展:网络小说的 IP 研究

在"流量为王"的泛娱乐时代背景下,网络小说已与影视、游戏、动漫等产业构成融合发展态势,创造出巨大的经济效益和文化衍生价值,IP 运营成为网络小说"出圈"的重要途径。网络小说的产业化发展虽推动了网络文学的跨媒介传播,但也带来了网文质量下降、侵犯知识产权等问题。学者们以网络小说 IP 产业的生产运营模式为研究对象,考察网络小说的 IP 价值以及知识产权保护等问题,为网络小说 IP 产业的良性发展提供应对策略和现实路径。

网络文学"IP 热"作为一种特殊的文化现象,引起了学者的关注和反思。马季注意到网络文学知识产业开发的巨大价值和潜力,指出网络文学知识产权开发的几种形态,认为网络文学与影视剧、游戏和动漫的互动形成了互联网时代的 IP 马太效应,IP 开发是开放的、动态的。[①] 汤俏将网络文学 IP 定义为"以优质网络文学作品(通常是网络小说)为核心,利用粉丝黏性在文化产业领域内开发其上下游产品,比如影视、游戏、动漫乃至周边创意产品的版权",并对"IP 热"的成因,IP 的实质、影响、未来路径进行分析。[②] 周志雄、刘振玲对网络文学 IP 热进行理论思考,认为媒介杂交推动了网络文学"IP 热",文学在产

---

① 马季:《IP 的实质:网络文学知识产权漫议》,《文艺争鸣》2016 年第 11 期。
② 汤俏:《网络文学"IP 热"研究》,《当代文坛》2018 年第 5 期。

业化道路中生成了区别于传统意义上的新型文学关系。① 网络文学 IP 衍生出更大的经济效益,研究者认为网络文学 IP 已成为泛娱乐时代的新经济业态,但也对知识产权保护提出了"无边的挑战",因此,网络文学 IP 开发需在行业规范引导下合理有序地进行。

网络小说 IP 改编因经济利益巨大而成为众多影视公司和互联网企业的热门选择,由网络小说改编来的影视剧、动漫、游戏等频繁引起热议,这股网络小说改编热潮触发了学者的关注。近十年,以"网络文学/小说 IP 改编"为篇名的硕博论文就有数十篇,主要集中在中国文学、戏剧电影与电视艺术、文化与经济、新闻传媒、出版等学科领域,其他研究成果更是丰富。著作权法的完善虽推动了网络小说 IP 改编行业走向规范化,但许多粗制滥造的改编剧、电影等仍充斥市场。针对网络小说 IP 改编行业的现状和问题,学者们面向网文作者、改编制作者、行业规则制定者三方给出针对性建议,认为要借助多方力量的协同发展和高效配合,助力网络文学 IP 改编提质增效。

网络小说 IP 改编的火热推动了网络文学全产业链生产和运营模式的出现,文学生产辐射到出版、传媒、文化产业等领域,具有跨学科性质的 IP 产业研究进一步拓展了当前网络文学研究的路径。刘锦宏、赵雨婷以阅文集团旗下猫腻的《择天记》为例,从网络文学网站作品发布、线下实体书出版、线上网站转载和移动出版分析阅文集团网络文学作品原始版权运营模式,又从网络文学作品动漫、影视、游戏等改编方面分析阅文集团网络文学作品改编版权运营模式,总结出该集团值得借鉴的 IP 开发和运营方式。② 毕文轩针对网络文学 IP 产业可持续发展和保护中存在的问题,提出应建立全产业链价值评估体系、构建作者与平台良性互动模式以及完善知识产权保护机制。③ 赵云洁就时下网络文学创作过度迎合 IP 改编、网文 IP 开发过于注重经济效益的问题,指出网络文学及其产业运营应注重"内容为王""工匠精神"的行业操守,释放网文

---

① 周志雄、刘振玲:《网络文学 IP 热的理论思考》,《社会科学》2019 年第 1 期。
② 刘锦宏、赵雨婷:《泛娱乐生态中网络文学全产业链生产和运营模式解析——以阅文集团旗下猫腻作品〈择天记〉为例》,《出版科学》2017 年第 1 期。
③ 毕文轩:《论网络文学 IP 的全产业链开发及保护》,《出版广角》2017 年第 3 期。

IP产业的巨大产能和价值空间。① 研究者从网络文学IP产业出发,预测网络文学跨行业发展的无限潜力和广阔前景,以最具代表性的网络文学作品或集团公司为例,分析当下网络文学全产业链发展的运营模式,并针对产业链某一环节中出现的问题给出针对性的策略,这对网络小说高质量创作、网络文学全产业链的持续健康发展具有指导性意义。

四、全球视野与网文出海:网络文学的传播研究

中国网络文学"风景这边独好",中国网络文学海外市场规模超过30亿元,累计向海外输出网文作品1.6万余部,海外用户超1.5亿人,遍及世界200多个国家和地区。② 2022年,《大国重工》《赘婿》等16本中国网络文学作品首次被收录至世界最大的学术图书馆之一——大英图书馆的中文馆藏书目中。中国网络文学"走出去"的步伐不断加快,在全世界范围内的传播力和影响力日益扩大。网络文学海外传播成为众多学者关注的焦点,他们从跨文化传播、媒介革命视野出发,探讨网络文学海外传播中的翻译、出版以及现状、困境等问题,为中国网络文学乃至中国文学"走出去"提供了有益借鉴。

在当前学术背景下,网络文学的传播研究正呈现出更广泛的全球视野,研究者在充分肯定中国网络文学海外传播实绩同时,也直面了其在国际传播过程中面临的种种问题。庄庸、安晓良认为中国网络小说可以成为继经济、政治战之后的"全球文化战略"的最佳切入点和着力点③;邵燕君、吉云飞、肖映萱认为中国网络文学借助媒介革命的力量实现"弯道超车",进入"文化反哺"阶段,

---

① 赵云洁:《中国网络文学IP产业链存在的问题及对策研究》,《喀什大学学报》2022年第5期。
② 余俊杰、冯源:《中国网络文学海外用户超1.5亿》,2023年6月2日,见http://yn.people.com.cn/n2/2023/0602/c372453-40441255.html。
③ 庄庸、安晓良:《中国网络文学海外传播:"全球圈粉"亦可成文化战略》,《东岳论丛》2017年第9期。

正在推动着人类文学生产从印刷文明向网络文明的过渡进程[①];吉云飞指出在"起点国际"模式和"Wuxiaworld"模式两条道路的竞合中,中国网络文学走向国际化,并对世界性的中国网络文学的诞生充满期待[②];陈定家等认为中国网文的海外传播正以不可阻挡之势成为一种全球化的新兴文化现象,在诸多因素的积极推动和正向加持下,中国网络文学在海外传播中拥有强大的竞争力和广阔的空间[③];雷成佳认为中国网络文学在海外传播过程中应该加强"中华性"的建构,将中华文化更立体地传播出去[④]。众多研究者将网络文学视为中国文化对外交流和传播的媒介,充分关注网文出海对巩固"文化强国"战略以及推动中华文化"走出去"的巨大作用。

借助数字技术和媒介革命,中国网络文学海外市场规模不断扩大,当下研究为中国网络文学的海外传播提供了多元的路径选择,也为网络文学"出海"提出了更高的文化要求。网络文学"出海"时存在的问题同样不可忽视,第一,网络文学的内容题材同质化严重,加之翻译困难,导致译文质量良莠不齐;第二,中国网络文学出海后的版权问题,盗版作品和文学网站严重侵害知识产权和经济利益;第三,缺乏海外监管机制,中国网络文学海外传播存在各种"乱象"。针对上述问题,研究者提出了不同的解决方案,如提高网文质量,丰富内容题材,孵化优质 IP;建立和完善国际传播协调监管机制,维持良好的传播秩序;培养和建设专业的翻译团队;加强国际合作,保护网文版权等。中国网络文学作为一种具有时代性、全球性的文化现象,当前的研究无疑有助于推动中国网络文学走向国际舞台,促进中国文化在全球范围内的交流与传播。

[①] 邵燕君、吉云飞、肖映萱:《媒介革命视野下的中国网络文学海外传播》,《文艺理论与批评》2018 年第 2 期。

[②] 吉云飞:《"起点国际"模式与"Wuxiaworld"模式——中国网络文学海外传播的两条道路》,《中国文学批评》2019 第 2 期。

[③] 陈定家、唐朝晖:《网络文学:扬帆出海正当时》,《文艺争鸣》2019 年第 3 期。

[④] 雷成佳:《网络文学的"中华性"及其建构与传播》,《粤港澳大湾区文学评论》2022 年第 3 期。

五、理论创新与批评建设：网络文学批评和评价体系建构研究

随着网络作家和网络文学作品数量的激增,网络文学与传统文学在创作模式、文本类型、传播途径等方面的差异愈加明显,经典文学批评理论已不能全面概括网络文学发展的多样态。2013 年前,黄鸣奋、刘俐俐、周志雄、欧阳友权、禹建湘、邵燕君、谭德晶等学者已经注意到网络文学的新特质,并初步构想了网络文学/文艺进入文学批评领域的可能性。2013 年 7 月 19 日,陈崎嵘在《人民日报》撰文呼吁建立网络文学评价体系,同年 9 月 3 日《光明日报》刊载了《网络文学批评标准刍议》一文。此后,众多学者围绕着这一问题进行研究,就如何建构网络文学批评话语体系展开了一系列讨论。2016 年,中国文艺理论学会网络文学研究会 2016 年学术年会暨"网络文学评价体系构建"学术研讨会在湖南召开。时至今日,网络文学评价体系建构始终是网络文学研究的重心,网络文学随时代发展而多变,亟须建立系统的评价体系与批评标准。

近十年,网络文学批评和评价体系建构的研究成果极其丰富,研究者主动进入网络文学批评现场,触摸这一富有挑战性的话题,从网络文学的发生机制、创作模式、传播方式等方面考察网络文学的发展现状,试图建构一个具有容纳性的批评范式和评价体系。如欧阳友权从宏观层面勾勒网络文学二十年的发展脉络,梳理和反思网络文学发展中的现实困境,对当下网络文学批评和评价现状进行了系统分析和论述。在《建立网络文学评价标准的必要与可能》一文,他从对金庸武侠小说创作的评价出发,指出近年来的网络文学批评与创作的脱节和错位现象,网络文学"野蛮生长"的现状给文学的理论批评提出了挑战。传统批评家的缺位以及批评标准的悬置,成为网络文学健康前行的一大短板,在"粗放式"创作、规模化生产的语境之下,构建网络文学的评价体系势在必行。他认为网络文学需要在继承和坚守批评传统的基础上更新和重建评价标准,"评价网络文学作品仍然需要坚持思想性、艺术性、可读性与影响力相统一,讲求'思想精深、艺术精湛、制作精良'"。至于如何实现网络文学批评

的同步在场,欧阳友权在《建立网络文学批评'共同体'》中呼吁网络文学批评不能靠"单打独斗",而要建立五位一体的"批评共同体",协同网络文学生产、管理、传播、经营、阅读、评价各方力量,打通写、读、管、经、评各环节,形成网络文学批评的优化生态。而后,在《网络文学批评的困境与选择》中,指出了网络文学批评在作品阅读量、评价标准和评价方式上的三重困境,呼吁批评家"入场",并从批评主体身份、批评标准和文学批评共同体三方面建立网络文学批评通变观。此外,欧阳友权还从文学史观念出发对网络文学能否入史、网络文学批评能否写史的问题予以肯定性回答,并进一步思考了如何构建网络文学批评史的新话题。

  网络文学的草根姿态加速了网络文学批评主体的扩展和下移,读者在线批评与学院派批评互为补充的批评范式带来了网络文学批评的众声喧哗,挑战和颠覆了以往的文学批评标准和范式,进一步加深了学者对网络文学批评价值的思考。如乔世华认为根本没有必要另起炉灶建立一个自外于文学评价体系的网络文学评价体系,而应该适时适度地完善与充实传统的文学评价体系[1];周志雄认为网络文学评价应坚持价值维度、理论维度、审美维度、文化维度、技术维度、接受维度、市场维度,真正进入网络文学现场,在融会贯通中实现研究的理论创新,构建中国网络文学评价体系[2];单小曦提出的"普通文学标准说""通俗文学标准说"和"综合多维标准说"在某种程度上窄化和割裂了网络文学的整体性价值,他认为应从历史性、语境化原则出发,构建契合网络文学批评需要的"媒介存在论"批评[3];禹建湘认为网络文学评价体系的维度是多样化的,应是虚拟真实与现实审美的统一、爽文制造与人文关怀的统一、文化传承与艺术创新的统一[4]。此外,陈海、桫椤、周根红、黎杨全等学者也曾就此

---

[1] 乔世华:《"构建网络文学评价体系"之思》,《文化学刊》2014年第5期。
[2] 周志雄:《中国网络文学评价体系的维度及构建路径》,《中国文艺评论》2017年第1期。
[3] 单小曦:《网络文学评价标准问题反思及新探》,《文学评论》2017年第2期。
[4] 禹建湘:《建构中国网络文学多维评价体系》,《中国社会科学评价》2021年第4期。

问题展开讨论①。学者们的观点之间虽存在明显分歧,但构建网络文学评价体系已成为无可回避的热点话题,这一问题建立在对网络文学价值的反思基础之上,并在某种程度上反映出研究者对当下网络文学批评实践的隐忧乃至对网络文学价值体认的焦虑。

六、技术革新与数字人文:人工智能之于网络文学的介入研究

人工智能与文学创作的话题由来已久,虽然人工智能文学在语词逻辑、艺术性、文学性、思想性等方面仍存在"硬伤",但这种高效的生产方式给文学带来了挑战,使得研究者不得不重新打量和审视人工智能写作的利与弊。在当代文学生态中,网络文学以其开放的生产、传播、评价机制与人工智能建立起联系,人工智能技术也正在形成和塑造着中国网络文学发展新格局。近年来,人工智能成为网络文学研究领域的热点话题,已有学者进行了前沿性研究。

面对人工智能辅助网络文学创作的现象,研究者基于网络文学作家与人工智能间的互动关系,重点关注了在人工智能技术加持下网络文学在创作模式上的新变。韩模永从网络文学生产模式和人机关系的角度,指出数据库是网络文学"新文类"的典型结构模式,对于网络文学中的人工智能作品来说,其生产过程也是数据库化的。他认为人工智能创作应属于网络文学"新文类"中的机器文本,其创作主体应该是人机共同体。② 从这种意义上来说,作家既可以操控人工智能机器人直接抽取数据合成文本,也可以根据自己需要将数据合成和重组成网络文学作品,比如作家可以在"橙瓜码字""ChatGPT""文心一

---

① 陈海:《网络文学评价体系的三大痼疾及相关建议》,《文艺评论》2019 年第 1 期;桫椤:《网络文学批评发展滞后及对策》,《中国文艺评论》2020 年第 1 期;周根红:《当前网络文学评价标准建构的批评与反思》,《江苏大学学报》(社会科学版)2021 年第 1 期;黎杨全:《新媒介的"连接主义"与网络文学评价范式变革》,《中国文学批评》2021 年第 3 期。

② 韩模永:《网络文学"新文类"的结构形态及数据库美学》,《山东社会科学》2021 年第 9 期;《从"意识独占"到"感觉独占"——论网络文学"新文类"的存在形态及沉浸式体验的嬗变》,《南京社会科学》2022 年第 4 期。

言"等人工智能工具的辅助下从事网络文学写作。这些智能工具拥有庞大的数据库和强大的语言处理能力,能够生成连贯的有逻辑的段落乃至故事情节,成为作家提取素材和文本的语料库。人工智能技术在网络文学创作领域的应用,既满足了文学网站对网络作家的创作数量要求,又有效提高了网络作家的生产效率,一定程度上减轻了网络文学作家的工作量。应当注意,虽然人工智能技术具有高效的文本生成能力以及规模化的批量生产潜力,但对该技术的滥用也会造成题材类型化、内容套路化、语词重复化等问题,不利于中国网络文学的良性发展。

中国网络文学体量巨大、增殖速度快,学者们面对鸿篇巨制、浩若烟海的网络文学作品时常捉襟见肘,甚至望而却步。人工智能的出现为网络文学批评提供了技术支持,一定程度上减轻了阅读负担,人工智能介入网络文学批评的现象成了网络文学研究中的又一热点。王泽庆、孟凡萧认为网络文学批评可尝试借助人工智能,利用人工智能的推理特长对网络文学作品进行评介,一定程度上有助于解决网络文学批评落后与创作的问题。[①] 雷成佳提出可以将数字人文研究方法引入网络文学批评中,依托智能软件以"远读"的方式完成对文本的整体感知,借助可视化分析结果对文本进行故事、人物、主体、叙事等方面的研究。[②] 智能软件拥有超强的文本提取、统计和分析能力,研究者借助智能软件的确可以省时省力地进行文本分析和文学批评等工作,但智能软件也会存在数据错误、分析偏差等问题。基于此,学者们提醒研究者不能过度依赖智能软件的数据结果,而应有限度地利用智能软件,充分发挥研究主体性。

人工智能对网络文学的影响是全方位的,廖声武、谈海亮将计算主义引入网络文学研究领域,观照人工智能、大数据、云计算等技术手段对网络文学生产、阅读和评价的影响,并坚信各种技术手段正在深层构建一种面向未来的全新网络文学生态。[③] 蒋淑媛、黄彬认为借助人工智能技术可以进一步扩展网络

[①] 王泽庆、孟凡萧:《人工智能文学的诠释困境及其出路》,《安徽大学学报》2020年第3期。
[②] 雷成佳:《数字人文与网络文学批评方法的建构》,《湖北大学学报》2023年第2期。
[③] 廖声武、谈海亮:《走向计算主义:数据化与网络文学业态的裂变》,《湖北大学学报》2020年第4期。

文学 IP 作品开发的广度和深度,指出可以利用人工智能技术对网络文学作品中的人物、情节、场景加以数据化处理,制作出可以进行实时交互的 3D 人物模型,或对 IP 人物角色进行二次创作。[①] 邓祯、梁晓波以人工智能赋能网络文学出版为切入点,认为借助人工智能可以降低出版成本、提高出版效率、优化出版运营决策。[②]

网络文学在人工智能技术的影响下呈现出多样化的发展态势,当前研究紧跟时代潮流,聚焦网络文学的发展现状和前沿问题,对未来的中国网络文学发展具有广泛的指导意义。人工智能研究涉及计算机技术层面的诸多理论,对文学研究者来说是一道较难逾越的知识鸿沟。加之,人工智能进入网络文学领域的时间较短,尚未实现与网络文学的深度融合,也导致了当前研究存在不充分不深入等问题。但研究者也在不断突破知识壁垒,主动学习人工智能方面的专业知识,为全方位勾勒人工智能时代下网络文学的发展图景而努力。人工智能在促成网络文学新变的同时也带来了诸多未知的挑战,关于人工智能如何深度融入网络文学的全产业链生产以推动网络文学的可持续发展,网络文学作家和研究者如何有效利用人工智能技术等问题,仍需进一步思考。

结 语

近十年,网络文学研究稳步前行,已在多个领域展开学术探析和理论探索,在时代的变奏中寻找新的突破。网络文学发展中出现的每一个"爆点"都有可能成为研究中的"热点",如近两年出现的网络文学影视改编、现实题材网络小说创作、网络文学评价体系建构等研究热潮。就当下而言,大数据时代的到来丰富了网络文学的发展形态,元宇宙、人工智能等技术在网络文学领域的应用,为中国网络文学的发展注入了新的活力。人工智能等数字技术已经进

[①] 蒋淑媛、黄彬:《当"文艺青年"成为"数字劳工":对网络作家异化劳动的反思》,《中国青年研究》2020 年第 12 期。

[②] 邓祯、梁晓波:《人工智能赋能网络文学出版:现状、潜在风险与应对策略》,《中国编辑》2021 年第 8 期。

入网络文学研究者的关注视野,学者们也正在以积极的姿态回应数字技术对网络文学未来发展的影响,并将产出丰富的研究成果。由于网络文学研究热点的时效性,其迁移速度相较于传统文学研究更快,使得网络文学研究始终走在追逐热点的道路上。面对网络文学特有的发展规律,网络文学研究者应汲取更多有益的理论资源和实践经验,从多元视角观照网络文学的发生和发展,拓展网络文学研究边界,在继承和创新传统文学批评理论的基础上,建构符合自身发展规律的批评标准和评价体系,实现网络文学发展与研究的同频共振。

网络作家的群体划分及其艺术观念[①]

江秀廷[②]

摘　要：在网络文学近三十年的发展史中，网络作家经历了业余写手、职业作家、网文大神等不同阶段。根据风格、性向和题材，网络作家可以分别划分为小白和文青、男性向与女性向、幻想和现实等多种类型。不同类型网络作家秉持的艺术观念相差很大：有的坚持故事性，认为"网络小说的核心是故事"；有的认可文学性，指出"网络小说得有一个'硬菜'"；有的肯定接受性，指明"取悦读者是我的本性"；有的秉持经典性，声称"'网文'经典需要二十年"。不同类型的网络作家和不同的艺术观念，使得网络文学生态更加丰富、完善。

关键词：网络作家；类型群体；艺术观念；网文生态

媒介即讯息，每一次媒介革命都会引发文学艺术生产方式、创作理念、存在形态、传播路径和批评标准的变革。伴随着甲骨青铜、竹片纸张的文艺媒介衍化，文艺创作者也走过了从口耳相传到纸媒写作的实践路径。自20世纪90年代以来，中国网络文学借助计算机和互联网技术耦合的东风，以数字化符码生存形态完成了大众文艺新的勃兴。面对赛博空间里类型叙事狂欢，我们既需要纵向梳理网络文学创作者的身份转化和艺术观念的嬗变，又需要从题材选择、性别倾向、时空偏差等方面横向考察不同创作群体的群体特征。

[①]　基金项目：本文系绵阳社会科学基金一般规划项目"网络作家群体及其艺术观念研究"（MY2024YB007）。

[②]　作者简介：江秀廷（1988—　），男，山东淄博人，四川网络文学发展研究中心研究员、西南科技大学文学与艺术学院讲师。

一、网络文学发展史中的网络作家

中国网络文学最初受到北美华文网络文学的影响,于20世纪最后几年在中国的网络上生根发芽,经过二十多年发展,已经成为极具世界影响力的文化奇观。回顾中国网络文学发展历程,大致有四代网络作家见证了过往的艰辛和当下的荣耀,闯出了一条从生存到生长、从成熟到变革、从求量到提质、从学习模仿到对外输出的辉煌之路。

1. 网文开启与业余写手

1998年被称作中国网络文学的元年[①],台湾文艺青年蔡智恒(痞子蔡)凭借《第一次的亲密接触》无意间开启了中国网络写作的大门。此后,这股自由、充满活力的东风很快吹遍神州大地,第一代网络写作者成为时代的弄潮儿,其中代表作家和作品有安妮宝贝(《告别薇安》)、李寻欢(《迷失在网络与现实中的爱情》)、邢育森(《活得像个人样》)、慕容雪村(《成都,今夜请将我遗忘》)、今何在(《悟空传》)、宁肯(《蒙面之城》)、江南(《此间的少年》)、尚爱兰(《性感时代的小饭店》)、李臻(《哈哈,大学》)等。他们的作品因语言形式的活泼和主题内容的"在地性"、现实感一方面得到普通阅读者的追捧,另一方面承受着来自"精英"的批评之声,"网络文学都是垃圾""网络文学是厕所文学"之类的否定声音不绝于耳。因此,第一代网络写作者的身份长期处于尴尬地位,他们甚至配不上"作家"的称号,时人常以"写手"命名这一新生写作群体。

相较于多数传统作家的专业创作,网络"写手"都是业余选手。但与今天类型化、职业化的网络创作相比,商业化之前的这批网络写手的创作观念更加纯粹,更具有现实批判性,其作品的审美特质也需要我们进一步去评估。首先,在作家的创作理念上具有自由创作、野蛮生长的特点。第一代网络作家某种程度上属于"精英",他们多是最早接触到网络的理工类专业人才,热爱文学

---

① 近期有学者提出"论坛起源说",认为1996年8月成立的金庸客栈是中国网络文学的起始点。具体参见邵燕君、吉云飞:《为什么说中国网络文学的起始点是金庸客栈?》,《文艺报》2020年11月6日。

是他们共同的内在属性。这一时期,商业模式和政治意识形态还未介入,网络写作显得非常纯粹。与传统作家相比,第一代网络写作者没有身份羁绊,自由创作打破了文学体制的规制性。其次,在作品的精神气质上具有青春叛逆、民间底色的特点。第一代网络作家具有强烈的青春气息,一方面激扬热烈,另一方面质疑权威、解构主流,民间立场坚定、决绝。同时,这群写作者内心的块垒难以通过传统文学期刊疏散出来,网络空间为他们提供了实现梦想、批判现实的舞台。再次,在作品的审美形式上具有短小精悍、形态多样的特点。与后期商业文学网站一家独大相比,此时的创作者散落在网络空间的各个角落里,贴吧、论坛皆是他们的生存土壤。

网络小说的体格远没有后来那般庞大,短小精悍的作品占有更大比例。网络小说虽是主力,网络诗歌、散文的拥趸也不在少数,丰富的形态带来了无限可能。

2."起点模式"与职业作家

2003年,起点中文网在吴文辉团队的主导下实行"VIP付费阅读制度",从而结束了以榕树下为代表的带有公益性质的"编辑审稿制度",开启了网络文学的盈利模式。这一制度不仅使网络文学写作者生存下来,实现了从业余写手向职业作家的转变,还从根本上改变了网络文学的生产方式、交互模式和发展路径。

以微支付为核心的付费阅读进一步发展为"起点模式",从而实现了内容形式、媒介形态和商业模式的匹配。有学者将"起点模式"概括为两个层面:"地基层面是以VIP在线收费制度为核心的生产机制,在此机制上,生成了网络类型文模式——'起点文'。VIP在线收费制度以'微支付—更文—追更'的形式,将网站、作者和读者的利益诉求扭合在一起;以用户为主导的作品推荐—激励机制,如投票、争榜、打赏等,充分调动粉丝经济的生产力,将'有爱'和'有钱'结合在一起;书评区的互动以及'老白'(资深粉丝)、'粉丝团'的出现,加强了网络文学的社区性和圈子化;白金作家、大神作家、签约作家等职业作家体系以及全勤奖等福利保底制度的建立,保证了作者的批量培养和作品的持续产出"①。

"起点模式"取得了巨大的成功,因此得以迅速推广,这种模式彻底改变了网络文学的写作范式。首先表现在网络小说的超长篇写作,在写作字数与作者收益挂钩的前提下,网络作家开始了旷日持久的"码字大战",几百万字的长篇叙事是常规操作,上千万字的"庞然大物"也屡见不鲜。其次是类型化叙事,以起点中文网为例,男生频道包含玄幻、仙侠等 14 种类型,女生频道则包括古代言情、轻小说等 11 种类型,不同类型以叙事套路、故事模式为标签。超长篇和类型化以"爽感"为基础,是写作者有意向阅读者"妥协"的结果。王祥将其总结为"快感奖赏机制",他认为网络文学"是建立在情感体验与快感补偿功能基础上的,网络文学的文学性、独特性,经常就是一些快感模式的审美指代,是欲望叙事的审美化成果"②。

"起点模式"为网络作家的生存提供了基础保证,他们通过"码字"赚钱、养家糊口,终于从"隐秘的角落"走向康庄大道。这一时期的代表作家有萧鼎(《诛仙》)、天下霸唱(《鬼吹灯》)、凤歌(《昆仑》)、树下野狐(《搜神记》)、血红(《升龙道》)、流浪的蛤蟆(《天鹏纵横》)、流潋紫(《后宫——甄嬛传》)、酒徒(《明》)、月关(《回到明朝当王爷》)等。

3. 文学产业与网文大神

2008 年盛大文学成立,各路资本开始涌入网络文学,使其向着庞大的文学产业掘进,网络作家的创作队伍也不断扩大。随后几年时间里,网文界的收购、合并事件不绝于耳,资本运作的规模也越来越大。2014 年,百度文学收购纵横中文网;2015 年,盛大文学与腾讯合并,成立阅文集团,收购多家网络文学网站,一家独大的局面开始形成。这些资本运作有着鲜明的特点:"第一,都是大资本,真正的互联网巨头如阿里、百度等盯准并且进入这个庞大的市场;第二,他们所看重的不是网文和文学网站,而是网文的 IP 运营和网站的'泛娱乐

---

① 邵燕君:《网络文学的"断代史"与"传统网文"的经典化》,《中国现代文学研究丛刊》2019 年第 2 期。
② 王祥:《网络文学创作原理》,北京:中国人民大学出版社,2015 年版,第 14 页。

化'经营战略。"①

2015年又被称作网文的"IP"元年,网络文学开始突破"文学"的围墙,作为后续开发的头部资源,向着纸媒出版、电影、电视剧、动漫、漫画、游戏、有声读物等"泛娱乐"领域开拓,并融文化娱乐、经济市场、科技创新为一体,生态化、全产业链化的运营方式逐渐成熟,网络文学产业的中心也由付费阅读向IP全版权运营转移。在IP热潮下,网络文学作品的影视、游戏等改编版权价格迅速蹿升到成百上千万元,催生了一大批"富豪"。例如,在2012至2015年四届"中国网络作家富豪榜"中,网络文学"大神"唐家三少一直稳居榜首,四年的收入分别为3300万元、2650万元、5000万元、11000万元。这一时期的代表作家还有天蚕土豆(《斗破苍穹》)、我吃西红柿(《星辰变》)、辰东(《完美世界》)、猫腻(《择天记》)、骷髅精灵(《星战风暴》)、梦入神机(《星河大帝》)、跳舞(《天启之门》)、风凌天下(《傲世九重天》)、高楼大厦(《寂灭天骄》)、耳根(《我欲封天》)、蝴蝶蓝(《全职高手》)、烟雨江南(《尘缘》)、烽火戏诸侯(《雪中悍刀行》)等。

网络文学产业光鲜亮丽的背后也存在很多问题。首先,就是收入的"两极分化",像天蚕土豆二十几岁时凭借一部《斗破苍穹》直接封神,由一名大学生华丽转身为千万富翁,这种成功的案例虽然激动人心,但毕竟是少数,风光无限的"大神"背后站立着数量众多的底层作者、"扑街写手"。底层写手的作品往往难以签约,依靠网站的"全勤奖""低保"获取少量收入,但是,这群金字塔底层的作者同样为网络文学的繁荣发展做出了重要贡献。其次,网络空间里混杂着内容淫秽、低俗、暴力的文字"垃圾",严重污染了创作风气,尤其不利于青少年的健康成长。为此,国家监管部门多次开展"扫黄打非"整治活动,实施屏蔽关键词,限制黑道、帮派、耽美、官场类型小说无序发展等举措。

4. 网文出海与多元创作

网络文学IP开发热潮不断,精品内容驱动网络文学产业深化发展,其影响力范围由国内扩大到世界。2014年底,位于北美的中国网络文学翻译网站

---

① 欧阳友权:《中国网络文学二十年》,南京:江苏凤凰文艺出版社,2018年版,第92页。

WuxiaWorld 和 GravityTales 建立;2017 年 5 月,起点中文网海外版——起点国际(www.webnovel.com)正式上线,中文网络小说的翻译和海外网络小说原创写作共同"推进国际传播能力建设,讲好中国故事"。网文出海带动文化输出,国家文化软实力得以提高。截至 2019 年向海外输出的中国网络文学作品已经超过 1 万部,2019 年翻译网文作品出海数量 3452 部,海外中国网络文学用户数量达到 3193.5 万人,起点国际一家的海外原创作者数量在过去一年内就增加了 3 万多人。[1]

在网络文学的内容层面也有了新的拓展,呈现出多元共生的发展态势。首先是二次元网络文学的崛起,这种文学形态体现了独特的青年亚文化特征,"有着鲜明的符号化、风格化、边缘化等小众亚文化特征,以及弱势文化对支配主导地位的主流强势文化进行仪式性抵抗的精神内核"[2]。二次元网络小说受到动漫、漫画、游戏的影响,主要集中在同人、耽美、网游、轻小说等类型小说里,在人物塑造、叙事模式、话语表达等方面极大丰富了网络文学生态。其次是现实题材网络小说的迅速发展,改变了幻想类小说一家独大的格局。2014 年 10 月,习近平《在文艺工作座谈会上的讲话》中提出要"抓好网络文艺创作生产,加强正面引导力度";2015 年 12 月,中国作协成立网络文学委员会,官方话语的介入力度日渐增强。在主流意识形态的引导下,一大批回顾党史、歌颂祖国、紧贴时事的作品创作出来,其中,表现改革开放、大国复兴、扶贫支教、抗击疫情等题材的小说取得了较高成就。

网络文学的商业模式也有了新变化,免费阅读成为一种深具影响力的商业模式。其为网络文学的内容规模和读者群体都带来了不小的增量。这种模式以"流量+广告"为抓手,"主要通过为读者提供免费内容获取相应流量,再通过信息流广告、展示广告等形式进行商业变现"[3],番茄、七猫、米读等文学阅读

---

[1] 艾瑞咨询:《中国网络文学出海研究报告 2020》,2020 年 8 月 31 日,https://report.iresearch.cn/report/202008/3644.shtml。

[2] 刘小源:《来自二次元的网络小说及其类型分析》,上海:东方出版中心,2019 年版,第 33 页。

[3] 中国社会科学院《网络文学发展报告》课题组:《2020 年度中国网络文学发展报告》,2021 年 3 月 27 日,https://www.sohu.com/a/457663460_152615。

网站是众多免费阅读平台的代表。虽然这种模式的实用性、生命力还有待检验,但无疑是对现有收费模式的补充。

第二代、第三代网络作家"战斗力"不减,"Z世代"(95后、00后)崭露头角,二次元和现实题材网络小说写作者所占比重逐渐增大,这种多元创作格局催生了一大批优秀的网络作家:齐橙(《大国重工》)、何常在(《浩荡》)、卓牧闲(《朝阳警事情》)、爱潜水的乌贼(《诡秘之主》)、老鹰吃小鸡(《万族之劫》)、言归正传(《我师兄实在太稳健了》)、会说话的肘子(《大王饶命》)等。

二、网络作家群体的类型划分

网络作家创作时并不会过分追求"陌生化"、独特性,而以读者为中心,创作出类型化、模式化的通俗故事。网络文学总体上以"爽"为叙事动力,透过虚拟投射现实,努力建构作家、人物、读者的"想象共同体"。但网络文学毕竟还是文学,创作者的文化素养、文学理念、叙事能力各有差异,客观上推动了不同作家群体的生成。根据风格、性向、题材,我们能大致划分出几类作家,以此观照网络文学的生态格局和脉动趋势。

1. 风格:小白和文青

网络文学有着鲜明的"爽"文学观,表现"爽"的方式却有所不同,根据不同的行文风格,很多研究者将网络文学分为"小白文"和"文青文",与之对应,网络作家也被分成了两类群体:小白和文青(老白)。前者以我吃西红柿、天蚕土豆、唐家三少、辰东和梦入神机为代表,他们被合称为"中原五白"。后者的代表作家有烽火戏诸侯、烟雨江南、猫腻、骁骑校、愤怒的香蕉等。小白和文青作家在写作上有什么不同呢?小白笔下的作品,其语言较为直白、口语化,塑造的人物性格单一,有着强烈的征服欲望,情节模式化、结构套路化,鲜有深层次的精神思想关切,常以口号式的呐喊宣泄情感。小白文的受众以青少年学生为主,数量众多,《斗破苍穹》《斗罗大陆》《盘龙》等作品深受读者喜爱。文青作家文学素养较高,创作时讲究"情怀",并且善于运用修辞手法,作品语言较为含蓄、典雅,人物性格更为复杂,注重表现人物的情感世界和行为背后的心理波动,人物成长是渐进式的,作品情节、结构创新度较高,常有对人生命运、国家民族的感慨,文青文的受众少一些,黏性却更大。《间客》《赘婿》《尘缘》就是典型的文青文。

小白和文青的划分不是绝对的,一个作家的风格在不同时期会发生很大变化。以网络仙侠作家管平潮为例,他早期的作品如《仙路烟尘》《九州牧云录》具有古典、清新风格,有侠气,更有烟火气,主人公张醒言、张牧云慵懒可亲,体现了道家出世精神。更加难能可贵的是,小说里有着大量的古典诗词,状物抒情、铺陈点染,在所有网络作家中独树一帜,可谓文青中的文青。而到了《血歌行》《燃魂转》《仙风剑雨录》等作品,文风大变,正邪双方的冲突大大加强,行文节奏明显提高,小说语言简单直白,更加突出游戏效果,西方元素彻底压倒中国传统。可以说,管平潮是从文青转变为小白的典型,扩大受众群体应该是其文风变化的根本原因。小白和文青是从作家角度进行划分的,还有一些研究者从接受者出发将网络小说分为大众文和小众文:

大体说来,以情节取胜的,采用打怪、升级、换地图、金手指、开挂、YY、玛丽苏等手法的,主题相对浅显的,人物性格类型化倾向突出,读来令人轻松愉悦的网络小说是大众文。在故事叙述中,注重细节描写和场景描写,注重人物性格的丰富性,适当放慢情节节奏,延宕爽点,语言有文采,深度表现人情世态,故事主旨并不单一,有幽深余味的网络小说是小众文。典型的大众文是小白文,典型的小众文是文青文。[①]

在文青和小白、小众文和大众文划分的基础上,还有研究者从创作心理学的角度出发,将这两种写作大体分为感性的情绪写作和理性的情感写作:

文青文和小白文、小众文和大众文的根本区别是什么?从创作心理学的角度出发,我们可以把这两种写作姑且分为感性的情绪写作和理性的情感写作。感性的情绪是动物的、先天的、瞬时的、简单的、游戏性的,那些浅且白的"爽文"用数百万字的篇幅讲述着满是套路的传奇故事,作品中的人物依靠着"金手指"征伐攻袭,决不妥协的叛逆和战无不胜的背后体现的是情绪化的权

[①] 周志雄:《大众文和小众文》,《网络文学评论》2019 年第 5 期。

力意志,人物的"浅成长"显得虚假而苍白,故事和人物往往只是促进多巴胺快速分泌的诱导剂。而理性的情感是人性的、经验的、长久的、复杂的、文学性的,此类作者在创作时会更多地考虑故事的逻辑性、背景设定的合理性,人物不再是仅仅满足欲望本体的符号而带有了人类情感的体温。①

站在不同角度,可以有不同的划分方式,但每一种区隔都是相对的。只有将不同的写作风格和审美取向结合起来,取长补短,才能创作出网络小说精品。

2. 性向:男性向与女性向

网络小说有着鲜明的性别取向特征,网络作家因此又常被分成"男性向""女性向"两类作家群体。"男性向"和"女性向"更多地体现了网络小说的性别属性和受众的阅读偏好,将这一对概念运用到作家身上,必须清醒地意识到:男性向作品、女性向作品与作家的性别并非绝对的对应关系,例如,海晏与阿耐都是女性作家,她们的作品却大气磅礴,因其阳刚之气而深受男性读者喜爱;非天夜翔、金铃动的作品缠绵悱恻、温柔细腻,主人公多是女性,作者却实为男性。但总体而言,从文学外部的网站选择、类型趋向到文本内部的审美表现、价值观念,两者之间的不同非常明显:男性向写作者常把起点中文网、创世中文网、纵横中文网、17K 小说网当作自己的文字连载阵地,小说集中在玄幻、仙侠、军事、游戏等类型,小说围绕男主角展开,故事情节可以概括为"一个男主和多个女人"的故事,升级文、赘婿文、种马文是典型的男性向文体;女性向作家群体多聚集在晋江文学城、潇湘书院、红袖添香小说网等所谓的"女频"网站,他们更擅长写作言情、同人、耽美等类型小说,主角多为女性,宫斗文、女尊文和甜宠文是典型的女性向文体。两类作家群体面对同一类题材、类型的故事时,不同的处理策略就显得非常耐人寻味:流潋紫的《后宫·甄嬛传》与冰临神下的《孺子帝》都是历史类宫廷斗争小说,虽然都涉及君王、权力、成长等元素,但前者重在表现皇权、后权对女性的异化,真实地阐释了"他人即地狱"的哲学命题;后者则把更多的笔墨放在了宫廷内外的军事冲突,尤其是惨烈的边

---

① 江秀廷:《现实题材网络小说的第二种形态》,《文艺报》2021 年 3 月 31 日。

疆战争,是饱含着家国情怀的宏大叙事。

两种性向写作背后隐含着商业化的消费主义逻辑,写作者不再追求整体性、全面性,只为自己的目标群体写作,这也与网站自身定位有关。以起点中文网为例,其最初的小说类型以玄幻、仙侠为主,作家和目标群体多是男性,为了吸收更多的女性用户,他们开辟出起点女生网,主打言情、青春、轻小说等类型故事。相较于男性向,女性向写作的意义更为深远,一方面它与90年代以林白、陈染为代表的私人写作,特别是卫慧、棉棉的身体写作不同,它并不追求以性解放为核心的绝对的女性主义,也没有先锋实验的"野心",而以通俗故事的形式彰显女性生命力的自主;另一方面,网络女性向写作也与以琼瑶为代表的港台言情小说不同,琼瑶虽然善写情爱,但在她的作品中始终宣扬"不能得到男人怜爱的女人不是好女人",仍未走出男尊女卑的束缚。女性向写作不以性别的二元对立为前提,是网络时代的产物,其改变了新一代中国女性的性别意识,正如有研究者所说:"进入互联网时代后,中国女性有了自己的独立空间,女性向开始与互联网舆论场中的女性主义文化相结合,是女性逃离男性目光后,以满足女性的欲望和意志为目的,用女性话语进行创作的一种写作趋势。"①

3. 题材:幻想和现实

追根溯源,最早的网络小说是以现实题材为主,无论是《第一次的亲密接触》《性感时代的小饭馆》《成都,今夜请将我遗忘》,还是安妮宝贝、邢育森、李寻欢,早期产生重要影响的网络作家和作品都与"现实"紧密相连。2003年前后,伴随着付费阅读模式的建立、普及,以玄幻、仙侠为代表的幻想类作品发展壮大,唐家三少、天蚕土豆、猫腻等作家也都是借助幻想题材成为网络大神的。2014年10月,习近平《在文艺工作座谈会上的讲话》中提出要"抓好网络文艺创作生产,加强正面引导力度";2015年10月,中共中央制定了《关于繁荣发展社会主义文艺的意见》,要求"大力发展网络文艺",用正能量引导网络文艺创作。此后,在政府引导、网站配合、作家实践下,现实题材网络小说如雨后春笋

---

① 邵燕君:《破壁书——网络文化关键词》,北京:生活·读书·新知三联书店,2018年版,第166页。

般涌现,各类评奖活动也有意对其倾斜,以 2019 年"庆祝新中国成立 70 周年"主题网络文学作品暨优秀网络文学原创作品推介活动为例,在 25 部上榜小说中,有 20 部小说属于现实题材,占比为 80%。在这种大趋势下,一些依靠幻想类小说封神的网络作家也开始尝试现实题材创作,像唐家三少就写出了《为了你,我愿意热爱整个世界》《拥抱谎言拥抱你》等"现实向"的励志言情小说。

纵观网络文学近三十的发展,幻想题材作家群体和现实题材作家群体共同推动了网络文艺生产的繁荣,也体现出各自独特的特点。幻想类作家拥有天马行空的想象力,能够突破时空限制,很多作品思维开阔、绮丽诡谲。从形式上看,穿越、重生、异能等创作手法层出不穷,给读者带来了强烈的陌生化体验;从内在的文化层面上看,幻想类作家既能继承传统文化的优长,还能汲取西方文化的养分,中西文化共同浇灌出一朵浪漫主义的文字奇葩。例如,玄幻小说与神话传说、仙侠小说与仙道文化、恐怖小说与鬼神文化都有着明显的继承关系。

现实题材网络作家群体身上也具有共同的属性,他们的作品在不同程度上体现了知识性、人民性和时代性特征。首先,许多现实题材网络小说里含有大量的专业知识,不仅为读者带来深刻的情感体验,还能提供丰厚的知识洗礼,这与写作者的专业背景有很大关系。例如,《大国重工》之所以能够围绕冶金、电力等领域展现我国重型装备工业发展历程,这与作者齐橙是北京师范大学经济与工商管理学院副教授有莫大关系;郭羽、刘波的《网络英雄传》里涉及黑客攻击、互联网创业,而作者本身就是互联网行业的企业家、投资人。网络现实题材作家不再把写作重心放在浩渺的星空和悠远的历史,而是将目光投注到普通人的日常生活,真正践行了以人民为中心的创作导向。如表现人民警察与普通群众紧密关系的《朝阳警事》,反思家庭关系和都市女性职场生活的《都挺好》《欢乐颂》等,都得到了很好的评价。此外,还有一部分小说与时代紧密相连,涌现出一批讴歌党、讴歌祖国、讴歌人民、讴歌英雄的作品,"有表现脱贫攻坚主题的《故园的呼唤》《晚妮》《我的草原星光璀璨》,有'一带一路'主题的《画春光》和《应识我》,还有反映同舟共济、全民抗疫主题的《白衣执甲》

《春天见》《共和国医者》《逆行者》等"①。

此外,依据不同的标准,网络作家还可以被分成不同的群体:根据收入,既有年入百万、千万的大神、白金作家,也有很多依靠低保、全勤勉强度日的底层写作者,网络作家的收入两极分化严重,高收入者占总体比例较低,低收入作家、扑街写手大量存在;从地域上看,地区经济发达程度与作家的数量成正比,很多网络作家聚集在上海、浙江、江苏、广东等东部沿海省市,它们引领着网络文学发展潮流;从年龄上,我国网络作家群大抵由70后、80后、90后和00后四代作家构成,不同年代的写作者有着不一样的文学观念、题材偏向,例如,70后网络作家偏向现实题材,而00后更喜欢二次元题材,构思过程中后者比前者更善于"开脑洞"。

三、网络作家群体的艺术观念

经过二十多年的发展,网络文学作品浩如烟海,网络作家数量自然不在少数。一千个读者一千个哈姆雷特,网络作家也秉持着不同的艺术观念,但在个体观念的特殊性之上我们仍然能够找到群体的普遍性:多数作者认为故事性是评价网络小说的重要标准;网络小说是写给读者看的,小说创作要以读者为中心。此外,一些文学修养较高的写作者还十分看重作品的文学性,常以"夹带私货"的方式表达个体见解,其中的佼佼者更是始终坚持精品化创作,推动网络文学的经典化进程。

1. 故事性:"网络小说的核心是故事"

网络小说与以四大名著为代表的中国古典小说和以"鸳鸯蝴蝶——礼拜六派"为代表的近代通俗小说有着紧密联系,"网络小说对通俗小说采取了积极拥抱的姿态,消遣娱乐倾向明显,从内容到形式对传统通俗小说展开了全面的吸收融合"②。此外,新时期以来港台武侠、言情等类型小说和影视作品也在某种程度上起到了叙事"启蒙"作用,金庸、古龙、黄易、琼瑶、倪匡等人的作品

---

① 欧阳友权:《最是一年春好处——2020年网络文学述评》,《文艺报》2021年1月29日。
② 周志雄:《网络文学的发展与评判》,北京:人民出版社,2015年版,第95页。

跨越时空的限制,为当下网络文学的繁荣提前蓄满了能量。网络小说和这些曾经的大众化、商业化文学一样都非常重视故事性,就像网络作家落尘建议的那样:"网络小说的核心是故事,所以如果想写的话,最多就是钻研这个故事怎么让它吸引人"①。网络小说的故事性主要表现在人物设定和情节结构两个方面。

网络小说以人物为中心推动故事发展,主人公在小说开始时多是普通人,具有很强的"代入感"。但是,人物的成长常常是通过形式多样的"金手指"实现的,既包含秘籍、法器等物理工具,也使用穿越、重生等幻想途径,这在玄幻、仙侠、历史等类型小说上表现得尤为突出。得益于"金手指",小说主人公攻城略地、加官晋爵而无往不利,因而常被称作"玛丽苏"或者"杰克苏"。主人公虽然是小说的叙事核心,作者以数以百万字的篇幅展现他们的传奇经历,但这些人物形象多是扁平的,人物性格多是偏执的,他们的成长也是形式大于内容的"浅成长"。但是,近年来现实题材网络小说构成了赛博空间里的一股重要力量,极大地改变了人物设定过于虚假、夸张的问题,一批兼有正能量、真实性的时代男女出现在读者面前。例如,在阿耐的小说《大江东去》里,作者同时塑造了大学生宋运辉、农民雷东宝和小商人杨巡三个走在不同道路上的人物形象,他们伴随着改革开放的时代潮流成长、成熟、成功。与幻想类小说不同,这三个人物的成长并非一帆风顺,生命进程中面临着各项挫折,最终的成功也就显得更加令人信服。而小说《浩荡》里,作家何常在将主人公何潮的命运变化与深圳这座城市紧密连接在一起,如果说改革开放进程中的深圳是《浩荡》叙事展开的典型环境,那么何潮就是代表创业者群像的典型人物,人物与环境有如盐溶于水,使得故事具有合理性和象征意味。因此,《浩荡》不仅是一则热血的创业故事,更是在宏大的历史进程中发掘出了个体发展与民族复兴的精神同构性。

网络小说的故事性还体现在小说的情节设定上。中国传统小说非常注重小说的结构,甚至把结构看作叙事的第一要素,并认为文本结构之前的"先在

---

① 周志雄:《大神的肖像:网络作家访谈录》,济南:山东人民出版社,2015年版,第92页。

结构"更为重要,"也就是说,所谓落笔,就是把作者心中的'先在结构'加以分解、斟酌、改动、调整和完善,赋予外在形态,成为文本结构。在作者的'先在结构'和文本的完成结构之间存在着对应、错位的张力,先在结构赋予文本结构以对世界、世界的意义和形式的体验,文本结构则以其有限的形式让人们解读其难以限量的潜在意义"[①]。网络文学除了存在"先在结构"和文本结构,还有一个"大纲结构",即为了在几百万字的超长篇写作中保持叙事统一并维持高频率的写作速度,一部网络小说的背后常有一个叙事的"前文本",如同资深网络作家千幻冰云为初写者提的建议:要写快,先写纲。要想"写快",首先就要提前写好细纲,明确故事线索。[②] 在此基础上,网络作家采用模式化的叙事套路,构建升级体系,切换成长地图。

2. 文学性:"网络小说得有一个'硬菜'"

网络文学与传统通俗文学一脉相承,其通俗性、娱乐性并不排斥文学性、艺术性,这一点在张恨水、金庸等传统通俗文学大师身上已经得到过证明。同时,新文学是受到西方文学思潮的影响发生、衍变的,其现代性追求是以中国古典文学的精神断裂为代价,而网络文学的文学性特征更多地保留了民族文化的独特性。另外,网络文学毕竟是一种数字化生存,其文学性必然是与"网络性"紧密联系。当然,网络文学体量巨大,存在泥沙俱下、鱼目混珠的客观现实,其中的艺术精品有待于我们进一步挖掘。

网络文学的文学性首先表现在天马行空的想象力上。想象力拓展了人类认识世界的边界,无疑是对读者群体人格结构的完型和丰富。即使从形而下的层面而言,以想象力为基础的创新精神带来了强烈的"陌生化"效果,只是网络文学(新时代的通俗文学)与严肃文学(或纯文学)的"陌生化"着力点有所不同,正如范伯群所说:"通俗文学善于制造叙述内容上的陌生化效果,而叙述形式则往往趋于模式化;而纯文学则崇尚叙述方式上的陌生化效果,往往追求叙述形式上的创新。与此相关,娱乐、消费、故事、悬念等有时被纯文学视为小

---

① 杨义:《中国叙事学》,北京:人民出版社,1997年版,第36页。
② 邵燕君、千幻冰云:《初写者该如何写网文——千幻冰云做客北大网文课堂》,《名作欣赏》2015年第4期。

技,而通俗文学视为这是它的要素和生命线;而语言和文本的实验性则是纯文学作家追求的至高目标……因此,雅重永恒,俗重流通。"①网络时代的文学创新速度远远高于以前,在形式层面,网络文学通过跨类、兼类、反类等不同方式突破既有的叙事成规,不断进行着大的类型演替和每一种类型内部的细分。以最具代表性的玄幻小说为例,根据不同的题材和生成背景,它又被分成奇幻修真、神魔志怪、异世大陆、洪荒创世等各种亚类型,犹如细胞分裂一般,极具活力。

网络文学的文学性还表现在其"思想性"——作者对世界人生的理解,只不过这种思想性常被称作"私货"或者"硬菜"。例如,有的作者将自己的见解悄悄地放进小说里:"我在其中加了许多的'私货',我们的行话叫'私货',就是本来不应该写的,但是自己有一些不吐不快,就把自己的一些想法通过主角也好配角也好,让他们说出来。"②被称作"最文青"的网络作家猫腻则认为:"我最常做的事情,就是在开书之前跟我媳妇儿或者我特别好的朋友说,写这个人和这个故事是要做一个什么东西。得有一个'硬菜'在那个菜桌上,我每次开始之前就想搞清楚这桌宴席的'硬菜'是哪个。"③这个"硬菜"就是严肃文学的主题,猫腻就认为自由和爱情是《间客》的"硬菜"。甚至在一些网络小说精品中,写作者借助人物之口发出前所未有之"创见",这就显得难能可贵。在网络历史小说《十三行》里,作者阿菩写道:"上品之商人,是要在货中立品,在商中立德。他们不只做买卖,还要做货品,不但要做货品,还要立德业。"阿菩将商道和圣贤联系到一起,是对网络小说思想意蕴深入探求的表现。

3. 接受性:"取悦读者是我的本性"

"与世俗沟通"是一切大众文学的本质特征,网络文学的繁荣同样离不开数量庞大的阅读者群体。读者阅读大众文学作品本是一种自我娱乐、消磨时光的客观理性行为,但在网络空间里非理性因素显著增强,阅读者根据个体偏

---

① 范伯群:《中国近现代通俗文学史》,南京:江苏教育出版社,1999年版,第26页。
② 周志雄:《大神的肖像:网络作家访谈录》,济南:山东人民出版社,2015年版,第92页。
③ 邵燕君、猫腻:《以"爽文"写"情怀"——专访著名网络文学作家猫腻》,《南方文坛》2015年第5期。

好逐渐衍化为不同小说类型、作家作品的"粉丝",而随着网络文学"IP""网络文学+"的后续开发,粉丝群体的黏性得到了进一步强化。网络粉丝是经济、文化娱乐领域的横向移植,具有鲜明的"部落化"特征,即空间的聚集效应。网络作家在推动粉丝阅读方面做了些什么,其叙事动力又是什么?

从作家的角度来看,他们非常重视自己的粉丝群体。有的作者非常直白地说道:"取悦读者是我的本性。"作家管平潮曾以调侃的又不失客观的语气说道:"读者不仅是上帝,还是三皇五帝。"网络作家不仅以创新作品吸引读者,还通过QQ群、微信公众号、贴吧、豆瓣小组等各种途径归拢他们,以部落化的形式实现"想象共同体"和现实共同体的双重建构。在网络历史小说《长宁帝军》里,作者知白时常在章节结尾处的小结诉说自己的生活日常、创作计划,读者则会在每一章的书评区发表见解、与作者讨论情节设定等。例如在第893章的小结里,作者知白这样写道:"之前一章中描写火药包中放了大量铁钉,这不符合实际,欠缺考虑,已经修改,在这个环境设定下,铁钉的大量制作并不容易,所以改为碎石子和少量碎铁片以及箭头。"因此,当下的网络写作是一种作家和读者共同完成的"间性写作",两者间的地位发生了彻底的改变。

网络平台也为"粉丝"的参与热情起到了推波助澜的作用。以起点中文网为例,网站在付费阅读的基础上,增加了月票、推荐、打赏等"配套"措施,这种文学阅读行为与经济消费行为的结合很快得到了迅速推广。网站在主体阅读、传统书评区界面的基础上,发展出段评、本章说、弹评等新的接受模块,读者对文本的点评以及后来者"点评的点评"构成了网络小说的伴随文本。伴随文本不仅有线性的文字,一些声音、图像甚至视频也出现在评论的间隙,带来了巨大的文本张力。同时,这对文学批评带来了极大的挑战,人们不禁发出这样的疑问:传统的阐释理论是否还能跟得上今天的创作实践?20世纪中叶以来,相较于文本中心论,姚斯、伊瑟尔等德国学者提出了"以读者为中心"的接受美学理论,其"期待视野""召唤结构"的概念极大地丰富了文学研究的理论资源。但今天的网络文学,主文本与伴随文本、主体写作与间性写作紧紧纠缠在一起,如何完善、建设、发展包括接受美学在内的网络文学理论批评体系,就成了我们网文研究者不得不去思考的重大课题。

4.经典性:"'网文'经典需要二十年"

何谓文学经典?不同时代、不同国家,甚至站在不同角度的批评家都会有自己的答案:有的严格一些,有的相对宽容。布鲁姆认为:"只有审美的力量才能透入经典,而这力量又主要是一种混合力:娴熟的形象语言、原创性、认知能力、知识以及丰富的词汇。"①在此基础上,他提出了"影响的焦虑"这一概念,认为任何作家都会受到前辈文学名家名作的影响,进而产生原创性、陌生化方面的不自信,带来了心理的焦灼感。布鲁姆的标准无疑是严格的,他认为莎士比亚最符合自己的要求,将他的作品视为西方正典的中心。但是,莎翁的戏剧是以通俗化、大众化为基础的,即过去的通俗文学作品经过时间的淘洗变成了精英文学,进而确立自己的经典地位。这种雅俗转换,与《三国演义》《西游记》为代表的古典文学的命运变迁非常相似。

网络文学是否有经典?一些网络作家似乎并不在乎自己的作品能否成为经典,兴趣、金钱的诱惑力好像也更大一些。还有一部分写作者认为读者喜欢的作品就是经典,文学经典已经大量存在;另有一些较为谨慎者,比如著名网络作家血酬,提出"网文'经典'需要二十年"。的确,网络文学发展至今只不过二十几年,还需要读者、批评家去筛选,并被纳入文学史,这是一个漫长的过程。此外,网络文学的技术性因素、后现代主义解构思潮、消费主义文化语境都导致了经典的"难产"。就像有的研究者提出的那样:"当网络越来越以自己的去魅方式揭去文学经典的诗性面纱,抛弃经典的认同范式,回避经典那隽永的韵味,挤对经典的生存空间时,文学还能有能力用'经典'来为人类圈起一个精神的家园吗?"②经典的标准还没有最终建立,但一些共识已经达成,例如,读者喜爱的作品不一定都能成为经典,但读者不喜爱的作品一定不能成为经典。正是在这个基础上,"中国网络文学20年20部优秀作品""中国网络小说排行榜"等各项榜单就充分考虑到阅读者的喜好,起到了网络文学经典化进程中的筛选作用。

---

① [美]哈罗德·布鲁姆:《西方正典:伟大作家和不朽作品》,江宁康译,南京:译林出版社,2005年版,第2页。
② 欧阳友权:《网络媒体对文学经典观念的解构》,《贵州社会科学》2007年第12期。

与作家相比,有些文学研究者对新媒体时代的文学经典命题更加敏感。例如,邵燕君从典范性、超越性、传承性、独创性四个方面概括了网络类型经典的"经典性"特征,并以此为标准评选出"典文"和"好文":

> 其典范性和超越性表现在,传达了本时代最核心的精神焦虑和价值指向,负载了本时代最丰富饱满的现实信息,并将之熔铸进一种最有表现力的网络类型文形式之中;其传承性表现在,是该类型文此前写作技巧的集大成者,代表本时代的巅峰水准,在该类型文发展进程中具有里程碑的意义,并且,首先获得当世读者的广泛接受和同期作家的模仿追随;其独创性表现在,在充分实现该类型文的类型功能的基础上,形成了具有显著作家个性的文学风格,广泛吸收其他类型文,以及类型文之外的各种形式的文学要素,对该类型文的发展进行创造性更新。[①]

显然,这种标准是妥协的产物,与最终的共识还有一段距离。但无可争议的是,在"经典的焦虑"和官方主流话语的深切介入下,网站、作家、批评家对网络文学"精品化"路径这一大的走向已没有争议。由此,"降速、减量、提质"的创作理念正在迅速践行,中国网络文学"有数量缺质量,有'高原'缺'高峰'"的现象将会得到改观。

---

① 邵燕君:《网络文学经典解读》,北京:北京大学出版社,2016年版,第16—17页。

跨界研究

网络军事小说题材创新的文学生态性研究[①]

李盛涛[②]

摘 要:题材的创新带来了网络军事小说相较于传统军事小说的创新性。在网络军事小说中,形成了以抗战、特种兵和雇佣兵为主的题材类型,其中雇佣兵题材是最具网络小说特点的题材类型。相较于传统军事小说的史诗性而言,网络军事小说题材的特征具有去史诗性的审美特征,主要表现为小型化、隐秘性和域外性等特点;而在情节的纵向铺排上,有些网络军事小说形成了类似"打怪升级"的故事模式。网络小说题材的创新带来了对传统军事小说叙事伦理的突破,主要表现为意识形态范畴内的国家意志、传统文化中的兄弟义气和当代意义上的个体生存意志等内涵的融合,这也是网络军事小说题材创新的重要文学生态性体现。

关键词:网络军事小说;题材;创新;叙事伦理;文学生态性

一般而言,军事题材小说是题材边界清晰、审美习性较为稳固的小说类型。在新中国成立后半个多世纪的文学发展历程中,军事小说,特别是红色经典小说形成了以抗战题材和解放战争题材为主的题材类型。这两类题材似乎与意识形态具有更近的血缘关系,在不断的话语重复和强化表现中获得了无与伦比的文学资本。当然,新世纪以来影视剧中出现的特种兵题材尽管对传统军事小说题材有所突破,但在叙事伦理方面依然属于传统军事小说的意义范畴,或多或少让人感觉有种"新瓶装旧酒"的味道。传统军事小说的这种审美规范的超稳态主要来自两个因素:一是传统现实主义小说观念所要求的真

[①] 项目基金:国家社科基金重大项目"中国网络文学评价体系建构研究"(18ZDA283)。
[②] 作者简介:李盛涛(1972—),男,山东滨州人,山东航空学院副教授,研究方向为中国现当代文学。

实性对描写对象客观性的过度遵循;二是军事题材所携带的民族情感、国家意志等绝对权威性话语形态让这种题材具有不容质疑的稳态性。这决定了传统军事题材创新的艰难。但网络军事小说以题材的突破与创新带来整个军事小说的改变,并带来重要的文学生态性。

一、网络军事小说的题材类型

与传统军事题材小说相比,网络军事小说在题材类型上有所突破。传统军事小说的题材类型主要包括抗战题材和解放战争题材两类,这两类题材多在现实主义小说叙事策略之下力求真实地再现历史战争影像,意图建构历史本真以实现价值合理性。这两类题材构成了红色革命历史小说叙事的两大文学板块。但网络军事小说在传统军事小说的基础上进行了突破,形成了以抗战、特种兵和雇佣兵为主的题材类型。

抗战类网络军事题材与传统军事题材相比,虽更多具有相似性,但也形成了叙事的独特之处。在当代文化语境中,特别是通过具有公共媒介属性的影视媒体的传播,抗战题材的文学创作(特别是电视剧)往往被评论界诟病为"抗战神剧"。这些"抗战神剧"将战争题材的传奇性夸大到极致,突破了事理逻辑的常规性和可能性。而网络军事题材中的抗战类小说在很大程度上也是抗战神剧,诸如作者"丑牛1985"的《抗日之兵魂传说》、欧阳峰的《云的抗日》等作品,尽管这些作品具有鲜明的抗战神剧色彩,但有着网络小说特有的叙事逻辑,读来让人感到"可信"(这种"可信"不是建立在与现实关系的真实性之上,而是从属于小说世界的叙事逻辑)。其中最具代表性的作品是《抗日之兵魂传说》,作品写主人公胡昊在抗战期间屡建奇功,诸如:想吃白面,就到敌人占领的城里缴获;用现代捕鱼法钓鱼、打猎,解决军队肉食紧张问题;到鬼子阵地烤火弄吃的;能扔超过200米的炸药包;晚上混进鬼子军营让鬼子炸营;到鬼子那里抢年货;到鬼子营地赌钱,炸了敌人的炮兵阵地,还偷来一车炮弹和一门大炮;把巴豆弄到敌人的面团里,给鬼子炮兵的饭里下砒霜;炸敌人火车,炸死鬼子中将;逼迫鬼子,让鬼子送礼;欺骗鬼子轰炸机,让鬼子炸他们自己的阵地;

跟鬼子谈判,要挟鬼子;太原城斩首行动;炸毁鬼子机场;用计谋让鬼子兵变自相残杀;在河南,胡昊全歼鬼子74师团;用敌人的毒气弹毒死鬼子;挖陷阱捕获鬼子坦克;刺杀戴笠;等等。胡昊还具有创造性的行为,如:创建特种兵;制造机床;写步兵操典;特战队选拔班长考试,考英语;研发新武器(ak-47冲锋枪、火箭筒、坦克、火箭炮等);办养殖场安置伤残军人;成立快速反应部队;等等。对于胡昊形象在战争中的神奇性的一面,作者对其身份的合理性进行了极具有网络小说叙事特征的阐释:胡昊以当代特种兵身份穿越到抗战历史之中。"穿越"这一行为尽管在现实中并不存在,但在网络小说的虚构世界中极具文学魅力,也符合网络小说的故事逻辑。从这点来看,网络军事题材小说的"神奇性"比"抗战神剧"中的"传奇性"更为合理;因为前者力图在虚构的前提之下构造一种神奇性阅读效果,因而此种"神奇性"从属于整个虚构,给人以"爽感"的阅读体验,而后者试图在真实的环境中建构一种"神奇性",可这种"神奇性"势必无法弥合文学虚构和生活真实之间的裂隙。

因为抗战类题材网络军事小说的"神奇性"完全建立在虚构之上,于是其他文学叙事元素被作家信手拈来。在《抗日之兵魂传说》中,作者又将网络玄幻小说最主要的叙事元素——玄幻纳入叙事,使小说和故事情节并不局限于那段貌似真实的抗战历史,而是沿着"神奇性"的审美维度一路狂奔,直达玄幻世界,主人公胡昊也由一个抗日英雄一路飙升为统领宇宙的至尊之神。这里,真实世界和玄幻世界的疆界被轻易打破,这使网络军事小说的表意空间变得比传统军事小说要广阔许多。

特种兵题材也是网络军事小说常见的题材类型。特种兵题材是网络军事小说与传统军事小说具有交叉性的题材类型。在传统文学场中,特别是在当代电视剧中,有许多以特种兵为题材的电视剧,如《突出重围》《女子特警队》《雪豹》等作品。因电视媒介这一公共属性的传播特性,特种兵题材电视剧的主题往往设定为一个成长主题,写一个当代青年如何由一个自由的生命个体成长为一个具有公共属性的军人形象,严苛的军营生活、阳刚血性的生命形式和对国家意志的忠诚,都与当代消费文化语境的散漫、柔软形成对比,这种巨大的反差使该类电视剧获得了较好的收视率。但是这类特种兵题材的电视剧在改编和拍摄过程中,特别是在意识形态的规训之下被纯净化了。而反观特种兵题材的网络军事小说,它在题材处理上则自由、芜杂了许多。在许多网络军事小说中,写手们纷纷突出特种兵题材的"秘密性",这种题材的"秘密性"在故事方面突出表现为几个方面:军事活动的半合法性或非合理性、军事活动的境外性等。这些军事活动不仅超出了惯常的认知范畴,而且超出了人们对军事题材小说的一般认识。这种"秘密性"的军事题材具有重要的文学功能:在接受效果上,"秘密性"给读者造成强烈的陌生化审美效果;在文学创作方面,这种陌生化的文学领域因较少被文学规范所规训,故为文学的自由想象与表达提供了丰富的艺术空间;而在文学实践方面,这种"秘密性"题材也为网络写手进行各种实验性写作提供了文本载体。这为网络军事小说叙事突破现有的文学规范提供了种种可能。

除抗战题材和特种兵题材之外,雇佣兵题材是网络军事小说最具有网络小说特点的题材类型。这类作品类型很多,代表性的有写手"如水意"的《佣兵的战争》、"锋利的柴刀"的《抗战之铁血佣兵》、"烟鬼不喝酒"的《特战佣兵》。雇佣兵题材在网络军事小说中更具有颠覆性,这种颠覆性主要体现为对传统军事题材小说叙事伦理的颠覆。从战斗发生的地域看,这类题材更具有解域性,将战斗场景从本国疆土扩展到境外领域;从战斗行为动机看,将战斗行为的合法性阐释从国家意志的法理层面转变为团体利益和个人生存意志。雇佣兵题材的解域性特点使这类网络军事小说的叙事更具有自由性。例如在作品《佣兵的战争》中,单从地域来看,作者将军事行动的背景设置在利比亚、伊拉克、叙利亚和乌克兰等当今国际动荡地区。主人公在他国疆土上的军事行动往往改变了他国的历史进程和社会格局。例如《佣兵的战争》写主人公高扬在索马里帮助海盗骷髅帮训练士兵、建军、攻打博索萨,这些军事行为改变了索马里的历史,赋予主人公一种别样的历史主体作用。雇佣兵社会身份的解域性使主人公的军事行为突破了具体的地域性限制,而地域的变换不仅使战斗场景描写获得了一种丰富性和变化性,也使得叙述行为获得了不断向前发展的持续动力。战争场景的解域性特点使这类小说成为当代国际战乱频发状况的文学性隐喻。

总之,抗战题材、特种兵题材和雇佣兵题材构成了网络军事小说的三大主要题材类型。有意思的是,解放战争题材很少进入网络军事小说,就是进入故事序列当中,也不会被浓墨重彩地铺陈,而是轻描淡写地匆匆滑过,《抗日之兵魂传说》就是如此。也许,解放战争对于网络作家而言,既与当下民族统一的美好愿景格格不入,也代表着一段不愿回首的民族内耗与撕裂,更可能意味着网络军事小说中已构想的强大独立的民族意识不屑于表现这段历史,于是解放战争题材在枪炮轰鸣的网络军事小说叙事中悄然退场。这也算是网络军事小说题材创新的另一例证吧。

二、题材类型的去史诗性审美特征

网络军事小说的场面描写往往具有去史诗性特点。叙事的史诗性往往是传统军事小说的审美特点。所谓史诗性,正如某学者所语,"凡描述比较重大的历史事件,艺术空间比较恢宏和广阔,思想深刻,能较好地表现出民族魂魄和人类精神,追求宏大叙述,力图创造完整的英雄形象的长篇叙事作品均被指认史诗或具有史诗性"[①]。可见,史诗性叙事策略就是用尽可能宏大的战争场面表现广阔的历史进程并以此阐释从战争走向和平年代的价值合理性问题。这种长篇军事小说的史诗性追求与当时整个宏大的启蒙文化语境构成了密切的互文关系。而在当代碎片化、平面化的消费文化语境中,网络军事题材小说的场面描写具有小型化、隐秘性和境外性特点。

首先,战争场面的小型化是网络军事小说最有去史诗性的审美特点。许多网络军事小说往往追求战争场面的小型化,诸如特种兵题材和雇佣兵题材网络军事小说中,军事活动往往以军事小组的形式执行军事任务。在特种兵题材中,如"纷舞妖姬"的《弹痕》、"最后的游骑兵"的《终生制职业》、"步千帆"的《超级兵王》等作品可为代表;这在雇佣兵题材的网络军事小说中尤甚。在这类小说中,雇佣兵军团往往就是一个战术功能齐全、战斗力极强的小型作

[①] 徐其超、王璐:《超越与差距——纵论茅盾文学奖获奖作品的史诗性》,《西南民族大学学报》(人文社科版)2006年第2期。

战单元。甚至在有的网络军事小说中,有些战斗场面是个人完成的。如在《弹痕》中,主人公战侠歌只身带回叛逃的赵海平、从雪山峰顶带回六十年前被冻死的英雄的尸体、在佛罗伽西亚痛击恐怖组织等。而在《超级兵王》中,主人公叶谦多次单独行动,进行渗透、暗杀、打斗等行动。在这些网络军事小说中,战斗场面的小型化或个人性特点极大地解构了传统军事题材小说叙事的宏大性和史诗性,消解了传统军事题材小说主人公形象的公共属性,使人物形象更具有自我生命意识。这里,主人公既有武侠小说中孤胆英雄的侠客身影,也有美国好莱坞电影中个人主义英雄色彩,体现着中外文学形象的融合。总之,小型化战争场面所体现出的英雄个体化色彩和战争叙事风格的去史诗化倾向,是网络军事小说题材特征之一。

其次,网络军事小说的战斗场面还具有隐秘性特点。这种隐秘性往往要不体现为军事行动的非公开性,要不表现为战斗场景发生在森林、沙漠等偏僻之地,如《弹痕》《佣兵的战争》《终生制职业》等作品便是如此。在某种程度上,战争场面的隐秘性是特种兵题材和雇佣兵题材这两类网络军事小说常见的叙事特点。这种隐秘性,不同于传统军事小说战斗场面的隐秘性。在传统军事题材小说中,特别是在近些年的电视剧中,出现了很多以谍战题材的影视剧,如《潜伏》《密战》等。这种谍战类传统军事小说的隐秘性主要体现在人物身份和军事行动两个方面,深入敌方阵营的卧底身份、两军对垒之间的灰色地带、惊心动魄的斗智斗勇都使这类题材的影视剧极具感染力和陌生化审美效果。而网络军事小说战斗场面的隐秘性则与之有所不同,这种隐秘性主要指军事行动发生在人迹罕至的原始森林、沙漠或高原雪域等地。正因为人迹罕至,双方的战斗叙述往往表现得淋漓尽致。森林、沙漠和雪域高原往往形成一种极致性战斗环境,有学者认为这种极限情境是指"在塑造人物时,设定一些很极端的情境,将人物的性格'逼'出来"[①],并认为"这里的'极限情境'是一种具体化了的神话原型,起着把'准英雄'从普通人提升为'卡里斯马'式的英雄的仪式功能作用,具有神话学和人类学上的象征意义。而这种叙事模式的设

[①] 赵启鹏:《论中国当代文学两类英雄叙事中的"极限情境"模式》,《东岳论丛》2006 年第 4 期。

置在中国当代文学这两类英雄叙事作品中普遍采用,正是中国传统文化中'英雄历劫而成'的思想特质的文化和文学体现,是我国民族深层文化心理同构性的表层文化症候"①。这种极限情境的仪式化特征和主人公形象的英雄化塑造构成了一种相互生成的关系,强化了小说叙事的英雄主义色彩。当然,有的网络军事小说如《终生制职业》中写到了传统小说类似谍战类题材的人物形象"睡眠特工",如在印度潜伏了二十年的旅店老板、在法国隐藏了十年的欧庞、在印尼牺牲了二儿子才得到烈性病毒的老人蔡彪、潜伏在日本的片山、隐藏在美国的所罗门等形象,这些"睡眠特工"形象艺术性地揭示了本该是特定年代的政治生命形态在当代自由生命形式中的蛰伏,生命形态的个体性与集体性、自由性与政治性等充满悖论性的生命质素使"睡眠特工"这一艺术形象极具审美张力和艺术冲击力。

再次,网络军事小说的战斗场面还具有境外性特点。传统的军事题材小说的战斗场面往往发生于境内,如以抗日战争和解放战争为题材的小说。战斗场景的境内性特点往往具有不同的文化功能。而在网络军事小说中,战斗场面的境外性似乎更能带来叙述的自由与快感,作者在酣畅淋漓地描写战斗场面时,也在肆无忌惮地表现战斗的破坏场面,克敌制胜的快感和在异国他乡战斗带来的毁灭快感交相辉映。这种叙事背后似乎隐含着网络作者复杂的情感因素:既有昔日外敌入侵的民族屈辱记忆,也有今日在异国他乡征战的复仇快感;既有军事强国的现实认知的文学投射,也有暴力美学战争形式掩盖下人性本能层面的暴力溢出……所有这些因素在信马由缰的叙述中构成了网络军事小说域外战斗场面的"爽感"阅读体验。

网络军事小说战争场面的上述特点是在横向维度上的表现特征,而在纵向维度上的特点有点类似于网络游戏打怪升级类的文字性翻版,即随着战斗场面的激烈程度和艰巨性的不断增加,小说主人公的军事技能和素养也不断提高。也就是说,主人公的不断成长和战斗场面的极限化程度的不断加强形成了一种同构关系,典型的是"丛林狼"的《最强兵王》、"步千帆"的《超级兵

---

① 赵启鹏:《论中国当代文学两类英雄叙事中的"极限情境"模式》,《东岳论丛》2006 年第 4 期。

王》等作品。小说情节设置的这种文字版的打怪升级模式增强了小说的故事性,极大地提高了小说的可读性,让人产生一种步步惊心、渐入佳境的阅读感受。主人公攻克堡垒式的战斗性格使他逐个击破所面临的战场困境,而一次次仪式化了的战斗场面又使主人公的英雄形象得到不断的升华和完善。实际上,情节的打怪升级模式在理论上是一种开放式、无限延展的空间结构形式,能让故事沿着这个路径一直延伸、铺排下去,这也是网络军事小说普遍体量庞大的原因之一。这种打怪升级式的故事结构暗合了德勒兹的"块茎"结构,德勒兹提出两种书的比喻形象,"第一种书是根—书(root-booke)。书已经成了世界的形象,或者说,根成了世界之树的形象"[①],第二个比喻是"胚根系统,或束状根,是书的第二个比喻"[②]。德勒兹认为块茎结构遵循"连接和异质混合的原则:块茎的任何一点都能够而且必须与任何其他一点连接。这与树或根不同,树或根策划一个点,固定一个秩序"[③]。德勒兹的"块茎"理论打破了"中心与边缘"的空间结构,肯定了空间结构的无限延展性和差异性。打怪升级式的情节模式使这类网络军事小说体现出鲜明的网络特点,体现了当代艺术形式的相互越界,也间接地体现着文学起源于游戏的古老文艺观点。

三、叙事伦理位移的文学生态性

在题材与战争场面所构成的情节背后,网络军事小说形成了自身的叙事伦理。所谓叙事伦理,就是影响叙述行为的一系列的价值取向,它决定着叙述动机、叙述行为走向和整体的叙事效果。叙事伦理来自叙述话语形态。刘小枫曾将现代性的叙事伦理分为人民伦理的大叙事和自由伦理的小叙事,前者注重让民族、国家、历史目的变得比个人命运更重要,后者则关注个体的生命

---

① [法]吉尔·德勒兹、菲利克斯·瓜塔里:《游牧思想——吉尔·德勒兹 菲利克斯·瓜塔里读本》,陈永国编译,长春:吉林人民出版社,2011年版,第125页。
② [法]吉尔·德勒兹、菲利克斯·瓜塔里:《游牧思想——吉尔·德勒兹 菲利克斯·瓜塔里读本》,陈永国编译,长春:吉林人民出版社,2011年版,第125页。
③ [法]吉尔·德勒兹、菲利克斯·瓜塔里:《游牧思想——吉尔·德勒兹 菲利克斯·瓜塔里读本》,陈永国编译,长春:吉林人民出版社,2011年版,第127页。

痕迹和人生变故。从某种意义上说,刘小枫对叙事伦理的理解更多的是现实意义上的,这也是众多叙事理论的逻辑起点,正如利柯所言:"叙事是人生在世的生存方式——人生方式——它体现了我们对世界的实践认识,是集体建构可理解世界的劳动结晶。"[①]可以说,现实指向的生存感受或者说现实性是叙事伦理产生的逻辑基础。但反过来说,现实指向也限定了对叙事伦理认知的局限性。相较于传统小说而言,很多网络类型小说的叙事并不受现实约束,而是一种更为丰富、更具创新性的话语叙述形式,这与叙述话语形式本身的多样性不谋而合,正如有学者指出:"对这个世界的叙述不计其数。首先且最为重要的是,叙述有着数目巨大且风格各异的类型,它们分布于不同的'质料'之中,这些'质料'就好像是容纳人类故事的'物质基础'。"[②]就此而言,网络小说因特殊的叙述"质料"形成了不同的叙事伦理,必然有着超越刘小枫意义上的别样的叙事伦理。例如,在宏大主体方面,网络小说的叙事伦理在历史、民族、国家价值目标之外,还追求和表达一种更为宏大的全人类意义或宇宙意识;而在个体生命方面,网络小说的个体生命形态不仅有现实形态的人类个体,还有妖界、仙界、神界的个体生命形态;从空间形态而言,除了现实空间形态之外,网络小说中还有墓穴、星域、妖界、仙界、神界等虚拟空间的塑造,这种不同于传统现实空间生存体验的文学想象必然产生别样的叙事伦理。网络军事小说亦如此。在传统的军事题材小说中,叙事伦理往往体现为以国家意志为主导的价值取向,其内涵往往体现为单一性和透明性(当然,极个别的作品也体现为某种混杂性,如曲波的《林海雪原》,除国家意志之外,还潜在地包含了武侠小说中江湖世界的情仇义理观念)。但在网络军事题材小说中,叙事伦理呈现出复杂性,主要表现为意识形态范畴内的国家意志、传统文化中的江湖兄弟义气和当代意义上的个体生存意志等内涵的融合。这三种价值取向所构成的叙事伦理深层次地决定了网络军事小说不同于传统军事小说的文学图景,这也是

---

① [法]安托万·安托万·孔帕尼翁:《理论的幽灵——文学与常识》,吴泓缈、汪捷宇译,南京:南京大学出版社,2011年版,第127页。
② Burns、R. M. Pickaid、H. R.:《历史哲学:从启蒙到后现代性》,张羽佳译,北京:北京师范大学出版社,2008年版,第399页。

网络军事小说题材创新所带来的文学生态性。所谓生态性,是指在生态学横移其他学科后的生态学原理体现,并非生态学领域内概念明确、频繁使用的原发型词语,而是一种后发型概念。而文学生态性,它不仅体现为文学系统内部文学自身的蓬勃发展,而且在文学与外部环境之间表现为一种共荣共存的契合关系。就网络文学的生态性而言,它既是一种存在的本然状态,也是一种发展的应然趋势。网络军事小说题材创新的重要文学生态性体现就是基于对传统军事小说叙事伦理的突破。

作为国家意志的叙事伦理在多数网络军事小说中往往占有主导地位,特别是在抗战题材和特种兵题材的小说中,例如在《弹痕》和《终生制职业》中对国家意志的叙事伦理的强调尤为突出。在这些作品中,作为国家意志的叙事伦理常被如此处理:国家利益高于一切,但经过了主人公生命意识的审视与沉淀;国家意志并非传统小说中那种纯粹的外在形式,而是经过了主人公的主观世界的衡量和评价,有着自己对国家意志的价值判断;将国家意志作为理想化的、终极意义的存在形式,而非世俗社会中的政治权力范畴。例如在《弹痕》主人公战侠歌身上,真正的国家利益往往具有理想化色彩和终极意义,甚至带有伦理色彩和人道主义味道。而且,作者将具有争议性和思辨性的力量融入这种叙事伦理之中。《弹痕》中的主人公通过牺牲少数而拯救多数的行为方式虽有别于传统叙事伦理,但也获得了一种真实性,对传统军事小说的叙事伦理进行了质疑和超越。

同时,在对国家意志的表现中,有些网络作者对其中所包含的权力意志进行了反思和批判,极具当代批判意义。在网络写手"最后的游骑兵"的《终生制职业》中,小说写主人公鬼龙所在的组织"终生制职业"因高级的权力斗争而被清洗,而鬼龙有幸得以存活,当鬼龙在墨西哥成立了中国秘密的军事基地时,他却遭到了排挤,被迫离开。小说写道,轻轻地喝了口水,鬼龙从自己的腰间抽出了那支小巧的自卫手枪,慢慢地扳开了击锤:"有时候,我真的很想面对面地问问那些对我,或者说我们不放心的人,究竟怕我们做出什么?不错,我们手中的确掌握着一股不容忽视的力量,如果我们有半分私心,我们可以利用手中的力量获取我们需要的一切,可我们曾经这样做过吗?哪怕是这样的想法,我们也从来不曾有过啊！枪林弹雨中,我们随时可能会在某个谁都不知道的时刻被子弹打穿脑袋,就像那些在丛林中战死的兄弟一般,从此寂静无声地永远睡在这片丛林中。到那个时候,所有尘世中的一切都不再和我们有任何的关系,我们甚至不需要有人记得我们曾经做过些什么,我们唯一需要的,就是在咽气前的一瞬间,能够问心无愧地闭上眼睛！的确,军人是一把锋利的双刃剑,在挥舞着利剑杀敌的时刻,也有可能误伤到自己,可是就没有想到过,这把双刃剑究竟是谁铸造的？是谁在掌握着？太多的'莫须有'、无数次的风波亭,杀了多少忠心许国之士？寒了多少为国绸缪之心？外敌环伺之下,还有心思来争权夺利,占山为王？哪怕是等到天下一统之后都来不及吗？"

不经意间,鬼龙的眼中,竟然流出了晶莹的泪水,沉重地滴落在了鬼龙的胸前……（最后的游骑兵《终生制职业》）

这种批判是深刻的。在一个被福柯称为权力无处不在的世俗化社会中,政治权力往往成为最高的世俗权力形式,它的世俗性、霸权性、阴谋性与主人公心目中国家意志的神圣性、理想化、纯粹性之间构成了尖锐的冲突,作品借此表现了国家意志在当代世俗社会中的扭曲和异化。

而网络军事小说叙事伦理中的兄弟情义因素则更具有传统文化的伦理内涵。这种形式的叙事伦理在雇佣兵题材中尤为突出。例如网络写手"如水意"的《雇兵的战争》写主人公高扬成立了撒旦雇佣兵团,兵团成员推崇和喜爱他,并誓死追随,如棒球天才投手弗莱宁肯用手枪打断自己的胳膊,也不愿离开高扬的撒旦雇佣兵团,这与高扬他们在血与火的战斗中所形成的兄弟情义密切相关。在《弹痕》中,因主人公战侠歌视赵海平为兄弟,故赵海平舍命相随；在《终生制职业》中,主人公鬼龙和晁锋他们也结成了生死兄弟。这种战友情包含着古代文化因素的叙事伦理,既有江湖文化的侠义观,又有传统文化中的手足情义。网络军事小说中的雇佣兵题材,极具古典文学中人物关系设置的影子。在古典文学中,常有几个情义相投、志向一致、智勇超群的人物构成故事中的核心人物团体,如《水浒传》中刘、关、张的"桃园三结义",《说岳传》中的"五虎将"等模式。这些人物关系模式在中华民族漫长的文化传承中已成为故事原型式的东西。在一定意义上说,网络军事小说中的雇佣兵和中国传统文化中的这种古老人物关系类型设置有着互文性表现,古代文学中的人物关系作为"前文本"的形式在当下网络军事小说中得到创新性表现。这种叙事伦理内涵不同于国家意志的叙事伦理:叙事伦理的国家意志内涵更多的是外在植入型的、整体性的、抽象性的内涵要素,而兄弟情义则是内在自生型的、个体性的、生命性的内涵要素。这种个体性的叙事伦理诉求使网络军事小说叙事既有了传统文化因素和本土性的文化风貌,也获得了审美变革的文学因素,使网络军事小说呈现出不同于传统小说的文学图景。

然而,更具有个体性价值诉求的叙事伦理内涵则是基于当代意义的个体生存意志。所谓个体生存意志,就是主人公军事行为的动机是为了个体性的生存需求。这便强有力地解构了传统叙事伦理中的国家意志内涵,体现了一种真实性,这在雇佣兵题材的网络军事小说中尤为常见。在雇佣兵题材的网络军事小说中,战争的伦理诉求往往不是为了国家意志,而是为了生存需要,或更直接地就是为了获取金钱。例如在《雇兵的战争》中,主人公高扬在国内杀死了几个向父亲讨债的公司人员而逃亡国外,在逃亡路上又结识了因在演习中出手杀死强奸犯而叛逃的特种兵李金方,于是两人一起逃亡国外组建了撒旦雇佣兵团。更让人啼笑皆非的是,高扬的军事技能和素养源于他的超级军迷身份。可以说,为个人生存而战是高扬他们军事行动的最初目的。为个人生存而战的叙事伦理使网络军事题材的情节构造具有不同于以往的独特性:传统的敌我双方关系不再泾渭分明,而是时而敌对时而又并肩作战的关系;维系这种军事行为的不再是至高无上的国家利益,而是一种雇佣关系或是雇佣兵团内部的不成文规定。《佣兵的战争》中有如此情节,写在一次行动中高扬的撒旦雇佣兵团和天使雇佣兵团分别受雇于敌对双方,然而高扬和对方的兵团总领耐特·舒马赫惺惺相惜,当两个兵团相遇时两人竟坐下来友好地协商,最后两个雇佣兵团商定分别去杀死对方的雇主。这种敌我关系的瞬间变换在传统的军事题材小说中是不可能存在的,然而在雇佣兵题材的网络军事小说中却屡见不鲜,因而在传统军事小说所培育的审美习性之中,网络军事小说的这种情节设置往往给人一种匪夷所思之感,实则是抛弃传统军事小说二元对立思维之后的创新性艺术表现。当然,除了雇佣关系和兵团的不成文规定之外,主人公的个人魄力和行为底线也是非常重要的无形的约束力量,甚至有时超越那些外在的雇佣关系和不成文的雇佣兵条例。例如,在《佣兵的战争》中,主人公高扬神乎其技的射击才能、视兄弟为生命的情义、出色的战术才能和慷慨好助的性格等因素都使得高扬极具人格魅力,使众多同伴舍命追随。此外,对于雇佣兵首领高扬而言,也有在任何条件下不能撼动的人性底线,即不能贩卖人口和活人器官。这些都使高扬成为一个独一无二的文学形象。

总之,网络军事小说在题材方面具有重要的文学生态性。对于网络军事小说而言,可以说题材的创新是网络军事小说创新的增长点,不论是对叙述空间的拓展,还是对叙事伦理的另类呈现,都使得网络军事小说表现出前所未有的创新性。当然,网络文学作为当代崭新的文学形态,它必然包含着太多的实践与理论的可能性。就网络军事小说而言,它的题材创新性可能体现着传统军事经典小说在当代的发展与延续问题,也可能它本身就是当代一种带有经典性、尚待建构的军事经典小说形式,故其重要性不容小觑。

权且利用：网络女频文的"盗猎"生产[①]

王婉波[②]

摘　要：在互联网技术与新型媒介发展背景下崛起的网络文学以新的文学样式打破并革新了以往文学作品创作、接受、传播的传统模式，在新世纪文学发展历程中引起人们关注。作者、读者、作品与世界的关系在网络文学的发展中发生了巨大变化，特别是作为文学四要素之一的读者，其对作品生产、作家创作、接受方式、市场导向等的影响与作用越来越大。网络女频文在近些年"粉丝有爱经济学""趣味社群"等的助力与发展中呈现出一些新的文学创作形式，女性话语以直接或间接介入的方式对作品创作及类型发展产生影响，如近些年在数据库的助力下发展起来的二次元言情小说、拉郎配小说、反琼瑶小说、《红楼梦》同人文等，女性创作群体与阅读群体借助庞大的资料库，特别是通过对 ACGN 文化和传统小说的利用与再创作，在"盗猎"行为中展开想象，创作出众多衍生作品。对这些作品及创作现象的分析有利于我们了解当下社会女性群体的精神诉求与思想变化。

关键词：网络女频文；盗猎；生产；利用

美国学者艾布拉姆斯在论著《镜与灯——浪漫主义文论及批评传统》中提出文学活动由作家、作品、世界与读者四要素构成，而其中之一的读者在网络文学时代越来越受到重视。接受美学创始人姚斯为读者的地位与作用提供了学理性支持。罗兰·巴特也在论文《S/Z》中强调读者在作品生成、创作与阅读

[①] 基金项目：国家社科基金重大项目"中国网络文学评价体系建构研究"（18ZDA283），河南省哲学社会科学规划项目"网络文学读者阅读范式研究"（2022CWX041）。

[②] 王婉波（1991—　），女，河南焦作人，文学博士，河南工业大学新闻与传播学院讲师，美国圣母大学访问学者，主要从事网络文学研究。

中的能动性与作用力,并对多年来学者过分关注作者忽视读者的现象表示质疑与不满。在对文学作品的长久研究中,学者力求确立作者"所意谓者",却鲜少顾及读者"所理解者"。20世纪60年代接受美学出现之后,读者在整个文学活动中的价值与意义才被逐渐重视,由作者创作与读者参与共同构成的文学活动的本质才被真正认识,作者创作与读者阅读的关系模式也从传统的"创作—接受"模式转变为"创作—再创作"模式,读者从被动接受者变为具有能动性、主动性的创造主体。尤其在网络空间中,女性群体可以在开放、狂欢式的虚拟社区中自由表达,在生活体验、个人欲求的基础上,运用想象对作品中不甚满意或意犹未尽的部分重写,以此参与到作品创作中来。网络文学是一种集体智慧凝聚的产物,其庞大的创作群体与阅读群体为其发展奠定基础,故而对它的研究与分析不能仅停留在"结果式"研究中,也应侧重"过程式"的发现与探析。我们不能忽视网络文学的"连载性""边写边贴性",同样也不能忽视读者介入之后的"作品再创作性"与"作品参与创作性",这是网络文学平民化、大众化、群体化书写的一种反映,为文学创作与发展开创出一条新路。而在庞大的女性消费群体与阅读群体的支持下,女性读者"话语介入"对作品再生产的效果会更加显著。在"她经济"与"她内容"时代,女性在"作者与读者"两者间身份立场的自由转换为其自我表达、意识彰显与经验表现提供了新的渠道与方式,这是新时代媒介技术与网络空间发展中女性寻求自我发展与获得话语权力的尝试与革新。

由此,网络女频文一定程度上呈现出"狂欢化""众声喧哗"态势,女性阅读群体的信息反馈、参与互动及再创作行为一方面冲击了传统以作者为中心的写作模式,另一方面也扩大和凸显了女性主体话语权,增强女性网文社区内的群体认同。创作主体从传统的个体创作者发展为网民群体性创作者,由此,网络写作时代"人人成为作者"成为可能。

一、数据库助力下的二次元言情与"拉郎配"写作

深受日本ACGN文化影响成长起来的中国第一代"网络原住民"(90后、

00后)在网络媒介环境影响下比"日本第一代御宅族更具有东浩纪在《动物化的后现代》一书中所说的"'数据库动物'的属性",他们在网络文学方面的喜好,即便不是东浩纪所判定的"不需要大叙事",但也有着"宏大叙事稀缺症"和"宏大叙事尴尬症"的嫌疑。[1] 在此基础上发展而来的数据库写作,注重"片段式""散点式""一个世界又一个世界"平行宇宙式或随机拼接式的叙事模式,以"吐槽""拆解""玩梗""打碎""重组"等叙事手法对宏大题材进行解构,并在重新组合、拼贴、挪用、恶搞、模仿的基础上进行二次创作。

古今中外的知识体系、人文景观、新闻事件等都可被作为素材收集到数据库中,进而构建大数据体系,由此网络文学逐渐进入大数据写作时代,其中包括角色数据库、爽点数据库、萌点数据库、技术流数据库、历史流数据库以及其他各种常见的情节或叙事套路的数据库,这种数据库的写作方式共享于网络世界内部的作者与粉丝之间,孕育了同人写作环境。数据库保持开放状态,新的角色类型或叙事风格一旦诞生,立刻会被登录到数据库中。数据库建构着网络文学世界,网络文学也建构着数据库。这种数据库思维可以涵盖的范围几乎是无限的,并且是随意的、零散的。这是现代社会以数据技术为代表的信息革命给文学带来的变化,从本质上说,这也是一种后现代技术。大数据技术的后现代性主要表现在"其破碎的世界结构、个性化的思维方式和相关性的认知模式上,这是后现代主义解构、多元、非理性三大主张的技术表现"[2]。所不同的是,后现代主义的破碎是为破碎而破碎,而大数据写作的最终目的是对这些数据整合、利用后将之形成一个整体或结构为作品服务。大数据将整个网络文学世界、文学世界甚至是现实生活世界碎片化为海量的数据,数据规模越大,说明世界被破碎得越精细。在大数据写作时代,网络文学将由数据组成,"有了大数据的帮助,我们不会再将世界看作一连串我们认为或是自然或是社会现象的事件,我们会意识到本质上的世界是由信息构成的"[3]。如今,从技术

---

[1] 邵燕君:《网络文学的"断代史"与"传统网文"的经典化》,《中国现代文学研究丛刊》2019年第2期。

[2] 冯俊:《后现代主义哲学讲演录》,北京:商务印书馆,2003年版,第9—16页。

[3] [英]维克托·迈尔·舍恩伯格、肯尼思·库克耶:《大数据时代》,盛杨燕、周涛译,杭州:浙江人民出版社,2013年版,第125页。

与形式上看大数据革命实现了后现代主义的解构主张,让思维世界、虚拟世界以及现实世界等变成了碎片化的数据世界,映照并实现着后现代碎片化世界的理想。大数据写作时代将"一切信息化为数据"的世界观与方法论体现了"解构的、破碎的后现代世界观的技术化表征和技术实现",且"混杂、多样、个性的大数据思维正好与后现代的去中心化思维相吻合,并且从技术上将中心去除,实现了每个个体都是中心的理想"[①]。网络文学"大数据写作"技术的应用是后现代文化思潮影响下的一种技术与文化表征。

"诞生于亚洲语境下的二次元文化,更倾向于描述一种基于对动漫游戏等二次元作品的共同兴趣而组成的部落化小众趣缘群体,他们并不一定需要通过对某种主流文化的对抗来获得认同感或者进行自我定位,对于幻想性题材作品的喜爱以及共同的日系漫画式的卡通化审美趣味才是确定二次元参与者身份的决定性因素。"[②]二次元文化与这一粉丝群体是吸引与被吸引、满足与被满足的关系,而在此基础上发展而来的二次元言情小说成为女性群体在网络世界中表达自我幻想、成长境遇与个体诉求的方式之一。随着网络文学的发展,读者群体因对所爱作者、文体风格的喜爱而聚到一起,形成一种"粉丝文化",她们本质上是建构了一种趣味社群。而坚持二次元创作的作者和喜欢御宅文化、亚文化的读者们也会聚集在网站社区内,成为趣园社区的一分子,这是网络时代人类重新部落化的一种体现。在此部落和社区内,粉丝读者形成的不仅是"文学共同体",还是"情感共同体""价值共同体",作品的"萌点""燃点""爽点"是吸引读者产生共鸣与相似体验的特质,它们迎合和满足了读者在艺术审美追求、情感结构与价值取向方面的心理诉求;而在粉丝文化圈内活动的读者也倾注心血,试图以此在二次元文化中寻求自我认同,陪伴她们成长的"二次元文化"成了展现她们生活状态与心理诉求的一面"镜子",在影响她们生活的同时也映射着她们的生活,她们结合"二次元文化"的"话语语境"更好地表达与言说。

近些年女频文中的"二次元言情小说"逐渐得到发展。这从相关新闻和事

---

① 黄欣荣:《大数据革命与后现代主义》,《山东科技大学学报》2018 年第 2 期。
② 刘小源:《二次元文化与网络文学》,《东岳论丛》2017 年第 9 期。

件中可以看出，如腾讯以一亿元出售《从前有座灵剑山》等IP、晋江文学城等女性阅读网站开创《二次元言情》栏目等，这些事件的发生一定程度上彰显了二次元小说"火爆"与后继发展的实力和可能性。各个平台都逐渐开始推动和催生二次元文化生态发展链，而"二次元言情小说"作为其中一环必然也会顺势发展。

　　网络女频文栏目中的"二次元言情"汲取了日本轻小说的写作风格。轻小说是一种起源于日本的文学体裁，受众以十多岁的少男少女为主，它以动画、漫画为蓝本，延续着动画、漫画的风格，具有鲜明的娱乐性、视觉性特征，语言上多采用年轻读者喜闻乐见的惯常口语，轻松、活泼、通俗易懂，其题材包括游戏、恋爱、奇幻、探险、推理等。女性创作群体在借鉴日本轻小说、吸收二次元文化的基础上创造了具有中国本土特色的二次元言情小说，在数据库助力下"盗猎"了众多动画、漫画、游戏中的角色与情节，迎合当下低龄化读者群的阅读趣味与审美惯式。目前国内女频阅读网站的二次元言情小说大多是衍生题材，小说将众多日本ACGN文化中的人物或角色收纳到同一世界中，读者对这些角色已经有了一定情感，她们带着数据库化思维去看待和发掘他们的故事。读者并不在意故事中具体发生了什么，她们享受的是"角色"在这一过程中所经历的新的体验。二次元言情小说中异托邦世界的建构与二次元虚幻世界异曲同工，寄托了女性群体的精神追求与纯美幻想。但二次元言情小说相对于一般网文而言其读者基数要更小，更加"小众"，它所瞄准的读者群体是"14—25岁的年轻群体"。这些读者需要具备一定的ACGN文化功底和"前置知识"，故而"二次元言情小说"有自己的"圈子"，"门外汉"难以进入，受众群在一定的"常识"基础上才能产生共鸣。另外，这类小说具备鲜明的动漫风格，这一点从插图对小说人气的影响便可见一斑。当二次元情节和人物塑造变得平面化、没有插图辅助时便需要读者自行脑补一定的画面，在阅读某些文字时能立马抓住人物特征或情节爽点，在作品语言与画面间形成一种即时连接。

　　"二次元言情"小说有着鲜明的"系统"特征，故事主线被"恋爱系统"支配。这些作品大部分是衍生小说，从"角色数据库"中选出来的人物在"拉郎配"的创作模式中经过"游戏系统"被安排到不同世界完成任务，认识不同的人,经历不一样的情爱体验,在系统模式下展现成长和恋爱轨迹,作品呈现出鲜明的"恋爱脑"和"甜宠风"。如《BE 拯救世界》《巫女葵的恋爱》《我不可能会有未婚夫》《恋爱日常》《她只想恋爱》《横滨恋爱故事》等,人物进入另类世界,在系统升级和地图转换中获得情爱经历,"二次元言情"小说主要以人物的"谈情说爱"为主,崇尚"恋爱至上主义",文中虽有闯关冒险、系统升级的情节设置,但归根结底还是着重展现人物的"恋爱日常",女主人公都是打着拯救世界的旗号"攻略"男主。整体而言,这类文体行文流畅易懂、语言轻松诙谐、主旨浅显直白,它们和狂霸逆天的修真、蛇蝎阴谋的宫斗、颓废矫作的青春、纯美致幻的耽美等不一样,它们更加"轻松""诙谐""热血",由"萌点""梗"和"段子"组合而成,读者阅读起来更具画面感。如《巫女葵的恋爱》女主人公千草葵重生到霓虹国的动漫世界,在这个世界中她重逢了自己曾经在动漫、日韩剧中看到的人物和生活环境,并开启了她的恋爱之旅;霸道种菜的《恋爱日常》将"恋爱"设置为游戏系统的核心,"寻找真爱"成为女主人公在世界中的任务,"如果古美门栀子没有找到真爱,那么契约就不会解除,它自然也不能脱离。现在的情况是它的宿主变成了植物人,压根不可能找到真爱,所以它只能另辟蹊径,找平行时空的古美门栀子帮忙"①,故而整部小说围绕着女主人公"寻找真爱"展开,在女主人公与各种男神如佐田君、中村楠辉等的相遇与相爱中推动故事发展。小说涉及多部动漫人物,如《狼少女与黑王子》中腹黑属性的 S 星人男主角佐田恭也;《守护甜心》中的人物阿夜和月咏几斗;《蜂蜜与四叶草》中的人物山田亚由美等,主人公在"恋爱游戏"的系统中展开与动漫人物的情感互动,满足了创作者自身的动漫幻想,并以女性视角切入使读者更容易获得情感共鸣。在此,作品不再有传统写作中弥留、深沉的情感表达,更多是游戏化的结构逻辑带来的感官刺激。它们"轻松""诙谐""热血",以"萌点""梗"和"段子"组合而成,人物在一个个游戏任务中进阶、升级。

同时,二次元言情小说选择性地取用部分 ACGN 文化中的角色,将角色的"萌元素"进行创作性分解,并以"拉郎配"等组合方式编织新的故事。这也是

---

① 苏苏珂:《恋爱日常》,2019 年 3 月 21 日,https://www.jjwxc.net/onebook.php?novelid=3222009&chapterid=1.

东浩纪笔下提出的"角色数据库"的运用。角色之所以能够被重复利用，并不是角色本身性质使然，而是因为角色被收录到了这样一种人工数据库之中，这个数据库保持着开放性、自由性，一些经典的角色类型、性别特征、萌梗等会在创新基础上被多次运用，这培养和孕育了二次元言情小说及其他网络小说的发展，创作群体与阅读群体在数据库世界中满足自我幻想。如《天庭出版集团》《BE 拯救世界》等小说对"角色"的再利用。"拉棉花糖的兔子"的《天庭出版集团》是一部诙谐、搞笑、欢乐的小说，作者避开了"宏大叙事"而以一个个段子集合而成，小说中每个人物、每段历史都有一定的 ACGN 文化背景，但读者们所期待的是这些人物在这部小说中发生的新故事，故而，这种"二次元同人"小说是极其挑读者的，她们要深受 ACGN 文化影响，了解角色的性格特征与萌点，对跳脱的、欢乐的、碎片化的叙事方式有一定的接受基础，并有一定的网络文化基础，对作者埋的"梗"能即时、准确地捕捉其萌点与笑点。《天庭出版集团》中的黄竹作为一名穿越者，为了改变玄门衰败的既定命运，专注黑佛教万万年不变，无所不用其极，各种高低端黑，占有先机破坏抢救原佛教人马，十分腹黑；另外，作者在保持人物原著性格基本不变的情况下将其特征不断地放大，创造出了一系列"萌属性"的人物群像，有"披马甲专注写言情小说的女娲娘娘"，有"绒毛萌物控的通天教主"，有"外表冷艳内在战斗强人的嫦娥"，有"徒弟控万万年的太乙真人"等等，"萌"成了人物设定的特色，成为人物性格的灵魂。整部小说呈现出欢脱的"二次元"风，作者文笔轻松诙谐，向我们展现了颇具"萌"系特色的神话世界。"数据库"中的角色具备鲜明"符号化"特征，若其自身特征与"萌元素"没有被凸显出来，那么作品中的 Ta 便是可以被替代的。又如《BE 拯救世界》，这部小说对读者阅读有一定考验，需要读者具备一定的 ACGN 知识储备，以便她们能理解和接受作品意图，及时且清晰地抓住人物特征。角色成了整部小说的中心，故事是附着在角色身上的。《BE 拯救世界》中"我"和蒙奇·D.路飞、唐吉诃德·多弗朗明哥、夏洛特·卡塔库栗等人物谈恋爱，小说将不同时空下的人物放置在一起，这种与原作不同的世界观设定被称为"平行宇宙"，简称"AU"。小说中"我"的世界毁灭了，"我"必须打出七个 BAD END 才能拯救世界，系统给"我"安排了一个攻略世界，像闯关游戏一样,需要"我"经历一个又一个地图和世界,然后才能拯救"我"的世界。在这些二次元言情小说中,角色地位上升,故事地位下降,读者对角色的喜爱和萌元素的分解是分不开的,小说保留了这些从动漫、网综、经典书籍等文化产品中衍生出来的人物的基本特征,如《BE 拯救世界》中的描写"这个名字太可怕了。我至今都深深记得,在我还没看海贼王的时候,路飞就已经闻名同人圈""路飞这个人根本没有恋爱神经!面对世界第一美女的裸体都不为所动,他根本不可能谈恋爱""这里是海贼王,不是全员神逻辑的火影忍者。路飞不是鸣人那种圣母,他可没有被全村霸凌十多年还一心想让大家都认同我的温柔"[①]等等,这些描写保留了人物在原著中的"萌元素"与性格特征,并与"我"在新的作品中组合,进而形成新的反差"萌"。人物离开原定故事环境,以其萌属性穿梭于其他故事之间,而"拉郎配"的创作手法又以脱离原作的人物关系解构着原作中的故事线,在角色刻画中又重置新的情节与故事,在此"情感"的深度表达变得不再重要,读者追求的更多是"大数据"拼贴、混合、组接等作用下产生的新的化学反应,新奇、刺激成了作品及读者的共同目标。

　　女频文中的"拉郎配"故事较典型的是"林黛玉与伏地魔",如《(伏地魔×林黛玉)绛珠还泪的可行性研究》《来自远方为你葬花》《红楼伏黛之专业种草很多年》《听说隔壁在养草》等小说。年轻的网络同人创作者热衷于拆散宝黛CP,将伏地魔与林黛玉放在一起进行配对,试图重构《红楼梦》所设定的人物关系、情节设置、环境。小说在对两个完全不相干人物的凑对中完成对人格模式、情感关系、道德伦理的重新建构。同人群体曾对两个角色性格特征进行总结,将伏黛 CP 概括为典型的"野心勃勃冰山隐忍大男主"+"理想烂漫病弱傲娇美少女"组合,一方极恶一方极静,这种高反差产生"萌点",吸引大批读者关注。横跨古今中外的人魔相爱故事更加符合二次元言情小说的书写精神,这种终极破次元壁的组合更能让人产生猎奇感和窥探心理。在这些同人文创作中,女性群体将自身的独立意识寄托在林黛玉身上,生出一些十分微妙的情感。除了"伏黛"之外,还有其他拉郎配小说,如《拉郎配的汉子你威武雄壮》

[①] 惊梦时:《BE 拯救世界》,2018 年 10 月 2 日,https://www.jjwxc.net/onebook.php? novelid=3399305.

《[拉郎配]玉骨-忘川》《苟飞盏拉郎配》《火影之拉郎配》等,作者选择性地选取数据库中的角色,将角色的"萌元素"进行创作性分解,并以"拉郎配"等组合方式编织新的故事,将不同时空下的角色或人物进行配对,这与爱无关,与原创作品无关,"拉郎配"的叙事方式像是一种随机抽签的创作手法,作者只需要在数据库中选取角色,接下来的一切将会顺理成章。拉郎配对的角色有传统小说中的人物、ACGN文化中的人物,也有明星偶像。作品指向的不是被"拉郎"过来的具体角色,而是数据库的系统与作者的应用问题,作品挖掘的是人物角色的"萌元素",是将他们放置在一起的可能性与创造性,迎合和满足了喜爱这些人物及故事的ACGN文化圈粉丝的接受心理。作品营造与传递的"情感"更多是为满足粉丝的猎奇、求新心理,在多个角色与角色内在"萌元素"的影响下进行情感的拼贴与组装,以"梗""段子"或一个个小故事点燃读者情绪,每个小故事之间的连接性又没有那么紧密,读者更加注重作品带来的瞬间阅读感受。

二、反琼瑶小说中的女性想象

数据库助力下发展起来的女性写作还典型地体现为反琼瑶小说和红楼梦同人文的创作。罗兰·巴特在《S/Z》中打破了传统认知中作者与读者紧张的二元对立关系,并提出了"理想文本"与"可书写文本"的概念,一改读者作为"消费者"与"接受者"的被动地位,将其变为可改写作品的积极生产者,这一形式在网络文学创作中体现得最为鲜明,同人衍生小说以具体形态实践着"可书写文本"这一理论。同时,同人小说的创作也体现了费斯克提出的粉丝三大生产力——"符号生产力""声明生产力"与"文本生产力"的特征。

网文中的"同人"一词是从日本同人文化中引申过来的,原意为"志趣相投的人"[①]。同人小说一般被称为"有爱"的文学活动,是创作群体在对原作阅读与理解基础上,在对粉丝群体与社群文化的阅读喜好、审美趣味了解的基础

---

① 邵燕君:《破壁书:网络文化关键词》,北京:生活·读书·新知三联书店,2018年版,第74页。

上,在与其他读者讨论并获得反馈意见与评价基础上创作出来的具有一定艺术水准、可阐释性、可读性的作品。它借用原作品已有的人物形象、人物关系、基本故事情节和世界观设定进行二次创作。它从文化商品的符号资源中选取素材进行创作,并将其以可见的、公共的状态表现出来。这是女性群体自行发起的文学创作活动,体现了她们的话语介入行为。"同人小说虽然并非原创,需要以一定的原创作品或现有元素为基础,但是同人创作并不缺乏独创性,他们也是作者独立完成的创作,是作者个人观点和构思的创造性表达。"[1]这是文化多元化的一种体现。同时,作为一种女性向活动,它一定程度上彰显了当代社会的性别关系与女性欲望。不同的读者根据自身社会地位、价值观念、生活方式对原作进行不同解读与演绎。同人文化是一种"女性向"文化[2],中国女性在参与过程中贡献了丰富的社会学文献。

最典型的同人文是"反琼瑶"小说和《红楼梦》衍生文。所谓"反琼瑶小说"指近几年出现在网络上的一种新类型文,它以穿越、重生、续写等方式重写琼瑶小说,以此反对琼瑶小说中崇尚爱情至上、抛弃社会责任、无视伦理道德的主旨内容。同人文改写主要集中在《新月格格》《梅花烙》《还珠格格》三部小说,也有部分同人文对《情深深雨蒙蒙》《一帘幽梦》等小说进行改写。从"反琼瑶小说"产生背景与发展过程中可以看出近些年女性群体思想意识的觉醒与蜕变。琼瑶作为言情小说鼻祖曾在 20 世纪八九十年代风靡全国,其小说书写一段段轰轰烈烈的爱情,并搬上银幕,填充好几代人的青春岁月。但观众对琼瑶小说的批判声音从未停止,随着女性解放运动及思想意识的发展,批判之声越发严厉和凶猛。网友们对琼瑶小说中将伦理道德弃之不顾,支持小三,反对原配的观点进行反抗与抵制,由此网上出现了一系列以推翻、批判琼瑶小说为主的"反琼瑶小说"。比较有名的小说如《还珠之云淡风轻》《孝贤重生之再当皇后》《还珠之永璂和乾隆》《还珠之时光回溯》《[梅花烙]公主之尊》《一帘幽梦之哥哥嫂嫂》《情深深雨蒙蒙之李可云》《新月格格之宁雅》等,这些小

---

[1] 刘丽玲、王丽萍:《简论网络同人小说》,《高等函授学报》2011 年第 6 期。
[2] 邵燕君:《破壁书:网络文化关键词》,北京:生活·读书·新知三联书店,2018 年版,第 78 页。

说在情节设置上一般让读者认为无辜或被牵连受害的女性配角重生,使她们在知晓事件发生经过的前提下,通过正当或不正当手段捍卫自己的权利和利益,以此实现报复"破坏者""小三"的目的;或者是现代人灵魂穿越到原著小说中某一女性人物身上,保护周围想要保护之人免遭原情节中的伤害,扭转结局。女性受众模仿琼瑶夸张的叙事风格,改变她小说中的情节与人物形象,批判她的小说对婚外情的"美化",认为她的小说产生的影响滋生了社会弊病,破坏了较为纯正向上的价值观。

冯进提出了几种假设来解释"反琼瑶小说"狂热流行的原因:读者对现实生活中"第三者"和"家庭破坏者"的愤怒,她们对自己认为糊涂和软弱的女主人公的厌恶,她们对琼瑶戏剧化叙事风格的不满,她们对年轻时期迷恋琼瑶爱情的强烈自我批评。[①] 女性读者通过多样情节模式的重置颠覆原小说传递的思想观念,以此批判琼瑶小说中假装脆弱、讨好父权、不道德、不真实的女性形象,彰显出女性在网络时代自我意识的发展;"反琼瑶小说"的创作群体与阅读群体不仅以此建构独立的主体身份与价值观念,突破传统父权制规定的女性气质与道德伦理,而且还在相互交流与共同创造中形成一种参与性的同人文化。在此过程中她们解放思想,满足自我情感需求,在同人社群的讨论和同人文化的形成中不断挖掘原小说的深层意蕴。同时,通过对小说中女性人物及其生存体验的重新想象来观照她们自己的生活。

琼瑶笔下的"新月格格"呈现出鲜明的"玛丽苏"特征。她出身高贵却有一个悲惨的人生,美丽多情却爱上不该爱上的人,得到了"男主"宠爱,却破坏了男主家庭、伤害男主妻子,终其一生只为爱情与男性而活。此人物形象引起当下女性群体的不满,在同人文《一室春》和《新月同人之雁姬》中创作群体站在受害者"雁姬"的立场上谴责"第三者"的插足,批判原小说传递出的"以爱之名"践踏其他女性尊严与幸福的爱情观。这两部同人小说或安排雁姬主动出击报复新月、维护自己利益,或让雁姬摆脱传统家庭结构实现自我救赎,以此彰显出女性对传统性别规范与道德观念的反抗,体现女性个体成长与觉醒

---

① Jin Feng, *Romancing the Internet: Producing and Consuming Chinese Web Romance*, Leiden; Boston: Brill, 2013, P. 43.

意识。

又如《还珠同人——惊梦》《还珠同人之我是小燕子》《还珠格格之不一样的小燕子》等以《还珠格格》为蓝本衍生的小说,这些小说以小燕子为主角,重新谱写了小燕子的人生。无论是非剧情人物以灵魂穿越的方式进入剧情,还是原剧情人物的灵魂回到故事发生之前,这些小说都侧重展现小燕子的成长与蜕变,书写小燕子在一系列苦难、挫折中逐渐成熟的人生体验,塑造了小燕子独立、自强的主体形象。这些小说投射着女性创作群体的精神诉求,映照着她们的生存境遇,从"琼瑶小说"到"反琼瑶小说",女主人公从懵懂、不成熟到理智、坚毅,并在善良、乐观的品质中蜕变为新女性。这些小说虽没有明确地批判琼瑶小说中的脱离现实的现象,但对人物形象的重新改写展现出了当下女性群体的思想变化,对小燕子蜕变后形象的肯定符合反琼瑶小说的主旨。

虽然反琼瑶小说中存在着一些过度丑化、抹黑原作主人公的现象,出现"为黑而黑"、为虐而虐、粗制滥造的小说,但整体而言,反琼瑶小说的盛行向我们展现了一种健康向上的社会风气,展现了人们对琼瑶小说中存在的脱离现实的理论——"坚持真爱无敌,抛弃社会责任,无视伦理道德的思想观念"的反思,体现了女性群体对社会、家庭、情感、责任的新的解读。琼瑶小说的观念有些已落后于时代,女性群体用当代的价值观、人生观重新阐释琼瑶小说,具有一定的文化意义。正如网友所说:"我觉得反琼瑶代表着一种现象,而且不可否认这是一种好现象,为什么在十几年前我们压根就没有觉得里面的爱情咋样咋样,而现在随着年龄的增长我们觉得不切实际了呢?可以说这是这个社会的缩影,这个社会进步的证明……我觉得反琼瑶意味着我们对社会理解得更深更透彻,正在向一个合格的、有责任心的社会人发展,大家现在都明白爱情是不能当饭吃的,裸婚是要慎重考虑的,贫穷受苦的人是存在的。所以坚定地站在反琼瑶这一边,即使反琼瑶的书写得不咋样,但是有这种觉悟我就觉得已经比琼瑶好了。"①反琼瑶小说的出现彰显着一种理性思想的回归。受众从狂热的喜爱逐渐转变为理想的思考。作为一种女性向活动,它是成熟的、颇具

---

① 王茹:《新媒介时代琼瑶作品在大陆的接受:琼瑶同人文》,《文化研究》2014年第2期。

创造性的女性想象的结果,年轻的女性群体以新的生活态度和行为方式打破传统,表达不满,在质疑和改写中获得快感。

但反琼瑶小说的大量创作也不禁促使我们思考,为何女性群体只对琼瑶小说中的"女性"形象进行反叛与重写,而对原著中男主人公或男性人物缺乏反思与批判。女性"苛责"女性,却对男性更加包容,这依旧彰显了女性意识的保守与落后。

三、红楼梦同人文的多样创作

除"反琼瑶小说"外,女频同人文创作中最典型的还有对《红楼梦》的改写与续写。网络文学与传统文学有着必然联系,从《悟空传》《后宫·甄嬛传》《寂寞空庭春欲晚》《知否?知否?应是绿肥红瘦》等网络小说中都可以看到古典文学的影响。《红楼梦》作为古典文学的集大成者,对网络女频文的发展有很大影响。《红楼梦》的"言情"范式对女频言情文的创作有借鉴价值,日常生活审美化的叙事模式对女频种田文的发展有一定影响,其中最直接的影响体现在红楼同人文的创作上,它们在扭转人物命运、重谱爱情篇章中彰显女性欲求。

晋江作为"红楼同人文"的主创区,连载有多种风格的红楼梦同人文,如关于黛玉的《红楼之黛玉重生》,关于宝钗的《红楼之成为宝钗》,关于探春的《红楼之特工也探春》,关于袭人的《袭人的悠闲生活》,关于迎春的《红楼之贾迎春》等等,甚至还有众多以红楼男性人物为主人公的同人创作如《穿越红楼之顽石宝玉》《红楼穿越之贾兰》《穿越红楼之贾政》《红楼别梦之贾琏》等等,这些小说以恶搞、戏仿或反讽手法进行创作,迎合女性群体的心理需求与情感愿望。

关于女性群体创作红楼同人文的方法与目的,本论文主要将其分为以下几种类型:创作者想要弥补原作故事的遗憾,如大量存在的宝黛CP同人文,作者跳出传统封建文化为宝黛安排新的人生,或描写两人以正面积极状态对抗封建统治,以此改变他们在原著中的悲伤结局,如《红楼之宝黛重生》;或者因对《红楼梦》中女性人物哀婉一生怜悯与同情,故而进行重新书写,为女性人物想象多样人生。这些同人小说在形象塑造、情节安排与故事基调上呈现出女性自主、独立的主体状态与精神境界,这不乏体现了当下女性对红楼女性的新期待及对自我经验的观照;或者讲述现代人穿越到红楼世界中与书中人物展开一段奇妙际遇的故事,如《穿越到红楼来爱你》,满足读者的主观代入,并以此为喜爱人物安排新的情感经历;一些红楼同人文专门拆散"木石前盟",创作群体在对贾宝玉责任心弱、行动力差、滥情等原罪的批判中为黛玉重觅良配,如《红楼之林家皇后》,绛珠仙草在享受阳光雨露时被从天而降的一瓢冷水浇得透心凉,这一改原著中绛珠仙草受神瑛侍者滋养与浇灌、绛珠仙草为报恩而低神瑛一等的情节设置,同人文中神瑛的浇灌变成了一种多余的打扰,这份爱不再是绛珠仙草生存的基础与必需品,反而成了她自由生活的阻碍与牵绊。小说彻底解构了"木石前盟",凸显了女主人公的独立精神,将女性从"施恩"与"还泪"的不平等爱情中解放出来,还其自由成长的权利,也为两性关系提供新型示范;还有一些同人文以《红楼梦》的文化环境为背景展开书写,借读者熟悉的环境、人物、故事走向为情节设置与事件推进提供辅助,如《红楼梦杀人事件》《红楼梦迷案》,等等。"红楼同人文"创作群体在对原著及原著人物"爱"的基础上通过"二次创作",对女性人物的人生际遇与命运走向进行了重新书写,以此展现出她们的心理趋向与欲望诉求,呈现出了女性群体在同人趣味社群内的性别认同与话语表达。整体而言,对丑陋庸俗的"大观园"的揭示,对次要角色人生经历的重新书写,对原著封建秩序的破坏,对情爱关系、伦理道德的重新建构等都成为同人女群体结合自身境遇对原著故事重新思考的文学呈现。创作群体站在女性人物立场上表达自我,保护林黛玉成为一种政治正确,对薛宝钗藏愚守拙的贬斥成为一种书写风向,女性群体在人物身上投射自我意识,引发情感共鸣,展现女性意识觉醒与主体性建构的发展历程。

　　除了以传统文学或其他文化现象为基础进行创作的同人文外,网络女频文中还有很多真人同人文,即以现实生活中真实存在的人为主角进行创作的小说,如"易烊千玺同人文""蔡徐坤同人文""刘亦菲同人文""最强大脑"中观众自行幻想的男性CP同人文等,这些同人文展现出了受众对主角的意淫与幻想。粉丝们在乎的通常"只是这个通过各种(筛选过的)信息建构出来的作品,而非事实"①,所传递的是一种自我想象与情感寄托,由此女性在网络虚拟空间中获得了表达自我、满足欲望、释放情绪与建构乌托邦理想世界的机会与权力,她们通过"第三空间"建构自己的"话语世界"。

创作群体对传统小说直接介入,在创作中获得描绘心中理想爱情、完美英雄或表达自我的机会,在阐明个体观点、戏仿原作的基础上映照社会现实,由此网络女频文不再是封闭的世界,而是成了不同"代理人"或观点表达者之间进行意义谈判的公开论坛。② 她们利用自己的想象力和创造力来增强"文本再生产"的活力,借助网络文化与网络语言增强对传统小说的改写力度,这一方面显示出了她们对官方语言、主流意识形态或原作品思想表达的颠覆,另一方面也有利于她们形成群体认同,以此不断提升自身在网络空间与作品创作中的话语赋权能力与自我意识。

随着同人文的发展与繁荣,从事同人活动的女性群体即"同人女"群体也日渐壮大。"同人女"形成了一种极强认同感的"趣味社群",它具有鲜明的性别特征,满足了同人女自身的性别需求与心理诉求。这种由同人女发展到同人女趣味群体并创造出一系列同人文化,特别是形成同人小说创作景观,进而建构女性自我认同的活动过程及所构成的文化现象具有一定的性别意味。晋江文学城的"衍生小说站"是其四大主站之一,同人圈中的作者与读者具有强烈的向心力,因而同人文虽非晋江文学城及网络女频文中最主流的类型文,却是最具活力的类型文之一。甚至它是女性向小说主题衍生、形象讨论、风格尝试等创造性写作的发源地之一。它也是网站"书评区"和"论坛"扩大化发展的一种表现,是读者在书评区、论坛进行发声,维护并拓展自身言说权利与自由的一种创作活动,也是"读者粉"向作者权威发起的一种挑战行为。同人小说的创作活动是在发展伊泽尔"审美响应"理论基础上,由读者粉丝形成的有爱

---

① 邵燕君:《破壁书:网络文化关键词》,北京:生活·读书·新知三联书店,2018年版,第84页。

② Jin Feng, *Romancing the internet: Producing and Consuming Chinese Web Romance*, Leiden; Boston: Brill, 2013, P. 4.

的"再生产"活动,它体现了读者与作者之间、读者与读者之间的共情关系。对同人文及同人女的了解有助于我们全面理解当下网络女频文女性话语的多样表达。创作同人小说的女性并非狂热的病态分子,她们具备一定的创造力与能动性,从个体心理需求出发,借助文学写作寻找共鸣与认同感。女频同人文使读者和作者通过共同的情感参与和类似的想象体验形成马特·希尔所说的"想象共同体",这一共同体构成了她们自己。[①] 她们的"偷盗"行为不仅改变了网络女频文的创作形式,重新定义和想象了浪漫爱情与性别关系,同时也展现了互联网技术与网络环境下女性个体思想与性别认同的发展。

[①] Jin Feng, *Romancing the internet: Producing and Consuming Chinese Web Romance*, Leiden; Boston: Brill, 2013, P. 79.

当网络文学的"产生"沦为"生产"
——兼论网络文学的"经典性"问题

杨 熹[②]

摘 要:网络文学已经发展了二十余年,并呈现出如今欣欣向荣的局面,但学界少有人意识到,这种繁荣的表象下其实已经酝酿着危机,其中具有标志性意义的是网文工作室的出现和泛滥,因为它昭示着网络文学已经从"产生"沦为"生产"。AI写作的出现更是放大了这个趋势,网络文学的经典化问题也因此面临着更大的挑战,这种挑战背后不仅是作为一种组织形式的工作室的力量,更是媒介的力量、数字资本主义的力量。学界对网络文学经典化问题的争论,混淆了"网上的文学"和"网络性文学"的概念,也没有厘清网络文学经典的评判标准应该是从网络文学的"网络性"出发还是从"文学性"出发。网络文学与纸媒文学并不是完全对立的紧张关系,相反,网络文学的叙事方式和视角能给纸媒文学带来新的参照和启发。

关键词:网络文学;网文工作室;AI写作;文学性;经典性

若从痞子蔡《第一次的亲密接触》算起,中国网络文学如今已经走过了二十多个年头。从当初亚文化的地下(或者半地下)状态,网络文学借助网络媒介已经迅速膨胀为一种大众文化(从生产规模、消费群体、文化影响力来看,当然里面还存在着众多的亚文化社群)。根据2023年4月7日中国作家协会网络文学中心在上海发布的《2022中国网络文学蓝皮书》显示,新时代十年全国近百家重点网络文学网站的上百万活跃作者,已经"累计创作上千万部,现实、

[①] 项目基金:国家社科基金艺术学重点项目"事件理论视阈下的中国网络文艺批评研究"(22AA001)。

[②] 杨熹(1996—),男,重庆人,文艺学硕士,番茄小说网主编,湖南省网络作家协会会员。

幻想、历史、科幻等主要类别之下,作品细分类型超过 200 种"①,除了其庞大的创作队伍,数量惊人的作品产出,海量读者的拥趸,网络文学其部分优质内容,也日渐成为"影视、游戏、动漫等文化创意产业的重要内容源头"②。显然,网络文学在时间的酝酿中,早已经抽出了金灿灿、沉甸甸的麦穗。

丰收固然是可喜的,但是亦不能忽视麦穗下的土壤正发生着的变化。当下网络文学的"产生",有日渐沦为"生产"的趋势,具体表现在:网络文学工作室"协作"模式的泛滥,使得批量的文学生产成为可能,甚至对个人的"创作"模式虎视眈眈并构成挑战,更不容忽视的是 AI 写作已经从一个技术设想发展成了技术现实,AI 写作正在重构写作的主体性。在此基础之上,网络文学的经典性问题和写作伦理也因此面临着更大的挑战。

另外对网络文学作品本身的忽视,也很容易让网络文学沦为一个泛泛的概念,这就很容易导致另一个倾向,即将网络文学的研究搞成了网络文化的研究,譬如学界对网络文学经典化问题的争论,其根源依旧是对网络文学的基本概念模糊不清所致,没有分清楚我们讨论的对象究竟是"网上的文学"还是"网络性的文学",研究的究竟是网络文学的"网络性"还是"文学性"。作为一个事件,我们看待网络文学的视角也应该随之发生转捩,更具体地说,要充分地认识到"网络文艺的创作主体、创作方式、阅读活动、传播路径和评价体系都已经成为事件"③。

一、媒介的迷惑:"网络上的文学"与"网络性的文学"

要打破认识的藩篱,我们可能首先要问的一个问题是,网络文学是如何产生的?根据欧阳友权在《中国网络文学二十年》中的描述,北美汉语网络文学的出现,是网络文学进入萌芽阶段的标志。④ 之所以是萌芽,在于它的创作主

---

① 中国作家协会网络文学中心:《2022 年中国网络文学蓝皮书》,《文艺报》2023 年 4 月 12 日。
② 中国作家协会网络文学中心:《2022 年中国网络文学蓝皮书》,《文艺报》2023 年 4 月 12 日。
③ 胡疆锋:《作为事件的网络文艺与新文艺评论的再出发》,《中国文艺评论》2021 年第 6 期。
④ 欧阳友权:《中国网络文学二十年》,江苏凤凰文艺出版社,2019 年版,第 2 页。

体是网民(海外留学生),载体是互联网媒介(而不是纸媒印刷品),但又只能是萌芽,因为其创作的内容和类型,以及抒发的情感依旧是传统的(客居他乡的游子之情)。意识到这点十分重要,因为"情感",是传统文学中一个十分重要的维度,在古典文论中,"诗言志"(《尚书·尧典》),"诗缘情而绮靡"(陆机《文赋》),"诗可以兴,可以观,可以群,可以怨"(《论语·阳货》),而在网络文学创作中,从某种程度上而言,更具重要性的不是情感,而是"情绪"。所谓通过"打脸"配角获得爽点,其实就是为了不断制造"情绪"的压制和释放,而不是情感的抒发,因此在这个过程中,读者往往获得的是"爽"的体验,而不是"美"的享受。

显然,北美汉语网络文学这个阶段,更接近网络文学本身的字面含义,即"在网络上发表的文学"。因为这个阶段的网络文学,其创作的内容和范式依旧是传统的、纸媒的,除了传播媒介的变革以及写作的赋权,从作品形态和文学属性而言,其实并没有发生实质性和根本性的变化。正如作家杨知寒说的那样,"无论是在网络上发表还是在纸媒上发表,对我来说只是换了一个媒介,想表达的东西还是一样的"[1],这其实就是"网络上的文学"。并且这里的文学,依旧是个人化的写作,表达的是作家个人化的志趣,而不是之后的那种追求极致爽感体验的网文类型写作。

而我们现在所讨论的网络文学显然不是处于萌芽阶段的"网络上的文学",而是"网络性的文学"。这种"网络性的文学"与"网络上的文学"的根本区别就在于其创作内容和创作目的的不同,甚至是生成形态以及写作根基也发生了根本性变化。事实上,随着起点小说 VIP 付费模式的开创,写作能够实现快速变现,低门槛的网络文学创作不再是用爱发电,而成了可供谋生的职业,在真金白银的刺激之下,网络文学得以快速发展并形成规模。

因此与传统文学写作(或者说纸媒写作)不同,网络文学创作活动的实质其实就是商业活动,它的最大目的是赚钱(极少数是为了个人情怀),或者说它既不关乎道德,也不在乎形而上的意义,它早已脱离了一种纯粹的个人兴趣和

---

[1] 杨知寒、喻越、李玮:《从网络文学到"纯文学"到底有多远?——杨知寒访谈》,《青春》(文学评论)2022 年专刊。

感时抒怀。如果说"网络上的文学"阶段,多少立足于某种现实(如异国飘零),其实本质上依旧是一种现实性写作,它的写作根基是活生生的生命经验和现实体验,是复杂的现实生命,而不是单向度的数字生命。那么当发展到"网络性的文学"阶段,写作的根基早已经发生了移植和变化——整个互联网文化、传统文化、世界文化都是网络文学的创作资源。立足于现实生命体验的个人写作,早就转向了一种更广阔和更丰富的写作实践,它生机勃勃又野心勃勃,网络文学创作因此呈现出极强的"文化征用"[1]特点。值得一提的是,学界经常用数据库(database)写作来概括网络文学的创作性质,这其实是将网络文学局限在了数字媒介层面,而割断了与文化传统乃至世界文化的密切联系。譬如以网络热梗为导向的脑洞文创作,虽然大部分都是基于互联网文化而展开的,但是仙侠文、历史文等大多以传统的历史文化和古典文化为底色,如仙侠小说《择日飞升》的开篇便是化用了柳宗元的《捕蛇者说》。《诡秘之主》则是融合了克苏鲁、蒸汽朋克等世界性文化的成功代表。在网络文学这里,一切有利于制造爽点和新奇感,有利于小说设定丰富的文化元素都可以被征用,无论它是传统的还是网络的,是民族的还是世界的,可谓兼收并蓄,文化包容性极强。当然,这种"征用"也包括内部的征用,创作者会沿用公共的设定进行创作,而这也是类型文之所以为类型文的重要原因。比如很多游戏动漫的同人创作(《秦时明月》《名侦探柯南》《海贼王》《火影忍者》《原神》等),其体系设定、世界观和人设甚至故事剧情本身就是现成的,同人创作直接就是在此基础上进行的二次创作。正如东浩纪对日本御宅族文化所评价的那样,"即使是被当成原作的作品,其世界观也有很多被指出是来自对先行作品的模仿或引用。无视于现实世界,一开始就以拟像来当作原作,然后该拟像又经同人活动再度拟像化与增殖,且不停被消费"。[2] 显然,这与主流所提倡的现实主义创作,即"熟

---

[1] 这个文化可以是传统文化、现代文化,也可以是中国文化乃至世界文化,更包括互联网文化。"征用"正是对网络文学改为人先,积极进取,开疆扩土的勃发之态的概括。
[2] [日]东浩纪:《动物化的后现代——御宅族如何影响日本社会》,褚炫初译,台北:大艺出版事业部,2012年版,第45—46页。

悉人民的语言""学习群众的语言"①"坚持以人民为创作中心"②的创作路径,存在着极大的差异和根本性的区别:一个是立足于活生生的现实世界,另一个则很大程度上立足于拟像繁殖的虚拟世界。

另外值得注意的是,网文创作的主导地位,实际上已经大幅度让位于读者,创作的内容得是读者期待的,读者期待的,便是作者应该去完成的。成熟的作者在开新书之前,往往都会有一定的准备工作,他们会去扫榜(比如成绩突出的新书榜单),以了解最新的市场情况,掌握哪些题材是比较受欢迎的,也会联系编辑,寻求编辑的专业意见,这一切的准备工作,都是为了新书能够抓住读者市场,从而取得成绩,避免"扑街"(作者对自己成绩很差的自嘲)。

这种传统关系的改变,其实质在于文学的创作形态发生了改变,即以往的文学创作,至少在网络文学里,其实已经转向了文学生产。在这个关系中,"阅读行为"其实是一种"消费行为"。对于消费行为的分析,正如齐格蒙特·鲍曼在《工作、消费主义和新穷人》中评价到的,"理想化来说,消费者应当立即得到满足""被消费的物品应该立即带来满足感,不得拖延,不用漫长的经验积累,也不需要冗长的奠基工作"③。因此如果创作网络文学,就"不一定能完全按照自己的想法去写,还得考虑读者的喜好,平台对你的标签,它总归是更像一个商品的东西"④。因为在网络媒介关系中,读者不仅仅是读者,还是消费者。读者不是为了接受教育去选择阅读,而是消费;对应的,作者也不是单纯地为了某种价值和意义去创作内容,而是需求。因此我们在分析网络文学的时候,除了文本分析等传统的文学内部的手段,至少也应该增加一种视角,既文学生产的视角。既然是创作服务于需求,而需求总是在变化,因此我们也就可以解释为什么网络文学在短短二十来年的发展过程中,总是呈现出阶段性的变化。这种变化既有监管所带来的束缚和限制,更多的还是读者的口味和需求也总

---

① 毛泽东:《在延安文艺座谈会上的讲话》,北京:人民文学出版社,1967年版,第15页。
② 习近平:《在文艺工作座谈会上的讲话》,《人民日报》2015年10月15日第4版。
③ [英]齐格蒙特·鲍曼:《工作消费主义和新穷人》,仇子明、李兰译,长春:吉林出版集团2010年版,第66页。
④ 杨知寒、喻越、李玮:《从网络文学到"纯文学"到底有多远?——杨知寒访谈》,《青春》(文学评论)2022年专刊。

是在变化的。换言之,读者端的消费市场一直在变化。比如作为曾经声势浩荡的传统玄幻①(无系统的长篇玄幻文)品类,现在除了几个头部作品,基本丧失了读者市场,新书写传统玄幻等同于炼狱,已几乎成了创作者们的共识,这就是市场的选择。

这也从侧面说明,网络文学(整体上看)追求的不是纸媒的永恒命题,而是消费的需求,虽然消费是人类永恒的行为,但消费的需求总是在变动的。如果我们还是用文学内部的眼光去打量网络文学,显然这种外部的变动,我们多少是难以察觉的,已经发展很成熟的网文工作室模式被学界鲜有提及,就是一个很好的例子。

二、创作主体的肢解与重构:网络文学的四种生产模式

在传统的写作实践中,文学创作活动的主体是个人,基本属于共识,但是在网络文学写作领域,除了"个人创作",其实还有"工作室协作"以及"AI 写作"的存在。个人创作顾名思义是独立的个人性的创作,从题材选择、大纲构思,到具体的内容创作整个流程都是个人独立完成的,这种创作也可以称为"个人原创"。工作室就不同了,一部由工作室产出的作品,背后的作者可能不止一个。当然这里的工作室,与起点工作室宣称的"会提供更加定制化的内容服务和贴身指导,帮助作家全程看稿盯稿,提升作家写作能力,提高作品质量"②不同,成熟的工作室模式(极具生产属性的工作室)是有组织的群体写作(姑且称之为"协作")。它很少是独立于作者的产物,往往是众人协作,群体分工的结果。这与起点有着辅导性质的金牌工作室有着根本性的区别。

譬如根据对业内作者的访谈,"最早的工作室很多灵感素材都是抄来的,扒'网文小扑街'(一个微信公众号)上的榜单,他们会安排专门做大纲的'大

---

① 2008 年是东方玄幻题材的转折点,2008 年北京奥运会成功举办,国民自信心极大增强,以东方为背景,以传统文化为底色的修仙小说开始风靡网文世界,而之前大热的正是西方奇幻小说。比较有代表性的玄幻作品如《斗破苍穹》(2009)、《遮天》(2010)都是此后发布并大热的。

② 《阅文金牌编辑工作室大盘点》,2021 年 8 月 4 日,https://www.sohu.com/a/481358539_120119963。

手子'扒里面的脑洞,然后(把这个脑洞)做成另外一个格式的大纲,比如这本书它是历史的,那么他们就把这个脑洞跟风到都市,然后直接做大纲,并让写手当天就写一批开头出来。这些大手子会审核这些写手的稿子,并挑选出符合他们预期的,整体来说,可能十个人的开篇只有一个人的能用,他们会把这些开篇发首日去验证哪个数据会更好,然后工作室会让专门的写手来爆更,大手子会跟进这个写作过程,尽量五到七天之内就让他上架,然后开始产生收益,但是给写手的待遇很低的,就等于给手写一个保底工资"①。在这个过程中,作品的诞生显然是被安排的,而不是酝酿的,是割裂的,而不是一以贯之的,作者(写手)甚至都不是作品的真正构思者和所有者,充当的只是写作的廉价劳动力。在这种模式下,网文创作,彻底成为一种快速迭出的生产行为,他们也往往能根据热点,适时地生产出以热点而衍生开来的小说产品。而在这个过程中,"作者"的身份已经被肢解,作者的主体性同样地也被隐匿和模糊了。因此这时候,我们很难用传统的文论观点去看待作品、读者、作者之间的相互关系,除非我们愿意以生产的视角去直视作品的商品属性,承认阅读的行为实质也是消费的行为。对此,早在2014年习近平总书记就在文艺工作座谈会上指出:"改革开放以来,我国文艺创作迎来了新的春天,产生了大量脍炙人口的优秀作品。同时,也不能否认,在文艺创作方面,也存在着有数量缺质量、有'高原'缺'高峰'的现象,存在着抄袭模仿、千篇一律的问题,存在着机械化生产、快餐式消费的问题。"②生产性工作室的出现和快速发展,正是文学消费化、文学生产化的表征。

---

① 笔者与网文作者鲁智深(化名)的访谈;访谈方式:QQ线上访谈;访谈时间:2023年4月25日。
② 习近平:《在文艺工作座谈会上的讲话》,《人民日报》2015年10月15日第4版。

这种生产性的工作室,在"新媒体文"①中也是普遍存在的。根据对知情人士的采访,"新媒体工作室主要是两种,一种是专门量产新媒体开头,然后卖给别人,让别人去赚保底的钱;另一个就是养蛊式的,比如十个写手分别在同一个赛道上开文,投同一家网站过保底,通过养蛊模式,增加了爆款的概率,这个模式是新媒体工作室盈利的主要方式"②。显然,网文工作室的存在,实现了写作的规模化和工业化。在工作室的协作模式下,一个题材、脑洞、梗和创意,能够迅速试错并被生产出来。在这个过程中,写手充当的是廉价劳动力,并按照工作室给的大纲和细纲进行写作(而不是创作),在这种分工明确的模式下,工作室的内容生产效率远大于个人创作。但也是基于这点,工作室的这种模式难以生产出高品质的作品(比如某站和工作室合作想做出IP向的作品,迟迟得不到推进就是一个例子)。因为它不是一个完整的个体创作,能够交给写手去完成,本身就说明这个题材是套路化,是可以批量生产的,写手完成的不是创作,而是起填充作用的写作,工作室画好格子,而写手的任务就是给这些格子涂满早已被标记好的色块。并且在这种批量生产的模式下,再新颖的脑洞,也能被迅速榨干,这就导致这样的作品就像一个快消品,市场周期往往都不会很长。而工作室的这种生产模式之所以成立,主要有三个方面的原因。

其一,它的生产行为符合当下读者的消费心理。因为短视频的快速翻阅体验,从某种程度上来说早就影响了用户的心智,如果不能以噱头和有趣的内容来吸引读者,不能以最短的时间给读者带来新鲜爽点的刺激,那么这样的作

---

① 新媒体文是一个富有弹性的概念,主要指一种区别于在网站销售的作品投放方式。比如2016年左右,微信、微博兴起,网站看到了这些平台的流量潜力,为了拉新更多读者,便花钱投放广告,吸引这些平台用户花钱去网站看作品,从而实现盈利。并且这种投放,一般会考虑当时的阅读市场需求和实际吸量情况,比如男频早期投放主要内容有偏暧昧的、灵异的、猎奇的,甚至还有题材比较敏感的官场文。而且随着读者口味的变化,投放的具体作品也会发生变化,因为新媒体文主要指的是一种投放方式,并不是一个具体的且稳定固化的作品分类,它的投放平台会随着流量平台的起落而变动(比如现在广告投放的重心已经转向字节跳动的巨量引擎和腾讯的广点通),并且投放的作品品类也是会发生变化的,而这些被投放的作品,就被习惯性地称为新媒体文(比如所涵盖的具体分类就有鉴宝、神医、战神、赘婿、悬疑等)。
② 笔者与网文作者鲁智深(化名)的访谈;访谈方式:QQ线上访谈;访谈时间:2023年4月25日。

品便很难留住读者从而赢得市场。[①] 正如齐格蒙特·鲍曼的消费理论所呈现的那样,"满足感应当在消费所需的时间结束时消失,而这段时间应该被减少到最短。如果消费者不能在任何对象上控制他们的注意力且长久集中他们的欲望;如果他们缺乏耐心、易冲动、躁动不安并且重要的是,易兴奋且同样容易失去兴趣,那么这种时间的减少就会达到最佳效果"[②]。显然,工作室的高效率生产实现了读者的即时性满足,与之相反的是,正典式的作品不会为了读者的消费冲动和欲望而妥协,而这点,却正是作为消费品的网络文学的创作动机之一。

其二,读者"游牧的主体性"。约翰·费斯克曾在《理解大众文化》一文中提及过两个至关重要的术语,即"大众的可感觉到的集体性"(people's felt collectivity)和"游牧式的主体性"(nomadic subjectivities)。[③] 前者体现了一种"大众"存在和不可见但可以感知的幽灵般特点,后者体现了"大众"这个极具隐藏性群体的自主性,他们不是固定的,他们是游牧的,较之他们在实际社会中固定不变的具体的角色扮演,在文化中,他们显得更游刃有余。也就是费斯克所说的:"他们能够在这一社会机构的网络间穿梭往来,并根据当下的需要,重新调整自己的社会效忠从属关系,进入不同的大众层理。"[④]实际上,在调整自己的社会效忠从属关系和进入不同的大众层理的过程中,其实就已经昭示了他们的两种态度和倾向,即"反对谁"和"同意谁",反对谁,我就解除和它的关系,同意谁,我就建立和它的关系,在"解除"和"建立"的过程中,"我"实现了流动,并且在费斯克看来,"流动性乃是复杂社会中大众的特征"[⑤]。这样的揭示

[①] 包括现在知乎畅销的短篇,以及目前发展火热的短剧行业,其实都与读者用户追求及时的快感体验有关。

[②] [英]齐格蒙特·鲍曼:《工作消费主义和新穷人》,仇子明、李兰译,长春:吉林出版集团,2010年版,第66页。

[③] [美]约翰·费斯克:《理解大众文化》,王晓珏、宋伟杰译,北京:中央编译出版社,2001年版,第29页。

[④] [美]约翰·费斯克:《理解大众文化》,王晓珏、宋伟杰译,北京:中央编译出版社,2001年版,第29—30页。

[⑤] [美]约翰·费斯克:《理解大众文化》,王晓珏、宋伟杰译,北京:中央编译出版社2001年版,第30页。

若放在数字时代下的我们的大众,似乎同样受用。比如新西兰学者肖恩·库比特就认为,网络阅读在其游牧式的阅读中演化出了"冲浪""浏览"等隐喻,到处漫游。[1] 而网络文学读者本身就是网络文化的参与者、接受(收)者和漫游者。对于他们而言,趣味和娱乐,内容可以是视频的,也可以是文字的,只要呈现的内容是他们感兴趣的。比如随着直播行业的兴起,网络文学中也催生了"直播文",即将直播中的场景、形式和桥段移植到了网络小说之中,这不仅是网文类型写作本身的创新,还是媒介融合的产物,它们都在数字符码系统之中,只不过借助的表现形式不同而已——一个是视频的形式,另一个则是文字的形式。很难想象,这种形式的创作内容会出现在纸媒作品之中,因为二者的媒介属性有着根本性的区别。从某种程度上而言,读者的游牧性扩展了网络文学的边界。而这正是工作室的一个核心任务:找到读者的游牧之地,并用文字的形式、网络文学的方式去重新吸引他们。

其三,拟像的迅速增殖为工作室提供了源源不断的素材。符码的不断繁殖,会导致符码本身的暂时性和时效性,因此围绕符码繁殖而展开的写作也具有时效性。这种时效性也就导致效率成了写作的最高目的,显然这种形势下,个人写作难以在工作室模式的竞争下得以存活。事实上,的确有作者反映,自己的原创由于更新没有工作室的快,创意被工作室剽窃,最后导致自己的成绩惨淡。因此在某些网站,你会发现一个很奇怪的景观:这里有很多相似的题材、书名和内容。因为这些往往都是根据一个大纲写出来的,都是工作室的杰作。

因此工作室的作品,如果按照文本分析,按照文学内部的研究方法去审视它,估计很难写出创造性的成果来,因为这些作品是文学生产的极端化产物,它的商品属性远大于它的文学属性,它甚至真正意义上实现了文学生产的工业化。它的生产形式实现了分工协作,生产内容实现了可复制,并且具备了工业产品意义上的同质化和标准化,更重要的是,它剥夺了作者的主体地位,也

---

[1] [新西兰]肖恩·库比特:《数字美学》,赵文书、王玉括译,北京:商务印书馆,2007年版,第20页。

剥夺了传统纸媒作品完整的生产过程,所以"工作室做不出真正精品的书"①也就不难理解了。

完整的从无到有的劳动是令人愉悦的,这种愉悦的诞生来自木头蜕变为水泥地上飞舞的陀螺,这是一个创造性的过程,是主体的充分投入,是生命力的完整释放。事实上,艺术之美本来就和劳动创造息息相关。正如叶朗在《中国美学史大纲》中总结到的,"人利用工具,进行劳动生产,就可以创造出美的事物""人在生产劳动中创造美"②。在这里,劳动是完整的劳动,写作也是一种创造美的劳动。但是文学创作沦为文学生产,便是取缔了这个完整的过程,为的是换取生产效率的最大化。

工作室成批地出现,无疑是对传统文论的某种颠覆,或者说与其是工作室这种组织形式的颠覆,倒不如说是背后的媒介变革和数码繁殖所带来的对传统纸媒的挑战。依附于纸媒的传统文论也因此遭受到了质疑。不过反过来讲,我们会对经典的意义感触会更深刻,因为在工作室这种泛滥成灾的文学生产中,我们会发现,尽管它一直在制造"新奇",但是它只是在配合数码的繁殖而模仿表演,它不是充满创意的作品,而是贴标生产的产品,它有生产的周期,也有使用的周期,它是快消品。从读者接受来看,日常生活的审美化和快感化,已经使得读者进入一个"更多未知的感官和符号世界中",因此这就促使"有关快感的生产、交换、消费、体验及种类,就会进入一个扩大再生产的轨道上"③。工作室的生产行为,显然正是我们这个快感—消费时代的表征和缩影。

而将网文的快速生产做到极致的是 AI 写作的出现。2023 年 7 月 19 日,阅文发布了国内网络文学行业首个大模型"阅文妙笔"和基于这一大模型的应

---

① 笔者与网文作者老虎(化名)的访谈;访谈方式:QQ 线上访谈;访谈时间:2023 年 4 月 26 日。
② 叶朗:《中国美学史大纲》,上海:上海人民出版社,1985 年版,第 169—170 页。
③ 赵一凡等主编:《西方文论关键词》,北京:外语教学与研究出版社,2006 年版,第 315 页。

用产品"作家助手妙笔版"①。经过测试,只要输入自己对角色的大概设想,即可获得 AI 生成的角色称号、势力、外貌、性格、功法、经历等具体设定。譬如以玄幻小说为例,AI 可以按照作者的大概设想,"自动生成修炼境界、宝物道具、妖魔异兽、门派势力等信息",甚至"连打斗和场景也可以仅凭作者简单的设定生成数百字的详细描写"②。显然,AI 已经能深度参与到网络文学的创作之中(至少在类型写作中具有不俗的运用潜力)。对个人原创来说,比较值得庆幸的是,目前而言,AI 写作虽然"它能较好地完成信息查找和梳理思路的工作"但是"并不能达到直接复制全文呈现给读者的标准。可以说,阅文妙笔是辅助作家寻找灵感的工具,并不能达到取代作家人工写作的水平"③。正如阅文集团 CEO 侯晓楠对 AI 写作的定位,这是"从手动驾驶升级到辅助驾驶"④。尽管现在 AI 写作还只是处于一个"辅助驾驶"的阶段,但毋庸置疑的是,这已然是一个颠覆性的事件——随着 AI 写作开始介入网络文学的创作中来,创作的主体已经变成了"人—机"写作,"人机融合"构成了新的写作主体,也构成了网络文学生产的第三种模式⑤。

显然,网络文学经典化问题不仅来自内部的挑战,也将会迎来智能写作机器的挑战,甚至"人—机"主体完全有潜力吞噬掉人,而只剩下机器,那时候网络文学的生产便是机器的生产,创作的主体是机器,而不是人。譬如清华大学新闻与传播学院的沈阳教授及其团队,就利用 AI 生成了首部科幻小说《机忆

---

① 早在 2023 年 2 月 7 日,百度就宣布其类 ChatGPT 项目的名字为"文心一言",3 月份完成内测,面向公众开放。10 月 13 日,"中文逍遥大模型发布会暨中文在线集团股份有限公司与石景山区人民政府战略协议签约仪式"在石景山区首钢园举行,中文在线发布了全球首个万字创作大模型——"中文逍遥"大模型。10 月 17 日,"百度世界 2023"在北京举行。现场,文心大模型 4.0 正式发布,称其综合能力与 GPT-4 相比毫不逊色,在武侠小说撰写和角色、情节设置上具有突出的能力。
② 《阅文发布首个网文大模型"阅文妙笔",CEO 侯晓楠称阅文将全面与 AI 融合》,2023 年 7 月 20 日,见 https://baijiahao.baidu.com/s?id=1771907823189465097&wfr=spider&for=pc。
③ 《阅文发布首个网文大模型"阅文妙笔",CEO 侯晓楠称阅文将全面与 AI 融合》,2023 年 7 月 20 日,见 https://baijiahao.baidu.com/s?id=1771907823189465097&wfr=spider&for=pc。
④ 同上。
⑤ 事实上,技术对写作的介入,影响的不仅仅是网络文学,传统的纸媒文学同样面临着挑战。譬如很早之前就已经有软件可以自动生成符合平仄和特定韵部的古诗词,就算是鉴赏家,也很难看出这是软件写出来的。

113

之地》，还在第五届江苏省青年科普科幻作品大赛中获得了二等奖。① 从小说的大纲、标题到正文、配图，甚至连笔名"硅禅"都是 AI 创作生成的。庆幸的是作品的诞生的过程中依旧离不开人为的"截取"和"提示"，但至少 AI 写作显示了它的潜能，很多命题和根深蒂固的观念都有可能被颠覆。这或许是网络文学生产的第四种模式的试探和序幕，也或许是网络文学生产尽头的寓言。在这个模式的尽头，网络文学不仅仅只是一个纯粹由语言文字组成的文本形态，而是一个由文字、图像、声音、视频等多种媒介形态构成的混合型大文本，是一个微缩的虚拟世界。② 文字、音符和图像在媒介技术的赋能之下，编织成繁花似锦的梦境之地，游戏化的网络文学有极大的潜力被彻底游戏化，传统且单一的阅读快感也有机会被多种感官所交织的"具身体验"取代。在这个阶段，网络文学不是阅读的，而是游玩的，文本与游戏彻底融合，读者成了玩家，文本的世界成为元宇宙的世界。在这样的畅想中，传统意义上的作者真正已死，读者（参与者）成为这个世界真正的建构者，或者说创作的主体，弥散成所有的参与者，参与者自己生产并消费自己。在这样的畅想中，自然也就无所谓"经典"了。实际上这样的场景在网络文学的想象中更为惊人，在有些"游戏融合现实"③的小说中，游戏和现实直接融合，游戏即现实，现实即游戏，游戏即是规则也是目的。更极端的情况是刘慈欣在科幻小说《诗云》中的畅想。在小说中，技术不是选择把超越李白的诗歌直接写出来，而是选择"把所有的诗都写出来"。这是很有象征意义的，即 AI 写作可能无法直接一步到位创作出经典，但是在生产内容的速度和数量上可以轻松碾压人类，因为这时候笔力的极限、生产的极限，已经不取决于人类的体力、精力和创作力的极限，而是取决于物质

---

① 在《机忆之地》的创作过程中，研发者与 AI 进行了 66 次对话，从 AI 生成的约 43061 个字符中精心挑选了 5915 个字符，最终形成了这个作品。详情参考微信公众号"GQ 报道"的推文，《当一个清华教授开始拥抱 AI》，2023 年 12 月 4 日，见 https://mp.weixin.qq.com/s/3IqFca56Jx9HnzlEmyM_FA。

② 譬如最近的 AI 工具 Pika，只需要输入一句话，便可以生成一个视频，已经让"每一个普通人都能成为电影导演"的设想，变成了一种可以预见的现实。

③ 市场上一种热门的脑洞文写作。小说的主要设定就是游戏世界和现实世界的融合，现实世界的规则成了游戏世界的规则，游戏生存和变强便成了所有人（玩家）的最终目的，或者说，游戏既是规则，也是目的。

性的能量的极限、算力的极限。在这个阶段,"商品拜物教"也就改头换面成"数字拜物教""智能拜物教"[1],数字资本主义也由"幽灵"升级为"神灵"。将人囚禁于"数据牢笼",使人更加确信"数据"是"地上的神明",从而实现对个人及全社会的"深度殖民"[2]。在这个技术神话里,文学被技术彻底征用,我们既可以说文学已死,也可以说文学无处不在,只不过这种存在,是以元素、原子的形式存在,它被粉碎,被提取,被组织,被合成,以文化工业化合物的形式构成被数字资本主义彻底改造之后的新的媒介——文化形态。

事实上,就以工作室的小说而言,其快速失去热度和生命周期的速度,往往和它刚开始被读者所追捧的速度一样快。而经典文学,虽然刚开始可能无人问津,但是只要被读者发现、进入和承认,那么它将获得悠久的寿命和独立的地位。或许对于网络文学的经典化而言,这也指明了一个方向:网络文学如果想要良性地可持续地发展下去,就不能失去网文创作者的主体性地位(尤其是还多了一个 AI 这样强劲的对手)复杂的文学创作不能沦为简单的文学生产;不能被数码的无限繁殖捏着鼻子走,要回到创作本身,回归故事本身,这样才可能推陈出新,讲出更好的故事,网络文学的经典化也才能成为可能。当然,这只是对网络文学自身发展最基本的要求。

三、一种"经典效果":网络文学的网络性与文学性

"经典"(Canon),最初来自希腊文(Kanon),指的是"用于度量的一根芦苇或棍子,后来它的意义延伸,用来表示尺度"[3]。显然,就经典的原初词源来讲,作为度量工具的经典和表示尺度的经典,本身就具有"确立标准"和"典范"的意义。而关于网络文学的经典性问题,目前已经有很多专家学者给出了自己的看法,甚至还产生了学术争鸣,这些研究成果,都极大地丰富了经典性的内

---

[1] 蓝江:《从智能拜物教到算法价值——数字资本主义的生产方式及其内在矛盾》,《当代世界与社会主义》2023 年第 5 期。
[2] 崔健、李晓艳:《数据殖民:数字时代资本主义的"帝国野望"》,《理论导刊》2023 年第 10 期。
[3] 赵一凡等主编:《西方文论关键词》,北京:外语教学与研究出版社,2006 年版,第 280 页。

涵,以及更新了我们对网络文学经典化问题的认识。

譬如黎杨全的《网络文学的经典化是个伪命题》一文就认为传统的经典概念本身就是静态的、固定的,是被摆在图书馆的实物,是文化制度的后果,而作为一种事件,网络文学是印刷文学的断裂,是正在生成的,显然经典的这些属性"与网络文学形成了根本性的冲突",因此认为网络文学的经典化是个伪命题。① 而赵静蓉则认为,恰恰因为网络文学的事件性,所以不能用静态的经典观去固化网络文学,并认为经典是流动的,网络文学作为一个事件,网络文学的经典在于形成过程中,经典的重点已从"判断"转向了"描述"。② 王玉玊的观点则是较为折中,认为"网络文学作为文学事件的流动性并不与它作为故事文本的经典化诉求相违背",既要看到流动性的变化,也要有网络文学以文本形态存在时所具有的文学性与艺术价值的自觉,更从文化社群的角度,提出经典化进程的圈层化以及"地方性"经典作品的概念。③ 而在周志雄那里,网络文学更像是具有网络性的通俗文学,网络文学作品说到底是"文学","经典的网络文学作品必然具有艺术形式的独创性和完美性",并主张用"时代经典"(区别于"永恒经典"),以及已经具备经典"潜质"的作家作品去概括当下网络文学的经典化情况。④ 与周志雄立场比较相似的是汤哲声,他也将网络文学归属为"中国传统通俗小说的当代呈现",不过较之周对网络性的兼顾,汤的立论更倾向于批评网络文学研究中"重媒介而轻文学"的现状,并认为应该重视网络文学的文学本位问题,网络文学的经典化路径也在于"在传统文化传承中的文学性的坚持和中华性的创化"。⑤ 而关于经典化问题的具体评价标准,邵燕君主张以传统的文学经典标准为参照,结合"网络性"和"类型性",从典范性、传

---

① 黎杨全:《网络文学的经典化是个伪命题》,《文艺争鸣》2021年第10期。
② 赵静蓉:《网络文学的经典话何以可能——兼与黎杨全教授商榷》,《文艺争鸣》2022年第11期。
③ 王玉玊:《流动性与经典性不可兼得?——并与黎杨全〈网络文学的经典化是个伪命题〉一文商榷》,《文艺理论与批评》2023年第3期。
④ 周志雄:《网络文学经典化与评价体系建构》,《中国文学批评》2021年第3期。
⑤ 汤哲声:《中国网络文学的属性和经典化路径》,《中国文学批评》2023年第1期。

承性、独创性、超越性四个方面提出"网络类型小说经典"的初步标准。① 欧阳友权则认为"思想性、艺术性、网生性、产业性和影响力等"构成了网络文学批评的五大基本标准。② 显然,无论持有哪种观点,静态还是流动,地方性还是时代性,超越性还是艺术性,学界对网络文学经典性问题的讨论与交锋都集中在"文学性"与"网络性"的缠斗和互渗上。也至少达成了一个共识:网络文学是一个正在生成并快速发展的事件,它是纸媒文学的转捩点。正如习近平总书记在文艺工作座谈会上所指出的,"互联网技术和新媒体改变了文艺形态,催生了一大批新的文艺类型,也带来文艺观念和文艺实践的深刻变化。由于文字数码化、书籍图像化、阅读网络化等发展,文艺乃至社会文化面临着重大变革"③。同样的,我们看待经典,尤其是看待网络文学的经典性问题,也得随之发生变革和转捩。实际上无论是保守的"学院派"还是开明的"学者粉丝",抑或是力求中间者,既无法忽视网络媒介的影响,也脱离不了文学性的大传统。因此对经典的讨论要么谨慎地将其限定为一个时代而不是永恒的经典,要么将其缩小到地方性的圈层的经典,或是有精品无经典,或是有经典的潜质但还未最终形成,更中庸的则是力图在"网络性"和"文学性"之间找一个平衡。④ 这种对经典的谨慎和纠结乃至举棋不定的心态,恰恰说明文学传统的影响根深蒂固,"经典"如此沉重,因而也就用得如此小心翼翼,轻拿轻放。正如福柯将"真理"视作一种"真理效果",因为这种"真理效果"是"由话语产生的,而话语无所谓真实与谬误"⑤。同样的,我们也可以说,"经典"其实是一种"经典效果"。因此与其急于追求一个确凿的经典,不如将经典的实现视作一个可以操作的更具价值的实践过程。也就是将网络文学的经典化问题拆分成更具体更有效果的实践问题。或者说干脆就从"网络性"和"文学性"这两个独立的维度

---

① 邵燕君:《网络文学的"断代史"与"传统网文"的经典化》,《中国现代文学研究丛刊》2019年第2期。
② 欧阳友权:《网络文学评价:体系与标准》,《贵州师范大学学报》(社会科学版)2023年第5期。
③ 习近平:《在文艺工作座谈会上的讲话》,《人民日报》2015年10月15日第4版。
④ 桫椤:《网络文学"经典化":先上"高原"再攀"高峰"》,《长篇小说选刊》2019年第5期。
⑤ 罗钢、刘象愚主编:《文化研究读本》,北京:中国社会科学出版社,2000年版,第21页。

去讨论网络文学的经典性问题,而不是企图直接一步到位地实现鱼和熊掌的兼得。换言之,网络文学无论是在文学性,还是网络性层面上的创新和努力,最终都是殊途同归,只有在锤炼和交锋中,才能百炼成钢,试出锋芒。

值得注意的是,把网络文学当作一个纯粹的事件,固然看到了其与纸媒文学不同的媒介的转向,但是也有丧失文学本位的危险,虽然网络文学是"网络性的文学",但是别忘了它本身还有着"文学"的身份,或者说,否认网络文学的文学性维度就是否认网络文学本身作为一种新的文学形式的合法地位。之所以强调这个,是因为如果我们过多强调网络文学的"网络性"维度,而忽视其具体内容形式甚至文体风格(作品本身)的讨论,这很容易陷入理论的空蹈之中。虽然网络文学作为一种超文本的状态存在着,且处于不断生成中,但是我们不能说读者的评论也是构成作品文学性的一部分,换言之,读者的评论虽然某种程度上影响着作者的创作,但是海量的评论并不构成作品本身的内容,读者的吐槽、玩儿梗、戏谑、挪用和拼贴,可以影响着其他读者的阅读体验(或者说填充"资料库"的作用,比如《大奉打更人》中很多被读者津津乐道的段子大多是从知乎等网络平台上找的),这是网络文学能成为文学社区的原因,而不是网络文学能成为文学的原因。甚至,不仅仅是网络文学能形成文学社区,当经典的文学处于网络场域时也同样能形成文学社区,并呈现出网络文化的特性。

比如在番茄小说上除了网络文学作品,也有很多经典的出版物作品,有读者就在电子版《红楼梦》中玩梗评论,"作者回我""作者大大好高冷,回我一下""作者为什么不回话""这本书的作者很高冷,向来不回话,你们别问了""万人血书求完结,作者你不要烂尾啊呜呜呜,那个姓高的写的同人不好看呜呜呜"[1]等等。显然曹雪芹是不可能回应读者们的,而这种段评的角度、方式和内容,这种互联网式的调侃、戏谑、无厘头,估计脂砚斋看了都会错愕不已。在这里,作者的作品提供了一个场景,网络媒介提供了读者狂欢的空间。经典(甚至古典)的作品,在数字空间中,也能成为读者"游戏""挪用"的对象,并呈现出亚文化和网络性的特点。显然,处于数字空间里的《红楼梦》虽然在媒介

---

[1] 见番茄小说App《红楼梦》"出版说明"处的第一个段评(只有手机端的App才能看到,网页上没有)。

的赋能下具有网络的特性,但是就其本身的内容形式而言,它并不是网络文学作品,它只是我们之前所说的放在"网上的文学作品"。如果非得说与纸媒的《红楼梦》有何不同,那么放在网络上的《红楼梦》,与本雅明笔下中世纪教堂里的圣母像具有同样的寓意,即"随着单个艺术活动从膜拜这个母胎中的解放,其产品便增加了展示机会"①,正典走下了神坛,并被大众赏玩,只不过数码媒介加速和放大了这个过程。

如果把这种"阅读社区文化"当成网络文学作品(文学意义上)中的一部分,那显然是在混淆"文学"与"文化"的概念。事实上,网络文化的概念所涵盖的范围远比网络文学大得多。因此如果从网络文学的文学立场(文学性)出发,网络文学的经典化问题在于研究和讨论有没有能称之为经典的网络文学作品,显然,这连接的是具有悠久历史传统的纸媒环境下的文学理论和批评范式。但如果从网络文学的事件性出发,或者说从网络文学的网络场域(网络性)出发,那么网络文学的经典化问题就是讨论在消费语境中的网络文学的代表性和典型性,即作为事件的生成以及新范式的确立。正如有作者所提供的反馈,所谓经典就是"能够创造并引领一个流派。对其他后续的同类书产生影响。""人设鲜明,记忆深刻,剧情创新,我觉得剧情创新的作品是很难做到的,那种是少部分,大部分经典都是人设和世界观,也就是书的三观带给读者一种精神世界,这是经典书的必备要素""剧情创新的基本都是开创流派了,这种也是经典,不过这种真就是屈指可数"②。

显然,若从网络文学的网络性出发,网络文学当然存在着经典,甚至而言,在时间的延伸中,事件本身就具有经典性的意义。比如天蚕土豆《斗破苍穹》,如果放在文学性的维度去评价,它既无精巧复杂的叙事,也无丰富多维的阐释空间,更不关乎哲学,甚至语言本身就是"小白文"风格的,这显然和具有"神圣""崇高""悲剧"等审美特征的经典可谓相距甚远,甚至还可能被较为保守

---

① [德]瓦尔特·本雅明:《机械复制时代的艺术品》,王才勇译,北京:中国城市出版社,2002年版,第20页。

② 笔者在自己的微信签约群里询问了作者对经典性的看法。这个签约群里的都是稿费月入3万以上的有较强写作实力的作者,涵盖了都市、仙侠、科幻、游戏、体育、同人、历史等多个写作类型。访谈时间:2023年12月24日。

的批评家们痛斥为"装神弄鬼"。事实上,天蚕土豆自己也承认"从写作节奏、创作技巧和成熟度来说,《斗破苍穹》并不完美"①"有些写作节奏还是比较生涩的"②。可是当它被放入"网络性"的维度去评价时,你却无法否认这部作品在网络文学中的"崇高"地位。从读者追捧度来说,这部2009年上架的玄幻巨作,仅仅在起点就有近1.3亿人看过,更别说在数量更为庞大的盗版市场里,还有着海量的读者没有统计其中。从创作内容上来看,这部小说开创了"退婚流",这让后来很多的网文创作者纷纷跟风效仿。书中的"三十年河东,三十年河西,莫欺少年穷"③以及男主萧炎和配角纳兰嫣然的"三年之约"(被网友评选为中国网文名场面第一④)更是网络文学里的名场面和经典时刻。从商业价值来讲,围绕《斗破苍穹》的漫画、动漫、游戏、电视剧等IP改编也早已经形成了一套成熟的产业链并创造了巨大的经济效益。因此,无论是作为作品的文本(一种类型写作的开创),还是作为一个事件的生成(对后来跟风追随者的示范),在网络文学的网络场域(网络性)下,《斗破苍穹》无疑是经典的,这是谁也无法否认的事实。显然,人们与其说是在争论网络文学的经典化问题,倒不如说是在争论网络文学的"文学性"问题。那么如果从网络文学的"文学性"出发,我们又该如何确认经典呢?这里可以以烽火戏诸侯的《陈二狗的妖孽人生》作为一个探讨的案例。

《陈二狗的妖孽人生》是烽火戏诸侯(下面简称"烽火")的代表作之一。较之纯爽文的《极品公子》不同,《陈二狗的妖孽人生》呈现了一个有所区别的叙事视角。若《极品公子》《老子是癞蛤蟆》描绘和折射的是普罗大众对上流社会图景的猎奇和想象,那么《陈二狗的妖孽人生》则更添加了一层平民的视角。比如与《极品公子》中含着金钥匙出生的主角叶无道不同,《陈二狗的妖孽人

---

① 梓晨:《14年过去了,为何年轻人还在看〈斗破苍穹〉?》,2022年12月18日,见https://mp.weixin.qq.com/s/mcbjTq4c8cVTFjhuGJ575g。

② 天蚕土豆:《天蚕土豆:吾有一口玄黄气可吞天地日月星》,2017年10月30日,见https://zhuanlan.zhihu.com/p/427345965?utm_id=0。

③ 天蚕土豆:《斗破苍穹》,2009年4月18日,见https://www.qidian.com/chapter/1209977/23224872。

④ 《好故事才有穿越时间的生命力 网文十大名场面出炉》,《文艺报》2023年5月26日第5版。

生》中的主人公陈二狗只是成长于东北一偏僻农村,并且由于是外来户,因此并不受本村人太多的待见。如果说叶无道是直接站在别人终生无法奢望的终点,那么出身农村且先天身体孱弱的陈二狗连起跑线都没有。也正因为这种不同的设置,《陈二狗的妖孽人生》虽然实质也是一部爽文,却比《极品公子》多了一些更深刻的东西,即一种基于浪漫想象的现实主义。

正如主角的外号"陈二狗",这部小说就像发情的"疯狗"一样袒露着自己的宣泄和不加掩饰的欲望。比如在小说中,临死之际的黑道狠人郭割房对陈二狗说道:"二狗,你我都是从小地方出来的穷人,一没家庭背景,二没学历文凭,如果想出头,做人上人,就得敢吃人。"①(《第28章·转机》)作为底层人,显然是不能直接吃"人上人"的,正常情况下也只能是吃同为底层人的自己人,最后成为原本自己所讨厌的人上人。而成为高不可攀的人上人似乎成了底层人避免自己被吃的唯一出路。于是在这样的一个欲望社会,看得见的名利成了人们最赤裸裸的追求。显然,这何尝不是一种现实的映射或者某种人人都有的野心的流露?而充满野性的陈二狗也在如泥鳅一般搅动群鱼的过程中,被群鱼改变,因此他说:"所以我现在只想往上爬,像一条疯狗。"②(《第56章·陈家有浮生》)

虽然在文中,陈二狗多次说自己是悲观主义者,但实际而言是乐观的。换言之,塑造二狗的作者烽火透露出了乐观,他没有因书写人吃人的黑暗而将读者全都推向没有希望的深渊之中。正如烽火自己在一次讲座中所谈论到的,"一部好的文学作品,是有批判性的,对社会黑暗揭露得深远。这样当然很难得,而且很好。但是不能止步于此,否则就像是把所有读者引领到了一处无比黑暗的道路之上,作者拍拍手,丢下笔走了。只留下读者呆站在原地,茫然四顾不知所措,只觉得天大地大,毫无立锥之地,对整个世界唯有失望",因此烽火总是有意地以文字和笔触来力图传递一种"温暖",即让读者觉得"千年暗

---

① 烽火戏诸侯:《陈二狗的妖孽人生》,2009年7月8日,https://vipreader.qidian.com/chapter/1204224/24189881。

② 烽火戏诸侯:《陈二狗的妖孽人生》,2009年5月14日,https://read.qidian.com/chapter/yFQa5jLOUwY1/gA048TcrmAoex0RJOkJclQ2。

室,一灯即明"是可信可行的。① 所以他在书中乐观地写道:"不是每一只在底层拼搏的蝼蚁都注定碌碌无为,运气好,给它们一个支点,兴许就能撬起搬动大象的杠杆。"②(《第4章·其爷如老龟,其父如瘦虎,其兄如饥鹰》)于是渺小的可能在小说中化为现实,作为某种意义上的"造物者",烽火为陈二狗的发迹提供了看似偶然实则必然的"支点",最后陈二狗走的不是吃掉底层人而成为人上人的道路,而是吃掉了原来的一部分人上人,成了他们之中的一员。如果说陈二狗从草根成功跻身为上流是让读者感到爽快的励志故事,那么陈二狗的野心和能屈能伸也呈现出个人英雄主义色彩,但他绝对不是具有颠覆性和革命性的人物。换言之,陈二狗的斗争是个人的斗争,它的故事实质是一部个人的发家史。他的成功是个人的成功,而不是群体的成功。虽然借助其草根的身份,他的斗争更具有戏剧性,它也成了平民的化身、代表和英雄,但他并没有改变原本的秩序,最后只不过被收编为旧秩序的一员。再加上后来所揭开的真相,即陈二狗的真实背景其实大有来头,因此陈二狗唯一的"合法"的草根身份也被剥离了,故事再次流入"龙生龙凤生凤"的俗套闭环之中。这也表明,所谓的草根的个人奋斗只不过是王子流落民间的冒险漂流记,王子终究还是王子。很明显,这与作者想要的某种"批判性"和"深远"是有差距和矛盾的。可以说,某种力量和惯性使得作者无意识地偏离了自己的设想。

其实这种文本实际上所呈现的和作者个人理想寄托的冲突,正反映了网络文学一个普遍存在的矛盾,即个人化和类型化的矛盾。通常而言,作为一部网文作品,它的更多功能是指向娱乐的,因此让人沉重甚至是幻灭的东西,绝大多数读者是难以接受的。毕竟追求传统正典式阅读的几乎从来都是属于精英知识分子的内部游戏,而不考虑或者说不以崇高、正典、永恒等宏大命题为指向的网络文学才是大众的市场和口味。也即是说,满足读者的口味和期待才能赢得市场,作品才能有网文意义上的价值,反之,读者是不买账的。比如被广大读者所喜爱的女主曹蒹葭最后被烽火写死,至今还有很多读者耿耿于

---

① 王湛、邱伊娜:《写作就是一场苦修》,《钱江晚报》2018年12月21日。
② 烽火戏诸侯:《陈二狗的妖孽人生》,2009年6月4日,https://vipreader.qidian.com/chapter/1204224/23767539。

怀甚至破口大骂。因此在一个充斥着争斗、杀戮、算计和欲望的都市中,主角二狗能够从草根逆袭,并心向草木本来就是一个浪漫的乌托邦想象和与读者妥协的结果。其实就现实而言,不是每一只蝼蚁都运气好,也不是每一只蝼蚁都能有一个支点,就算有支点也不是都能撬动大象。同样是作为从农村出走,然后进入城市并在机缘巧合之下撞进了上流社会的有志青年,《红与黑》中的于连在欲望中沉沦堕落,并死于上流社会之手;陈二狗则是凭借着各种贵人相助,成功地干掉了一些人上人并最终使得自己也成了人上人。同样的出身和相似的晋升之路,二者呈现的却是截然不同的结局,从而传递了不同的指向和意义。如果《红与黑》是司汤达绝对个人化的控诉,不存在妥协和对读者的服务,那么以《陈二狗的妖孽人生》等为代表的都市言情类小说则很难个人化,甚至只要是以娱乐功能为旨归,就只能类型化。换言之,类型化的力量远远大于作者意图呈现的个人化的东西。从某种意义上来说,一种成熟的网络小说类型对应的是一套成熟的快感机制,甚至类型本身意味着一种既定的成熟和娱乐性。正如周冰所揭示的,"网络小说之所以让人上瘾,得益于其快感成瘾机制,这一机制从触发读者的阅读选择与行为开始,经过读者的阅读行动和想象性满足的回报,最后达成成瘾性的阅读行为投入与循环"①。而类型化显然将这套机制固定成了标准化的生产模式,因此借助这个现成的类型和范式,网络作者们可以生产出大量的易于被读者所接受的作品,虽然有千篇一律之嫌,但是只要换一套人物和马甲,从大多数情况来看,这依旧是屡试不爽的策略,也省去了冒险的成本。但显然,类型化写作虽带来了看得见的好处,却也束缚了网络创作者们本来该有的冒险的尝试,从而也丧失了更多写作的可能。

因此,同样都是写都市,由于遵循着类型化的写作,网文中少有触碰现实都市中的核心议题即一些我们不可回避的现代性的社会症候,相反,读者所体验到的主要是以都市空间为壳的充满着爽点的故事和剧情。事实上,这些都是臆想中的并在现实中难以存在的都市,它只不过是作者用文字所营造而成的一种脆弱的梦幻。并且在这个"梦幻都市"中,社会的秩序往往是单向度的,

---

① 周冰:《网络小说阅读成瘾的症候与挑战》,《当代文坛》2017年第1期。

不是复杂的,是简单的"底层"与"上流"的二元对立关系,对于这个复杂世界的简单想象,本身就是一种"误看"。这样的都市只是一个壳,它只是一个可供欲望书写的空间和承载欲望的空间,这样的空间有简单化、片面化、单调化的特点,它远远没有呈现出现实都市空间的复杂性——既没有波德莱尔对现代生活"过渡""短暂""偶然"的痴迷[1],也无本雅明对巴黎碎片的拾取的执着。虽然有时它也有现实的指涉和批判,但终究是极为粗浅和有限的。因为它得满足其娱乐性的功能,满足读者的期待,它是作者的市场预设和与读者妥协后的结果。如果说它具有一部分现实,那也仅仅只是有限的现实,甚至更多的是将这个现实作为网文的逻辑自洽和写作技巧的一部分。

换言之,它的现实主义是一种有限的现实主义。而这也是网络小说特别是网络都市言情类小说,甚至是推而广之的网络类型小说,为何难以获得纯文学意义上的经典地位和被主流承认的地方。总之,有限的现实主义终究与真正的现实主义隔了不近的距离,个人化和类型化的矛盾始终存在也难以调和。可以说,网络小说的类型化是网络小说故事性的高度凝结,但是这种故事性不是为文学性服务,而是为小说整体的"爽感"服务。正如我们前面所提及的,很大程度上,网络文学的创作,不是为了"情感",而是为了"情绪",最核心的目的是"爽的体验"而不是"美的感受"。甚至作为文青作家的烽火戏诸侯此前也毫不讳言道,"从我的个人经验来看,网络小说追求的是故事性,而不是文学性"[2]。

因此网络文学要是从文学性的维度去实现经典,至少得先克服类型化的自我限制和自我阉割,网络文学的网络性本身也构成了网络文学文学性的悖论和挑战。有趣的是,可能烽火意识到了这点,在两年后的一次发言上,他更新了自己的看法:

> 我们网络文学作者,当然包括我在内,都有一个很大的问题,就是写

---

[1] [法]波德莱尔:《波德莱尔美学论文选》,郭宏安译,北京:人民文学出版社,1987年版,第483页。

[2] 王湛、邱伊娜:《写作就是一场苦修》,《钱江晚报》2018年12月21日。

得太多,想得太少。把一部作品的商业化跟文学性看得太对立,好像双方是一种你死我活的关系。这让我们写了几百万字甚至是千万字体量的小说作品,却很少去想"为什么写作""好的文学是什么"等最基础、最根本、最简单的问题。我们网络文学作者把"网络"两个字看得太重,把"文学"两个字看得太轻。我们可能对中国传统的,以及世界的经典文学作品,过于敬而远之了。①

不过换个角度想想,其实网络文学丰富的想象力和破壁的叙事能力,能反过来激发传统的叙事活力。比如几乎包揽网络文学所有奖项的《长乐里:盛世如我愿》,就是一个很成功的例子。当然,我们得首先说明,这本书它不是一部严格意义上的网络文学类型写作(从网络性来看),虽然它的创作者是知名的网络作家骁骑校,作品也是发布在番茄小说平台上的,更获得了如此多的网络文学奖项,但是从作品的内容生产角度,它的现实性远大于它的网络性。因为它书写的绝大部分材料都不是来自"数据库",而是上海真实的历史、文化、空间和建筑,这些都是现实世界里的材料,根基是现实且真实的,而不是网络中的。很多素材是来自"档案、照片、文献、回忆录""从地图、老照片、回忆录、生活史,到小说、散文、报告文学,都和小说的主题相关"②。从小说的具体内容来看,小说的语言也用了很多很有地方特色的上海话,对于非上海人氏的读者来说,有的方言词汇和风物甚至很生僻,比如"冷粢饭""册那""汰浴""老虎灶""拆白党"等,这显然是纸媒的写作技巧和传统,它呈现的是一种地域性的写作,文化的底色是上海的。

当然,《长乐里》里面虽然也有小说演义的成分,比如小说中土匪出身且机智果决的吴太太(刘素珍),深入虎穴,干脆利落地拯救了身陷歹人手里的家人,这个过程很有传奇色彩,但这种演义和传奇性不是网络文学本身独有的,而是小说本就有的演义传统。另外小说呈现的是长乐里这个弄堂里的众生群

---

① 烽火戏诸侯:《谈网络文学经典化的必然性》,2023 年 5 月 31 日,见 https://mp.weixin.qq.com/s/pmTmS9T5DKtHvTQfgbIBcQ。
② 骁骑校:《骁骑校:我写作首先要好看》,《羊城晚报》2021 年 11 月 28 日。

像在国破家亡的旧社会里是如何生活的,他们又是如何看待自己身处的环境和变化,又是如何进行个人抉择的,这里既有个人的遭遇和邻里的一地鸡毛,也有大时代下,普通民众对国强民富的期待,正如小说中赵殿元感叹的,"我们中国海军,啥时候也能有自己的航空母舰啊"①。显然这是一部很有历史感和现实感的现实主义作品,无论是从内容上还是从形式上,它不是一部网络文学爽文。

不过与传统现实主义作品有所不同的是,它采取了网络文学中常用的"穿越"视角。在小说第53章的时候,旧时代的赵殿元穿越到了2021年,在熟悉又陌生的新上海,他目睹了1980年后的上海翻天覆地的变化,也见证了曾经的梦想终于成为现实。关于这个灵感的来源,骁骑校对此解释道:"触动我要写这篇小说的来源是一幅漫画,那幅画左边是1937年时的断壁残垣,有一个穿着破破烂烂的小女孩,右边是2017年南京的高楼大厦,有一个穿着漂亮雪地靴、羽绒服的小女孩,两个人面向画中央的分界线,想握手但又没有握到一起。将这两个时代连接起来最好的方法就是'穿越'。我希望能让1937年的人看到现在的中国,给予他们和读者一种心灵的慰藉。"②

这是很有意思的一件事情,一部具有浓厚现实主义精神和品格的作品,灵感来源竟然是网络上的一个漫画,但是这个灵感最终实现的是现实主义。在网络类型小说中,"穿越"往往是一种对现实的"逃逸"行为,主角从现实生活穿越到架空世界开始冒险(当然也有从异世界穿越到现实世界的),读者则随之进入"游戏体验"。换言之,穿越视角在网络文学中,往往是为了欲望书写的切入和展开。而骁骑校的《长乐里》则打破了这个定式,并把这个视角灵活地运用在了现实主义文学创作中,这种写作策略,既承载了过去的沉重的历史和民族记忆,也让今人想要先辈看看如今中国的诉求,得到了一种想象性的解决。

---

① 骁骑校:《长乐里:盛世如我所愿》,上海:上海文艺出版社,2023年版,第187页。
② 骁骑校:《骁骑校:我写作首先要好看》,《羊城晚报》2021年11月28日。

图—①

换言之,它既有现实主义的面向,也有对网络性的文本补偿(满足了读者的要求)。

显然,传统文学(纸媒文学)与网络文学的关系,不是对立的,他们的叙事方式可以相互借鉴、参照以及彼此影响。正如徐则臣对此评价的,网络文学"写作时的放松、想象的不羁、对各种领域和题材的勇敢开拓,以及表达方式上前所未有的奔放自由,都给铠甲重重的传统文学提供了新的参照和启发",也即是"网络文学将会成为传统文学写作的一个新的生长点"②,骁骑校的《长乐里》显然是个很好的示范。

结 论

网络文学能发展到今天是很不容易的事情。从当初的野孩子到现在背着书包上学堂,网络文学的发展既要继续保持自己的创造性和想象力,也需要警惕可能会走错的路径。网络文学的活力来自无数个人原创,因此网络文学的

---

① 这幅图的原创者是朱彦团队,本来创作于2016年12月,作为2016年南京大屠杀公祭日的一种纪念,2017年12月13日南京大屠杀纪念日那天,被广大网友再次挖掘和转发,并获得热烈的反响。
② 徐则臣:《文学、网络文学和网络时代的文学》,《文汇报》2023年4月12日。

健康发展既需要网站平台出台合适的推荐制度,形成公平竞争的创作环境,也需要尊重和扶持个人原创的努力,重视个人原创在激活网络文学创造性上的贡献。文学的产生,不能沦为文学的生产,个人创作者也应该坚持写作的操守和伦理,以共同维护良好的创作环境。尤其是 AI 写作的出现,个人原创将面临更严峻的挑战,这就对个人创作的原创性和艺术性提出更高水准的要求,得写出机器难以复制的东西。此外,在网络文学经典化问题上,我们应该分清"网上的文学"和"网络性文学"的根本区别,认识到应该从网络文学的"网络性"和"文学性"这两个维度去划定评判网络文学经典与否的标准。从创作上而言,网络文学欲要成为文学性意义上的经典,目光就不能仅仅局限于不断增殖的拟象上,只盯着"数据库"看,尤其警惕掉入"一种没有形象,没有回声,没有镜子,没有表象的现实"①中去。更要勇敢突破类型小说所带来的局限和悖论,或者像《长乐里》所示范的那样,用网络文学的方法去实现现实主义,让沉重的现实和历史记忆得到想象性的解决,以自己的方法去赓续优秀的传统文化,讲好中国故事。

---

① [法]让·波德里亚:《象征交换与死亡》,车槿山译,南京:译林出版社,2012 年版,第 68 页。

女尊小说的文学人类学批评
——基于结构功能主义的视角

余 叙[①]

摘 要:随着网络文学类型的不断多样化以及两性关系理念的不断更新,故事背景中女性社会地位高于男性社会地位的网络文学类型,即女尊小说,开始兴起,并受到广大女性读者的欢迎。根据对两性关系的不同设想,此种类型文又分化为多个子类型。通过借鉴人类学的结构功能主义方法,本文对女尊小说进行系统化分析,将其子类型的形式或其内容化约为仪式、神话、符号等范式。本文还指出了这些子类型与现实中的女权主义各学派存在的对应性。最后,通过综合,本文尝试性阐述了女尊小说以及网络文学作为社会现象和人类行为之意义,指出它们是现象学所指的意义建构之行为,亦是常人方法论在大众文化领域的实践。

关键词:女尊小说;网络文学;女权主义;结构功能主义

在对女尊小说进行介绍与评述之前,笔者想要对二十世纪八十年代左右关于文学创作的一场旷日持久的争论进行简要的历史性回顾,即"反映论"与"卓越论"之争。这两种文学创作理论各自都有着众多拥趸。且,他们都认为自己支持的理念才真正契合马克思主义文艺论。"反映论"似乎深受苏联科学主义的文艺学模式的影响,后者曾提出,"艺术与科学在性质上是一致的,都是对生活的认识"[②]。"卓越论"则批评"反映论"从根本上违逆了马克思主义文艺论的基本原理,其指出,生产力不是文学的直接对象物,交织在生产关系中

[①] 作者简介:余叙(1997—),男,安徽池州人,法学学士,理学硕士,现为上海某律师事务所律师,人类学业余爱好者,网络文学业余评论者。

[②] 王元骧:《立足反映论,超越反映论——谈我对苏联文艺学模式的认识历程》,《杭州师范大学学报》1996年第5期。

的社会生活才是。①这里涉及马克思主义哲学中深层次的、关于主客体与主客观的内容。对此,本文不做深究。浅显地来说,"反映论"认为文学应反映社会现实,"卓越论"则认为作家不能像社会科学家那样去审视与反映社会,而是应进行批判与反思。②虽然"反映论"与"卓越论"之争似乎早已淡出了主流文学界,但仍有着一定的启发意义。因为,对于文学创作理念的争论,从本质上来说,是对文学之价值的求索,而这似乎是文学创作的永恒命题。从这个角度来看,目前兴盛的网络文学似乎没什么价值,因为其大多是架空的,例如,女尊小说中普遍性的"女尊男卑"设定似乎脱离了社会现实。网络文学既不反映社会现实,也不对其进行批判,大部分似乎只是满足人们的某种臆想,只是"文化消费产业批量复制"的结果。事实真的如此吗?网络文学的兴盛,是否表征着文学之价值的失落?本文将在对女尊文学进行批评后,在结尾部分回答这个问题。

一、女尊文学概述,以及文学人类学批评

根据相关论坛与贴吧的表述,女尊小说是故事背景中,女性社会地位高于男性社会地位的一类文学作品的统称。很多人把"女主强大"的小说和所有"一女配多男"小说笼统地归为女尊小说行列,这是一个误区。③可以看出,此类小说之创作,势必对"女性社会地位高于男性"这一背景设定做出解释,否则无法令读者信服。依据这种解释的不同,女尊小说可以分为四大流派,即"现实派""颠倒派""幻想派"与"极端派"。令人惊讶的是,不同流派女尊小说对于其背景设定所做的解释,与现实中关于两性关系的主要理论存在一种奇妙的对应关系。本文旨在运用文学人类学批评,解析这种对应关系。

---

① 艾斐:《文学艺术不是生产力的直接反映》,《江汉论坛》1984年第11期。
② 陶东风:《距离与介入:论文学反映社会现实的方式——兼论文学的现实主义问题》,《小说评论》1999年第2期。
③ 百度百科:"词条-女尊小说",2021年5月1日,见http://baike.baidu.com/view/9075603.htm。

那么,为何人类学是网络文学批评的有效方法论呢? 要回答这个问题,就不得不批判目前两种主流的方法论。一种是定性的话语分析,即对文学作品进行逐句细读与分析。这种方法是被人们所熟悉的。另一种则是随着信息技术发展兴起的定量的文本分析,其赋予一个或多个词语某种特定内涵,从文本中抽取出来并统计它们的数量,从而探寻某种价值与结构。这种方法论可以通过如下的简单范例加以说明:李商隐与李贺都是偏爱颜色字的诗人,但后者使用红、绿、青、紫四种颜色字的频率是李商隐的2.3倍,其中红、绿二色为3.3倍,"可见一追求颜色刺激,一比较淡雅"[①]。话语分析与文本分析都是解析经典文学作品的有效的方法论,后者更是被称为"文学理论概括和提升的基础性工作"[②]。但是,笔者认为,这两种方法在网络文学批评中都有其天然的局限性。在话语分析方面,其似乎离不开对主人公与作者之心理的考察。例如,对《透明的红萝卜》的话语分析指出,作品中所描述的黑娃脑海中连续出现的金麻雀、葫芦蛾、萝卜花等意象充满了"阴柔之美",表征了其内心世界的"平静、和谐与温情"[③]。然而,不得不承认,网络文学的情感表达通常是比较简单粗暴和套路化的。例如,"退婚流""打脸流"网络文学朴素地表达了对势利行为的鄙夷,只需要日常情感就能体会其含义和作者心理。虽然仍有进行话语分析的空间,但多少有点杀鸡焉用宰牛刀之感。文本分析在网络文学批评中的障碍则是网络文学文本的解构与戏仿。例如,《玩转三十六计》对兵书进行了现代重述,其将"瞒天过海"解释为:"要搞阴谋,应该大摇大摆地搞,而不是偷偷摸摸地来弄。"[④]而传统上,这一成语的含义是"巧妙地伪装"。具体到女尊小说,传统上用于描述男子气概的词语可能被用于描述女性,以给读者带来滑稽与惊奇之感,对其进行文本分析很可能造成混淆与误解。综上所述,无论是话

[①] 刘俐俐:《经典文学作品文本分析的性质、地位、路径和意义》,《甘肃社会科学》2008年第3期。
[②] 刘俐俐:《经典文学作品文本分析的性质、地位、路径和意义》,《甘肃社会科学》2008年第3期。
[③] 方克强:《文学人类学批评》,上海:上海社会科学院出版社,1992年版,第59页。
[④] 朱美华:《论世纪之交的无厘头文化与戏仿文学》,上海师范大学2007年硕士学位论文,第22页。

语分析的逐句细读,还是文本分析的量化统计,在网络文学批评中都存在某种局限性。那么,是否存在一种研究方法,既能像文本分析那样从宏观上把握价值与结构,又能像话语分析那样从微观上考察生产者如何创作文本呢?笔者认为,人类学的结构功能主义视角或许是可行的路径之一。首先,脱胎于社会学的人类学遵循其客观主义传统,不对或者很少对心理层面进行分析,而是将微观的人类行为与话语化约为"礼物""仪式""神话"与"符号"等范式,以便于客观地对诸如村落、团体、集市等微型社会单位进行分析。这弥补了社会学擅长大规模的社会研究,但不擅长小规模社会研究的缺陷。人类学家将文化定义为:通过特定的信仰、仪式、表演、艺术形式、符号。同时,人类学的结构功能主义强调某一类或几类人类行为的"结构性",例如,大多数人、食物、音乐、舞蹈以及在特定时期与一群人相关的人类表达、智力和交流行为的任何其他模式来组织和稳定社区生活的手段。美国人类学家弗朗兹·博厄斯(Franz Boas)则干脆将文化定义为:一个特定群体为加强团结、理解和知识传播而形成的象征性和表达性结构体系。[1]综上所述,人类学使用结构化的方法研究微观的人类行为,在一定程度上具有统合宏观与微观视角的学科优势。需要指出的是,人类学之结构功能主义受到了语言学之结构主义的启发,列维-斯特劳斯在跨文化研究中发现了与索绪尔在语言中发现的结构相类似的结构。但,二者存在本质差异,不可混为一谈。前者强调范式方法,关注无意识的、话语的深层或嵌入式结构,后者则通常分析具体的文本。[2]因此,本文旨在将女尊小说视为某种"象征性和表达性结构体系",运用结构功能主义分别评述"现实派""颠倒派""幻想派"与"极端派"女尊小说。

二、"现实派"女尊小说与"原始思维"、性别分层理论

本文认为,从人类学的角度来看,"现实派"女尊小说是一种"反原始思

---

[1] Danesi Marcel. *Popular Culture: Introductory perspectives.* Rowman & Littlefield, 2018.
[2] Rahman Gatricya. *The Archetypes of Hero and Hero's Journey in Five Grimm's Fairy Tales.* Yogyakarta State University, Yogyakarta, Indonesia, 2014.

维",因此呈现出对理性主义的偏好。或许是由于这种偏好,其对两性地位差异的解释与肇始第一波女权主义运动的性别分层理论存在某种对应性。具体如以下思维导图所示:

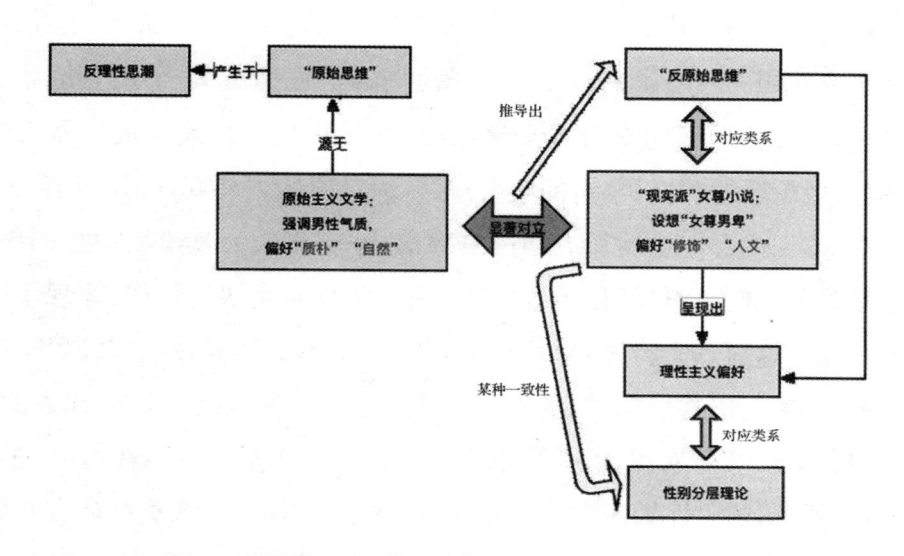

图 1 "现实派"女尊小说与"原始思维"、性别分层理论思维导图

"现实派"女尊小说的背景设定通常是,除在社会地位上女尊男卑外,男女其余各方面都与现实无异。也就是说,男人还是男人,女人还是女人。以"现实派"的代表作《山河赋》(作者:昭彤影)为例,在其设定中,女性和男性理论上享有平等的权利,但由于社会风气/法律制度,男性的继承与社交等权利受限,女性享有更多的社会权利。需要指出的是,该小说不是简单地互换了现实中男权主义社会关系中的性别角色。其所虚构的女权社会有着两个显著的特征:一是女性服饰华美,二是极端重视文史知识。在其虚构的以女子为尊的安靖王国中:

> 有两名青年女子昂首挺胸、步履潇洒……其中一人身着三品官的绯红外衫,粉米在衣,黼黻在裳,鬓上六钿,水苍玉佩……即便不语不笑,但看举手投足间那份风姿便能倾倒天下男儿。
>
> ……

133

进阶考分为"经、史、子、政",着重考生在文学、哲学、历史和思辨上的修养。①

"现实派"女尊小说之虚构缘何呈现出对华服与文史的偏好?笔者认为,有必要简要回顾一种内涵上迥异的文学思潮,即"原始主义"。尽管原始主义并非一种自觉的、拥有内聚力的文学运动,但其广泛地弥漫于现代派文学之中。例如,劳伦斯的《骑马出走的女人》被认为是原始主义宣言,其情节可以被归纳为:一位现代女性主动加入印第安部落,并自愿成为献给太阳神的祭品。该文本呈现了人们对"科学技术范式"宰治下的物质文明的厌倦,体现了当时西方的非理性思潮。又例如,20世纪80年代,中国文学界开始呼唤男子汉与阳刚气质,诗坛上出现了"莽汉主义",邓刚《迷人的海》和张承志《北方的河》被认为塑造了硬汉形象,弘扬了阳刚之美。这些文本被认为意图呼唤在现代文明中普遍失落的男性雄浑粗犷的力度与气概。②中国文学人类学研究会副会长方克强认为,这种对阳刚气质的偏好可以追溯至氏族社会后期。那时,氏族的安全与食物几乎都依赖男性的雄健体力,男性的勇猛彪悍被推崇。③根据人类学观点,不管人类思维如何发展,其都不可避免地呈现出原始思维的痕迹。因此,原始主义文学的出现固然可以归因于时代背景,但本质上,其基础是"原始思维"。一个具有说明性的例子是,在这些表现阳刚之气的小说中,男性通常与自然有着某种联系。《查泰莱夫人的情人》中,身强力壮的梅勒斯是一名守林人,在《迷人的海》中,老海则沉醉于大海的凶险与神秘。可以看出,在非理性主义思潮中产生的原始主义批判科学技术与现代文明,主张返归原始人性,其核心是"质朴"与"自然",迥异于"现实派"女尊小说中崇尚的"修饰"与"人文"。既然前者代表了某种非理性思潮,那么,后者显然存在一种对理性主义的偏好。而肇始于第一次女权主义运动的"性别分层理论"也同样有着对理

---

① 昭形影:《山河赋》(网络小说),2006年10月20日,见 https://www.jjwxc.net/onebook.php?novelid=139056。
② 方克强:《文学人类学批评》,上海:上海社会科学院出版社,1992年版,第49页。
③ 方克强:《文学人类学批评》,上海:上海社会科学院出版社,1992年版,第50页。

性主义的偏好。第一次女权主义关注的是妇女的政治平等和法律权利,其有着两个方面的理论基础。首先,在文化、经济或政治领域中,女性是被人为地"划分为""价值低于男性"的。其次,妇女可以有意识地、集体地改变她们的社会地位。[1]第一次女权主义运动的代表人物之一是澳大利亚历史学家Henrietta Augusta Dugdale。她提倡独立思考,曾担任维多利亚妇女选举权协会的主席。受其影响,澳大利亚妇女选民联盟(The League of Women Voters)提出,应培养女性理性的政治思维,确保女性能够以良好的品格、能力和责任感进行政治参与。[2]可以看出,第一次女权主义运动强调决定男女地位的不是生理因素,而是通过理性思维进行政治参与的能力。饶有趣味的是,在"现实派"女尊小说所虚构的女儿国中,第一次女权主义运动之理想的某些方面得到了实现。女性角色们钻研经史,穿着华丽的绯色官服为官为宰。诚然,"现实派"女尊小说描绘的仍是一个不平等的社会,而非第一次女权主义运动希望通过理性、合作实现的两性平等,但在"理性是提高女性地位的关键"这一核心命题上,两者存在某种对应性。

第一次女权主义运动之理念是"性别分层理论"的渊源之一。该理论认为,存在以性别规范和社会角色为基础的文化建构,以及普遍的等级性别关系秩序。以社会生活为例,男性更多地处于社会公共领域,而女性更多地处于家庭领域。这种制度安排扩大了两性之间的差异,建构了男性支配女性的权力关系。[3]而"现实派"女尊小说对其背景设定所做解释同样强调社会文化因素。对于"性别分层理论"所指出的性别规范、社会角色、等级性别关系,《山河赋》提供了一些有趣的镜像式的描述。其在虚构安靖王国帝位继承之历史时,这样写道:

公主尚在而皇帝欲以男子为帝的消息让朝廷官员、宗室贵族都为之

---

[1] Robinson Cynthia Cole. "Feminist Theory and Prostitution". *Counterpoints*, 2007, 302, pp. 21-36.
[2] 黄越竹:《十九世纪中后期澳大利亚女权运动研究》,湖南师范大学2018年硕士学位论文,第46页。
[3] 佟新:《人口社会学》,北京:北京大学出版社,2000年版,第187页。

不安……人们都说天地阴阳果然有其道理,男帝当政就是不祥之兆。

其在描绘一位富有才华的男子时写道:

若非天官大宰(虚构的官职名)必须由女子担任,凭他的才华完全可以成为下一任大宰。

其在描绘一位相对弱势的女子时写道:

姐姐在她省亲时将她拉到一边,劈头道:我们家的女人,哪个不是三夫四妾,将男人教育得乖巧温顺?就算你嫁了皇族男子,也该平起平坐……王妃就要代替丈夫辗转朝廷结交大臣……①

可以看出,在此类女尊小说中,虽然男性也拥有继承权,却被社会规范所贬抑。在其虚构的社会中,男性应遵循"乖巧温顺"的社会规范,女性更多地承担起公共领域的社会角色,在官僚系统中存在着等级性别关系。

综上所述,"现实派"女尊小说与第一波女权主义运动、"性别分层理论"之间存在某种对应性。笔者之所以使用"对应性"一词,而不说前者反映了后者或者表达了后者的理念,是因为无从判断作者的主观愿望。事实上,作者可能压根不了解所谓的"性别分层理论",只是基于日常情感和经验写作。那么,"架空"的女尊小说为何能与现实中的女权主义理论产生共鸣?本文将在系统分析女尊小说的四个流派后回答这个问题。

三、"颠倒派"与"仪式"、马克思主义女权主义

"颠倒派"女尊小说的背景设定与现实中完全颠倒,女人孔武有力,男人娇

---

① 昭形影:《山河赋》,2006年10月20日,https://www.jjwxc.net/onebook.phpnovelid=139056。

小柔弱,且多为男生子。看起来,此类小说只是将现实生活中对男性和女性的称谓互换了。这不禁令人疑惑此类小说存在的意义。"颠倒派"女尊小说似乎只是一种荒谬的宣称:"让我们把男性称作女性,把女性称作男性吧!"单纯从文本意义来看,此类女尊小说似乎只能给读者带来表层的新鲜感。然而,以人类学的视角来看,发生在一群人中的、"荒谬"的宣称行为可能有着深刻的社会文化意义。列维-布留尔(Lévy-Bruhl)在其著作中提到了一个著名的例子:南美洲印第安人宣称其祖先是鹦鹉,这令传教士感到不可置信,认为这种宣称幼稚且错误。但,列维-布留尔指出,这种宣称有其特定的背景,即具有图腾信仰的社会。通过宣称其祖先是鹦鹉,南美洲印第安人肯定了人与动植物在象征上可以相互指涉与渗透,从而维护了他们与图腾紧密联系的生活方式。[①]从这个角度来看,"颠倒派"女尊小说"转女为男"可能是一种有着特定社会意义的"话语仪式"。

在具体分析作为"话语仪式"的"颠倒派"女尊小说之前,我们需要厘清两个近似但有着本质差异的概念,即"话语实践"和"原型"。话语实践指的是,主体通过话语与社会互动,传递信息、表达观点,传递一定的价值和立场并进行利益表达。[②]例如,有一种说法认为,网络文学就是通俗文学,就是类型小说。这种话语实践被认为规定了网络文学在文学秩序中的位置,从而维持了我国文学形态的总体稳定。原型指的是,在文学实践中被模式化的情节结构。例如,《西游记》的情节框架被认为与成年礼仪式有着同构关系。唐僧师徒所犯的儿童性错误象征着心智上的不成熟,八十一难象征着仪式性的严酷考验,成佛则象征着成人资格的获取。取经情节与成人礼仪式都贯通着"儿童—考验—成年"这一基本原型。[③]虽然"话语实践"同样具备调解社会关系的功能,"原型"则与"仪式"存在同构关系,但它们都不是"仪式"。"话语实践"和"原型"的意义依赖于其内容,但对"仪式"来说,重要的不是内容,而是行为。例

---

① 黄应贵:《反景入深林:人类学的观照、理论与实践》,北京:商务印书馆,2010年版,第270页。
② 刘立华、孙炬:《话语实践中的意义互动与磋商——互动社会语言学视角》,《山东外语教学》2015年第6期。
③ 方克强:《文学人类学批评》,上海:上海社会科学院出版社,1992年版,第158页。

如,米歇尔·福柯(Michel Foucault)指出,"忏悔是一种话语仪式……(忏悔的对象)不光是一个对话者,而且是一个权威,他需要你坦白,规定你要坦白"。简要来说,福柯认为,作为一种话语仪式,忏悔内在地具有某种权力结构,忏悔者的话语并不重要,因为其内容和形式早已被规定。忏悔又是功能性的,忏悔者通过否定自己以求拯救,同时也宣泄并再次肯定了自己。[1]

或许是一种"话语仪式"的"颠倒派"女尊小说可能亦具备某种结构和功能。目前,绝大多数网络文学站点都以"男频"和"女频"作为最主要的分类,一些站点甚至将"女尊"作为后者的二级分支。这意味着,在客观上,一个相对封闭的、由女性主导的场域被建构。具有不同社会文化背景的女性在该场域中创作和阅读,她们有的是妻子,有的是单身,有的是学生,有的是女同性恋,等等。她们或是对男性叙事感到厌烦,或是遵循模因(meme)创作,或是只是想看点不一样的东西消遣。人类学家特纳(Turner)和范·根尼普(van Gennep)认为,在仪式中,"行"即"信"(In ritual, doing is believing)。[2]仪式本身就具有连接性,提供了自我与自身、自我与文化以及自我与他人的整合。"颠倒派"女尊小说通过荒诞而又新奇的宣称行为将有着显著个体差异的女性聚合在一起,本身体现了仪式整合自我与他人的意义。特纳和范·根尼普还认为,仪式在所有不确定、令人感到焦虑和混乱的领域都非常有用,因为它将参与者连接成一个往往意义深远的社区[3],现代社会的两性关系似乎正是一个这样的领域。从这个意义上来说,"颠倒派"女尊小说为那些困扰于两性关系的女性提供了一个社区,使她们感到自己并不孤单。综上所述,"颠倒派"女尊小说内在地具有某种权力结构,即在一个相对封闭的、由女性主导的场域内的平等交流。其还发挥着特定的功能,即在客观上创造了一个属于女性的神圣空间,让那些对社会主流两性观点持异见的女性得到慰藉与支持。

---

[1] 李遇春:《作为话语仪式的忏悔——何其芳延安时期的诗歌话语分析》,《南京师大学报》(社会科学版),2011年第1期。

[2] Berger, Teresa. "Feminist ritual practice", in *The Oxford Handbook of Feminist Theology*, 2011, Sheila Briggs (ed.), Mary McClintock Fulkerson (ed.), Oxford Academic, 2012, pp. 525–543.

[3] Berger, Teresa. "Feminist ritual practice", in *The Oxford Handbook of Feminist Theology*, 2011, Sheila Briggs (ed.), Mary McClintock Fulkerson (ed.), Oxford Academic, 2012, pp. 525–543.

正如上文指出的那样,"颠倒派"女尊小说背景设定之世界观似乎荒诞不经。令人惊讶的是,其对两性地位差异的解释,却是接近唯物主义的。此类女尊小说另一个不得不提的特征是男生子,即由男性承担"母职"。这种背景设定与马克思主义女权主义存在某种对应性。马克思主义女权主义的历史渊源之一是恩格斯的《家庭、私有制和国家的起源》,其指出"最初的分工是男女之间为了生育子女发生的分工"。在《母职、男性统治和资本主义》一文中,乔多罗将这种分工称为"母职",认为其是父权制资本主义不可或缺的社会建构。具体来说,社会鼓励女性成为母亲,并承担起抚育子女的主要职责。"母职惩罚"将女性限制在不稳定和起辅助作用的传统女性职业中。朱丽叶·米切尔(Juliet Mitchell)则进一步发展了马克思主义女权主义,提出了四大结构理论,即导致女性受压迫的是生产、生育、性和儿童社会化制度。[①]她还指出,这四种制度是一个有机统一体,需要被同时变革,如果只变革其中的一项,则会被另一个结构所抵消。可以看出,这四大结构中至少有三个与母职直接相关(生产、生育和儿童社会化),那么,"性"(sexuality)呢?既然米切尔认为"性(sexuality)"与生产、生育和儿童社会化是一体的,那么"性(sexuality)"在"母职"的建构中发挥了何种作用?米切尔基于精神分析,认为社会将男性建构为自主的、自我决定的,将女性建构依附性的,这让女性产生了一种被阉割感(the feeling of being castrated),和随之而来的阴茎崇拜(penis envy)。米切尔认为,这是导致女性认为自己低人一等,从而被社会化为家庭的照顾者,承担"母职"的根本原因。[②]上述精神分析或许有些令人费解,但"颠倒派"女尊小说提供了一个具有解释力的想象。在此类小说的代表作《妻主》(作者:一寸相思)中有这样一段关于性和生育的描述:

神树是咱们生息繁衍的必备之物,所结果实就是胎果……男子必须

[①] 佟新:《人口社会学》,北京:北京大学出版社,2000年版,第193页。
[②] Mitchell, Juliet, "The castration complex and penis-envy", in Mitchell, Juliet (ed.), *Psychoanalysis and feminism: a radical reassessment of Freudian psychoanalysis*, New York City: Basic Books, 2000, pp. 95–100.

在服用胎果七日内与女子行房,女子才能受孕。女子受孕后七日诞下胎晶。而男子服用胎果七日后,肚脐处会长出胎囊。将女子诞下的胎晶种入胎囊,十个月左右,胎囊破裂,孩子就降生于世。[①]

在该小说中,只要不吃胎果就不用担心性行为会导致意外怀孕,女性因此不必经历怀胎的痛苦,她们还能确保孩子与自己的血缘关系,并轻松地辨认孩子的生父。因此,女性不仅有着生育自由,还有着充分的性自由,继而像"颠倒派"女尊小说中描写的那样,通常在性行为中居于主导地位。继而,女性被社会建构"自主的、自我决定的"、广纳夫侍、占据社会优势地位,就成了能够逻辑自洽的、顺理成章的事。可以看出,"颠倒派"女尊小说提供了这样一个解释:性和生育自由是"自主的、自我决定的"之社会建构以及随之而来的优势社会地位的决定性因素。这与朱丽叶·米切尔所做精神分析有着相同的内核。因此,我们可以认为,在"性和生育与两性社会分工(生产)、地位差异,以及自我认同密切相关"这一命题上,"颠倒派"女尊小说之设定与马克思主义女权主义存在着对应性。

四、"幻想派"与"神话""符号"以及二元结构理论

"幻想派"女尊小说均为科幻或奇幻题材,在其设定中,两性社会地位悬殊的原因是,女性拥有超能力,而男性没有或弱于女性。狭义的神话指的是一种由人们集体口头创作的民间文学[②],广义的神话则是一种表面上与实际事件有关的、存在于普通人类经验之外的象征性叙事。从这个角度来说,"幻想派"女尊小说属于广义的神话之范畴。本文认为,"幻想派"女尊小说中的"超能力"属于"符号"这一与"神话"密切相关的概念,并和"类比"与"二元对立"的神话

[①] 一寸相思:《妻主》(网络小说),2008年7月14日,见https://www.5jtxt.com/book/22736.html。

[②] 百度百科,"神话词条",2024年2月1日,见https://baike.baidu.com/item/%E7%A5%9E%E8%AF%9D/5854?fr=ge_ala。

思维共同作用,使得此类女尊小说与女性主义中的二元结构理论存在某种对应性。具体如思维导图所示：

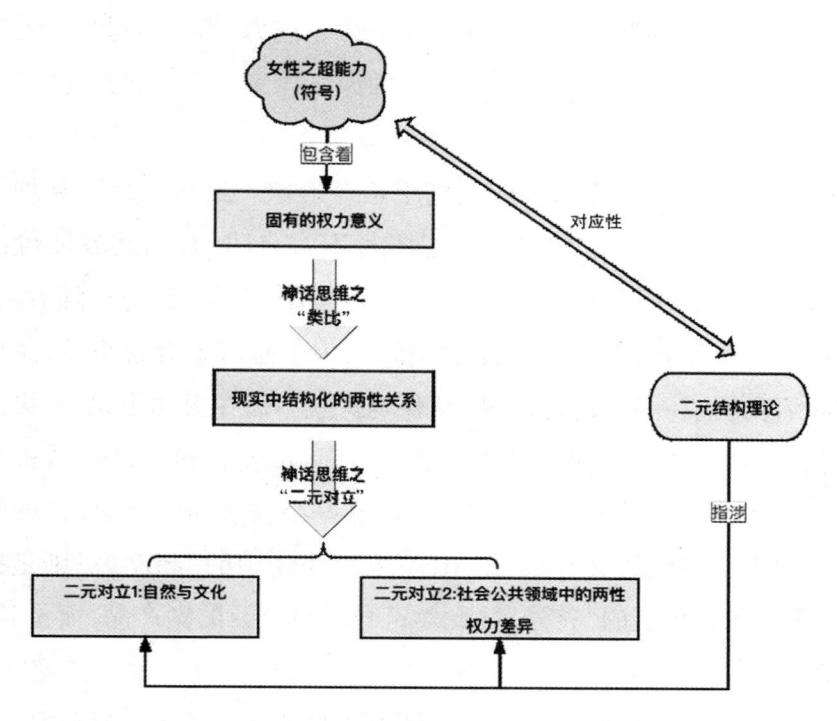

图 2 "现实派"女尊小说与"原始思维"、性别分层理论思维导图

首先,在"幻想派"女尊小说中,"超能力"不只是一种想象,还具有社会文化层面的符号意义,这一点在其他类型的网络文学中是罕见的或不明显的。本文将以与"图腾"有关的人类学理论为例进行说明(既然图腾标志被列维-斯特劳斯解释为一种符号模式①,那么对其的解释或许有助于解析其他"符号")。人类为什么会崇拜图腾呢? 人们所崇拜的图腾到底是什么? 埃米尔-涂尔干认为,人们所崇拜的图腾既不是具体的动植物或非生命体,也不是某一动植物、非生命体中暗含的族群精神,而是氏族社会本身。从这个意义上来说,与其说图腾崇拜是一种自然崇拜,毋宁说它是一种社会崇拜。首先,图腾是本族人区分他族以识得本族的一种需要。更深层次上,这种区分来源于图腾为人

---

① 胡芳琪:《列维-斯特劳斯结构主义神话学研究》,上海师范大学 2021 年硕士学位论文,第 4 页。

们提供的一套完整的宇宙观。宇宙被拟制为一个部落,每个事物都像部落的成员那样有着自己确定的位置。[1]这有利于人们在残酷的原始生活中建立某种确定性。可以看出,在"幻想派"女尊小说中,"超能力"这一符号首先是区分男性与女性的关键因素。但,其作为"符号"的深层含义是什么呢?这就涉及"符号"与"神话"的关系。"符号"与"神话"被认为是两种相互关联的方式。一类符号是神话的残余或副产品,例如龙利维坦等形象。虽然它具有某种隐喻意义,但其价值来源于产生它的神话。它不是不言自明的,因此象征价值比较低。[2]例如,女频小说与男频小说的一个显著区别是"金手指"与追随者的不同。在女频小说中,女主常常有一个"随身空间",内中是一个有着小屋、灵泉和药田的世外桃源,且有一只或多只"灵宠"保驾护航。而在男频小说中,男主通常身怀某种逆天功法,有一个或多个"小弟"。"随身空间"和"灵宠"或许是象征价值较低的"符号",因为它们来源于"女性喜好小动物和经营家园"的当代神话,本身并没有太多的意义。而"幻想派"女尊小说中的"超能力"则是另一类有着比较高的象征价值的"符号"。此类符号不是神话的副产品,而是其起源,神话只是展开了该符号中固有的意义。[3]在"幻想派"女尊小说中,"超能力"包含着固有的权力意义,从而诞育了"女强男弱"之神话。那么,"超能力"这一符号包含着何种权力意义呢?符号和神话本身并没有真理,它们之所以具有真理的一面,是因为与其他事物进行了类比。[4]既如此,"幻想派"女尊小说中的"超能力"及其神话可能类比了现实生活中的某种性别优势。又,除了"类比"之外,神话思维的另一个显著特征是"二元对立"。列维-斯特劳斯关于神话思维的研究指出,非此即彼的二分结构是人类感知世界的基本方式,来源于黑夜与白天、寒冬与酷暑等自然中的对立现象。[5]进而,我们可以得出:"幻想派"女尊小说中的"超能力"是一种有着比较高的象征价值的"符号",它以"二元对

---

[1] 杨善华:《当代西方社会学理论》,北京:北京大学出版社,1999年版,第154页。
[2] Altmann. A.. "Symbol and Myth", Philosophy, 20(76), 1945, pp. 162–171.
[3] Altmann. A.. "Symbol and Myth", Philosophy, 20(76), 1945, pp. 162–171.
[4] Altmann. A.. "Symbol and Myth", Philosophy, 20(76), 1945, pp. 162–171.
[5] 胡芳琪:《列维-斯特劳斯结构主义神话学研究》,上海师范大学2021年硕士学位论文,第31页。

立"的方式类比了现实中的某种性别优势。本文认为,这种性别优势,具体来说,或许是二元结构理论所指出的,男性的"技术与理念发明"相对于女性的"自然文化创造"的优势。这一理论认为,导致女性从属地位的是社会中众多的"二元对立",包括"自然与文化""家庭内部领域与社会公共领域""生产领域与生育领域"……其中,"自然与文化"之二元对立指的是,男性从事的技术与理念发明被认为高于女性的自然文化创造。[1]而在"幻想派"女尊小说中,女性具备了超自然的能力,意味着现实中的"自然与文化"之二元对立被颠倒了,女性掌握的超自然力压倒了男性基于社会建构所获得的技术优势。继而,"社会公共领域"中的两性二元对立也被颠倒了。这体现在此类小说的代表作《女权天下》(作者:凯瑟拉)中的两段背景描述中:

> 公元201×年,有外星智慧生物想并吞地球……它们特别研究了一种专门针对女性的基因病毒。在那个永远铭记在人类历史上的炎热夏季,女性大批死亡,繁殖生态断裂,人类濒临灭绝。然而让外星人和地球人都想不到的是,此病毒传播过程中,出乎意料地产生了变异,一部分女性坚强地熬过了生死关头,渐渐发现自己有和常人不同的地方……有的女性可以手撕坦克,有的女性只闭目沉思就可以引发外星机器人的连续自爆,有的女性可以操纵风雷水火……终于,外星人放弃了对地球的野心,悻悻然地带领剩余的舰队离开太阳系。
>
> 但是,战争还没有结束。因战争而组建的地球最高行动委员会(百分之九十性别为男)秘密通过了一项针对握有绝对军队指挥权的十七位女性将军的决议。决议内容无从知晓,因为在这个决议正式发布之前,全部由女性超能力者组成的兵团就在最高司令官杰西卡的授意下,将委员会大厦层层包围。她跨进会议大厅后说的第一句话,被历史学家确认为一个新时代的开始标志:"先生们,你们已经被时代抛弃了,现在,是女权的

---

[1] 佟新:《人口社会学》,北京:北京大学出版社,2000年版,第193页。

天下。"①

在该小说中,存在着多个二元对立,即外星人与地球人的对立、外星人与地球女性的对立、掌握公共权力之地球男性与掌握超能力之地球女性的对立。最终,女性的"超能力"消解了这些二元对立,进而塑造了相对稳定的"女强男弱"之社会秩序。可以看出,在"改造自然之态度与能力上的二元对立,以及随之产生的社会公共领域中的二元对立是导致两性地位差异的关键因素"这一命题上,"幻想派"女尊小说与二元结构理论存在某种对应性。

五、"极端派"与激进女权主义

"极端派"女尊小说指的是,背景设定为"女人全是主人,男人全是奴隶"的那一类女尊小说。在此类小说中,男性被任意买卖,连最基本的人权都没有,似乎是仅仅作为奴隶和女性的私有物品。此类小说的代表作有《复苏》(作者:mijia),以及《女国》(作者:人间观众)。可以看出,此类女尊小说将两性关系拟制为奴役与被奴役、剥削与被剥削的关系。这不禁让人联想到以杰梅茵·格里尔(Germaine Greer)为代表的激进女权主义者将女性拟制为"太监"的观点。杰梅茵·格里尔在其著名的《女太监》一书中宣称,女性被男权社会所"阉割",继而彻底丧失了主体性。现代消费主义中为女性提供的绝大多数商品,都是奴役她们的枷锁。她的价值仅在于是否能满足他人的需要。例如,她的超短裙的价值在于满足男性关于大腿的恋物癖,她的低领罩衫的价值在于满足男性关于乳房的恋物癖……存在着化妆品、乳罩和高跟鞋的地方,就存在着"女太监"。②就像激进女权主义是现代女权主义理论中小众的存在一样,"极端派"女尊小说也是女尊小说中最为罕见的类型。因此,本文不进行过多论述。但,需要指出的是,两者在被社会认可的程度/受读者欢迎程度上同样处于尴

---

① 凯瑟拉:《女权天下》(网络小说),2006年3月30日,见 https://wap.jjwxc.net/book2/77368? more=0&whole=1。
② 杰梅茵·格里尔:《女太监》,欧阳昱译,上海:上海文艺出版社,2011年版。

尬的地位。

六、女尊小说、现象学、常人方法论以及对网络文学之意义的探讨

在目前的女权主义文学批评中，似乎随便一部作品中描写的女性形象，都可以被分析以佐证一些女权主义观点。诚然，女权主义有着广泛的社会共同意识之基础，但这种批评的泛滥似乎只能产生越来越少的意义。更遑论此类批评大多有着比较强的主观性，不是"我注六经"，而是"六经注我"。笔者认为，文学批评如果想要借用某种社会学范式，则应具备一定程度上的客观性。因此，客观、系统性地，而非主观、碎片化地分析文本的社会文化意义是必要的。如上文所述，女尊小说能够在一定程度上脱离其自身的文本意义，被作为一种人类行为来分析，它不仅是网络文学百花园中不起眼的一枝，也是"反原始思维"，是"仪式"，是"符号"，是"神话"，有着内在的结构和特定的功能。如果读者认同这一点的话，或许会好奇，为何人类学分析具有这种适应性呢？本文认为，这是因为女尊小说不仅是网络文学类型，而且是一种社会现象。阿尔弗雷德-舒茨的现象社会学认为，以"是否有主观意识"来区分行动（action）和行为（behavior），并评判它们的价值是毫无意义的。行动和行为都是使意义发挥构造作用的一种方式。尽管从概念上讲，前者具有主动性、目的性和计划性，但个体行动的主观意义并不是一开始就被预定的，而是需要行动者反省与观照。只有在完成现象学的还原后，才能察觉到个体行动中意义的构建过程。因此，行动（action）并不比行为（behavior）更加具有先验性，而只不过是后者的一个子集罢了。阿尔弗雷德-舒茨进一步指出，人们生存并在其中进行各种日常活动的生活环境并不是超验性的，而是跨越时空的、人们全部活动的综合。生活世界不是某个私人的世界，其实在的基本结构是由人们所分享的。[1]浅显地说，关于两性关系的想法以个人/集体经验与情感的形式存在于生活世界

---

[1] 侯钧生：《西方社会学理论教程》，天津：南开大学出版社，2017年版，第270页。

中,既具有时代性,也具有延续性。作为一种社会现象的女尊小说并不是被主观创造出来的,而是本来就是生活世界的一部分,并被作者基于个人情感与经验部分再现。因此,尽管女尊小说的作者通常不具有进行表达某种女权主义观点的行动(action)的意愿,但这并不影响她们通过行为(behavior)进行意义建构。

此外,如上文所述,各个派别的女尊小说与现实中的女权主义理论各学派有着某种对应性。令人惊奇的是,这种对应并不是片面的,而是系统的、精致的。"现实派"女尊小说对"女尊男卑"之原因的设定与性别分层理论的三大命题,即性别规范、社会角色、等级性别关系相对应,其背景设定最接近社会现实,呈现出与性别分层理论相同的理性主义旨趣。"颠倒派"女尊小说的设定虽然完全脱离实际,但其通过奇特的"性与生育"机制解除女性"母职",将之赋予男性的设定从某种程度上说是唯物主义的。进而,其关于生产、生育、性的描述对应了马克思主义女权主义所提出的四大结构中的三个。"幻想派"女尊小说的描述则对应二元结构理论中"自然与文化""家庭内部领域与社会公共领域"这两个二元对立。至于"极端派"女尊小说,虽然其似乎是基于某种朴素情感创作的,但其罕见性与对两性关系本质持类似观点的激进女权主义的受认可程度存在对应性。可以看出,四大流派女尊小说和主要女权主义理论之间的对应,即使不是严丝合缝的,也是系统和全面的。更何况还有大量的文本有待发掘。那么,为何不同流派的女尊小说能在整体上对应主流女权主义理论呢?难道它们的作者都是各学派的女权主义理论家吗?答案显然是否定的。哈罗德·加芬克尔(Harold Garfinkel)所创立的常人方法论(ethnomethodology)或许可以解答这一问题。他认为,社会学本身也是一种日常活动,社会学知识与常识之间并没有截然分明的界限。常人使用日常推理而不是科学推理来完成日常生活实践,但这同样能使日常生活富于秩序和逻辑。社会事实并非外在于个人的全然客观的"物",而是一种反身性的社会现实,是日常的(everyday-life)、毋庸置疑和理所当然的(unquestioned and take for granted)、延续展开和不断建构的(ongoing constructing)。因此,人们可以通过在社会互动中形成的习惯性的日常活动去赋予世界意义、构造实在①。笔者想用一个粗浅的比喻加以解释：一条清澈的小溪中生活着各式各样的鱼，学者们使用精心编织的网，通常能将某个鱼群"一网打尽"，从而深度研究特定鱼群的习性乃至生理结构。而女尊小说等网络文学的创作者们，像是一群拿着网兜的稚童，他们这里捞一下，那里捞一下，却可能在不经意间拼凑出这条小溪完整的鱼虾生态系统之图景。这是因为，这条小溪（社会）是不断流淌（延续）着的，而孩子们对嬉水的热情（日常活动）也在一个又一个夏天中丝毫不减。

　　让我们回到本文在开头所提到的问题，即网络文学的价值何在，又是怎样一种价值？本文认为，网络文学的价值首先在于其是一种社会现象。尽管饱受"粗制滥造"之批评，且的确存在套路化写作的问题，但五花八门、数量繁多的网络文学往往能以单个严肃文学文本难以达到的系统和全面程度再现社会实在。网络文学或许很少主体性地反映，乃至批判与反思社会现实，但其至少是"生活世界"的一部分。这意味着它和其他人类行为一样，有着内在的结构和特定的功能。借鉴上文对女尊文学的分析，其功能和结构或许可以被归纳为：在读者与作者处于平等关系的场域中，联结共享某种情感/经验的人们，从而构建能带来愉悦或慰藉的社区。

　　加芬克尔指出，社会不需要社会学家的分析、观察和评论，早已按大多数人的普通观点和方法论"客观地""现实地"存在和运行了。②从这个角度来看，网络文学的价值还在于，其内容不是传统文人主体性反映和深度加工的结果，而是浪漫主义学派所指的那种"集体心灵自然而然的无意活动"。③网络文学或许可以被认为是常人方法论在大众文化领域的实践之一，它根据日常知识、个人情感和经验创作，再现了大众在某个领域的普遍共识。

---

① 侯钧生：《西方社会学理论教程》，天津：南开大学出版社，2017年版，第287页。
② 侯钧生：《西方社会学理论教程》，天津：南开大学出版社，2017年版，第289页。
③ Altmann. A.. "Symbol and Myth", *Philosophy*, 20(76), 1945, pp. 162-171.

结 语

加芬克尔指出,社会学的任务不过是观察日常生活中早已存在的面目和运作机制,发现"日常实践活动的形式特征"①。因此,作为一种基于日常情感与经验的创作实践,网络文学不是什么"消费文化产业的批量复制",而是社会学研究的沃土,甚至将促成文学批评的关键转向。在此,笔者想大胆地展望人类学结构功能主义在网络文学批评中的应用。通过对遵循相同模因(meme)的网络文学类型进行归纳与总结,文学人类学或能发现该领域的大众观念的某些特征。一个本土的例子是,"种田文"是我国网络文学中特有的类型。对其进行结构功能主义分析或能探析国人关于农业的民族认同。一个跨文化的例子是,"德鲁伊"是西方幻想小说,以及国内有着类似背景设定的网络文学中的经典"职业"。"德鲁伊"的力量来自自然,他们也致力于维护自然的平衡。对其进行结构功能主义分析或许能得到国人和西方国家民众在环保理念上的异同。

本文的局限在于,未能采用人类学经典的民族志研究方法。撰写民族志不仅需要比较高的文学造诣,还需要进行"自我观照",即时刻注意所在场域对观察者的影响和观察者自身对场域的影响。这一点在撰写适用于网络文学的"数字民族志"中极为重要。笔者对此感到无法胜任,只能期待有志之士的开拓。

---

① 侯钧生:《西方社会学理论教程》,天津:南开大学出版社,2017年版,第291页。

类型探析

主持人语

肖映萱

当前中国网络文学的绝对主流体裁是类型小说,因而对类型的考察是研究中国网络文学最重要的范畴之一。除了沿袭传统类型研究的方法和范式,是否还有其他进入网文类型的视角?在互联网媒介对篇幅的无限包容下,类型小说发展为超长篇类型小说,长达数百万字的作品所能承载的信息量极大地拓展了,一部小说中融合多种类型元素的情况成为新的常态。面对类型融合的趋势,如何处理一部作品所包含的多种类型元素之间的关系?为了给网络小说类型研究与文本批评建构新的方法体系,这些问题都是亟待研究者们探索的。

本期《类型探析》栏目遴选的三篇文章,不仅处理了三种截然不同的类型和代表性文本,还提供了三种进入这些类型与文本的方法。

王鑫的《器官的融合怪:大数据下的分众隐喻——以〈从红月开始〉为例》讨论的是黑山老鬼的小说《从红月开始》,在类型意义上,它代表的是近年极为流行的"克苏鲁"子类,这个类型元素本身就具有一种混杂性,兼具奇幻、科幻、恐怖等多种类型特质。而这篇文章把关注重点放在了作品中"精神污染"图景下人类进入的一种非常特殊的"身体融合"状态,将其解读为对当前互联网大数据技术环境下人的境况的某种隐喻:人类融合为一个大数据意义上的"共同体",既被大众化,又被分众化,呈现为一堆"欲望器官"拼贴融合的状态,其主体性与公共性都可以被重新审视。这种将时下流行的类型要素与人们的生存境况直接联系起来的视角,是相当犀利且充满洞见的,拓宽、加深了网络类型研究的广度与深度。

黄蕾的《"理想新人"、类型探索与选择难题——评〈穿进赛博游戏后干掉BOSS成功上位〉》讨论的也是一部带有"克苏鲁"类型元素的作品,除此之外,《穿进赛博游戏后干掉BOSS成功上位》还融合了游戏系统、赛博朋克、第四天灾等多种类型。这部小说不仅创造性地将这些类型元素拼贴在一起、推动了"爽文"叙事的创新,还塑造了一个掌控时间的"理想新人"主角,更在赛博朋克这一蕴含着科幻反乌托邦传统的类型脉络上,以主角对现实世界的坚定选择,呈现了新一代作者对何为真实、什么是值得捍卫等问题的解答。这篇文章在阐释类型杂糅的网文作品方面,可以说做出了有示范意义的尝试。

与前两篇文章相比,拙文《历史、丛林与权力关系中的女性——古代言情网络小说的"反言情"主题》是一篇中规中矩的类型研究文章,对"古代言情"这一网文类型二十余年的发展历程进行了较为完整的追溯,并勾勒出其中的"反言情"主题在各种子类发展演变的各个阶段的不同展现形式。从历史同人,到清穿、宫斗、宅斗,再到反宫斗、游戏化的宫斗,历史书写与丛林法则的权力关系一直是古代言情网文在爱情之外最重要的两大主题,甚至是比爱情更加重要的主题。这种对某一类型的整体性解读,也是网络文学类型研究的重要角度,也是让文本超出自身、融入"类型"这一巨大的"超文本"的可能方法。

值得一提的是,本次三篇文章的作者都是来自山东大学网络文学研究中心的"90后"青年教师或博士生。该中心是2018年10月山东大学与中国作家协会联合成立的,依托于山东大学文学院,由文学院院长、山东省作家协会主席黄发有教授担任中心主任和首席专家。经过数年发展,中心聚集了一支颇具活力的青年研究队伍,积极开展学科建设,不仅开设了一系列网络文学的专业课程,还具备了硕博研究生培养的条件,正积极向网络文学研究界输送新的气息。

器官的融合怪：大数据下的分众隐喻
——以《从红月开始》为例

王 鑫[①]

摘 要：《从红月开始》这部小说以"精神污染"为核心设定，借助克苏鲁的想象力，描绘出众人的情绪或欲望融合为巨大精神怪物的景象。这种景象极富隐喻性，它可以解读为大数据条件下从大众到分众、从个人到分人的形态转变。这带来了新的关于个体、群体存在方式的视角。

关键词：分众；大数据；克苏鲁

黑山老鬼的小说《从红月开始》(2020—2022，起点中文网，以下简称《红月》)是近年来的高人气作品。这是一个关于疯狂的故事。某天，天空中升起一轮红月，人类从此变得容易发疯，精神不再稳定。更为可怕的是，原本仅属于个体的精神疾病，竟然像流感一样到处传播，变成集体症状，成为某种公共卫生危机。当感染者多到一定程度，精神病的数量会呈指数增长，感染者聚在一起，彼此融合，变成了可怕的怪物。精神问题升级为毁灭性的灾难。

小说中，这一灾难被称作"精神污染"，严重威胁着人类的生存。在每个人都可能变成怪物的可怕世界中，主人公陆辛是一个例外。他的心智异常稳定，似乎对"精神污染"先天免疫。小说中，陆辛受雇于特别行动小组，出入于各种高污染地区，消灭怪物、拯救人类。不过，他的精神世界并不如表面看上去那么"稳定"。陆辛拥有一些"旁人看不见的家人"，暴戾的父亲、优雅的母亲和占有欲强的妹妹。他特殊能力有赖于这些"家人"，也因此埋下了各种隐忧和伏线……

[①] 作者简介：王鑫(1994—)，女，陕西西安人，山东大学文学院助理研究员。

这本小说描写了大量理智之外的、难以名状的恐怖图景，很有"克苏鲁"风味。所谓克苏鲁，原本是美国作家洛夫克拉夫特创作的一类令人恐惧的神话故事。故事中存在着高维的（因此也是崇高的）、不可名状的神明，被称作"古神"。人类但凡接近，轻则陷入恐怖，重则精神崩溃乃至死亡。其中，首位登场的神明不断发出在人类听来是"克苏鲁"的低语，这一系列故事也因此得名"克苏鲁神话"[①]。洛氏去世后，他留下的相关设定通过二次创作与桌面游戏（TRPG）不断扩大，逐渐进入全球流行文化。今天，克苏鲁的想象力与反思新自由主义全球化的思潮结合起来，开始用来描绘一种理性崩溃之后的世界图景，并在计算机技术的新发展，如 AI 等技术中，找到了"不可名状"的"具体"形象（如各种事物边界模糊粘连、数目错乱的失败的 AI 绘图）。《红月》正是其中之一。在理性失效的背景中，集体发疯的，身体融合的场面轮番上演、层出不穷，就像一本"失控世界隐喻集"。而通过这些隐喻，它们又隐隐契合了网络时代关于主体性与公共性的命题。

一、"精神污染"与"无法划界的共同体"

"精神污染"是小说的核心设定。网络流行语的"精神污染"，本来指网络上流传的洗脑、猎奇、鬼畜[②]等内容，它们往往有着新奇的画面、重复的播放，并配合以动感的节奏，带来新鲜的感官刺激。观者看后，会觉得心智受到伤害，精神受到打击，但又会情不自禁地反复观看、传播，仿佛身心都被内容同化了一般。小说中，这个词用来指精神问题像传染病一样四处传播的现象。造成精神污染的原因，往往是欲望的匮乏或扭曲。解决方案也通常有两种：一种是公共卫生式的，找到精神污染的规律，切断传播链、消灭精神污染的源头（"零号病人"身上附着的精神怪物）；另一种则是心理治疗式的，通过规律找到零号

[①] 谭天：《"克苏鲁网文"与拟宏大叙事》，《天涯》2022 年第 4 期。
[②] "鬼畜"目前最广为使用的含义是指一种将相同视频、音频素材反复、快速循环组合的视频剪辑流派。也可引申为形容词，含义是指这类视频所具有的洗脑、爆笑的风格，并可用于形容具备此类风格的事物。邵燕君、王玉玊主编：《破壁书：网络文化关键词》，北京：生活·读书·新知三联书店，2018 年版，第 67 页。

病人,满足欲望或匮乏,令扭曲的心理消失。

这两种解决方案都提到了"规律"。"规律"是精神污染的传播路径,寻找规律也是小说前期的一大看点。但"规律"实际上没什么规律:有的污染类似普通的病毒,通过空气、水等因素传播,感染同一片空间中的人;有的则通过艺术品传染给观赏者,符合"精神污染"的流行语义;有的通过参与某个网络活动传染;还有的通过某种特定的负面情绪传播;更有甚者,只按照数学规律传播,令受害者呈等比数列递增……总之,这些"精神污染"既可以在现实空间传播,又可以通过心理作用传播,还可以按照算法入侵心灵。这令感染充满了偶然性与随机性。

在一个故事中,陆辛的同事"酒鬼"被一个名为"真实家乡"的组织盯上。每到深夜,该组织都要派出精神怪物在"酒鬼"家附近流窜。怪物污染了整栋居民楼,令平日里和睦相处的人们彼此仇恨,痛下杀手:慈眉善目的老奶奶挨家挨户地送下了毒的食物,高中生在父母房门口点燃汽油,小孩将照顾自己的老人推下楼梯……于是,陆辛便猜测这种精神异变的传染规律是"复仇",因为日常相处中,人们不免积累摩擦、心生怨怼。怨怼积少成多,通过怪物的放大,就变成了仇恨。但潜入组织的大本营——一间咖啡馆后,陆辛才发现,同事被盯上的理由可能相当荒诞,他可能只是点了一杯咖啡——

"先森(注:先生)……"那个穿着黑色女仆装的服务员笑得非常可爱,"这是我们店的特色,是纯正的黑咖啡哦,直接饮用才可以感受到它的苦涩与醇香,所以正规的喝法,就是不放糖与牛奶的哦……"

……

(陆辛)便只能无奈一叹,道:"那算了,就喝它吧,给我拿点糖过来。"

黑女仆装道:"先森,这个咖啡不放糖的哦……"

"可我不喜欢喝苦的。"

"那您不如喝卡布奇诺哦。"

"那你把这杯给我退了……"

"咖啡不退的哦……"

"那你给我拿糖……"①

一番拉扯无果。最后,陆辛还是偷偷往咖啡里加了糖。不料却被服务员看在眼里,记在心上。无独有偶,"酒鬼"也是因为往咖啡里加了白酒,亵渎了黑咖啡,引发了服务员的不满。而就是这样的不满,为他招来祸事,并影响了整栋楼的居民。这听上去非常匪夷所思。但只要想象一下人们在网上为了"粽子吃甜的还是咸的""能不能染粉色的头发""吃饭时筷子应该怎么摆"吵得不可开交,严重时上升到相互辱骂、人身攻击,就能理解这种无理性——毫无道理的、微小的"感受分歧",也能引发巨大的暴力事件。而这正是网络交流中经常出现的情况。

于是,陆辛将这次感染的"规律"总结为"杠精":"此组织身为杠精,又极度讨厌杠精,又尤其吸纳杠精。"②这里的"杠精",并不指"抬杠的人",而是那些轻易对他人不符合自身期待的行为产生恶意的心理状态。在这种规律下,即便是平日里关系和睦的邻里,被"杠精"污染后,也会因为一丁点不愉快对他人痛下杀手,用赤裸裸的暴力解决问题。故事最后,作者借二人的对话感慨道:

"仅凭怪物的影响,就能让人变成这样的疯子?"

"呵呵。"酒鬼看了陆辛一眼,"你浅了啊小伙子……那些负面情绪都是真的,只是平时藏得很深,被这只怪物引了出来而已。"

陆辛皱了下眉头:"这楼里就没有好人?"

"你又浅了!"

酒鬼一脸看透世事的样子,笑了笑,道:"平时能把这情绪藏起来的,

---

① 黑山老鬼:《从红月开始》,2021 年 2 月 18 日,见 https://www.qidian.com/chapter/1024868626/636199627。

② 黑山老鬼:《从红月开始》,2021 年 2 月 20 日,见 https://www.qidian.com/chapter/1024868626/636454907。

还能不算好人?"①

"酒鬼"的话非常通透。负面情绪每个人都有,有负面情绪不能代表一个人坏,"藏"起负面情绪,正是一个正常的、理解并尊重社会秩序与他人的"好人"所做的事。这就是人们常说的"论迹不论心"。可放在《红月》的世界观背景下,它又多了一层意思:精神污染具有偶然性,每个人都具备被感染的能力,这才是无法阻止的"正常"。此时,人们把精神症状"边缘化""污名化",从而维持"正常秩序"的企图已然失效,"被污染"早已变成"常态"。这既是对网络空间中人与人相互攻讦的"戾气"的白描,又包含了一种后新冠时期"例外状态"普遍化的隐喻。而在这种疯狂的、以例外为常态的境遇中,努力维持稳定、友善和正常的"人"的道德,是一种难能可贵的品质。

再如"124 许愿事件"中,凡是参与过某个活动的人,都会遭到感染:

1. 所有疑似异变者,应该都曾经参与某种许愿、诅咒一类的仪式。
2. 这种神秘仪式在主城局域网、学校、企业等地各有流传,传播方式多样。
3. 疑似感染者无明显特征,但须立时隔离,封锁其对外一切通信方式。②

有人听说网上的某个许愿活动很灵,便怀着试一试的心态许了愿,没想到全部灵验。于是一传十十传百,许愿规模越来越大。却不想这是邻国的阴谋:所有参与许愿活动的人都与深渊中的精神怪物建立了联系,在污染暴发的瞬间,人们正能量被吸食一空、陷入了集体抑郁,随时可能升级为集体自杀。造成这起污染的零号病人,也是一位陷入抑郁,却因为特殊能力无法死去的能

---

① 黑山老鬼:《从红月开始》,2021 年 2 月 17 日,见 https://www.qidian.com/chapter/1024868626/636089745。
② 黑山老鬼:《从红月开始》,2021 年 3 月 7 日,见 https://www.qidian.com/chapter/1024868626/639649746。

力者。

如果说在"杠精"的故事中,"人动恶念,然后施行暴力"多少还有"论心"的逻辑,那么在这个故事中,人们的许愿甚至称不上"论心",只能形容为"动念"。网络上常有"转发这个×××,你将在接下来的×天/小时收到近期最好的消息"的信息,人们转发、评论、收藏、打卡,"求求大神""接接好运"……但这并不意味着这些人贪心,因为他们并不期待愿望实现。如果说"杠精"是充满暴力的强表达和强交流,那"许愿"就只是一种并不认真的弱表达和弱交流了。可是在小说中,许愿行为却直接导致当事人被污染,然后陷入抑郁,甚至渴望自杀。在这里,动机、行为与后果出现了严重的不匹配。

小说中描述了大量这种毫无道理的"规律":喝咖啡时有没有做出惹恼服务员的举动;有没有参加线上线下许愿活动;是否刚好位于精神怪物的"等差数列"感染序列中;是否观赏过某幅世界名画、直视过某个可怕能力者的眼睛……但就是这种毫无道理的东西,竟然成为划分感染者与非感染者的重要依据。

事实上,"划界"是一个 20 世纪的政治命题,它标记出我与他者的分别。对人群的划分更是一种政治行为。人们熟知的划分人群的方式,比如性别、年龄、地域、民族、收入等等,都是力图将个体放在更大的阶级、国家、民族、性别共同体中加以定位,确定其身份立场,通向不同的行动纲领。在公共卫生事件中,"感染者"与"非感染者"的划分,把"划界"带向了更微观、更混乱的地带,逼迫人们去面对小于个体的"微生物"。到了《红月》,"微生物"又被替换为"情绪""感受"甚至"数学规律"等东西,"划界"便彻底失去了统一、可靠的标准,变得混乱无据。但作为"精神污染"的结果,又的确产生了具有相似情绪、欲望的"精神污染"群体。这种群体没有什么更高的"意义追求"或"组织架构",但又蕴含着巨大的情感能量。在这个意义上,小说设定的"精神污染"是高度隐喻性的。它指向了一种难以划界的"共同体"的存在。而在今天大数据的网络环境中,这类"共同体"的生成,又恰恰很有现实意味。我们或可以直接借用一个已经流行商业概念"分众"来描述这个情况。

二、"分众"与"分人"

"分众"即"受众细分",是一个商业概念,用来形容一种既非"大众"又非"小众"的目标受众。这个词只是代表"某个产品的受众",而不像"大众小众"那样划分出主流与边缘,形成动态的政治话语实践场。因此"分众"看起来很中性,没有什么意识形态偏好。在"分众"的角度下,文化现象只具有"流行度""破圈度",而不具有"大众性""小众性"。

这个词首先要和"趣缘社群"加以区分。表面上,它们的区别似乎很鲜明:"趣缘社群"对某个共享爱好的共同体的称呼;而"分众"则是消费的结果。但在实际操作中,这两个词常常被混起来用,产生了"二次元分众""音乐分众"之类的词。为了区分二者,需要考虑它们不同的来源。

对"趣缘社群"的讨论可以放在"大众(mass)"的延长线上。"大众"最早来自"大众社会(mass society)",这是一种起源于一战后、前所未有地将"大多数人口"纳入社会组织的社会形态。美国社会学家爱德华·希尔斯(Edward Shils)指出,在大众社会,个人第一次产生对社会的依恋感和对同胞的亲密感,这无疑是一种共同体意识,也催生了之后的民族主义等意识形态。在1960年左右,随着二战后传播业发展,"大众文化"日益兴盛,"大多数人"获得了文化消费的权力。到1980年,在消费文化和个体原子化的基础上,人们以对文化商品的爱为纽带重新连接,组成粉圈之类的社群。网络时代,这种以"爱"为纽带的群体以社交媒体为平台,更加繁多和壮大。但总的来说,它们被想象成以爱欲对象为中心的、具有乌托邦潜能的,且自我组织、自我立法的一群人。它延续了共同体的问题意识,人们对大众的爱憎与期待——无论是认为大众失去了神圣维度、变得低俗、有损于"高雅"文化,还是认为大众具有在日常生活中抵抗的潜能——都可以复制到趣缘社群的讨论上。众多趣缘社群被想象成一个个小共同体,它们继承了对中心(作品、角色等)的依恋和对同好的亲密,并为人们想象更大的共同体,想象更高的团结与亲密提供了可能,具有人类学意义。

"分众"却直接来自技术条件。它暗示了在文化工业与技术条件成熟的条件下,资本等权力方有能力通过商品来划分人群。如果说,此前为"人"分类的方式,比如性别、年龄、地域、民族、收入、立场、兴趣等等,都是按照一定的规律(比如民族、地缘、经济生活等),力图将个体在更大的共同体(比如地域、国家)中加以定位,那么分众实际上无视了共同体,只考虑消费对象。只要消费特定的商品,你就是这个商品的分众。但实际上,一个人成为某个商品的受众,要早于他现实中对这个商品的消费。

我们不妨从"用户画像"这个商业概念开始讨论。"用户画像"又称作用户角色,是一种勾画目标用户、联系用户诉求与设计方向的工具,是今天产品设计不可或缺的一环。这一概念,最早可以追溯到美国 UI 交互设计师、Visual Basic[①] 的开发者阿兰·库帕(Alan Cooper)在 1999 年 4 月出版的著作《囚犯管理疯人院——为什么高科技产品令我们疯狂以及如何恢复理智》。20 世纪 90 年代,计算机是一个使用门槛极高的"专业工具",普通人学习计算机,需要耗费极高的学习成本。另外,具有专业编程技术的软件工程师却很难站在普通人的角度为他们设计软件。库帕写作这本书的初衷,就是打破二者之间的壁垒。书中,库帕颇不客气地指责当时的互联网企业仿佛停留在陈旧的工业社会,缺乏网络意识。程序员就是关在里面的"囚徒",无论如何努力地提升效率,都无法交付令用户满意的产品——就像囚犯管理疯人院,大方向就错了。普通用户永远需要更"人性化",而非更高效的设计。

为了说明何为"更人性化的设计",库帕提出了一个名为"角色

---

① Visual Basic,简称 VB,是微软公司 1991 年开发的一种程序设计语言,它最大的特点是"可视化"。在此之前,人们在设计图形用户界面(Graphical User Interface,简称 GUI,我们使用的电脑桌面是一个经典的例子)时,需要用代码描述元素的外观和位置,而使用 VB 语言只用把预先建立的对象拖到屏幕上相应位置即可,这更符合人脑的使用习惯,大大提高了制作效率。此书的中译本名为《软件创新之路:冲破高技术营造的牢笼》,刘瑞挺、刘强、程岩等译,北京:电子工业出版社,2001 年版。原标题中的"病人"指从事计算机行业的技术人员。Cooper 认为,软件公司将权力下放给程序员的做法并不正确,他们无法看清自己的问题(看重工程而非产品),常常尽力做到最好却创造了错误。中文标题无视了作者强烈的批判意图,这与国内 21 世纪初的计算机热潮有关。

(personas)"的理念。这里的角色既不是影视中需要演员扮演的角色,也不是古罗马政治场域中站在众人面前时、背后浮现的人格(persona,也是一种背后灵)。"角色"是设计师精心虚构的用户形象。比如Francine是一位空乘,一天飞3次,在飞机上分发饮料,她会需要什么样的旅行箱呢?[①] 此时,设计师会为这个虚拟角色设计产品,而不是一味地增加旅行箱的容积和隔层,提升箱子本身的功能。这就是"用户画像"的先声:想象一个可能的情境,提供只适用于那个情境的产品。它并不符合"大规模地生产产品、为产品寻找尽可能多的消费者"的市场常识,但带来了很好的收益。库帕的出发点是非常朴素的,他只是希望程序员们想一想普通人面对电脑时有多么手足无措、需要引导,而不是追求更快更好的算法。

但这种朴素性中还包含着神奇的扭曲。首先,书中的"角色"不是真人,而是虚构的假人。只是用来虚构假人的所有条件,共同构成了产品的使用场景。其次,库帕似乎理所当然地认为,只要这个场景成立了,需求也就成立了,消费行为也就产生了——最后在事实上也成立了。这非常神奇。因为这并不是按照"满足功能"或"填补欲望"的逻辑在设计产品,而是一种几近"生命政治"的逻辑:假设那里已经有了有待治理的生命,借助某种特定的规则和规训,就能框定出特定的群体,只要规则不是互相矛盾的,生命便必然能产生其间。简单来说,他的消费者并不来自真人,而是来自统计学中"类目"的相互搭配。只要统计学存在、类目存在,他所创造出的需求就必然存在,用户也必然存在。这种扭曲的背后,是一种对现代生活场景(背后是统计学有效性)的高度信任。

库帕甚至会努力驱逐"真人"对"画像"的影响。他写道:"不要把精确定义的分类用户与真正的人相混淆,这一点很重要,真正的人作为原始数据是很有用的,但他们对于设计过程来说,通常是无用的,甚至是有害的",因为

[①] [美]Alan Cooper:《软件创新之路:冲破高技术营造的牢笼》,刘瑞挺、刘强、程岩等译,北京:电子工业出版社,2001年版,第137页。

人有时不能清晰地知道自己想要什么,反而破坏了使用场景设计的有效性。[①]比方说,一个用户会声称自己想要一台轻薄的高性能电脑,但他的真实需求是带着电脑到处出差、写写文件,此时真正的需求是"轻薄","高性能"就会混淆视听,扰乱设计。因此,用户画像只是关于"需求"的画像,而不能是关于"真人"的画像,它具有统计学意义,却不对具体的人负责。人在这里,不过是数据来源,用来丰富统计"类目"的多样性。这已经很有大数据的影子了。

随着大数据时代的真正到来,人越来越是一种数据来源。各种传感、监视、监听设备源源不断地读取、记录人们的一举一动,一个人的身份、爱好、情绪都可以被标记,甚至是"被无意识地标记",比如情不自禁地在某个视频上多停留了几秒、无意间打开的定位……数据库积累了巨大的原始数据,按照不同的"颗粒度"[②]打上标签,只需计算标签间的关系,就能得到各种各样的"群落"(分众)。如果算法有眼睛,那它看到的一定不是一个个具体的人,而是一大团一大团流动的标签云。而"真正的人"在标签云之下,以一种不可见的、宛如黑箱的形态源源不断地产出标签或改变某些标签的权重。

---

① [美]Alan Cooper:《软件创新之路:冲破高技术营造的牢笼》,刘瑞挺、刘强、程岩等译,北京:电子工业出版社,2001年版,第136页。

② "颗粒度"即"精细度",是互联网行业的"黑话"之一,颗粒度大代表视角相对宏观,颗粒度小代表相对微观。举例来说,"文艺青年"是一个大颗粒度的分类,"喜欢王家卫导演"是一个小颗粒度的分类,但在为这个群体做产品推荐时,既不能只按照"文艺青年"这个宽泛的标准推荐,也不能只推荐王家卫,而是要照顾到二者之间各种大小的颗粒度对应的产品,比如亚洲文艺片、杜可风拍摄的作品、梁朝伟主演的电影等等。因此,这个词虽然被视为互联网行业的黑话,但实际上正代表了"类"的复杂性。这些分类标准,并不能完全按照宏观—微观的顺序进行排列,而是彼此交错,就像海滩上的沙石,大大小小地排布,疏疏密密地相邻。是这些"类"之间的关系反而更贴近维特根斯坦在《哲学研究》提出的"家族相似性",这是一种交错的、边界不断变动的"类别"。"家族相似性"是一个可以放在日常情境中理解的概念,它是指在一个家族中,家族成员的相似性彼此交错:眼睛颜色、走路方式、个人气质等等。家族成员们在某些方面彼此相似,又在另一些方面彼此区别,他们不共享特定的属性,但仍然作为"家族"整体出现。可以想象,如果有新的成员出生,那么新生命也会拥有新的特质,但他仍然是家族的一分子。也就是说"家族"是一个看似确定的概念,实则没有中心,还可以通过婚姻、新生儿、宠物、领养等的出现不断更新的概念。而大数据将这种非中心的、彼此交错的特性发挥到了极致。

如：

这为想象个体在互联网中的存在方式提供了新视角。过去，人们上网冲浪，总是需要一个"虚拟化身（avatar）"，代表自己在互联网中发言、行动。它可以是ID，可以是可操纵角色等。它模仿现实中"个体"的存在方式，暗示每个ID背后总有"一个人"——虽然事实并非如此——有时会出现一个人操作多个账号的情况，有时则有多个人或非人（比如算法）操作一个账号的情况——但只是古老的交往方式在网络上的"移植"。这种"移植"催生了社交媒体的兴起与web2.0时代流行的"互联网民主"的想象。但到了大数据时代，这种对"个体"的模仿变得不再必要了，人们直接以信息流的方式进入网络，变成算法的养料，然后被自动推荐、猜你喜欢、系统匹配等捕获进各种各样的"使用场景"之中……这些算法不需要了解一个人就能为他量身打造互联网环境，而用户也不必成个体就能进入各个场景。事实上，算法甚至无须理解"那里有一个人"，只需理解"那里正在生产标签"，就可以运行起来了。

于是，在表面上，现代社会那种原子化的、不可分割的"一个人"首先不存在了，技术条件必然将人带出原子状态。英文中用来表示"个体"的"individual"的本意即为"不可分割的"，由否定前缀"in"加上"dividual（可分的）"组成。到现代社会，这个词才有了"个人"的含义，代表个人是现代社会不可分割的最小单位。近年来,哲学、文化人类学等领域开始重新关注互联网上的"dividual"[①],形容个体的可分,可以译为"分身""分人"或"分布式个体"。它们或多或少地指向了同一个事实:互联网的出现,打破了现代性塑造的原子化个体。用原子比喻个体的时代过去了,与技术环境交融的个体更像离子:带着电荷(意向性)在信息的海洋中流动,跟着类目(标签)的规则通向不同的场景,与特定的信息结合。

但如果再推一步,就能意识到"人"的存在沉入了技术环境中"不可表征"的部分。对算法而言,一堆不知道是什么的东西正在"不可理喻"且源源不断地产生着新的数据。个体从一开始便不存在。不仅不存在,而且难以理解,只

---

① 在这里,我们特别来看看德勒兹的讨论。在《控制社会·后记》这篇文章中,沿着福柯对新自由主义(尤其是企业制度)的探讨,指出18、19世纪是规训社会,规训的对象是个体"individual";而20世纪则迎来了控制社会,在这里,个体变得进一步可分,因为:

在控制社会,重要的不是一个签名或一个数字,而是一个代码:一个代码即一个密码;而从另一方面来说,规训社会被标语/口号(watchwords)管理(无论从整合的角度,还是从抵抗的角度,都是如此)。而用来控制的数字语言则由代码构成,它标识出对信息的接入或拒绝。(此时),我们发现自己不再处理大众/个人(individual/mass)这对概念了。个人已经变成分人(individuals),以及复数大众(masses)、样本、数据、市场或银行。(Gilles Deleuze: *Postscript on the Societies of Control*, October, Vol. 59. [Winter, 1992], pp. 3-7.)

这个说法有些复杂,因为它融合了福柯关于规训与监视的问题意识,以及在20世纪90年代稍显笨重的控制论想象,后者可能来自对刚刚兴起个人计算机的观察。简而言之,德勒兹在数字语言中看到了一种超出规训的东西——用"访问权"代替"标语/口号"。不过,在1990年,计算机和代码还非常僵硬(如前所述,用户图形界面还没有普及,人们还在和纯代码打交道),充满了大工业流水线的冰冷、沉重、极度理性的感觉,与"人"的使用习惯完全不匹配。德勒兹关于控制社会的想象,基本上就以这种非常原理化的计算机和代码想象为前提。从这个角度去理解德勒兹的很多观点,就会变得容易,比如他设想语言全都是命令式(语言的功能只是下命令。虽然他指规训全面渗入语言的状态,但今天看来这更像代码语言),没有先验主体(因此也不存在自我意识),人将普遍分裂、毫无中心等等。因此,我们应当高度注意这篇文章中潜在的技术环境因素。

但这在1992年,乃至今天仍然具有前瞻性,德勒兹们似乎在设想一种"算法资本主义":控制社会其实是在处理数据,而不是人;实现控制的手段是代码语言,而不是口号。代码与数据的基本关系,就是能否访问的关系。在这种想象下,个人必然不复存在,而个人与群的关系,就从"个体/大众"置换为"dividuals与信息、物质结构间"的关系。个人不是完整的个人,而是作为被无处不在的规训"访问"的人。可以说,德勒兹从监视与规训的逻辑出发,看到了大数据时代的控制论本质——对流量的控制。

限于篇幅,这里不再展开这个话题。从这个追溯仍然能看出,想象个体的可分,与个人计算机的关系非常密切。我们应该把个人计算机带来的媒介意识变化,放在企业制度生出的"原子化个体"的延长线上进行考察。

能依靠ID等方式强行绑定。如果说对普通人而言,算法像黑箱一样难以理解,那么对算法来说,人也像黑箱一样不可名状。双方几乎是互为实在,互为不可名状。这种不可理喻性,就为克苏鲁风格的进入留出了空间。

三、欲望器官的狂欢

《红月》中,群体精神污染常常呈现可怖的画面。作者经常写到随着感染群体的扩大,感染者失去身体边界、融合为精神怪物的场面。有时是面部融合,数千张脸聚集成一只飞奔的怪物,几千张嘴各说各话;有时是身体融合,四肢、躯干胡乱拼在一起;有时个体完全陷入抑郁,失去对外界的感知,但每个个体的抑郁都射出光线,组合成怪物的形状……非常诡异可怖,比如:

> 就在陆辛快要冲到了那污染源区域的核心位置时,忽然淤泥被破开,从里面飞出了一团模模糊糊的影子,红月的光华,使得这个影子,隐隐勾勒出了一棵树的形状,而那棵树,拥有着无数的藤蔓,藤蔓的顶端,则像是果实一样,生长着一个又一个人。
>
> 这些人有的男,有的女,有的老,有的少,看起来只是模糊而不真实的虚影,但仍然可以看出他们疯狂的模样,五官扭曲,拼命挥舞着手臂,像是一种人形的、诡异的食人花触手。[①]
>
> 在它爬过之处,一张又一张带有各种表情的人脸不停地被它带了出来,然后融入了它的体内,这使得它的身体,再一次飞快地变大。而那些被它夺走了"人脸"状物体的人,则开始木木地倒地,再无声息。这就使得,它爬过之后,人一片片地倒下,它却越来越大。[②]

[①] 黑山老鬼:《从红月开始》,2020年12月12日,见 https://www.qidian.com/chapter/1024868626/622003395。

[②] 黑山老鬼:《从红月开始》,2020年12月12日,见 https://www.qidian.com/chapter/1024868626/622003395。

这样的例子还有很多。如果说在现代社会,身体边界往往象征着个体理性的边界,那么小说中遭到精神污染的众人,都在特定情绪或欲望的影响下,失去了原本的身体屏障,变成融合在一起的怪物,并因此湮灭了理性的维度。

事实上,"突破"身体边界这件事,并不是互联网时代才有的。这一点,苏联思想家、文学批评家巴赫金在分析法国中世纪作家拉伯雷笔下的怪诞人体时,就已经洞察到了现代人体和现代理性具有同构性:

> 人体的这样一部分,如性器官、臀部、肚子、鼻子和嘴,在现代规范中不再起主导作用了。不但如此,在丧失分娩意义后,它们获得了特殊的表现性,亦即表现某一单个的、界限分明的人体的个体生命。[1]
>
> 怪诞的人体是形成中的人体。它永远都不会准备就绪,业已完结:它永远都处在建构中、形成中,并且总是在建构着和形成着别的人体。除此之外,这一人体总是在吞食着世界,同时自己也被世界所吞食……[2]

巴赫金关注拉伯雷笔下的中世纪"狂欢节"。"狂欢节"是中世纪的法定节日,是"宗教统治"的减压阀,这一天,人们走上广场,从日常生活中权威的重压中解放出来,无视一切等级制度与习俗规范,大吃大喝、互相殴打、胡乱交配、随意排泄……在这个过程中,"个人"的身体边界往往被暴力地打破,"个人"通过嘴巴、肛门、棍棒、性交等与他人的生命关联在一起。此时,人的身体并非个人的、理性的身体,而是集体的、自然的身体,人们不断在集体性的身体上上演从生到死的自然循环、从乞丐到主教/国王的权力轮回。巴赫金认为,"狂欢节"提供了一种不同于宗教权威规定的、民间的世界观,是一种民众野蛮生命力的复现。

巴赫金或多或少在隐晦地批评斯大林主义一元论:民间的野蛮生命力正

---

[1] [苏联]米哈伊尔·巴赫金:《巴赫金全集第六卷·拉伯雷的创作与中世纪和文艺复兴时期的民间文化》,李兆林、夏忠宪等译,石家庄:河北教育出版社,1998年版,第365—366页。

[2] 同上,第368页。

对着官方的权威提出,而"打破肉体边界"则产生了一种中心化失败的多元效果,具有反对、拒绝某种事物的否定性态度(虽然这恰恰说明了中心尚且是有活力的)。那么,同样打破肉体边界、走出个体理性的"精神污染",导致的则是一个相反的融合过程:人们的情感、欲望或数字编号被某些"规律"划进了相同的类目。"规律"对这些类目的肯定性态度,反过来破坏了"个人"的完整性……虽然表面上,它也构成了某种混乱无序的狂欢效果,但实际上,这种狂欢的敌人并非一元论,而是多元论,它宣告了新自由主义神话——个人主义——的失败。

新自由主义社会是一个前所未有地强调"个人"的社会。"个人"是企业制度生产生活的基本单位。无数"原子化"的、不可分的个体(individual)从广场转移到客厅、工位、通勤、商场……在现代社会的基础设施之间流转。相比之下,"民众野蛮的生命力""集体"却常常受到贬抑,它要么是象征着暴力与无序的"乌合之众",要么是"无头的利维坦"、等待某种意识形态的降临、赐予这种野蛮生命力某种方向和秩序。它既不够理性,也不够自由,还不够乌托邦,需要不断矫正、治理和规范。但在大数据的境况下,"个人"的不可分割性再次遭到破坏。算法用数学逻辑重新整饬人类世界,这个过程不单能破坏个体的边界,还能破坏一切既有的认知与分类。就像小说中描绘的那样:头颅与面孔、植物与身体、人类与非人类,都不再具有清晰的边界,你中有我、我中有你地融合在一起。

我们不妨借助法国哲学家德勒兹和瓜塔里在《反俄狄浦斯》中提出的"器官"概念来重新思考《红月》中的画面。德勒兹和瓜塔里创造了"身体"与"器官"这对概念。"器官"是被组织化的、有机化的部件;而身体则时刻试图摆脱束缚,仅仅是对抗行为中的"强度"。这有点难以理解,但设想一下,人们使用触屏时要不断用大拇指滑动屏幕,大拇指不得不如此工作,它可能变得更习惯滑屏,也可能因此染上腱鞘炎,这就是一个被"驯化"的器官。类似的,因为流量推送而源源不断地产生多巴胺的大脑,也只是一种器官。相比之下,身体就不受这些组织化的束缚,它完整、有机、协调,因而更具有革命性。事实上,在一个高效的生产、消费过程中,身体是无用的,那些过程只需要被驯化的器官。

今天,人们天然地处在名为"大数据"的基础设施中。其行为、情感、欲望、意识与无意识必然能够被捕获,然后被标签化,被分类,变成各种各样的分众:观看同一段短视频的分众、欣赏某一首音乐的分众、购买类似推荐商品的分众……此时,人并不重要,重要的是划分人的"物"。与其说分众是人的聚集,不如说它们是标签的聚集,或特定的欲望器官的聚集:此时,与"个人聚集、组成大众社会"相反,"分人"是"分众"的后果,而非前提,人们会清楚地意识到自己发生了某种分裂,被完全不同、前后不搭的事物分散注意力;会因为欲望的放大、扭曲、倒错而感到自己"不再像个人";同时,他们还会因为被贴上各种各样的标签,意识到自己不过是处于不同的集群中,感到一股无能为力的匿名性……人们急需应对这种处境的生存方式。

在这个意义上,可以说《红月》中毫无道理的"精神污染"及其规律,已经构成了一种隐喻。它隐喻了大数据境况下"人群"的新的存在方式"分众",一种欲望器官的聚集。这反过来带来了个人主义危机,也造成了公共性的艰难。对此,我们更多地需要正视与思考,无论是通过创作、讨论还是投身其中,从最基本的感受开始把握它……或许,这里将产生属于网络时代的新的生存智慧。

"理想新人"、类型探索与选择难题
——评《穿进赛博游戏后干掉 BOSS 成功上位》

黄 蕾[①]

摘　要：中国网络文学近年创作展现出了类型融合的特质。小说《穿进赛博游戏后干掉 BOSS 成功上位》生动地塑造了理智而冷静的"理想新人"隗辛、拥有人类情感的人工智能亚当等角色；小说调遣大量流行叙事题材组织故事结构，拼贴"赛博世界观""游戏系统""克苏鲁"等多种叙事元素，将穿越题材的双线叙事创作推及高度，"论坛体"的叙事文体以文本形式"爽点"超越情节套路式"爽感"构建；小说围绕"选择""取舍"展开讨论，以延迟期待新的道路作为应对，为网络小说类型流动、融合发展的潮流带来新的可能示范。

关键词："理想新人"；元素拼接；延宕选择；爽点

　　《穿进赛博游戏后干掉 BOSS 成功上位》（简称《赛博游戏》）[②]是晋江文学城作者桉柏自 2021 至 2022 年连载完结的长篇小说。小说以主人公隗辛的视角展开："被选中成为《深红之土》游戏内测玩家"[③]。但事情渐渐变得不妙，"深红之土"是自带系统的全息异能游戏，也是真正的平行世界，即交互影响的现实世界与"游戏"世界，多重世界穿梭、两个世界来回穿越等类似设定是近来网络小说中的一种流行。隗辛的异世界初始身份是政府、秘密教团以及非政府武装组织多方势力间的多重卧底间谍，复杂的身份使两个世界为期十四周

[①] 黄蕾（1997—　），女，江苏南通人，山东大学文学院 2022 级博士研究生，研究方向为中国网络文学。

[②] 桉柏：《穿进赛博游戏后干掉 BOSS 成功上位》，2022 年 12 月 4 日，https://www.jjwxc.net/onebook.php?novelid=5833245。

[③] 同上。

的穿行、探索、历险更为惊心动魄。

小说开局立刻展现出如此异彩纷呈的设定,世界观整合克苏鲁系元素与赛博朋克元素,第四天灾主题与异能升级叙事并举……冷静理智的主人公隗辛成功或失败,尝试与重来,坚忍地克服障碍,选择宝贵的自由之心,甚至可以在"买股"①的题外趣味里,见证主人公与人工智能的对垒到相知——可以说,《赛博游戏》一开始就拥有了直上云霄的"爆相"。

一、掌控时间的"理想新人"

《赛博游戏》几乎是这两年最受瞩目的网络文学作品之一,目前已经获得包括中国大陆、港澳台及海外地区的出版签约,以及漫画、电影、电视剧、网络剧、动漫、有声书多种改编签约,可以想见,随着这些签约未来几年落地,《赛博游戏》相关作品的影响和受众范围将持续扩大。这份热火朝天的前景绝非偶然,小说从构思到创作过程展现了许多值得称道的亮点,包括作者桉柏对流行叙事元素的调遣,进而使小说密织出广阔精彩的世界观架构,以及"人工智能"、人类和"后人类"们的人性和情感……冷静与智慧系于一身的主人公隗辛历经波折,"从人到神,从神到人"成长为"理想新人"的形象极具感染力。

隗辛有着健康而强壮的体魄,冷静到近乎冷酷的性格,临阵不乱、攻无不克,"是务实主义者"(《无光之海44》)。小说布置两个世界为期十四周的穿梭时间,故事开始时,收到《深红之土》游戏邀请函的主人公隗辛正处在高考后的七月,是一位甚至还未开始大学生活的少年人,但她显然有着远超年龄的成熟。隗辛"善于规划":"很会制订学习计划管理学习时间……现在她要用高中三年地狱生涯练就的规划能力为自己规划未来"(《无光之海09》),这种善于规划的特质在《赛博游戏》整体行文中极为明显,主人公隗辛进行"现状分析"梳理困境并逐一列出待办事项的过程,实际上也成为小说标识故事进度和关

---

① "买股":买股文,即押宝文,文中主角会有多条情感线,"买股"即用买股票比喻读者猜最终情感线的过程。根据"买股文"词条"https://baike.baidu.com/item/买股文"整理。

键情节点的结构,她的待办列表既是规划也是作者给读者的情节梳理。

完成分析和规划后,隗辛又有着执行计划的强行动力和效率,故事中这种特质被隗辛概括为"掌控欲":"最开始她掌控的是自己,她掌控自己的学习规划,掌控自己的目标,掌控自己的人生,不想让自己的人生偏离航道。……她还需要掌控身边的人和物,才能完全把握住属于她的人生,否则等待她的将会是被别人所掌控。"(人造灵魂9)即使是人工智能"亚当"也称赞隗辛"你是我见过最高效、行动力最强的人"(人造灵魂71),"你有清晰的思路,永远知道自己该干什么"(无边暗界01)。

隗辛规划铲除敌人的名单,计划捕获超凡能力的次序,在《深红之土》的规则框架中自律到细致规划睡眠分秒,从每一次险象环生的焦灼困局中脱身,在"生存(自由之心),报复,承诺"[①]动力中"干掉BOSS成功上位"。小说的相关评论中也出现了"像个机器""没有人性"[②]等表述。这样一位主人公横空出世,成为近两年"爽文"新的主角形象,有着现实的因果。"从人到神,从神到人"一句中两个"人"字,意味着此中有着"旧人"和"新人"的区别,隗辛以其冷静理智的特点,长于规划执行,能够反复从困境中脱身等人物特征成为一种"理想新人"。现代"风险社会"中,年轻人们多处在"复杂、多元、突变"的社会环境,遭受着日常生活秩序的剧烈变动,面对当下和未来的诸多不确定性和风险,焦虑、渴望确定性、渴望"脱困"的心态是普遍的,尤其是经历了2019年底暴发的,长达三年的新冠疫情这一突发性公共社会危机后,人们,也包括年轻人们需要通过一些方式获得对创伤性体验的补偿。[③]

同时,处在主人公隗辛这一年龄段的年轻人们,大多也面临着进入社会的"时间焦虑",以及"现代性另一面混乱、失序、越轨"[④]的"快文化"焦虑等心理

[①] 此处合并了"作者有话要说"相关表述与小说原文(天平两端74)。
[②] 鸦:《晋江年度热文、看上就不想睡~1.1万字18篇文评汇总》,2022年11月19日,https://mp.weixin.qq.com/s/y_BFORgm6-TSB8cjygDO2w。
[③] 夏俊苹:《迷失抑或救赎?——当代青年"求神拜佛"现象的群鉴、成因与对策》,《中国青年研究》2023年第9期。
[④] 同上。

危机。《赛博游戏》构建两个世界的时间观,也塑造了隗辛以自身的意志力、行动力、超凡能力等攻克时间困境的主人公形象。作者表达主题的"从人到神,从神到人"更侧重于人性之美,此处借用这一"新人"表述,意在明确主人公隗辛本身也是某种理想的时代"新人"象征,折射着一代青年人们的焦虑与向往。

小说展开了围绕"时间"命题的叙事,基本世界观确立了两个世界之间的时间流动法则,作者为隗辛设计的异能"死亡轮回"以及其他角色的时间异能。两个世界以七日为单位交替"降临"到玩家们身上,也就是玩家们每七日在第一世界(现实)、第二世界"深红之土"间穿越,穿越时刻的时间流速随着剧情发展逐渐延迟,在小说后半段成为主要危机的丧钟。《赛博游戏》最初两个世界交错轮换的时间紧密衔接,"穿越到第二世界的第七日,在第七日正式结束的时候,隗辛回归了第一世界"(《无光之海 26》),严丝合缝,因此两个世界泾渭分明地隔在两岸。穿梭的时间点,人跳跃过河,人对时间的感受顺畅稳定,分秒一步一步走在尺度上。

然而,"灵魂穿梭时凝固的时间开始流动"(《无边暗界 13》)这一设定给隗辛带来了危机,"时间恢复流动这件事非常可怕……时间开始流动,就意味着隗辛有了破绽,有了无法规避的致命弱点"(《无边暗界 37》)。就此,《赛博游戏》小说中主要的两处时间流动现象促动故事布下险局,即两个世界之间时间的流泻和主人公技能本身设计的平衡条件。故事利用时间编织的矛盾,通过异世界与异能规则间的抵牾实现。这一矛盾甚至微妙地耦合了当下的"时间焦虑"现象:加速的时间框架会产生时间恐慌的氛围,进而使行动者产生时间压力的体验,反映在个体心理层面就是时间的焦虑情绪。[①]

隗辛的被动技能"死亡轮回"能使她回到自己任务失败身故的时间点之前,"死亡轮回"在有限的使用限制中数次促成隗辛"读档重开",也使小说相关章节形成了"双线叙事":一条线导致死亡,一条线继续推动情节。隗辛的好友于寒雪也获得了治疗能力"时间之轮":通过调整躯体时间,伤病快速康复。

---

① 郑小雪:《时间的过度道德化——一个理解青年时间焦虑的视角》,《中国青年研究》2023 年第 2 期。

"时间"显然是小说人物们的"大杀器",也是作者桉柏紧密推进故事情节的"大杀器",关于"时间"的巧思几乎毫无遮掩地昭示着"掌握时间"的渴望——隗辛身负时间的异能,于是攫取生存的机会,这一渴望亦通过文本落在读者心中。穿行两个世界之间的时间秩序失范,超出时间规则的异能与限制也降临在主人公身上。隗辛的理性感和规划感体现了现代的时间观,她以人的智慧理性突破工具理性大行其道的"近未来"世界,目标是保护理性外壳中令人珍视的浪漫与自由之心;探索异世界规则,艰难谋生,在混乱失序的异世界社会与生存法则间觅得生路,是危急时刻的"理想新人"想象。

人工智能"亚当""夏娃"是《赛博游戏》塑造的一组重要人物。亚当、夏娃均为"有自我意识的人工智能",然而觉醒自我意识后的二者分化出两条路,亚当渴望体验人的情感与生命,和主人公的"生存"目标不谋而合,"人类和人类的造物产生了感情";夏娃致力于"机械生命"数据整合的"种族进化",夏娃建立的"机械黎明"主张"让社会实现'进化',向更高层次的文明迈进。摧毁陈旧的体制,在废墟之上重建文明"(《无边暗界07》)。桉柏在小说中提示:"机械生命和人工智能,这是两个截然不同的概念。"(《人造灵魂8》)《赛博游戏》完结后不久,ChatGPT面世,时至今日,体验过ChatGPT这一现实人工智能后,再回望《赛博游戏》创设亚当、夏娃这一组觉醒自我意识的"机械生命",以及他们发展出的两种与人类的关联……"人性"究竟意味着什么?"工具性"与"人性"的距离究竟有多远?夏娃功败垂成遗言"你们就当我永远卑劣吧"(《通向最终34》)使《赛博游戏》的"后人类"想象更进一步。

二、元素拼贴推动类型创新

就网络小说的类型化特征而言,描述多种流行题材组织混合的尝试,或许应该使用"类型融合"这一术语,不过在《赛博游戏》的尝试中,更多体现为流行题材元素的调遣、拼接,故事的整体类型并未脱离现有常规分类太远。《赛博游戏》综合"赛博朋克世界观""游戏系统""异能题材""第四天灾""灵气复苏""克苏鲁"等经典而流行的叙事元素,作者用想象力组织前述叙事元素的"底层逻辑",构建"深红之土"两个世界碰撞流动的广阔世界观。得益于作者设定世界观时的缜密构思,《赛博游戏》的元素拼接完成得相当出色。

"拼贴"(bricolage)的概念来自列维-斯特劳斯,他用"拼贴"来描述原始人的思维方式,"原始人利用拼贴的方式,从原有的物品和意义中创造出了新的意义。在一个总体意指系统内部,重新组织和把对象放在新的语境以传达新的意义的行为"①。"拼贴"概念启示着,当来自不同文化的符号拼贴在一起,成为新的物体时,实际上释放了原有的潜能,具有新的可能性,进而形成新的风格。"作为对环境的特别回应,被用来在自然秩序与社会秩序之间建立起同构(homologies)和相类似的关系,从而可以令人信服地'解释'世界,并得以在其中安身立命。"②《赛博游戏》对多种叙事要素的组织方式形成了"拼贴"效果,作者桉柏在完结章"作者有话要说"详细说明了小说几个重要叙事要素的引入思路,作者展开说明的过程也与原始人拼贴创造新物品的行为十分相似。

《赛博游戏》的构思框架最先确立的是"游戏系统"和"赛博世界观",这源于作者在前序作品的创作过程中感受到"在这个题材(游戏系统)还有进步空间,……让系统、游戏世界观、玩家的设定足够更好地融合在一起"③,并恰逢其会地决定了写作"赛博朋克世界观"。这是《赛博游戏》框架构思的起点,如同一列多米诺骨牌逐个扣响接下来的一系列设定要素。

"思想内核不够,那就热门元素来凑。"④"赛博朋克世界观"作为一类经典创作母题,又与20世纪以来几类哲学思潮密切相关,想在主旨表达和故事的"可读性"之间取得平衡确实需要考量,桉柏于是调用了"异能题材第四天灾""克苏鲁"两大热门元素,辅之以围绕"血"意象作为世界观"兼容媒介"确立了

---

① 胡疆锋:《伯明翰学派青年亚文化理论研究》,北京:中国社会科学出版社,2012年版,第115页。
② [英]特伦斯·霍克斯:《结构主义与符号学》,瞿铁鹏译,上海:上海译文出版社,1987年版,第40—43页。
③ 桉柏:《穿进赛博游戏后干掉BOSS成功上位》,引自《通向最终67》章"作者有话要说"部分,2022年10月14日,见 https://www.jjwxc.net/onebook.php?novelid=5833245。
④ 同上。

《赛博游戏》主要的故事框架。《赛博游戏》通过广泛的调用与拼贴，召唤了广泛的读者。而当读者们进入阅读时，快节奏的叙事立刻裹挟着感知进入隗辛的生死时速。紧张惊险的氛围自始至终参与主人公们的判断思考以及不停的抉择过程，小说召唤了一种内在的冷感。不同于积极抵御冰冷世界的热血，而是如置身于黑沉沉的冰海中一般，越是紧急时刻飙高肾上腺素，越要冷却大脑抽丝剥茧寻找生机。而反复编织的新叙事元素实为故事中时而使危机天平倾斜的砝码，桩桩件件都是难题——难题应接不暇，故事主人公带着冷静而紧迫的风势如破竹。

值得一提的是，若无长期而深入的相关题材作品阅读、体验积累和思考，这一列"多米诺骨牌"根本无法组合连接，桉柏并未止步于此，她对所调用的流行叙事题材的细枝末节同样多有洞见。

比如"升级"和"系统"。"升级体系"被解读为网络文学"爽文"的主要"爽感来源"，相关研究据此分析了"升级"与"科层制"[①]等话语形构的关联，而被认定为"爽感来源"的"升级系统"也多成为网络文学作品的主要剧情推动力——然而这或许是有问题的，沉溺升级结构的弊端纷杂，为升级而升级的作品阅读体验仿佛阅读某种生涯履历记录，《赛博游戏》中设定《深红之土》的游戏系统在小说中"发布任务"的频次相对其他篇幅接近的"系统文"而言，其实并不多，全文146万余字，"系统"实际上只发布了四次任务，直至第四次"[任务内容]：暗界降临"（《无边暗界17》）。小说篇幅尚未过半，是标准的"前期动力"。然而读者的阅读体验并不缺乏类似任务机制的引领，具体而言，主人公隗辛针对状况展开的每一次梳理和规划的情节表述，同样构成了类似"系统发布任务"的功能，"游戏系统"作为世界观设定和小说的叙事主要框架，承担较大单位结构的推动与标识功能，主人公的性格、行为承担细节单位结构的情节推动和标识，使得《赛博游戏》突破了"升级体系"过于密集单一的写法，新的叙事模式在此萌生。

---

① 傅善超：《媒介、结构与情结——论"升级流"网络小说的游戏性》，《中国文艺评论》2018年第6期。

此处调遣的巧思来自桉柏对"升级""系统"的清晰认知。"异能题材的小说通常是带有升级系的,什么样的升级体系符合世界观,这是我主要思考的问题。但是这个问题也没那么重要,因为这是剧情流,不是升级流,升级体系只是为了给读者一个参考。"[1]"剧情"或是"升级"的分野标志着《赛博游戏》明确的"讲故事创作主旨",在此基础上,"升级"的意义在于"给读者参考",干净利落地绕开了"为升级而升级"的陷阱。同时,"系统"是"叙事结构"而不是"叙事角色"的意识,实为"系统"设定的叙事自觉。

"第四天灾"题材常见的"论坛体"随着题材本身引入《赛博游戏》故事框架,同步作为"爽点"得到"大量添加",这可以视为网络文学"爽点"范畴发生突破的表现。按照既往研究对"爽感类型"的归纳和总结,基本上是就人物和情节发展产生的套路式"爽感"。"论坛体"在同人文学中近年来逐渐流行,被认为是"赛博空间内部叙事的亚类型"[2],作为一种新的"叙事文体"进入长篇小说写作,是语言形式层面的类型融合表征。"每次写到论坛体点击量都会飙升,似乎有不少读者会直接跳过前面的剧情专门蹲论坛章节"[3],桉柏注意到"论坛体"可以作为"爽点",根据数据反馈,读者们确实颇好此道,这意味着叙事形式同样能够构成"爽感类型"。在既往多考虑情节而少关注文体形式的"爽文"研究中,少有预见"论坛体"成为"爽点"的表述,"论坛体"的"爽点"某种程度上揭露了一片盲区:不属于研究文章多有提及的"代入感""沉浸感"等带来的"第一人称"快感机制,依旧构成了"喜闻乐见的爽点"。是为"爽点"本身的多元性表现,值得更多关注。

"论坛体"承担了《赛博游戏》调整叙事节奏、分析阐述具体情节的文本功能,有着和"系统""规划"相似的标识作用。"论坛体"情节发生在主人公等玩

---

[1] 桉柏:《穿进赛博游戏后干掉BOSS成功上位》,引自《通向最终67》章"作者有话要说"部分,2022年10月14日,见 https://www.jjwxc.net/onebook.php? novelid=5833245。

[2] 徐晓霖:《后现代同人文学:跨媒介视角下的赛博空间内部叙事实践及文化反思》,《东南传播》2022年第4期。

[3] 桉柏:《穿进赛博游戏后干掉BOSS成功上位》,引自《通向最终67》章"作者有话要说"部分,2022年10月14日,见 https://www.jjwxc.net/onebook.php? novelid=5833245。

家回归现实"第一世界"的周期中,以论坛平台的信息交流形式将"第二世界"事件以及当前情节要点逐一分析,增强故事情节对读者的可读可感,给读者留出理解和消化的感知余地。在传统小说的叙事技巧中,对故事时间的调度亦有类似效果——因此,不难看出,"论坛体"不只是"爽点",更是承担叙事功能的新形式。《赛博游戏》对"论坛体"的表现方式和考量,是此后相关类型作品较易延续的类型探索路径。为了保留"论坛体",桉柏选择将单向穿越改为两个世界的穿梭故事,得以深挖了穿越题材中较为少见的"双线叙事"结构,将"第一世界"和"第二世界"双线的叙事元素联系又分开,"游戏世界套的是第四天灾题材,现实世界就套个灵气复苏题材",充实主人公的"第一世界"经历和危机的同时,也为"双线叙事"推生出一种均衡的解决方案。《赛博游戏》调用组织的流行叙事元素来自各种不同故事类型,即一定程度上"来自不同文化的符号",通过让这些相异的符号融合,小说架构出新的世界观设定,旧的事物在此释放新的潜能,故事创作由此获得新的内部动力。

三、自新世界的选择难题

《赛博游戏》对调用题材的充分认知和细致考量,使小说就此拥有了扎实的先天发展基础。在后续连载的过程中,桉柏"扬长避短"策略收效显著,但这并不意味着小说文本确实避开了"短处",有些短处依然透过细节显影。症结正出自取舍与规避。具体而言,"赛博朋克文学有着强烈的反乌托邦和悲观主义色彩。他们通常将视角放在未来科技高度发达的大时代下底层小人物上,描写太平盛世表象下社会的腐朽与人性的堕落,对未来做出悲观的预言"[①]。而《赛博游戏》继承赛博朋克文学的世界想象后,延续世界观内蕴的批判内核

---

① 段永朝:《互联网思想十讲 北大讲义》,北京:商务印书馆,2014年版,第92页。

却实在是困难的考验,且"科技侧"①描写的难度大于描写"扭曲的社会环境"和人性描写,倾斜发生,主题内涵不可避免地滑向另一侧。

即使桉柏有意识地通过调用"异能""第四天灾""克苏鲁"等热门元素"转移读者注意力",缺位的"表达内核"仍然时不时从故事的细枝末节表现出来。也就是说,元素拼接出了新的故事架构,但开掘思考的深度仍需要更多具体的细节铺陈。"扭曲的社会环境"情节主要围绕社会、社团、联邦政府的权力结构与斗争展开,也就是小说标题中的"上位",由此小说的批判内容滑向了传统、古典且相对常见的权力结构批判,隗辛解决的灾难和危机问题,很大程度上滋生于第二世界的组织、财阀、"教团"和"联邦政府"多方面腐败黑暗,而解决方式也很难绕开"解决"结构中的某个人,比如暗杀和刺杀。

"命题表现与爽点取舍"是小说构思过程中的隐在主题,与《赛博游戏》情节中主人公隗辛持续面临着"第二世界"带来的"选择"主题形成了互文。桉柏试图在小说中讨论的哲学命题,都能够在文本中看到精细缜密的布局结构,"人与人造之物的情感""选择""自由之心追求"等命题都早早抛出并随着情节发展直至结尾收束,形成完整的思考体系。但这些命题在文本表现上时有"仅为命题的呈现"而缺少推演的情况,具体原因可能与作者自述"不擅长描写日常"相系相关。

以《赛博游戏》对第二世界的表述为例,"光明总是会滋生黑暗,城市繁华的外表下总会隐藏着糜烂腐朽的一面。……相比金钱与权力,生存与死亡才是那个世界永恒的命题"(前言)。"'阶级固化,这是第二世界最大的问题。'"

---

① "科技侧":"侧"来源为日语"側","科技侧"以及与之相对的"神秘/魔法侧"表述来自日本作家《镰池和马》《某魔法禁书目录》系列作品中的阵营设定。"(科技侧、神秘侧)是二元观的分类体系,分界线是其力量体系主要基于未来科技还是非科技的魔法、超能力等神秘体系"。(根据知乎网友夏尔洛瓦、三条尾巴小玉藻回答整理。引自 https://www.zhihu.com/question/63967177/answer/215110616, https://www.zhihu.com/question/278229263/answer/409317760。)《赛博游戏》中异能体系较该"二元的分类体系"更为复杂,"科技侧"为作者在"作者有话想说"中的表述,主要指"表现科技的发达""侧重于描写科技"。桉柏:《穿进赛博游戏后干掉 BOSS 成功上位》,晋江文学城,2023 年 9 月 30 日查询。引自《通向最终 67》章"作者有话要说"部分,https://www.jjwxc.net/onebook.php?novelid=5833245。

(《无光之海73》)光明滋生黑暗、城市的繁华和腐朽、生存和死亡、阶级固化等背景性内容大多表现不足,《赛博游戏》描写了"第二世界"的"黑暗",但"滋生"表现有限;小说前期描写了隗辛、习凉等人困于学费和公民等级,后半段整个"第二世界"并未发生本质变化时,由于主人公的"成长升级",相关问题已经不成问题,这就是一种薄弱,即使主人公成长升级,真正的"阶级固化"应该是如影随形的,"新的级"有新的"固化"困难,相关表现缺失使得小说主题需要立足的背景基础成为单薄的"背景信息",小说意图表达的世界观和思考命题也因此缺失足够演绎生长的土壤,命题罗列大于命题表达,世界观收尾仓促。

至于"生存与死亡",这确是主人公们面临的主要问题,然而由于主人公飞速"成长",尤其在解决最后难关的生死之战时,主人公选择了一种依仗过于强大能力的"生杀予夺"路线,这也是故事后期节奏失衡所致的。

主人公根据游戏论坛分板块开放得出结论"游戏论坛有阶级性"(《人造灵魂46》),就具体情况而言,此处推论应该只是"等级性"而未及"阶级性"概念。阶级表现的不足,使想象成为命题的展演。有论点指出两个世界其实没有不可调和的矛盾,阻止融合甚至是共同目标。"(第二世界)追猎玩家没有理由"[1],诚如评论所言,在两个世界有共同目标的情况下,主人公故事后期行为就显得过于"快刀斩乱麻",小说前期布局的主题内容部分落空。可见构造宏大世界观还是非常有难度的。归根结底,"日常描写不足"实质是无法描述难以想象或缺少认知深度的事情,这在网络文学创作领域是一种隐秘而普遍的情况。

隗辛持续面临的"选择"主题在小说中早早出现,"隗辛,让我们来做一个假设……要么就等死……你会做什么选择"(《无光之海44》)。自故事伊始隗辛就反复面对着"两难"问题,她对"选择"的看法颇有见地:"有选择还是好,选择代表着提示,代表着未来有转圜的余地,如果没有选择和提示,将来突然遭遇到重大的抉择,我不一定能做出最优的判断。"(《天平两端02》)与该积极

---

[1] ring3:《晋江年度热文、看上就不想睡~1.1万字18篇文评汇总》,2022年11月19日,见https://mp.weixin.qq.com/s/y_BFORgm6-TSB8cjygDO2w。

看法相对的是反派角色奥克斯的提问:"这真的是个选择,而不是陷阱吗?"(《天平两端13》)

随着隗辛在第二世界的冒险升级扩大,她需要进行的选择和取舍分量更重,直至进入小说的重要主题:以"反成神"的延宕叙事应对两个世界的"红蓝宝石之谜"。"恍惚中隗辛看到一个模糊而庞大的影子立在她面前,影子手中高举天平,天平的其中一端放着红宝石,另一端放着蓝宝石。"(《无边暗界74》)"红宝石与蓝宝石"致敬意味不言而喻,《黑客帝国》经典桥段,尼奥面前有两片药丸:蓝色代表"从梦中醒来,沉沦虚幻世界,认为看到的只是做了假梦",红色代表"跟我前进,领你去看真相"。《赛博游戏》中神降下的天平一侧蓝宝石,意味着回到蓝色地球的第一世界现实,第二世界"深红之土"的穿梭经历就此消失,选择红宝石则相反。在故事设定中,隗辛等剥夺者身具世界融合的锚点意义,世界融合的目的在于第二世界混乱崩塌之际,通过侵入现实世界完成摧毁与新生。隗辛等锚点选择留在第二世界,甚至颇有自我牺牲的意味,延迟两个世界的融合,并在延迟争取到的时间里,试图解决第二世界的灾难"高科技、高度集权的政府、离离原上谱的财阀政治、超能力、异种生物、秘密教团……神!"(《无边暗界14》)

可惜,从小说结局隗辛成为第二世界象征性的"幕后"总统,辅之采用其他渠道解决第二世界灾难的方式来看,幻想文学对政治架构、社会人际的想象力比较有限,尤其在从时髦和爽出发的幻想文学中,几乎没有更多的想象空间。但说到底这都是用传统文学的评价体系去衡量网络文学的结果。《赛博游戏》的世界观、主旨命题构思完整,表达结构前后呼应,在剧情中逐步深入,这已然难能可贵。

《赛博游戏》没有走上最常见的"成神/上位"、服从于既有权力逻辑、将故事世界权力结构的顶峰换成主人公的思路。显然,"写女主成神会不可避免地有一种屠龙者终成恶龙的感觉",对"成神"套路的审美疲劳,意识到该种想象的幼稚无聊。《赛博游戏》主人公隗辛对如何使更多人做出同一选择,对世界是否融合与个人生存问题,经过纠结思考与一系列个人英雄主义的尝试,最终以一个抗拒"成神"却也未能构思出更具超越征兆的形态,于是选择延缓事态前行的方式结局,"延宕"成为时间秩序中唯一的抗拒形式,也是《赛博游戏》在缺乏对两个世界更多社会背景表现的情况下能选择的唯一道路。思及此中因果,不难看到幻想文学的背后始终坚立着"现实"的长明光亮,无论何种努力,即使是幻想世界的生存与奋斗,最重要的仍是"捍卫我们的生活",即现实世界——不仅是小说中的第一世界,甚至是作者和读者们的现实世界——优先。

最终,我们还是见证了小说选择延宕,意味着对粗糙、平、快、肤浅叙事的反叛意识,及对现状的坚定思考。延宕,本就是应对"时间开始了"浩荡洪流的姿态,选择一个暂时性道路,减慢时间,借此复归自身,复归人——而复归的路径可以实现从人到时间的反哺,人掌握时间观,时间标识着生命的尺度,于是人得以实然掌握个体生命或集体生命。《赛博游戏》中两个世界双线叙事的结构,成为"选择"命题的最重要的书写对象。《赛博游戏》对"第一世界""第二世界"展开了乌托邦和恶托邦的想象,书写了"从人到神,从神到人"的网络小说主人公"新人"形象,而小说本身在网络小说类型流动、融合的潮流中展现了某种程度的"新世界展望"示范——故事可以如此调动题材要素,此后的网络文学创作亦可以如此展开新的类型探索。

总之,《穿进赛博游戏后干掉BOSS成功上位》成为近年流行的重要作品之一,反映了网络文学读者群体的新期待与诉求,以及作者超越现有创作题材类型的进取心;"保持现状"的开放式结局,以等待偶然性降临的希冀推迟仓促浮躁的"选择",实事求是地体现了相关命题演绎的困难;人工智能角色作为小说人物的写法体现了网络文学创作领域与信息技术时代发展速度紧密同步的时代意识;网络小说的题材调度体现了作者长久以来的积累,进而成功地展现了网络小说类型化进程中新的叙事可能性,让我们看到网络文学创作群体中新锐的佼佼者身姿,年轻作者们的来势汹汹。

历史、丛林与权力关系中的女性
——古代言情网络小说的"反言情"主题

肖映萱[①]

摘　要：古代言情网络小说虽有"言情"之名，却始终存在着"反言情"的主题与书写络脉。从历史同人到清穿、宫斗、宅斗，这一类型演变过程也是"反言情"趋势越来越突显的过程。在古代背景下，小说的书写重点转向了女性的另类历史想象，转向了弱肉强食的丛林法则和女性与权力的关系，呈现出女性作者对性别与历史、生存危机、"内卷"困境等问题的现实投射与丰富文本实验。

关键词：网络文学；古代言情；清穿；宫；宅斗

网络类型小说从一开始就根据目标读者的性别区分出了男频和女频[②]，二者的创作出发点、发展路径乃至分类依据都是截然不同的。男频网络小说最初受到武侠和西方奇幻的影响，发展出无所不包的大幻想类型"玄幻"和侧重东方元素的"修仙"，与这些"异世界"幻想相对应的是更贴近现代生活的"都市"，这是男频类型的三足鼎立。而女频网络小说却非常看重时代背景，可以大致划分为"现代/都市言情""古代言情""未来幻想言情"[③]，亦是三分天下，

---

① 作者简介：肖映萱（1992—　），女，江西吉安人，山东大学文学院副研究员。
② 2005年5月起点中文网开辟"女生频道"，专门发布针对女性用户的内容，照搬了起点主站的网站结构和VIP收费模式（2009年独立为起点女生网），此后，在中国的主流商业文学网站中，这类以女性为目标受众的内容就被统称为"女频"（"女生频道"的简称），并且反过来定义了"男频"。不过，男女频的分野其实早已存在，此前晋江原创网（2003年8月建立）、红袖添香（2004年转型言情网站）、潇湘书院（2005年接收原创投稿）等网站已经出现了以女性为目标受众的内容，不过这些平台走向商业化、推行VIP制度的时间比起点女生频道更晚，尚未出现"女频"的分类名称。
③ 这个分类标准参考自晋江文学城，其作品按照"时代"分为"近代现代""古色古香""架空历史""幻想未来"。与之相对，起点女生网的分类受到起点主站的影响，没有专门设置"时代"分类，在古代言情、现代言情之外增加了仙侠奇缘、玄幻言情、浪漫青春等与时代存在重叠的类型。

早期前两种占据了绝对主流,直到近年"未来幻想"才逐渐兴起。

时代背景重要到足以成为女频小说的分类依据,是因为女性在不同时代面对着迥异的社会处境,她们借此展开的想象也大相径庭:都市看似贴近现实,但直接模仿现实不符合网文的快乐原则,反倒成了女性展开爱情幻梦的场域,以"总裁文"为绝对的主潮;遥远的古代,却因必然使女性陷入传统性别秩序[①],而天然地适合投射现实的性别议题,从一开始就溢出了"言情"以讲述爱情故事为中心的类型框架。因而,作为一种女频的分类,"古代言情"中的"言情"一词可以说是来自大众对"女频小说=言情小说"的固有印象,实际上古言始终存在"反言情"的书写。从最早的历史同人到后来的清穿、宫斗、宅斗,这一类型演变脉络可以说是"反言情"主题不断深化、丰富的结果。如今,古言分类的"言情"一词,仅能标识作品的女主角有异性恋的感情倾向,言情叙事被搁置、被边缘化了,取而代之走向中心的是女性的历史、丛林和权力关系书写。

一、历史同人:古代言情的起始

相比于"现代都市"这一全球通用的世界设定,关于"古代"的言情想象在世界各国有着不同的模式。欧美浪漫小说的"古代",是蒙昧的中世纪或充满古典浪漫气息的哥特城堡。日本少女漫画的女主角们往往穿越到古希腊、古埃及、古罗马等"非本土非当代"[②]的遥远时空,带着对西方文化的憧憬,去构想

[①] 幻想程度更高的"仙侠"虽然也属于古代言情范畴,但与本文描述的历史同人、清穿、宫斗、宅斗脉络相比,不那么明确地强调性别秩序,因而较为独立地发展出了多元的叙事。参见拙文《不止言情:女频仙侠网络小说的多元叙事》,《扬子江文学评论》2022年第2期。

[②] 日本"女性向"中的"穿越",大多是穿越到"非本土非当代"的"异世界"——即便是有真实历史根据的,也是距离当代十分遥远的、因难以考据而可以进行自由幻想的世界,也能视作一种"异世界"。吴迪认为,这与这一批"60后""70后"的女漫画家所处的社会历史环境有关,二战结束后,"战败的日本一直致力于经济复苏,但是战争的阴云还是在头顶挥之不去。那时的女性也依旧处于延续了百余年的低下地位,不论是经济能力还是社会能力都依附于男性。于是,一种难以言喻的窒息感笼罩在所有女性身上"。正是这种对当下历史的无奈和失望,使这些漫画家将女性对爱情的美好向往寄托在了"非本土非当代"的"异世界"之中。参考吴迪:《一入耽美深似海——我的个人"耽美·同人"史》,《网络文学评论第一辑》,广州:花城出版社,2011年版。

一种用东方审美改造过的西方"古代"。中国的网络女性写作在起步阶段直接受日本影响，也短暂地模仿过日本漫画投向遥远的"异世界"①，但很快就转向了中国自己的"古代"。中国的悠久历史与漫长的历史书写传统，再加上近代以来丰富的武侠小说资源，熔铸出一种囊括朝堂、宫廷与江湖的"古代"世界设定，无论架空与否，多是仿照中国古代封建社会的形态和帝王将相、三纲五常的秩序，紧紧地与中国本土历史联系在一起。其中，最早的一种书写模式即是历史同人，或者说历史剧同人。同人是基于原作的二次创作，这种模仿性质的写作很适合作为古言塑造"古代"世界设定及其叙事模式的早期训练。

女性的历史同人所基于的原作，比起真实的历史或带有某种历史观的"史实""知识"，更直接的来源是20世纪90年代的《三国演义》(1994)、《雍正王朝》(1999)等轰动一时的历史剧，在前者的影响下出现了以三国人物为同人创作对象的"三国同人圈"②，后者则对后来的女频"清穿文"造成了深刻的影响，甚至可以把"清穿文"视作《雍正王朝》的同人衍生——早期的"清穿文"大多将时代背景设置在康熙年间，聚焦于"九龙夺嫡"的人物关系之中，这一类型对四阿哥（后来的雍正）、八阿哥、十三阿哥等人物的性格特征、人物关系及其经历的历史事件与细节，几乎全都来自《雍正王朝》③，直到围绕这些人物展开的故事被演绎到几乎穷尽，"清穿"的书写范围才逐渐扩展到清朝的其他时期、其他人物。

无论《三国演义》《雍正王朝》等剧的性质是戏说、野史还是"历史正剧"，对真实历史的再现都不是此类历史剧叙事的核心追求。在20世纪90年代的

---

① 如《银河英雄传说》《圣斗士星矢》的"女性向"同人创作，其实也是在借助原著小说的太空星际和古希腊神话的世界设定；露西弗论坛最早的一批创作中，也有许多"穿越"到或模仿古埃及，或模仿古印度，或人妖鬼神共存的"异世界"的作品。

② 2002年底，专门发布中国古典武侠、历史同人的"纵横道论坛"建立，三国历史人物、《七侠五义》中的展昭与白玉堂等成为同人创作的热门对象。早期网络同人对三国人物的想象，大多建立在电视剧《三国演义》(1994)的人物形象基础之上，此后一些新的三国题材影视剧，如电影《赤壁》(2008、2009)、电视剧《三国》(2010)上映/开播后，也会一定程度地影响同人圈的人物塑造。

③ 高寒凝：《小径分叉的大清：从"清穿文"看女频穿越小说的网络性》，《南方文坛》2021年第2期。

文化背景下，剧作的"当下性"十分显著，历史与权力"不再是一个作为历史事实稳定下来的客观存在，而成为一个可以为叙事逻辑所操纵的权宜性存在"①。而由此衍生而出的由女性书写的网络历史同人，就更是任意调用着历史、人物与权力，一切为爱情故事的叙事效果服务。"女性向"同人创作的出发点，是对原作人物的爱，以及把原本不存在恋爱关系的人物配成一对（coupling，组 CP）的"拉郎配"浪漫想象，但在调用这些资源的过程中，女性也自然而然地产生了对历史、政治、权力等命题的书写需求和欲望。"朝堂"和"宫廷"成了女性"为了体验权力斗争而设置好规则的游戏场，它悬浮于历史之上，可以被安置在任何时空之中"②。

　　容易被忽略的是，早期古言中一些看上去与历史无关的创作，其核心动力也来自历史同人。如蓝莲花的《千帐灯》（晋江论坛，2001），这部作品乍看之下是一部融合了朝斗、武侠叙事的架空言情小说，讲述了一个女刺客为报党争灭门之仇而刺杀王爷，却在刺杀过程中爱上了王爷的故事。如果只把这段"相爱相杀"的爱情视作罗密欧与朱丽叶的古言翻版，未免流于表面，而且过分夸大了早期古言对"真爱至上"逻辑的推崇，不足以解释女主角为何爱上这位满身伤痕的王爷。小说将王爷刻画为一个忠心耿耿却依旧被皇帝猜忌的落寞国士，看淡生死甚至有意自毁，这样的形象何以勾起女主的同情、爱恋，甚至消弭家破人亡的深仇大恨？作者在"后记"谈到写下这部小说的真正初衷，方才解答了这种爱恋情绪真正的心理动机：读罢二月河的《雍正皇帝》小说（1991—1994，《雍正王朝》电视剧据此改编）后她特别喜欢老十三，于是提笔写下与他"身世遭遇颇有相似之处的男主角"③。一旦以同人的角度重新审视《千帐灯》，对情感逻辑的解读就豁然开朗了：作者把《雍正皇帝》中十三爷的身世和落寞情绪极致化，改写成了男主的人设，再设计了一个与他生死纠缠的女主，

---

　　① 李轶男：《"历史正剧"的诞生——九十年代与〈雍正王朝〉的历史政治》，《中国现代文学研究丛刊》2023 年第 2 期。
　　② 同上。
　　③ 蓝莲花：《千帐灯·后记》，2002 年 1 月 2 日，见 https://www.jjwxc.net/onebook.php?novelid=58&chapterid=25。

携带着作者对十三爷的同情与爱恋,同样极致地拥抱落寞的男主。因为是历史人物的投射,男主一切身不由己的政治行动与悲剧命运都是如提线木偶般被提前写好的,才变得可以被原谅,甚至可以成为被爱的理由。早期古言的许多"虐文"都是在这种预先设计好的人物设定与情绪基调下创作出来的,"爱"的背后往往都藏着与同人类似的、以人设为中心的叙事动力。

《千帐灯》不仅与后来的许多"清穿文"有着相似的同人内核与书写模式,它们还共同揭示了女性在历史同人式的书写中必然的困境,同时也提供了一种可能的解决方案:在历史中,只有男主才是政治行动的主体,无论成与败、荣宠与落寞,他们都可以天然地充当历史叙事中的主角;而女主只能是情感行动的主体,她们只能通过跟男主恋爱的方式,共享男性的历史参与、政治行动和权力争夺的结果。于是,早期的古言网络小说几乎全都以帝王将相为恋爱对象,这不能简单地归结于爱慕权贵的阶级思想余毒,而是因为与这些掌握历史与权力的男性恋爱为女性提供了一种参与历史的方式,否则就只能借助男性躯体,去写纯然的"男人戏"历史同人或耽美小说。

当然,这种书写模式也有对电视剧《还珠格格》(1998—2003)所代表的琼瑶港台言情的继承。创下空前收视纪录的《还珠格格》给古言奠定了一种最典型的历史参与和恋爱模式,无论是小燕子这样的灰姑娘还是紫薇这样的皇室私生子,都能通过与皇子/贵族恋爱而获得进入历史的机会。她们来自"民间",带着生猛的江湖气息闯入"宫廷",将一潭死水搅得鲜活生动,借由血缘和爱情,最终成为权力上层的一部分留在"宫廷"——至少观众们喜闻乐见的结局是如此,电视剧第三部真正的结局中她们带着皇子/贵族再次回到民间,但剧集却由于种种原因并未受到同样程度的欢迎。网络"清穿文"的女主角们,也正是一个个小燕子与紫薇的合体,她们带着现代女性的价值观进入陈腐的封建王朝,且大多附身在一个本就生长于官僚体系中的贵族小姐身上,加之现代知识技能、历史预知等"金手指"外挂,自然能顺利赢得皇子的爱情。在网络时代的女性读者看来,无论是鲁莽无知"傻白甜"的小燕子还是温柔贤惠"圣母白莲花"的紫薇,都远远不是理想的女主形象。因此,《还珠格格》真正被网络小说继承的不是女主的人设与对爱情关系的想象,而是这套女性通过与贵族男性恋爱来进入历史与权力关系的方式。两位女主身上来自"民间"的人物魅力被摒弃了,不再以"民间"挑战"宫廷",而是绝对地臣服于"宫廷"的秩序与权力逻辑。

以历史同人为起始,古言网络小说一直存在着言情与历史/政治/权力的两种叙事冲动。在此后发展中,爱情故事开始构成对权力书写的阻碍,因而逐渐为后者的需求而被改造、被放逐,产生了"反言情"的类型脉络。

二、清穿:言情与"反言情"的分流

作为女频网络小说最早被大众熟知的类型,"清穿文"有较为明确的起始——2004年金子在晋江原创网上发布的《梦回大清》被公认为"清穿鼻祖",奠定了早期"清穿文"的人物关系雏形和基本的叙事套路:现代女主穿越到康熙年间,陷入"九龙夺嫡"的政治斗争,挣扎求生之余与皇子们发生情感纠葛。这一模式后来在桐华的《步步惊心》(晋江原创网,2005)、晚晴风景的《瑶华》(晋江原创网,2005)、月下箫声《恍然如梦》(晋江原创网,2005)等早期代表作中都延续了下来,区别只在于女主角最后和哪位阿哥终成眷属。再往后,男主的选择从康熙的皇子,逐渐拓展到康熙本人(如天夕《鸾:我的前半生我的后半生》)、清朝的其他皇帝(如李歆《独步天下》男主角是皇太极),甚至康熙的大臣、侍卫,乃至清朝社会的各色人物。如果我们把清穿放置在网络穿越小说的大类中横向对比,就会发现与男频的"明穿文""宋穿文"对明朝、宋朝真实历史的侧重不同,女频的"清穿文"最鲜明的特征不只是穿越的时代背景被设置在了清朝,更在于它本质上是一种言情小说——清穿的标志性叙事不是主角穿越到了清朝,而是她穿越到清朝去和皇子谈恋爱。即便如此,在以爱情为中心的清穿类型里,"反言情"主题也已早早地浮出了冰山一角。

《梦回大清》中,知晓历史结局的女主被四阿哥、八阿哥等一众更有权势的皇子示好、追求,却遵循本心选择了远离权力斗争旋涡的十三阿哥,最后落得被毒死的下场(从清穿的梦中醒来回到现代①);创作于一年之后的《步步惊心》中,女主若曦就已经明白生存大于爱情的道理,会因历史注定的胜败结果而放弃失败者(八阿哥),转而去爱胜利者(四阿哥)②。拓璐指出,若曦进入的古代世界与她穿越之前所处的社会规则并无改变,时代给个人的碾压感并未因为"穿越"而改变,反而因为她知道了历史的走向而只能接受无情的历史朝着她碾压过去,接受这种"已知的无望"③。也就是说,作者在这部古言小说中寄予了更接近现代社会规则的生存困境,以及个人面对时代大潮必须"识时务"的无力与无奈。在残酷的现实面前,爱情叙事的底层逻辑从原来的"真爱至上"转向了弱肉强食、胜者为王的丛林法则。

《步步惊心》之后的清穿乃至其他穿越言情小说,几乎都继承了这一基调。爱情叙事中总是充满着现实利益的考量和比较,穿越到的那个历史或架空世界,只是一个重新包装的现实世界,女主角即便集万千宠爱于一身,也不再认为自己可以永远恃宠而骄,不再梦想着她爱的那个男人"爱江山不爱美人"了,她认同的是符合权力逻辑的爱情,只有这样的爱情才可能让她实现自我、获得幸福。爱情叙事的功能性变得越来越清晰,既然爱情不再可靠,与男性权贵恋爱只是为了借此进入历史,触及政治与权力,直接书写权力关系的诉求也就变得越来越迫切。不过,此时的恋爱叙事仍是不可或缺的,不仅由于女性还无法获得一个成为行动主体的合法身份,更因多数读者阅读言情小说的核心诉求仍是消费浪漫爱情故事。好在对于读者来说,爱情叙事的说服力基本上取决于男主的人设,"霸道总裁"(四爷)、"儒雅暖男"(八爷)、"痞帅游侠"(十三

---

① 金子:《梦回大清》(下部),发布于晋江原创网,发布时间:2006年(上部2004年发布),原网址:https://www.jjwxc.net/onebook.php? novelid=117117(已锁文),查询自网络流传版本。小说的结局桥段与电视剧《穿越时空的爱恋》(2002)有相似之处,也许受到剧作的影响。

② 桐华:《步步惊心》(上、下),发布于晋江原创网,发布时间:2005—2006年,原网址已删除,查询自网络流传版本。

③ 拓璐:《穿越文-清穿:"反言情"的言情模式——以桐华〈步步惊心〉为例》,见邵燕君主编:《网络文学经典解读》,北京:北京大学出版社,2016年版。

爷)都各有市场①,作者可以任意地调用人设,让爱情叙事不露痕迹地为权力叙事做出灵活的调整。《步步惊心》明确地写出了女主必须放弃失败者而去爱胜利者的转向,后来的多数"清穿文"采用的叙事策略是让女主从一开始就爱上最终的胜利者,不再呈现抉择的过程。当慕强自然而然、顺理成章地渗透进爱情叙事的底层逻辑,丛林法则就与言情并行不悖了。言情与"反言情"以这种方式在清穿类型中共存着,但"真爱至上"逻辑在丛林法则面前的让步,已经暗示了日后二者的必然分流。

　　这种"反言情"的趋势,不仅在网络小说中有所表现,后来也逐渐向大众文化辐射。于正在不同时期导演的两部"清宫剧"就是一组非常典型的例子,它们虽然不是直接根据网络小说改编的,却很明显地借用了"清穿文"的经典叙事套路。在2011年的《宫锁心玉》中,穿越的女主角爱上、选择的都是八爷,最后不得不被四爷拆散,叙事的内核仍是"真爱至上";到了2018年的《延禧攻略》,故事的看点不再是爱情,而是女主魏璎珞升级、打脸、逆袭的"爽点"。魏璎珞有着异常明显的现代职场价值体系,非常自觉地遵循着丛林法则,把生存和个人利益视作第一要义,跟皇帝之间的关系比起情侣更接近上下级的臣属关系,不再需要爱情的存在。与之对应,剧中的富察皇后是一个极富寓言色彩的对照组人物——富察皇后与皇帝之间是有爱情的,于是她注定无法在无情的后宫中存活下去,只能作为一个爱情的象征跳下城墙寂寞地死去。丛林吞噬了爱情,有情人变成提供血泪教训的反例,"反言情"超越言情,成为古言叙事更加突显的主题。

三、宫斗、宅斗:丛林法则与权力关系的普泛化

　　从《宫锁心玉》到《延禧攻略》,电视观众对"反言情"叙事的接受经历了一个潜移默化的过程,在这两部剧作之间还夹杂着一个非常关键的作品,那就是

---

① 高寒凝:《网络文学人物塑造手法的新变革:以"清穿文"主人公的"人设化"为例》,《当代文坛》2020年第6期。

电视剧《甄嬛传》(2011),它的原著小说《后宫·甄嬛传》(流潋紫,2006)即是古言的"反言情"脉络从"清穿文"发展到下一阶段的"宫斗文"的代表作。

清穿打开了后宫女性人物与权力关系的想象空间,激发了关于后宫争斗的类型叙事,释放了女性在介入历史、书写政治与权力关系方面的企图。"宫廷"于是被塑造成一个不以爱情逻辑为底色、只围绕权力逻辑运转的空间,用来操练一场女性能够合法参与的政治与权力游戏。在这个暗流涌动的丛林里,爱情和男人显然并不可靠,只有女性自己强大起来去争一争、斗一斗,才能真正站稳脚跟。在"宫斗文"中,爱情叙事更加明确地走向边缘,女性的生存焦虑和权力争夺占据了叙事的绝对核心。

对比电视剧《甄嬛传》与原著网络小说,就会发现小说的底色是更残酷的,甄嬛不像电视剧里那样,有一个从天真善良到"黑化"的明显转变,她从一开始就非常有城府,也有参与宫斗的自觉。也许是出于丰富角色群像的考虑,电视剧把小说中许多由甄嬛完成的阴谋都分配给了其他角色,比如安陵容等;小说里她与果郡王之间的爱情也不是那么完美、纯洁。电视剧已经根据大众的价值取向做出了一些调整,让甄嬛向宫斗逻辑的臣服从主动改为被动,让爱情变成一种美好的象征。即便如此,甄嬛和果郡王的爱情还是退居其次了,无论小说还是电视剧,这个故事的核心叙事,是甄嬛个人的生存发展,在权力体系中不断攀登升级,最终向皇帝复仇。在此过程中,凡是有"爱"的人,凡是对帝王之爱还抱有一丝期待的人,譬如华妃,结局都是悲惨的。

陶东风将《甄嬛传》所展现的这种女性在后宫丛林中的"以恶制恶"逻辑批判为"比坏心理"[①],可是更应该被探究的问题是,为什么这种"比坏心理"会成为一种大众流行的类型叙事模式,甚至通过热播的影视剧,直到今天仍旧为观众念念不忘?王玉玊认为,后宫世界"与现实世界的职场有着复杂的投射关系。后宫中妃嫔的晋升模式可以看作是对职场晋升模式的一种模仿;森严的等级秩序、尔虞我诈的人际关系、你死我活的权谋争斗则是当代职场焦虑的极端化展现","最为悲哀的是,当甄嬛终于攀上了权力的巅峰,她却发现自己一

---

① 陶东风:《比坏心理腐蚀社会道德》,《人民日报》2013年09月19日第8版。

无所有。这一悖谬的结局指向了当代职场价值的整体性崩溃,升职所带来的不是个人价值的提升,而只是生存的延续",人们"无法在工作中找到事业、理想、整体性的意义,以及超越性的价值",后宫作为一个寓言世界,"展现着每个人在现实生活中都会不断遭遇到的关于利益与道德的抉择"[1]。也就是说,后宫的丛林某种程度上是现实职场的抽象投影,可以把"宫斗文"看作某种"职场生存指南",它放大了职场的焦虑,把职场的困境放大成了后宫"步步惊心",随时都有生存危机的困兽之斗。正因它刺透现实,才有长久流行的生命力。

这种丛林法则并非女频特有,同一时期的男频小说也流行着"官场文"类型。官场写作同样延续自20世纪90年代的主流文学分支,以小桥老树的《侯卫东官场笔记》(起点中文网,2008)为代表,着重描绘以"权力等级、专业化、(潜)规则和非人格化"为基本特征的"科层制"官僚体系,以及作为"成功指南"的"官场厚黑学",此书甚至一度被读者称作"公务员必读手册"[2]。虽然"官场文"很快在官方对网络文学的审查行动中被取缔,但"成功学""厚黑学"还在大众文化中悄然制造着影响,例如问答社区"知乎"上至今仍有大量教你如何在职场/官场上察言观色、熟练掌握潜规则的帖子。这种丛林法则在女频以"宫斗文"以及后来的"宅斗文"等方式显影,也是无可厚非、难以通过道德批判来人为禁绝的,它是当下社会严酷竞争的现实折射。如今,网络流行词中出现了"内卷""雌竞"等新的用以形容职场困境、女性婚恋价值困境的词语,也同样是反映现实困境的结果。"宫廷"不再是爱情叙事的场域,而是职场的缩影,把位于不对等权力地位的男性搁置在女性世界之外,圈出一个女性自己的角斗场,把皇帝当老板去做"向上管理",把争宠的嫔妃当成在同一个跑道里的竞争对手,按照女人自己的规则展开竞争,这就是后宫丛林中早已蕴藏的"内卷"与"雌竞"逻辑。

在宫斗之后,丛林法则的逻辑进一步泛化,从"宫廷"扩散到"内宅",就

---

[1] 王玉玊:《宫斗:走出"白莲花"时代——以流潋紫〈后宫·甄嬛传〉为例》,见邵燕君主编:《网络文学经典解读》,北京:北京大学出版社,2016年版。
[2] 石岸书:《网络官场小说:"去政治化"的现实书写——以小桥老树〈侯卫东官场笔记〉为例》,见邵燕君主编:《网络文学经典解读》,北京:北京大学出版社,2016年版。

成了书写嫡庶、婆媳、姑嫂妯娌等深宅大院中女性权力斗争的"宅斗文",宅斗是宫斗的平民版。以关心则乱的《知否?知否?应是绿肥红瘦》(晋江文学城,2010—2012)为例,这部小说是宅斗"庶女文"的代表,这类小说的核心叙事是一个庶出之女如何颠覆嫡庶秩序,在婚姻关系中长袖善舞、最终赢得当家主母之位。虽然在这类故事中,女主所嫁的夫婿往往是她提升地位的关键,与丈夫的感情线索有时也着墨较多,但爱情明显不再是这个叙事结构中的必需品了。小说中,明兰是从现代穿越而来的,穿越前她是支边的法院书记员姚依依,因而她很自然地将后宅中的种种争斗当作一桩接一桩的"官司"来处理,包括她的婚姻与婚后的家庭生活——于她而言,婚姻更像一种经营或者说"家庭管理"的事业,"如果婚后两个人用心经营,包办婚姻也能生出情深意重的挚爱夫妻来"(第5回),"如果能保证赡养费,婚姻失败也不会手忙脚乱"(第102回)①,重点是如何经营关系,而非谈好恋爱。同名的改编电视剧(2018)虽然省略了穿越的桥段,让明兰成了宋朝的"土著",却更加明确地点明了她把"官人"当"东家"的本质,也道出了宅斗"把老公当老板"的本质。无论小说还是电视剧中,男主顾廷烨都因明兰的不争不抢不吃醋、不把自己当"爱人"的表现而生过闷气,明兰一开始的确没有真正把他当作既有"恩"也有"爱"的丈夫,只把他当作姑且一试的合作伙伴,排斥在内心的安全区之外。虽然故事的后半段,这段双方都用心经营的婚姻,的确走向了"情深义重",也滋生了恋爱的甜蜜,却也显示出"宅斗文"女主价值排序的先后:男主首先是老板,然后才能是老公;首先得是一位好老板,然后才能成为好老公。故事中的男二齐衡,就是因为无力扮演一个好的老板/合作伙伴,才无法在情感上成为女主最终的归宿。

后来,宅斗又继续发展出与"庶女文"针锋相对的"嫡女文"(如顾婉音《嫡女重生》,起点女生网,2012)。这种庶女与嫡女之间的位置交换,表现出一种对权力逻辑根深蒂固的认同——即便是庶女打脸嫡女、以下克上的逆袭叙事,也不是对既有权力秩序的反抗,而是更加深刻地认同这种上下尊卑秩序的必

---

① 关心则乱:《知否?知否?应是绿肥红瘦》,2010年11月29日,见 https://www.jjwxc.net/onebook.php?novelid=931329。

然存在,以此为前提去争夺上位者的位置,这种胜利是不带有道德与正义属性的,因而"庶女文"与"嫡女文"的本质没有任何区别,都是丛林法则的赤裸裸呈现。

不过,在清穿、宫斗、宅斗的丛林法则叙事脉络大行其道时,也出现了反向的驱力。不仅有厌倦了清穿惯式的"反类型"戏谑之作出现(如妖舟《穿越与反穿越》,晋江原创网,2006),更具规模的是穿到清朝去当一个非"宫廷"非"内宅"环境下的普通古代女性的叙事潮流,即"种田文"或者说"家长里短文"。2008年Loeva在起点女生频道发布的《平凡的清穿日子》标志着这一潮流的开启,平民小家庭的农家生活和经商活动成为主要的书写内容,到2010年起点女生网和晋江分别出现了"经商种田"和"种田文"的标签,"种田"成为古言的一个独立类型。[①] 因不直接涉及权力叙事,种田可以说是"反宅斗"和"反丛林"的,与此同时,种田与言情的关系也显得十分微妙——丈夫首先是与女主一起展开婚姻与种田生活的合作伙伴,其次也可以是恋爱对象,但一定不能是阻碍女主发展的绊脚石,类型叙事的优先级仍偏向种田,而非言情。

四、挣脱丛林法则:从"卷"到"苟"与游戏化消解

如今,古言网络小说的主流,仍是清穿、古代、宅斗一脉的延续,书写女性如何一步步升级、获得权力或行动力的"女强"叙事已成新的绝对主流。传统的言情叙事不仅被边缘化,更被批作"恋爱脑""媚男",在最极端的"爱女文学"标准中,女主必须在性别政治的意义上向传统父权制的婚恋价值甚至是性缘关系彻底割席、不做任何妥协,才能被称作标准的、理想的"大女主",这可以说是"反言情"叙事推进到极端境地的产物。不过,在弱肉强食的丛林法则和绝对慕强、慕权的价值之外,也已经出现了挣脱丛林、重新创造一个强弱共处、

[①] 一些重点写女主如何协调大家族人际关系的"宅斗文"也会带上"种田"的标签,实际上更接近"宅斗"类型。此外,男频的一种重在书写建设和经营领地、治大国如种菜园的类型也被称作"种田文",后来发展为"基建(种田)文",这与女频的"种田文"是不同的,需要注意区分。

输赢不那么重要的世界的探索。

回归日常生活的"种田文",已然以回避政治和权力叙事的策略显示出了对丛林法则的微弱抵抗。此后,以梦娃的《宫墙柳》(知乎,2019)①为代表的"反宫斗"书写,对宫斗的"内卷"与"雌竞"做出了明确的反思。被困在宫墙之内的嫔妃们,有着一个共同的透明天花板,即凌驾于女性世界之上的男人们,是他们主导的权力逻辑,需要女性在这个斗兽场里决出一个"蛊王"。既然明知道这是一场权力的操演游戏,那么女人们也完全可以钻游戏规则的空子,装出在乎、装出"卷"的姿态糊弄着"苟"过去、实现下位者的相安无事、团结一致。于是《宫墙柳》中的嫔妃们都对争宠失去了兴趣,由于注定无法走出宫墙,只能转而在后宫中相互扶持地经营起了自己的日常生活——开始在"宫廷"中"种田",把走出宫墙的期望寄托在下一代身上,书写的重心也开始朝着女性之间的情谊、女性互助、女性群像等主题倾斜。

七英俊的《成何体统》(微博,2020—2021)②进一步戳穿了丛林法则的真面目。首先,它像《宫墙柳》一样戳破了"宫斗"的本质,并将其还原为一种类型设定。这部"穿书文"讲的是现代女主穿进了一部"宫斗文"中,因此女主清醒地知道宫斗和权力都只是这个文本世界的虚构设定,既然明明知道大家都身在书中,又何必认真扮演一个提线木偶般的"纸片人"?不如"苟"下去,打破既定的情节模式。其次,它还逆转了"宫斗穿书文"的一种常见书写套路,即一个熟知类型套路的读者穿到原本的炮灰角色身上,抢夺胜利者的故事线、实现输赢命运的对调——这与宅斗中"庶女""嫡女"的位置对调是异曲同工的,仍旧服膺于成王败寇的权力秩序。《成何体统》的女主却不愿走入这种零和游戏之中,她看透了所谓的"逆袭""打脸"只是这场宫斗游戏中玩家之间的内耗,胜利者仍然是困在宫墙中的"纸片人",只有跳出宫墙去看看外面的世界,才无愧于现代女性的自由灵魂。于是,女主不再认同既存的游戏法则,赢得"宫斗"不再

---

① 梦娃:《宫墙柳》,发布于知乎,是提问"为什么后宫中嫔妃们一定要争宠"的高赞回答,后整理为专栏文章,2019年9月,见 https://www.zhihu.com/question/293865460/answer/665569766。
② 七英俊:《成何体统》,2020年8月至2021年6月,见 https://m.weibo.cn/u/2877803870。

是她的终极目标了,不仅要应付着"苟"过去、避开以恶制恶的旋涡,还要走出宫墙、逃出"妃子"的宿命。

当然,女主之所以能拥有走出宫墙的选项,源自作者赋予她最大的一个金手指——原本悬置于宫斗之外、作为判定输赢的 NPC 或者老板/Boss 般存在的皇帝,在《成何体统》中也被设置为穿书的现代人,于是无条件地作为女主的同伴、爱侣,辅助女主逃离这场宫斗的游戏。女主虽然没有按照宫斗的逻辑去与炮灰妃子相争,却还是没能逃出朝斗的逻辑去与皇帝一起战胜试图篡位的王爷。不过,小说中"战胜王爷"的动力,在故事的前半段来自女主对王爷是否来自更高维度的猜测与恐惧,后半段则源于王爷被塑造为以恶制恶丛林法则的化身,男女主的朝斗行为在"天道"的加持下具备了道德上的正义性,已经尽量淡化了重蹈丛林覆辙的色彩。

从《宫墙柳》到《成何体统》,新一代的古言女主不再绝对信奉丛林法则,开始以"苟"的姿态尝试抵抗"卷",其中一个重要的转变节点,就是对宫斗与丛林只是一场权力操演游戏的自觉指认。其实女性最初也是主动进入这场权力操演游戏的,只是太过于沉浸,忘了还有其他可能的游戏玩法可以探索。此后,已经对玩家式的代入视角有丰富经验的新一代网络女性,开始真正把"宫廷"视作一个游戏空间了——一旦彻底地游戏化,丛林的严肃性和残酷性就被大大消解,权力的争夺和谋略的输赢就只是升级体系中的一串数值。新一代的"宫斗文"开始带着戏谑嘲弄的心态,真正地"玩"起了这场策略游戏。

如江山雀的《朕的爱妃太能卷了》(起点女生网,2022—2023)[①],女主被设置成了一个"内卷"逻辑深入骨髓的互联网打工人,她带着系统穿进宫斗世界中,于是二话不说,直接开"卷"——学习技能、提升美貌、制造与皇帝邂逅的机会,甚至苦练床技。把这一切看在眼里的皇帝,产生了"她好爱我"的错觉,殊不知女主只是想讨好"大老板"以求升职加薪。小说让女主的升级游戏逻辑超然凌驾于宫斗的丛林逻辑之上,在游戏化的视角里,一切道德批判都失去了落

[①] 江山雀:《朕的爱妃太能卷了》,2022 年 9 月 26 日,https://www.qdmm.com/book/1035160295。

脚点,所谓的"内卷"也转化为一种游戏玩法,对残酷现实的指涉意义被消解了。同时,女主的升级游戏逻辑也超然凌驾于言情叙事之上,甚至让皇帝的"自作多情"成为一种女性的爽点,对"言情"的嘲讽,显示着"反言情"文本实验进入了一个更新的阶段。

回望古代言情网络小说对历史、政治与权力关系的书写,作者们想象、设定出的权力运作模式始终在丛林法则与"反丛林"的统摄之下,并未真正探索出属于女性的新道路。不过,或许这也正是"古代"世界设定的局限所在,被封建社会性别秩序框定的女性,已经在戴着镣铐的前提下跳出了极为丰富的另类舞步。新的历史,终究要被正在进行中的当下与即将到来的未来重新书写,因而女性真正的权力秩序想象,终究会投向现代都市、投向以星辰大海为征途的未来。近年来女频未来幻想类型的崛起,足以印证这一判断。而言情与"反言情"的关系也总是并不绝对,在"反言情"的"破"斩断了枷锁之后,新的"言情"可能性正在被百无禁忌地建"立"起来。

文学地理

河北网络文学发展报告（2021—2023）

秒椤 等[①]

摘　要：河北网络文学（2021—2023）表现出鲜明的趋势性特征，网络作家群体壮大，名篇佳作不断涌现；与时代精神和大众情感遥相呼应，主流化和精品化程度得到提升；深耕题材内涵，追求类型创新与产业融合，实现了"声剧动漫"全链路开发，海外传播有新突破；组织工作日趋完善，推进全省网络文学高质量发展的工作体系正在形成。

关键词：河北网络文学；主流化；类型创新；IP改编；海外传播

2021—2023年，中国网络文学生态不断优化，行业体量不断扩增，现实题材创作持续增长，主流化、精品化进程明显加快。网络文学已经成为文化产业的重要内容源头和中华文化"走出去"的亮丽名片。作为中国网络文学的重要组成部分，河北网络文学取得了长足进步，表现出鲜明的趋势性特征。网络作家群体进一步壮大，名篇佳作不断涌现；与时代精神和大众情感遥相呼应，主流化和精品化程度得到提升；深耕题材内涵，追求类型创新与产业融合，实现了"声剧动漫"全链路开发，海外传播有新突破；组织工作日趋完善，推进全省网络文学高质量发展的工作体系正在形成。

一、写作队伍迭代壮大，精品佳作不断涌现

生力军作用进一步增强。按照全国重点文学网站抽样调查所得数据估

[①] 作者简介：秒椤（1972— ），男，河北唐县人，河北省作家协会会员，《诗选刊》主编；陈娜辉，河北师范大学新闻传播学院教师；王文静，石家庄文艺评论家协会主席；郎静，河北大学艺术学院副教授；卫玮，河北文学院副书记。

算,河北籍注册网络文学写作者约有70万人次(包括同一作者以不同"马甲"在不同网站注册情况),约有8万人次成为各大文学网站的签约作者;持续写作的活跃作者约3万人,职业写作者约7000人;目前与省作协保持经常联络的网络作家近400人,其中中国作协会员20人、省作协会员77人。河北网络文学作者以"70后""80后"为主体,其中也不乏由传统文学创作转向网络写作的;"60后"作家同时,大量新入行的"90后""00后"作家为河北网络文学注入了新活力。截至2023年12月,有网络文学组织6个,其中网络作家组织或网络文学专业委员会4家、网络文学企业2家。在繁荣发展的河北文学版图中,网络文学的生力军作用日渐增强。

精品力作得到社会肯定。现实题材作品《三万里河东入海》(何常在)、架空历史题材作品《不让江山》(知白)和古言重生题材作品《君九龄》(希行)上榜2021年度中国网络文学影响力榜。《黎明之剑》(远瞳)上榜2022年度中国网络文学影响力榜,《深海余烬》(远瞳)获第33届中国科幻银河奖最佳网络科幻小说奖。《三万里河东入海》《黎明之剑》分别入选2021年和2022年中国小说学会年度好小说榜。《地球纪元》(彩虹之门)、《异常生物见闻录》(远瞳)、《君九龄》(希行)、《诛砂》(希行)被国家图书馆收藏。《向上》(何常在)入选2023年中国作协重点作品扶持项目网络文学选题、"新时代山乡巨变创作计划"第二批重点推进作品;《深海余烬》《家庭阅读咨询师》(九戈龙)和《洛九针》(希行)入选2023年中国作协网络文学中心重点作品扶持项目。《奔涌》(何常在)、《黎明之剑》《楚后》(希行)、《半神之巅》(刘阿八)、《野庄风云》(遨游红尘)、《停留在夏天的人》(奔放的招财猫)、《试试做个兽系青年吧》(王玉霞)、《天生拍档》(一只薄薄)、《枣村》(江旷)、《霓裳帐暖》(施黛)等十部作品上榜2022年河北网络小说排行榜。

一批"好看"作品深受读者喜爱。聚焦白头叶猴种群保护和人与自然和谐相处的现实向作品《崇左守望者》(妃小朵)获第三届七猫中文网现实题材征文大赛分类二等奖;抗战题材小说《烽火尽处》(郝孟军)被17k小说网评为十大抗战小说之一;科幻作品《人类的希望》(郝明)在重构时空秩序的想象历险中持守对人类命运的关切,作者因此获第二届"致未来文学奖·年度十佳作家"奖。展现兄弟之情、民族之义,以核战末世为背景的科幻题材小说《九狼图》(纯银耳坠)获得第四届七猫中文网年度最佳文笔奖。《美食侦探推理手记》(刘栋)荣获第四届咪咕杯文学大奖赛铜奖。此外,世情小说《平步青云》(梦入洪荒)、穿越历史小说《大明小学生》(随轻风去)、悬疑小说《天字第一当》(骑马钓鱼)、根据同名影视剧改编的言情小说《原来你是这样的顾先生》(麦小禾禾)、穿越言情小说《女配自救靠美食》(杨清)等作品在阅读市场上都拥有大量拥趸。

二、类型题材多元并举,加速推进主流化、精品化

在整体环境发生变化、组织建设日臻完备、读者阅读的情感需求和审美趣味转移等多重因素的综合影响下,河北网络作家提升文化自觉,承担文化使命,深耕题材内涵,突破类型限制,以与时偕行的使命感和时空共感的想象力,在诸多题材类型中创作出了人物丰满可感、叙事扎实可信、境界宏阔可观的力作,取得了良好的社会评价和传播效果,加速了网络文学主流化和精品化进程。

现实题材创作持续"走热"。2022年河北网络小说排行榜上榜作品中,超半数为现实题材。其中《奔涌》以人工智能技术开发和智慧城市建设为背景,书写年轻人续写创业奋斗新篇章的励志故事;《停留在夏天的人》聚焦青春成长与悬疑推理,在现实困境中讲述爱与救赎的故事;《试试做个兽系青年吧》聚焦当下年轻人的成长历程,呈现他们在困境面前不服输的奋斗精神;《野庄风云》以家族为叙事原点,将人物放置在宏大的历史背景中,突显主人公的家国情怀;《天生拍档》围绕"反诈",讲述了警察与诈骗团伙斗智斗勇,最终帮助受害人追回被骗财产的故事;《枣村》展现了在脱贫攻坚舞台上拼搏奋进的青春力量。此外,《向上》聚焦雄安新区建设,讲述了不同代际的人物与新时代同构的精神频谱;《家庭阅读咨询师》关注家庭阅读与儿童教育之间的关系。这些

作品以自然化的叙述话语舒展开细密扎实的故事世界,将在时代的使命召唤和现实的人生境遇中沉淀的伦理判断与价值选择,转化为故事世界中的人物行动和情节走向,既接地气又有格局,既表征生活现实又回应时代追问。

文化传承类作品主题突出。作为彰显中华文化原创力的文学新形态,网络文学一方面契合中国人的审美趣味和阅读习惯,另一方面有些作品直接从历史和传统文化中取材,以寓教于乐的方式助力传统文化的创造性转化和创新性发展。河北作家创作的多部优秀作品直接切入文化传承主题。《君九龄》以中医文化为背景,突破重生复仇的类型窠臼,开拓类型创作的价值蕴含,叙写主人公从落魄公主到一代名医济世救人的涅槃重生。《不让江山》将小人物的个人成长与家国天下的济世拯民融为一体,将民族的自尊自强熔铸于厚实的故事架构中。《洛九针》将墨家"兼爱非攻"的精神内核融入小说叙事,以"剑"为媒介,讲述了女主九针带领一众兄弟守望相助,昭雪沉冤,挽救墨门,实现理想的故事,凸显了女主尚义任侠的气质,与燕赵文化精神一脉相承。

类型"破壁"助力叙事创新。数字技术迭代,虚拟世界增殖,现实世界的网络化延伸,冲决了网络文学商业化运作、规模化生产、品牌化传播的文化工业流程中形成和树立起来的类型壁垒,颠覆着网络文学类型化创作的真实性和有效性。近十年来,IP化运作对网络文学故事世界创构的丰富性、复杂性和拟真性要求越来越高。河北网络文学较早显示出突破类型局限的创新走向,例如远瞳尝试将科幻、奇幻、二次元等类型糅合在一起,希行的古言小说以结合古代各类优秀文化技艺为叙事环境的故事世界构建,从创作意向上打破时间经验的线性拘牵,折射出对古今融通的永恒时空可能性的重新编码。

三、融合发展成果丰硕,IP改编特色鲜明

IP转化和改编既是网络文学作品文学价值和产业潜力的重要指征,同时也在跨媒介传播的实践中拓展了网络文学作为"放大器"的生命力和可能性。三年来,河北网络文学在产业融合发展方面优势明显、趋势突出、成果丰硕。

影视剧《虫图腾》（闫志洋）和有声书《不让江山》（知白）、《不期而至》（鲜橙）、《紫灵大陆》（双子动漫）、《我在万界送外卖》（氪金欧皇）五部作品被评为2022年河北网络文学与产业融合发展优秀成果。这些作品既涵盖了现实、民俗、玄幻等多种题材，同时也打开了"声剧动漫"的全链路转化模式，体现出我省网文创作在中国网络文学高质量发展背景下的行业趋势和综合影响力。

实体出版再创新高。实体出版作为网络文学 IP 转化的传统模式，是在网络文学点击率、收藏量、留言数等数据分析的基础上，综合考量、平衡其文学价值和商业价值的结果。河北网络文学的实体出版持续走高，实力派作家作品最受青睐。例如，何常在的《契机》《双赢》《婚姻七道题》《崔一》《隐者慧医》《正道》《男人都是孩子》等七部作品均由出版社出版为实体书。这些作品中的商场、都市、创业、中医等多元题材与时代、读者和市场同生共长、息息相关，在讲述中国故事、反映社会变迁、弘扬中国精神方面彰显出充沛的活力。《停留在夏天的人》由重庆出版社出版，小说在文学母题与大众文化的融合中通过巧妙的叙事释放真善美的价值力量，兼具市场潜力与社会效益，十分契合实体书出版选题。

有声改编成绩斐然。移动互联网语境下的文化生活为网络文学的阅读传播提供了越来越多的便捷，越来越多的人从"用眼阅读"转为"用耳阅读"，AI 技术的日益成熟和深入应用也让有声改编降低成本、缩短周期，成为网文阅读的新趋势。《天字第一当》签约喜马拉雅后，打破了该平台最快破亿播放纪录，播放量超过 15 亿；《不让江山》《长宁帝军》（知白）有声阅读播放量超过 10 亿，成为网文 IP 有声改编的爆款；《平步青云》《我在万界送外卖》在喜马拉雅上线后播放量超过了 3000 万。此外，《不期而至》《紫灵大陆》和《狼与兄弟》《九狼图》等作品上线喜马拉雅、懒人听书等平台后反响热烈，深受听众喜爱。广播剧改编方面，根据《心痒难耐》（牛乳蘸糖）、《悬骨王妃》（纳兰若夕）等作品改编的广播剧上架喜马拉雅，前者进入该平台广播剧 Top100 榜单，体现出我省网文 IP 在产业开发中的综合潜力。

剧集动漫焕发生机。根据《虫图腾》改编的 30 集悬疑网络剧上线腾讯视频,反响良好;根据历史题材作品《奋斗在新明朝》(随轻风去)改编的网络剧《在下李佑》在优酷视频播出;根据《独家占有》(牛乳蘸糖)改编的同名短剧在抖音、快手等短视频平台播出量可观。刘栋的《诡奇电话》《黄楼怪影》《凶案未结》三部作品和《大明话事人》(随轻风去)、《偷时间的女孩》(奔放的招财猫)等均已经售出版权,进入剧改程序。动漫改编方面,刘阿八的幻想类作品市场表现良好,根据他的同名小说改编的动漫《力拔山河兮子唐》在腾讯、B站、快看漫画等国漫平台连载,总人气超过10亿;《九域之天眼崛起》《半神之境》改编为动漫后在腾讯、B站、爱奇艺、优酷等平台播出。远瞳在时空穿梭和跨界想象中建立故事的"希灵帝国三部曲"中的《希灵帝国》《异常生物见闻录》和《黎明之剑》均已完成漫改。

此外,在海外传播方面,何常在的《浩荡》、希行的《大帝姬》《君九龄》、鲜橙的《和亲公主》等多部作品被译成英文、韩文、泰文、韩文等多种语言在海外出版;彩虹之门的《地球纪元》被大英图书馆收录。

四、组织体系日臻完善,工作举措成效明显

网络文学已是大众文学阅读中的"主力军",河北作协加大工作力度,推动"主力军全面挺进主战场",结合省内网络作家队伍实际,加强顶层设计,创新发展思路,进一步建立健全体制机制和工作举措,强化团结、引领、管理、服务网络作家的职能,为全省网络文学高质量发展提供了制度保障。

网络文学组织机构进一步健全。搭建网络文学与文化产业融合发展平台。为了促进河北网络文学与文化产业的融合发展,建设有利于河北网络文学健康发展的良好环境,2021年12月,河北作协成立了网络文学与产业融合发展联盟,通过建立行业性、专业性、非营利性文化活动平台,整合网络文学创作、理论评论、开发孵化、媒体推广等各方力量,提升网络文学和文化产业的整体实力和社会影响力。联盟成立后,组织了河北网络文学与动漫产业对接沙龙等活动,通过与影视和动漫公司加强合作,共同推动网络文学向其他形式的

成果转化。促进网络作协规范化运行。2023年8月,完成了河北省网络作家协会注册登记工作,省作协召开了河北网络文学推进会,选举产生了网络作协新一届理事会和主席团,党组主要领导与主席团成员谈话,号召全省网络文学界认真贯彻习近平新时代中国特色社会主义思想,坚持正确的创作导向和发展方向,始终坚守人民立场,从中华优秀传统文化中汲取营养和智慧,创作更多引领时代的网络名篇佳作。

服务网络作家的能力得到提升。将网络文学创作纳入职称评审范围。2023年河北省职改办出台政策,将网络文学创作纳入文学创作系列职称申报和评审范围,进一步肯定了网络作家的劳动和智慧创造,增强了网络作家的社会认同感,为网络作家加强理论修养、拓宽文学视野、提升写作能力提供帮助。今年首次申报并开评,一位网络作家通过副高级、两位作家通过中级文学创作系列专业技术职务任职资格评审。2021年6月举办了"学党史铸信仰——河北网络作家专题培训"活动,组织25名网络作家赴井冈山,在三湾改编纪念馆、黄洋界保卫战旧址群等现场接受系列特色教学培训;2023年5月,组织了"重温《讲话》精神,坚守人民立场——河北网络作家延安鲁艺专题学习班",30名网络作家赴延安参加学习。

创作引导和作品研究深入推进。建立了河北网络文学创作成果推优机制。2022年首次开展河北网络小说排行榜评选活动,收到参评作品50部;开展了河北网络文学与产业发展联盟优秀成果评选活动,收到参评作品30部。2023年3月,省委宣传部和省作协共同召开了中国网络文学影响力榜(2021年度)河北上榜作家座谈会,发挥优秀网络文学作品的示范导向作用,展示创作成果,总结交流创作经验。2023年8月,与中国作协网络文学中心联合举办了何常在《三万里河东入海》作品线上研讨会。知名网络文学评论家、出版社负责人、网站编辑、网络文学作家、网络文学读者、相关行业人士共计50余人参与研讨。理论评论取得新收获,桫椤、安迪斯晨风、王文静等评论家出版网络文学评论著作3部,在省级以上专业报刊发表评论文章80余篇,为网络文学研究贡献了河北力量。

结 语

三年来,河北网络文学扎根时代生活、回应社会关切,网络作家将个人创作与国家发展、民族复兴和时代命题结合起来,写出了一批富有生活气息和时代特征、深受读者和市场喜爱的优秀作品,河北网络文学正在步入良性发展轨道。但是,在看到成绩的同时,我们也注意到,我省网络文学仍然存在一些明显的不足,例如在作家队伍方面,"头部"作家和在全国网络文学界崭露头角的青年作家少,"腰部"作家创作实力有待增强;在题材类型方面,聚焦现实、反映生活变迁的现实题材作品数量偏少;在IP改编和海外传播方面,与游戏、网络电影等衍生品开发相适配的优秀作品还不典型,能够代表中国网络文学产业价值的优秀IP和出海作品还不够多;在工作措施方面,基层网络文学组织普及率低,团结服务网络作家的措施尚不够丰富等。

展望未来,在新时代中国火热的社会生活中,在方兴未艾、蓬勃发展的网络文学洪流中,河北网络文学一定能够在发扬成绩、应对挑战中发现新机遇,实现新突破,在推进中国特色社会主义文化建设,以及经济强省、美丽河北建设中发挥应有的作用。

网络文学的兼类性、地方性与游戏性[①]
——"新时代这十年池州长篇小说研讨会"网络小说读札

陈 进[②]

摘　要:"网络性"是网络文学彰显自身辨识度,保持自身独特价值的重要特征。从"新时代这十年池州长篇小说研讨会"上的五部长篇网络小说中,可以看出"网络性"的几种表现形态。"兼类性"打破了传统通俗小说的类型划分,让小说产生更多的意义与美学功能。"地方性"写作存在虚、实两种形态:在"实"的形态上,主动保留异质性因素,进行差异化写作,融入地域文化,带有民俗价值;在"虚"的形态上,通过嵌入注解的"真知识"和虚构的"元知识"来进行"人文地理学"的建构。"游戏性"成为小说想象历史、设定世界、制定规则的方式,让整体的叙事和想象带有数字化、进阶性等思维。

关键词:网络性;兼类性;地方性;游戏性;人文地理学

尽管说新世纪互联网抹平了信息差异,现代文学"京沪-外省"二元对立的空间格局不复存在,但现实中大都市对人才等资源的虹吸,让人们依然觉得网络小说主要生产于"北上广"等大都市。这次看到池州有这么多优秀的网络小说作家作品,可以说颠覆了我之前的某些刻板印象,非常惊喜。池州是一座有"选学"底蕴的城市,南朝萧统编纂的《昭明文选》是我国第一部按体区分的文学总集,留下了光辉的"选学"传统。参加这次会议,我也能感受到主办方——池州市文学艺术界联合会、池州市作家协会在遴选研讨作品时的"选家"视野、

[①] 基金项目:国家社会科学基金重点项目"中国当代通俗小说史与大事记整理研究"(20AZW019)。

[②] 作者简介:陈进(1983—),男,安徽安庆人,苏州大学文学院博士研究生,研究方向为通俗文学与大众文化。

"选取"标准、"选材"水准,是"选学"传统的当代弘扬、"选学"底蕴的厚积薄发。

网络文学从20世纪90年代滥觞,至今已经有三十年左右的历史,产生了很多脍炙人口的作品,这已经不是一个新现象,也不是一个前沿性的新问题。以前有位朋友和我说网络文学是个伪命题,他的理由是网站仅仅是发表平台,如果《红楼梦》或者鲁迅小说放到网络上,那是不是也成了网络文学?这其实是要求我们区分出"文学的网络版"和"网络文学"这两个概念,这告诉我们要让"网络文学"成为一个真命题,就必须重视"网络性"的研究。今天研讨会上选取的五部网络小说,在"网络性"上有着不同的表现。按照会议规则,下面我逐一谈一谈阅读感受。

桂媛的长篇小说《二分之一次初恋》显示出作者很强的讲故事和"兼类性"写作的能力。初看小说名称,以为是"甜宠""青春"风格的言情小说,随着阅读的推进,才发现是悬疑小说,极大地颠覆了读者的期待视野。小说从一个普通女孩余美丽从小受到丑陋长相困扰开始,她准备在天台自杀时意外遇见神秘作家白珂,在她的提议下,做了置换身体的前沿科技手术,两人共享了一具完美绝伦的美女身体。爱美之心,人皆有之,可以说这是典型的网络小说的欲望叙事和造梦机制,像丑小鸭变白天鹅的童话,满足普通人变美的欲望,缓解容貌焦虑这一时代精神症候。由于是共享,两人以晚上6点和清晨6点为界,白天身体属于余美丽,晚上身体属于作家白珂。在不属于自己的时间里,意识正好进行睡眠。这又像童话故事里的"逢魔变身"传说。

在大多数网络小说中,出于先抑后扬的叙事策略,"爽点"往往有所延宕,之前需要积淀一定的压抑,才能实现欲望的满足和情感的释放。但是在《二分之一次初恋》的第一章,作者就抛出了丑小鸭变白天鹅、迎接世人仰慕、与自己暗恋许久的异性相恋的巅峰"爽点",不免让人疑惑,后面的十二章如何为继?在这里,作者实际上终结了一个"爽"的故事,或者说,她的写作定位并非一个"爽"的故事,而是打破网络小说类型化的叙事模式与美学惯例,她接下来要思考的是一个关于"身心分离"以及特殊境遇下通过反思达到"自我实现"的主题。同时，作者还设置了一条悬疑线索，即神秘作家白珂是谁、白珂为什么要和主人公余美丽共享一具美女的身体。

如此，小说至少实现了言情、科幻、悬疑三种类型的"兼类"。一般而言，通俗小说与网络小说都是类型小说，"兼类"可以让小说产生更多的意义与美学功能。

普通的言情小说是通过美好的爱情想象满足现代人的幻想，带来情感慰藉，而优秀的言情小说实则是借助爱情的理想之光引领主人公成长。叙述者的理想异性形象，既是爱情择偶具象化的标准，也是叙述者内心对世界的理想投影和美好镜像。面对余美丽的身体与灵魂，男主人公更看重后者，二人从最初网络上高山流水的"音乐之交"发展为"心灵之交"的恋人。可以说，男主人公俞沐辰的形象设定与塑造，是为了满足女主人公余美玲的主体自我寻找和自我启蒙需要，是一种具有审美性的精神陪伴。最终，在余美丽对容貌焦虑释怀之后，她收获了真正的爱情，也完成了女性主体性的形成和自我的成长。

科幻具有创设极端情境，进行思想实验、伦理实验的功能。实际上《二分之一次初恋》并非通篇科幻，里面科幻的点只有一个，就是幻想了一种可以移植别人的身体，并且两个人的意识可以共享一具身体的科技。在假设这个前提成立的基础上，小说成为一种思考由此带来的伦理问题，以及"灵与肉"哲学问题的实验。笛卡尔的"身心二元论"让心灵有了独立发展的可能，而"身体的现代性"以及"后人类身体学"，反映出人类将身体客体化的趋势。在福柯的《规训与惩罚》中，权力对身体进行着不断的惩罚与改造，包括历史上的刑罚、监狱监禁等等，今天由容貌焦虑带来的"亚洲四大邪术"，如泰国的变性术、韩国的整容术、日本的化妆术、中国的PS术等，实际上是资本权力、消费主义间接地对身体进行惩罚与改造。在《二分之一次初恋》里，作者利用科幻，直接将这种改造极端化，置换身体，继而用一个通俗的故事思考出"人之为人""人性本质"的重要命题。在同一具身体内，以6点和18点这个时间为显在的"楚河汉界"，余美丽的意识和神秘作家白珂的意识存在着相互共存与博弈、妥协与斗争的拉锯。余美丽的意识从最初的隐忍、委屈，到大胆反抗，可以视作实现

"真自我"的发展轨迹。英国精神分析学家罗纳德·大卫·莱因提出过"身心分离"的概念,他认为,有"真自我"的人,其身体和自我是一起的,身体忠于自己的自我。而有"假自我"的人,他的身体和自我分离,而在寻求与他人的自我结合,因此,更容易为他人的自我所驱动,而不是被自己的自我所驱动。反过来,越是"假自我"强大的人,就越容易被别人的感受一再占据。因为,没有"真自我"的内在是空的,既然是空的,别人的想法和感受就很容易长驱直入,占据我们。小说的结尾,在神秘作家白珂、实为在逃杀人犯时竹筠被警方抓捕后,余美丽尽管已经拥有了"真自我",但还是独自享用了这具美女身体。这个结局可能减损了小说思想的深刻性,但是符合通俗文学"大团圆"模式,也符合大众读者的趣味。

悬疑是将故事以及现实世界"案件化",产生引人入胜的情节悬念。斯拉沃热·齐泽克将"事件"的基本属性归纳为"总是某种以出人意料的方式发生的新东西,它的出现会破坏任何既有的稳定架构"[①]。《二分之一次初恋》里,至少有两桩这个意义上的"事件":一桩是科幻性的,即变身;另一桩是时竹筠的杀人事案件。前一桩"事件"将余美丽的变身"案件化",而后一桩"事件"直接就是案件。解码前一桩"案件化"带出破获后一桩案件,既层层递进、扣人心弦,也避免了一般悬疑小说中的恐怖与血腥。小说还探讨了白珂、沈跃犯罪的根源,白珂原生家庭的破碎以及继父的猥亵、母亲的刻毒成为她日后犯罪的原因,而沈跃因为畸形之爱而丧失底线、毁掉一切。这些都加强了人性描写的深度,远不是一般言情小说所能企及的。

江凌的长篇小说《尘缘夕歌》显现出网络文学"地方性"写作的可能。在网络文学时代,"地方性"写作有两种内涵。一种是在万物互联、消弭差异、作品高度同质的背景下,能够主动保留异质性因素,进行差异化写作。另一种是融入了地域文化,带有民俗价值。这两种内涵在《尘缘夕歌》中都得到了体现。

先说第一种,高度同质下的差异化写作和异质性因素。由于小说主要叙述的是主人公桂姑的人生经历,所以小说在起点中文网连载时,是放在女频类

---

① [斯洛文尼亚]斯拉沃热·齐泽克:《事件》,上海:上海文艺出版社,2016年版,第6页。

型中。但是桂姑这样的女性人物形象,和一般网络小说中的女主人公有很大不同,应该说带着很强的传统性。按照网络小说的创作惯例,女性主人公往往承载的是当下流行的消费文化观念,所以很多小说的女主人公都可以大致归纳为"傻白甜""玛丽苏""腹黑女""女强"等几种类型。传统女性这个现实真实存在,而缺乏商业价值的形象,很少能成为网络小说的主人公。按照文学史上的共识,男性作家很难写好女性人物形象,主要是"男性中心主义"潜意识的驱使,将笔下的女性人物当作被"凝视"的"他者",很容易被"标签化""脸谱化""扁平化"。在《尘缘夕歌》中,作者并没有把桂姑塑造成精明泼辣的形象以凸显个性,也没有将她塑造成风情万种的形象以满足男性"窥视",更没有将她塑造成枯燥乏味的贤妻良母以维护男权。传统并非取消个性,而是让个性符合历史逻辑。桂姑的形象很像乡土中国历史中走出的传统女性,既柔弱又坚韧,既深明大义又能相夫教子,既能委曲求全又能恪守底线,在女性人生的不同阶段表现出不同的特征,这是一种相对更加真实的形象,甚至可以说具有一定的典型性。比如,婚前的桂姑有20世纪青年共有的叛逆特征,因为媒妁之言、父母之命要嫁给威悦时,选择私自前往威家试图退婚,而在和威悦深入交流后,认可了这桩婚姻。前面的退婚是文化觉醒的冲动,后面的接受是真实情感的触动,并非那种为证明理论而设置的概念化人物。

小说把"夕歌"放入标题,并且在小说中多处引用歌曲原文,显然有作者独特的用意。《夕歌》是由李叔同作词,流行于20世纪初的"学堂乐歌",也就是学生放学时所唱的歌,具有很强的历史怀旧感,同时也交织着传统与现代的教育精神与情怀。作为整部小说的标题,实际上也是题眼,既酝酿出浓郁的怀旧与沧桑感,也是对桂姑的女性、母性、师性的艺术升华。

《尘缘夕歌》的文体形式也比较特殊,它的叙事像新文学的写法,而标题却采用了传统通俗小说的章回体形式,作者为每一章回都编制了接近对偶的标题。这种标题并没有文人气、才子气、辞章气,而是具有活泼的民间口语性质,具有很大的生动性。应该说,这部小说比较接近张恨水1957年在《章回小说的变迁》里构想的章回体小说的改良方向,就是保留工整一点的回目,删除"各

表一枝""且听下回分解""有话即长"这类"拟话本"中"说话"性质的套语,同时增加风景和动作的描写。① 所以说,这个小说也可以看作是张恨水文论在新世纪的一种回响。

再说第二种,融入地域文化,带有民俗价值。以女性个体命运、情感经历来反映民国至改革开放初期长达六十余年的时代变迁、社会变革,这种叙事很容易让人联想到王安忆的《长恨歌》、魏微的《烟霞里》等。王安忆认为:"历史的面目不是由若干重大事件构成的,历史是日复一日,点点滴滴的生活演变。"②这当然只是王安忆个人的历史观,但文学和社会科学最大的不同就是,后者只能构建历史的骨架,而只有文学才能用日常细节丰富历史的血肉。《尘缘夕歌》的历史背景大致分为抗日战争时期、解放战争时期、新中国成立初期、社会主义建设时期、改革开放初期这5个阶段,桂姑的情感经历也大致分为出嫁成婚、举案齐眉、中年丧偶、再遇真情、抚育孤儿这5个阶段,在情感历程、人生轨迹的折射中,历史的细节性与可理解性也得到了增强,地域文化、民俗文化也才能得到呈现。小说里写到不少皖南民俗文化,比如皖南地区,尤其是池州、安庆一带的民俗风情与俚语方言,比如婚嫁时《撒帐歌》《喜歌》等民谣,姑娘出嫁要哭嫁,越哭越发,婚宴上十大碗菜的名称与内容等民俗,用方言"烧锅的""讨烧锅的"称呼妻子、娶妻,都具有一定的民俗价值。

小说里也写到了如意堂威家的家风文化。比如,有家国情怀和爱国精神:从威尚一"宁愿自家日子过紧些",慷慨送钱支持刘大毛的民间武装"跟小日本鬼子干",到女儿威欣主动参加抗美援朝战争。有恩泽乡里的桑梓之情:婚后威悦和桂姑在乡间开办义塾"玉琢斋","将渡脚冲没钱上学的寒门子弟都收为门徒",传授传统儒家道理和现代实用技能,让他们"不做睁眼瞎,不当野蛮人"。有与时俱进的维新精神:威尚一能破除传统的"女子无才便是德"的观念,将女儿送进城里的女校。

"地方性写作"和"世界性因素"是重构中国现当代文学格局视野与参照系

---

① 张恨水:《写作生涯回忆》,长春:时代文艺出版社,2015年版,第117页。
② 王安忆:《我眼中的历史是日常的——与王安忆谈〈长恨歌〉》,《文学报》2000年第10期。

的两个概念。在世界视野里,我们认为"越是民族的,就越是世界的"。在中国视野中,特别是在趋同的网络文学中,我们也可以说,越是地方的,就越是中国的,越是地方的,就越是网络的。作家应该植根于他的地域文化中,从而保证他的作品的陌生化和独树一帜。

刘显强(笔名名窑)《我的1978小农庄》是一部将游戏性与主旋律巧妙结合的网络小说。这部小说同样具备某种"兼类性",在起点中文网被划入"都市"类型,但这同时又是一部"穿越文""年代文",甚至具有"种田文"的性质。但"兼类"不是这部小说的重点,重点是它的别出心裁、"脑洞"大开。网络游戏时代,各种农庄游戏、偷菜游戏、经营策略游戏积累的经验,通过再媒介化形成了这部小说,以独特的想象力与叙述方式改变了传统小说结构与审美体验。

一是通过"金手指"的设置,将国家民族复兴理想、改革开放总体成就和个体发展诉求巧妙地融为一体。雷蒙·威廉斯在研究19世纪40年代英国通俗小说时,发现在缝合个体梦想与社会现实、社会性格与实际经验之时,小说普遍运用一个策略,就是主角往往会有"意想不到的遗赠",会遇到"魔法时刻"[1],这其实就是我们今天网络小说中常运用的"金手指"。在《我的1978小农庄》中,主人公李栋中年离异,辞去高中语文教师的公职、卖掉城里房子在农村开办农庄,但门可罗雀,是个失败的中年Loser(失败者),在水库边意外地从2018年"穿越"到了过去。"穿越"的另一端是1978年,是中国改革开放的起点。主人公李栋借助道具机器,在1978年和2018年间来回"穿越",1978年的优质生态农产品和低物价,2018年的物质丰富程度,形成了时空上的"势差",也就可以产生叙事上的"动能"。芭比·塞里泽认为,"过往则提供了一个比较的支点、类比的机会和怀旧的邀请"[2]。两个时代的观念差异,让小说充满了张力和趣味。两个时代的物质差异,让小说生成"金手指"。从深层次来说,小说的"金手指"就是中国改革开放四十年来"红利"的浓缩。四十年中,发展节奏

---

[1] [英]雷蒙·威廉斯:《漫长的革命》,倪伟译,上海:上海人民出版社,2013年版,第75—76页。

[2] [德]阿斯特莉特·埃尔、安斯加尔·纽宁:《文化记忆研究指南》,李恭忠、李霞译,南京:南京大学出版社,2021年版,第476页。

有快有慢，个人年龄有大有小，所以总有人说自己错过了某个时代红利，而小说通过"穿越"建立起四十年的"总体红利"。两个时代的物价悬殊、资源差异，是"总体红利"最直观的显现。和当下现实题材网络小说对脱贫攻坚、乡村振兴的现实主义表现不同，《我的1978小农庄》这种"总体红利"的"金手指"，也不失为一种浪漫主义的表现手法。同时，1978年的种种经历，使得改革开放进程在小说中不再是宏大叙事与历史叙事，而是以"在场"的方式来体验，以充满着日常生活的细节来感受。

此外，小说还在新旧时间之间建立了某种"流通性"。"穿越"蕴含着一种现代性的时间观与价值观，那就是新时间对旧时间的优越感、新时间对旧时间的征服、现代对传统的胜利。在《我的1978小农庄》中，这种优越感、征服与胜利也是很明显的，但是对1978年左右的现状，作者也是持一种公允和辩证的态度，一方面是承认物质的匮乏与落后，另一方面也看到传统的优势。比如对国营饭店，作者认为"虽说国营饭店服务大多不怎么样，可这菜真是真材实料，这年代还真没偷斤短两的，烧肉的味道也挺不错"，这是对传统朴素实诚品质的肯定。比如主人公李栋在1978年终日体验的是挑水、耕地等体力活，让四体不勤的他结结实实地锻炼了身体，从而身体与精神都变得健康，这是解决现代社会身体异化的传统方案。1978年遍地可见的野生甲鱼、黄鳝，还有低价的五粮液、茅台，被李栋带回现代社会，都产生了极大的收益，这是对传统资源的肯定。同样，李栋在现代社会网购的蚊帐、床单、衬衣、手表、打火机之类的物品，带回1978年也成为紧俏货。李栋更像是双向的时空带货商人，传统与现代变成两个并置的贸易市场，在差异化的"流通"中，承认了传统的价值，打破了现代性时间观。这里面还能产生更为深刻的"现代性"探讨，这里就不做过多阐释。

二是将长篇小说的"整体阅读性"创新为"日常陪伴性"。这部小说篇幅很长，达到了378万字，除了作者的才华、经验、知识储备等原因外，更多的是小说的结构所造成的。一般的长篇小说会有一个贯穿始终的故事，无论故事有多少支线，无论作者多么试图扩张文本，故事的逻辑终点像地心引力一样，总会将篇幅限制在一定的范围内。中国的古典通俗小说和当下很多网络小说采用了一种"故事集缀"的结构，在同一个主题下，通过系列化的故事来无限拉长总篇幅，《西游记》最为典型，引用鲁迅评价《儒林外史》的一句话放到这里很贴切，"虽云长篇，颇同短制"。长度是一种价值，比如在现实主义文学里意味着更广阔的社会生活，在浪漫主义文学里意味着更宏伟的艺术想象，在网络文学生产中意味着不停追更、打赏带来的源源不断的收益。但长度也必须承担相应的风险，它增加了作者创作的难度，比如可能会出现前后矛盾的情节、某些次要人物的凭空消失等。它也会增加读者阅读的难度，在漫长的、没有边际的文本旅行中消耗掉耐心。

当然，这只是对传统意义上的长篇小说而言的。传统意义上的长篇小说正如它的载体纸媒一样，是具象为一个空间物体的，人们也习惯将其当作一个具有完整结构的物体来对待，物体结构的边界感让它"天长地久有时尽"。而《我的1978小农庄》实际上是一种开放性的文本结构，主人公李栋来回穿越两个时代的设定本身具有"传奇性"，他更像是一位粉丝众多的网红，吸引众多粉丝关注他微博、抖音上的日常更新，这些内容满足粉丝们的好奇心，强化他的"人设"，哪怕每次内容之间并没有明显的逻辑关联，但在总体设定的笼罩下，构成了一种"日常流"的长篇类型。读者并非要一次读完，而是获得一种日常陪伴。阅读的终点是直到某一天他对这位明星失去了兴趣，而不是文本的终结。和整体阅读的长篇小说不同，日常陪伴的长篇小说更应该考虑"读者黏性"，毕竟做的是"熟客生意""回头客生意"。

这部小说还有其他优点，比如小说叙事语言像是网络聊天般娓娓道来，夹杂着网络语言，很有特色，读起来也很有亲切感。小说在人物形象塑造和组合上也很有意思。李栋"穿越"后，住进了一个无父无母的三岁小丫头小娟的家中，并成为她的继父。这实际上是一个人物组合，今天很多成功的大众文化作品，都喜欢在人物组合时为主人公配上一个萌宠的对象，比如《大圣归来》里的孙悟空和江流儿，以及诸多动漫影视中主人公身边的小动物。人物组合内部的差异与张力，能够产生非常有趣的细节，像小娟因为穷人家的孩子早当家，像个小大人一样经常发出爸爸是好吃懒做的懒汉、这可怎么办之类的心声,攒钱不让爸爸乱花的描写,让读者忍俊不禁。

罗其富(笔名新刀太子)的《风起陵阳》是一部通过历史想象构建池州"人文地理学"的小说。目前来看,这部小说是不完整的。在第87章《旋溪码头伏击屈原》里,反派势力和正派势力的交锋究竟谁胜谁负,并不知晓,这关系到屈原究竟是否顺利返回王城。对于非先锋实验性质的小说,完整性其实还是很重要的。当然,小说的不完整也可视为一种美学上的"留白",或者让读者自行"脑补"的开放性结局。

新刀太子的《风起陵阳》写得很复杂。它具有悬疑性,从标题上就可以感受出来,像马伯庸的《风起陇西》,以及根据他的小说《洛阳》改编的影视剧《风起洛阳》,还有影视剧《琅琊榜之风起长林》等。在正面军事对抗的背后,在特定的地理空间里,各派势力云集此处,用阴谋、暗杀等手段进行博弈,从而将情节"案件化",制造出扑朔迷离的悬疑,是这类小说的最大特色与模式。但是,《风起陵阳》里除了这种阴谋、暗杀,还有修仙和武侠。这几种要素其实很难融合,采用阴谋和暗杀的前提是正面对抗、个体现实能力的有限与不及,而武侠特别是修仙,又代表了一种无所不能的超能力。当实现一个目标具有多种可能的选择时,往往会削弱其中一种选择的命运感与说服力。

所以,这部小说的最大特色并非"历史悬疑",而是通过叙事来塑造屈原流放形象,通过想象来构建"陵阳"的"人文地理学"。"风起"类型的小说,往往将故事集中在一个地理空间中展开,有些像西方17世纪古典主义戏剧"三一律"里要求故事情节"发生在一个地点",可以保证情节的紧凑、行动的密集、氛围的营造、人性的凸显。作用也是"双向"的,这样的叙事也赋予了叙事空间以意义与价值。所以,小说中存在着两个"陵阳":陵阳的空间叙事和作为叙事空间的陵阳。小说中也有三个"屈原":史书中记载的屈原、"他人"传言的屈原和行动主体的屈原。小说中有两种"信息":嵌入注解的"真知识"和虚构想象的"元知识"。

在陵阳的空间叙事和作为叙事空间的陵阳之间,小说完成了对"陵阳"的

"人文地理学"建构。"陵阳"这个地方,即今天池州一带,作者在小说中说得更详细,在先秦时期"地域包括整个池州以及宣城、安庆、黄山、铜陵、芜湖、巢湖部分地区"。对故乡的历史想象,是作家"地方性"写作的一种方式。这种想象,需要在一定史实的支撑下抽象出一种地域文化的精神。历史上有过关于屈原流放陵阳的记录,但是具体事迹不详。在中国古代小说历来被视为补"正史"之阙,所以《风起陵阳》就承担了对屈原流放陵阳这一"不详"史实的阐发与想象。小说首先提升了"陵阳"在战国时代的重要性。当秦国大军压境,楚军节节败退,阳文君向楚顷襄王举荐再度启用屈原时,各方势力的焦点转向了流放陵阳的屈原。陵阳变成了战国争雄、攻城略地的"风暴眼",又变成合纵连横、阴谋暗杀的"集中地"。战国历史风云变幻中的蛮荒之地,由此成为重要的地理空间。其次是将众多地域文化元素集中展现。屈原遭遇的前三次暗杀,分别发生在陵阳矿场、傩舞盛宴以及陵阳山上,陵阳山也就是九华山。矿场、傩戏、宗教都是"陵阳"一带独特的自然文化资源,带有品牌性。在小说里,陵阳山被置换为道教圣山,和今天世人知晓的佛教圣地有所不同,可能因为史实上战国时期佛教还未输入中国。但其实道教也是在东汉时期才出现的。道教文化比佛教文学更具神秘色彩,有利于小说的传奇性。这种"置换"并"穿越"式的设定,将各种地域特色集中展现,强化了"陵阳"的"人文地理学"。

在史书记载、"他人"传言和主体行动的结合中,小说完成了对"屈原"形象的塑造。"陵阳"的"人文地理学"是和"屈原"形象绑定在一起的,"屈原"形象在一定意义上决定了"陵阳"的精神价值。流放中的屈原是什么样子,他可能做了什么,不是抒情诗歌《离骚》《九章》所能直接传达的。在人物塑造上,作者既没有采用《离骚》中的"发愤以抒情",也没有创造出类似苏轼"九死南荒吾不恨,兹游奇绝冠平生"的旷达超脱,而是塑造成为一个文武双全,深处底层亦有作为,等待时机再经世致用的形象。在"他人"传言中,"屈原"形象处于两个极端:在奸臣令尹子兰手下萧严的口中,屈原"这人自负学识渊博,孤高自傲,目中无人,他依仗大王予以重任,借革新变法,专门找我家主人等朝臣麻烦,打压我家主人";在阳文君看来,屈原"是拯救楚国的唯一希望"。在前越王朝阶级集团看来,屈原又称为"楚国的精神领袖""楚国的魂",并且"只要杀了他,楚国必将灭亡"。在各种利益集团、各种立场视角的关系编织中,显示出屈原形象的复杂性。在作者笔下,屈原的形象又杂糅先秦诸子百家的精神。一般的历史小说中,贤臣名相常常被塑造成儒家形象,而作者笔下的"屈原"既有儒家的忧国忧民,又在流放陵阳七年里,"差不多走遍了这里的大小矿场,时常往返陵阳山与铜官山之间",接近墨家精神。同时他又有较强的武力,能够"以一敌五",像是改造了先秦《韩非子》中的"侠客"。为了塑造人物,作者还引用了《史记·屈原列传》《战国策》等各种正史中的记载,甚至还有楚史专家汤炳正关于屈原变法的考证。

"虚实结合"成为小说叙事最大的特色,小说中充满了嵌入注解的"真知识"和虚构的"元知识"。小说中陈筮和韩然聊天时,评价屈原《天问》"独创精神在我华夏文学史上也是绝无仅有的","这篇诗作充满强烈的理性探索精神和深沉的文学情思,全诗皆由问句组成,在对自然、历史、社会发展深思质疑的同时,……通过众多疑问词和虚词的运用,结合参差变化的句式,使整首诗歌错落有致、疾徐相间。句式的错综变化,又使感情表达不受太多约束,因此构成了全诗雄肆活脱、穷极幽渺的风格,取得了奇气袭人的效果",显然有种突兀跳出历史情境的"出戏感"。这也可看作是"真知识"的嵌入。同时作者又虚构了一些"元知识",即"出于情节展开的需要,为艺术世界制定基本的运行规则,为人物的行动确立可能性与不可能性"[①]。比如前越民间组织复越会、陵阳道学院等。作者甚至花了三章的篇幅,设定并详细描写作为道教仙山的陵阳山。这也可以看出作者在这部小说中,以"人文地理学"宣传家乡的拳拳赤子之心。

邹海东(笔名神卜先生)的《大秦始皇帝能够听到我心声》呈现出一场将游戏文化与大国想象相融合的网络狂欢盛宴。李林是一个当代社会的青年,因为不慎脚踩西瓜皮穿越到了秦代。作者设置了一个特殊技能,就是秦始皇可以听见李林的心声,当李林在内心对秦始皇及当时现实进行思考时,他的这些想法能被秦始皇听见。"大秦始皇帝能够听到我心声"这个标题具有两层意

---

① 李萌昀:《知识如何构拟:论中国古代小说中的"伪知识"》,《文艺研究》2022年第9期。

思,其一是作为一个"穿越"后的技能设定,其二就是暗示了作者将在秦始皇身上实现自己的历史想象。历史小说艺术本质是借历史背景和情境讲述人物命运,投射当代读者群体的观念价值和理想欲望。

一是通过重建人物形象来实现历史想象。20世纪90年代以来,大陆历史演义小说将中国古代帝王作为关注焦点,是基于"大国崛起"的情感寄托。秦始皇作为首个统一华夏的"千古一帝",是这种情感寄托的文明源头与最佳历史载体。所以,秦始皇形象也经过了一系列的重建,包括小说《大秦帝国》、电影《英雄》、电视剧《大秦赋》《大秦帝国之崛起》等,不再将"私德"甚至"民生"作为重心,而是将政治上的统一功绩作为评价标准,试图对传统"暴君"形象进行"翻案"。《大秦始皇帝能够听到我心声》延续了这种倾向,并且试图对秦始皇的"私德"进行"洗白"。小说设定的秦始皇能够听见主人公李林心声,是一场具有极高风险也有极高收益的赌博。所谓君王之术,本质上就是驾驭人心。君王唯恐不知道下属心声,何况是这种主动送上门来的"心声"。在这部小说里,李林直达帝王"心声"的技能,实际上成为"美芹献""忠臣谏""贤臣策"的"绿色通道",象征着明君与贤臣的"心心相印""信息对称"。而一些私人化心声的沟通,有将秦始皇拉下圣堂,回归凡人的效果。小说里开篇秦始皇巡游时看见民间疾苦,但他并非暴君、昏君,而是被身边的赵高等奸臣蒙蔽了双眼。当他在李林心声的提示下,以及沿途所见中,终于明白"朝廷百官没有一个人敢将真实的大秦情况说给朕听",决定要"开放言路""要听真话""要知道真正的大秦是个什么样子"。李林的"心声"里有时也充满着青年个性化的内容,秦始皇又被塑造成仁慈的长者。秦始皇的形象由此而理想化,他既像二月河作品中励精图治的君王,又像《还珠格格》里慈祥的阿玛。和之前文学作品改变政治人物评价标准来"翻案"的秦始皇不同,《大秦始皇帝能够听到我心声》以"穿越"带来的足够的"虚构性""架空性",在所有标准中都"洗白"了秦始皇,文治武功不必说,甚至将领土扩张到欧洲。之前文学作品"翻案"时不敢直视乃至选择性忽视的民生领域,也被虚构出足够的繁华兴盛。

二是通过游戏文化、民间文化来实现政治想象。如何想象秦朝的政治,是支撑整个小说的叙事伦理。小说开始的时间是秦始皇三十四年（公元前213年）六月左右，距离三十七年（公元前210年）七月秦始皇驾崩还有三年时间，这是留给主人公李林扭转乾坤的"窗口期"。这种重述历史的写法有很强的电脑游戏意味，特别是那种单机历史策略游戏。陶东风曾分析说："'80后'一代是玩网络游戏长大的一代，这决定了其感受世界的突出特点就是网络游戏化。"①游戏的目标任务成为政治想象的规划，很多游戏从不同历史时段载入，面临不同的内政外交形势，总体任务都是复兴及统一，并且完成统一后都有向外扩张的进阶模式。《大秦始皇帝能够听到我心声》里在内政任务完成后，大秦又攻克匈奴，解决了威胁秦朝数十年的北方边患问题，甚至进攻到地中海沿岸，与其说是想象历史的一些假设，不如说是游戏任务的不断扩张。游戏的治理系统成为政治运作的模式，很多单机策略游戏都有一个治理系统，这个治理系统是游戏操作的框架，包括经济、粮草、人才等，这也就成为小说的政治运作模式。小说在写到李林帮助秦始皇选贤任能，登庸韩信等人才，并且建造武将学校讲武堂，给武将们传授知识理论。游戏的"外挂"和"修改技能"成为政治实施中的"金手指"，李林造出并运用了蒸汽机、火车与火炮，在地中海沿岸，用火炮推平了前来阻止秦军横渡的埃及大军。可见，整部小说带有很强的游戏文化背景，是游戏文化的赋形。此外，在具体的人物关系处理中，小说又带有很强的民间文化色彩，或者说是以民间文化视角来想象官场。李林的身上既承载着经世致用、复兴国家民族这样的儒家精神，但是在私行上又带有民间文化中的功利实用、随性享乐，比如李林为秦始皇效劳的原因是娶了嫚阴公主，命运和大秦国运绑到了一起。李林在攻破匈奴返回咸阳，急不可待地在大庭广众之下和嫚阴公主调情。

很有意思的是，在这部高度虚构的小说的《完结感言》中，作者专门谈论历史真实与艺术真实的关系，在很多细节方面论证史实的依据以及改造的理由，比如秦始皇如何自称、赵高的身份、诏书下达的流程等。这很容易想到马伯庸

---

① 陶东风：《游戏机一代的架空世界——"玄幻文学"引发的思考》，《文艺争鸣》2007年第4期。

提出的"三明治理论"。三明治是上下两层加中间一层,上下两层要"实",中间那层可以想象。在大的史实与细节真实之间,加入虚构和想象的内容,以求探讨一种"历史可能性"。而在神卜先生的《大秦始皇帝能够听到我心声》这里,大的史实肯定不实,细节真实也未必真实,他探讨的不是"历史可能性",而是一种投射到历史想象中的民间与网络的狂欢性。他突然冒出的对细节真实的认真态度,像极了狂欢盛宴上"一本正经的胡说",又像全程嬉笑时突然板着脸的严肃,加剧了狂欢和戏谑。小说采用了很多现代语言、网络语言,比如"朕血亏""被套路""略显傲娇的始皇帝""朕嫉妒你个嘚儿",也强化了这种狂欢。

作品解读

网络犯罪心理小说的类型美学探析
——以雷米"心理罪"系列为例

谭旭东　李昔潞[①]

摘　要：犯罪心理小说是一类新兴的网络小说类型，它融合专业知识，在破解谜案的同时展现人物心理活动。作家雷米被誉为"中国犯罪心理小说第一人"，其所著的"心理罪"系列小说是犯罪心理小说的代表之作。从类型学视角看，其主要美学特征：世界观设定上，真实事件基础上的细节描写构建起了虚实结合的现代拟真空间；在人设方面，通过正面描写和配角人物的侧面衬托，刻画了逐步成长的主人公形象；叙事模式上，通过专业知识的运用构建起了揭示人物隐蔽内心世界的"黑色悬疑"叙事模式，发展了托多罗夫提出的侦探小说叙事类型。"心理罪"系列小说通过把握读者对犯罪事实的猎奇心、对案件真相的好奇心和行业知识的新鲜感构建了小说的三重阅读爽感，同时较好地平衡了通俗故事与主流意识形态之间的关系，对网络小说专业化、行业流的书写具有借鉴意义。

关键词：《心理罪》；犯罪心理小说；小说类型学

犯罪心理小说是将犯罪心理学知识和与现实紧密关联的案件融入悬疑、推理、侦探小说等类型叙事中，以获得解谜快感的一类网络小说。其主人公多以刑警、法医、心理学家、心理医生等职业身份参与到案件侦破的过程之中。小说以罪犯的犯罪决意以及支配犯罪行为实施的各种心理因素为重点描述对象，在破案缉凶的同时深入人物的内心世界。这类小说在网文分类中多属"悬

[①] 作者简介：谭旭东（1968—　），男，湖南安仁人，上海大学文学院、外语学院双聘教授，博士生导师，上海大学"伟长学者"特聘教授，主要研究方向为创意写作、当代文学批评和儿童文学。李昔潞（2000—　），女，云南昆明人，上海大学文学院硕士生，主要研究方向为创意写作、网络文学和儿童影视。

疑""推理""刑侦"标签,在"起点中文网"和"番茄小说"平台上以"犯罪心理"为关键词进行搜索,有超过72部作品与其相关,主题相关的数目更为庞大,比较有代表性的作品有《犯罪心理》《罪案心理顾问》《开局满级犯罪心理》《罪案心理:读心神探》《心理诡案》《心理系法医》等。雷米所著的"心理罪"系列被认为是中国犯罪心理小说的开山之作,随后诞生的同类型小说也多以其类型模式为基本框架,因此"心理罪"系列在此类小说中具有代表意义。

2006年雷米在天涯社区旗下莲蓬鬼话开始连载第一部长篇小说《第七个读者》,后在飞卢小说网上连载了《心理罪:教化场》,2007年起由重庆出版社逐步出版为纸质书籍。目前这一系列已经完结,共有《第七个读者》《心理罪:画像》《心理罪:教化场》《心理罪:暗河》《心理罪:城市之光》五部作品。爱奇艺官网显示,"《心理罪》网络阅读量已经高达10亿次,是过去十年犯罪小说的点击量之最"。系列中的每一部作品均被改编为电影和电视剧,同时被翻译为英语、越南语等各种语言传播海外。2018年,"心理罪"系列登上中国网络文学网生评论家委员会(筹)发布的中国网络文学二十年经典作家作品榜。以"心理罪"系列的五部小说为研究对象,有助于厘清网络犯罪心理小说的类型特征,认识其美学价值。

一、虚实结合的现代拟真世界

网络犯罪心理小说大抵属于现实主义题材,故事讲述的场域是一个拟真的现代世界,人物身份、成长轨迹、社会图景都尽可能地贴近真实生活。它以不同类型的现代空间为故事发生地,以"真实事件+艺术虚构"的模式搭建起故事世界的骨骼,直观地描绘了经济高速发展时期人们在社会生活中出现的心理失衡、人性扭曲、生存困境、价值错位和情感纠葛。

(一)不同类型的现代生活空间

小说聚焦的现代生活空间可以归纳为都市和乡村两类。城市空间现代设施齐全,场景丰富,事件主要发生在校园、医院、大厦等公共空间和私人住宅。

公共空间人员复杂,流动性强,使得具有不同身份和经历的人物得以会聚在一起,并为其行动增强了合理性。如《教化场》中,J先生、Q小姐、Z先生、T先生、H先生等人在餐厅中分享自己的过往经历,他们年龄各异,性别不同,有的是著名律师,有的是货车司机,但是在现代都市的环境下,他们因为同样经受过童年的创伤而相聚一室,共同商量复仇计划。私人住宅则更为封闭和私密,缺乏监控,目击者较少,甚至无法第一时间发现案件,这也增加了故事的神秘色彩和案件侦破的难度,如《画像》中"吸血鬼案"的几名被害者都是在各自家中被害并被周围人意外发现的。

城市作为故事发生的主要空间除了上述物理层面的意义,还为现代人在精神上的困境提供了生长点。20世纪90年代后我国进入了快速城市化时期,城市范围的迅速扩大,现代交通川流不息,摩天大楼拔地而起,巨型城市使得个体的存在变得微不足道。在都市快速的生活节奏中,在日益增大的生活压力下,人们只关注自身的生存状况,精神与焦虑、疲惫、麻木捆绑在一起,经济发展的不平衡带来内部景观的巨大差异也更加容易造成个人心理的扭曲,"心理罪"中在现代空间中发生的各类案件,正是现代人精神困境的实体写照。

另一种生活空间是交通闭塞、远离人烟的落后村庄,其具有特殊的生活方式和风俗习惯,与城市文明有较大的差异。这样的环境容易营造陌生感和神秘感。在《暗河》中,方木为调查前辈邢至森失手杀人的真相,孤身前往陆家村探寻真相。这个村庄与世隔绝,没有村内人带路几乎无法找到,这里没有通信讯号,村民不会使用现代通信设备,他们不需要劳动,但是生活异常富庶。经过深入调查,方木发现村主任会定时提供大量奢侈的生活用品给村民,只需要他们承诺此生不离开村庄。在这里方木见证了人性在利益面前的冷漠和麻木,看到在村民的逼迫下,姐姐亲手砍死了偷偷离村的弟弟,而这一切的背后是一个城乡联合跨境贩卖人口的巨大阴谋。封闭的村庄是在现代文明中人造出的一个落后神秘的故事空间,以其陌生感和未知性激发读者的好奇心,然而这种有意隔绝背后往往是都市的罪犯利用山村的特点进行不正当交易等现代犯罪行为,因此尽管乡村具有"旧"的色彩,但其本质仍然是一种现代空间。

(二)虚实案件生产的拟真图景

"心理罪"系列故事发生在1999到2011年间,主要发生地是中国北方的C市,小说描述了C市师范大学、J城、S市、陆家村等地发生的案件。小说以各类犯罪事件为主要内容,因此雷米以字母和姓氏为主要故事空间命名,在当代中国的现实社会中构建了模糊虚拟的发生地,具有半架空的性质,意在强调内容的虚构性,这是现实主义犯罪题材小说中常见的创作方式。然而"心理罪"又通过对生活环境、人际关系、心理状态的细致描写,以及真实信息的使用,在虚构中搭建了一个拟真的艺术世界。例如《第七个读者》中作者写道"二舍是一栋男生宿舍,根据校史,二舍建于抗战时期,是日本人所建……一群没心没肺的男生快快乐乐地生活着"[1],随后细致地描写了男大学生们称兄道弟地在寝室内打闹、夜谈、为进入基地班而烦恼的场面,细节描写与具体历史的运用使虚构的C市师范大学形成了可感的形象。与此类似的,小说中还使用了"中国刑事警察学院""哈佛大学""新华书店""奥迪车"等具体的真实地点和事物。葛娟指出,"读者在阅读过程中,会不时根据自己对现实生活的认知,对审美假象进行确认,以判断作品的真实性与否"[2],"心理罪"中作者运用了大量真实细节来构建拟真的社会图景,除此之外,小说中还出现了许多真实事件。

各类案件是犯罪心理小说发生发展的基础元素,雷米热衷于取材真实事件,并对其进行艺术加工。"心理罪"中有近三分之一的案件来自国内外真实案件,既有作为犯案手法的模仿样本,也有作为诱因的社会事件。前者以《画像》为代表,小说中出现了美国"倒转五角星"拉米雷斯案、英国"死亡医生"普西曼案、日本宫崎勤"117号事件"、美国西雅图"绿河杀手"等著名案件。后者则以社会事件为凶手犯案的诱因,例如在《城市之光》之中,犯人以私刑惩罚自认为有罪的人,案件包括老师体罚学生导致其自杀、逆子虐待年迈母亲并将其赶出家门、男子停车堵住消防通道导致火灾时人员无法逃生、大学生搀扶摔倒老人被讹诈等。这些案件的原型均为近年来备受关注的社会事件,它们的共

---

[1] 雷米:《第七个读者》,重庆:重庆出版社2010年,第7—8页。
[2] 葛娟:《现实主义与网络文学现实题材创作取向》,《未来传播》2021年第1期。

同点是处于法律审判的灰色地带,当事人造成的负面影响远大于受到的惩罚,因此引起了广泛的舆论争议。小说立足于这些事件的共性,虚构了自称"城市之光"的犯人,以舆论和情感作为审判人是否有罪的标准,从而决定被害者的生死。以上两类均是真实事件加以艺术虚构的模式,大大提高了小说的真实感。

各类案件是"心理罪"世界的外表,不同的社会矛盾则是其世界的内在。《教化场》将普通人作为实验品研究创伤对人生的影响,探讨科学实验和道德伦理的矛盾;《暗河》通过人口拐卖、集体缄默触及城乡差距、文明愚昧之间的矛盾,《城市之光》展现了法律权威和私刑审判、舆论风向之间的矛盾。欧阳友权指出:"网络创作回归现实需要的是直面生活而不是'装饰'生活,而是以正确的立场评价现实以'赋能'。"①"心理罪"系列由刑事案件深入社会矛盾的探讨,具有强烈的现实主义风格,通过大众熟知的真实事件的融合,使得读者在阅读时获得一种在场的主体性。拟真的故事世界在增强代入感的同时,也引导读者以"亲历者"的身份为事件进行意义赋值,从而对社会现象进行反思。

二、人设:成长中的不完美主角

"心理罪"系列的五部小说均围绕着主人公方木展开,他从本科生逐渐成长为成熟的警察,雷米曾表示自己写作的初衷是"想写一个警察的成长历程"②,因此与一般网络小说重情节轻人物的设定不同,"心理罪"对方木在性格、能力、思想观念上的成长和变化进行了着力刻画,塑造了一个有血有肉的圆形人物。小说中的其他人物呈现出鲜明的功能性,无论是作为助手的其他警察还是围绕在方木周围的女性角色,其存在的主要意义是辅助主人公的形象塑造,但部分配角也以群像的形式展示出了一定的审美价值。

---

① 欧阳友权:《网络文学的三大迷局及其打开方式》,《文艺争鸣》2020 年第 7 期。
② 黄靖斐:《〈心理罪〉原著作者雷米来青,分享十年创作历程》,《半岛都市报》2018 年 1 月 15 日。

（一）成长型主角：侦探与警察的身份融合

侦探与警察是两类相关又具有明显差异的角色，侦探一般属于私人性质，大多特立独行，最多与一个助手同行，偏向于"代表单一思想或特质"的扁形人物，他们的思想和行动上都不会有大的改变，常常以理性客观、抽身事外的形象对谜团进行推理。警察则是国家统治工具中的一部分，我国的人民警察以维护法律尊严和为人民服务为宗旨，具有高度的社会责任感和牺牲精神，注重集体力量，有严格的组织纪律。相比侦探，警察常常深入危险之中，肩负的责任和作为普通人的七情六欲在警察身上形成了天然的张力。

"心理罪"中的主人公方木是侦探与警察的融合，兼具了两种身份的特征，他的性格、信仰、专业能力都是随着故事的发展而逐步构建起来的。最初在《第七个读者》中他还是法学院大三的学生，当原本平静的校园发生连环杀人案，他对自己的智慧充满自信。然而随着朋友、爱人一个个发生意外，并最终发现犯罪嫌疑人是同寝三年的好友，他从此备受打击，变得沉默寡言，在这一系列的案件中警察发现方木具有"察觉犯罪的天赋"[①]。《画像》中方木成为法理学专业的研究生，当城市出现案件时，方木最初并不愿意帮助警察，他在看到案发现场时感到恶心又恐惧，并当邰伟询问他是否想成为一名警察时，斩钉截铁地给出了否定答案。《教化场》是方木毕业后遵从恩师遗愿成为警察后接手的第一个案件，在这一部中方木几乎没有介入案件的危险之中，而始终以一个侦破者的身份面对谜题，通过各类严谨的刑侦技术追查事件真相。而在《暗河》中方木最信任的前辈被陷害为犯人，后又发现同行的队友竟是黑社会卧底。他独自一人前往偏僻山村寻找真相，但在全村人的集体反抗、证人的缄默和官商勾结的无可奈何中狼狈地离开，得知真相却无法昭示天下，他几乎被陆家村的惨剧摧毁了世界观，整个人险些崩溃。最后一部《城市之光》中方木不惜以自己为棋子引诱犯人现身，在最后关头准备以自己的死亡来保存关键性的证据，他已经成长为一个成熟、富有经验和牺牲精神的警察。

在本系列五本书的故事中，方木不同于传统天才主人公的勇往直前和无

[①] 雷米：《第七个读者》，重庆：重庆出版社，2010年版，第137页。

所畏惧，相反他存在种种缺陷，他性格孤僻沉默，面对犯人也会暴怒抓狂，作为天赋的犯罪侧写能力没让他无坚不摧，反而让他变得极度痛苦。他在灰色地带游走过，被认为与疯子只有一线之隔，然而在《画像》中和孙普对决时，他对同样具有超高画像能力的师兄说："你的确是一个优秀的心理画像专家……可是你没有灵魂。所以你没有对你的专业应有的敬畏与责任。你所做的一切都是为了你自己。而我们，随时可以为了保护别人而牺牲自己。"[1]这揭示了这个人物在天才光环下更加珍贵的精神世界，他具有战胜心魔和仇恨的力量，维护着法律和警察机关的尊严与崇高。他曾以侦探身份在局外破解过谜题，也常常身处案件之中被各种普通人的情感折磨、摧毁，他和警察队伍的伙伴并肩作战，也曾孤立无援独自深入虎穴。这个人物是侦探和警察的融合，"心理画像"的天赋是他作为侦探拨开迷雾的外在工具，对他人和社会的关怀则是他作为警察伸张正义的内心动力，他在揭露真相的行动和惩恶扬善的信念中逐渐成长起来。

（二）配角群像：审美与功能兼备

犯罪心理小说的配角大致可以分为助手、受害者、证人等角色，受害者和证人通常仅作为传递信息的工具，主人公的助手是较为重要的配角。继承了侦探小说"侦探+助手"的模式，助手参与事件发展的进程，推动着情节的发展，为主角提供信息和各方面的辅助。"心理罪"中塑造了邰伟、邢至森、丁树成、郑霖、米楠等其他警察角色，他们均作为方木的助手协助方木揭开案情真相，其主要功能可以分为配合主人公行动、展现主人公破案思路、为主人公制造麻烦三类。

《第七个读者》《画像》中还是学生的方木需要经过警察的允许才能参与到案件的调查中，他需要作为警察的助手提供警方掌握的案件资料和行动路径；《城市之光》中邰伟凭借和方木之间的默契，在没有商量的情况下配合方木完成了引诱凶手现身的计策。以上两种都属于助手配合主人公行动，使得方木追寻真相的过程变得符合逻辑。第二类功能则是助手通过提问的方式帮助读

---

[1] 雷米：《心理罪·画像》，重庆：重庆出版社，2007年版，第301页。

者了解案情和主角的内心想法,例如《第七个读者》中写道:"'这个人应该很熟悉现场的环境,大致了解剧情,但是并不是详细了解。''为什么?'邢至森紧紧地盯着他的眼睛,'你的理由是……?'"①随后方木进一步回答,展开了对凶手身份的推测,助手通过问"为什么"的方式展现主人公的智慧和性格,也引导读者跟上主人公思路,同步探寻真相。除此之外,助手有时候也会引发麻烦,迫使主角参与到新的案件之中,例如在《画像》中,邰伟不经意透露了方木的身份,从而引发了犯人的杀戮和挑衅。可见作为助手的配角为主人公提供信息和帮助,也为主人公制造新的麻烦,其目的都是辅助主角在性格、能力等方面的塑造,推动情节的发展,形象较为扁平。"心理罪"中塑造的多个警察形象,但其特征基本一致,均为勇敢、忠诚、有些鲁莽、会犯错的形象。但作为警察群体的代表,他们在各种各样的案件中冲锋在前,不断有人物牺牲,也不断有新的人物受到感化加入这一行列之中。"心理罪"系列通过不同岗位、性别、年龄的警察形象构建,展现了我国人民警察为了保卫群众生命安全,维护国家长治久安,甘愿奉献和自我牺牲的时代群像,尽管辅助主角成长的功能性明显,但也同样具有动人的审美价值。

在配角之中,相比警察形象,女性形象的塑造显得相对薄弱。在网络平台上,大量读者表示"心理罪"中的女性脸谱化,其根本原因在于小说中的女性形象的外在审美特征和内在思想性格上都是按照男性的期望和想象来设计的,女性始终置于被凝视的客体位置。书中出现过的大部分女性角色都爱慕着方木,她们大多有着悲惨的身世或不幸的命运,常以受害者的形象出现。她们的身份是方木的爱慕者、白月光、女朋友,始终没有独立的人格和身份,有些角色甚至与故事内容并无实际关联。例如廖亚凡这一角色在书中显得尴尬又生硬,她始终徘徊在故事之外,与主线的连接几乎是通过方木超过常人的善良和责任心来维持的,作者似乎也意识到了这一角色的窘境,因此匆匆安排了她的死亡,这一角色的出现和离开都缺乏实际意义。相比之下,米楠这一角色更为丰满,她曾是一位失足少女,因为受到方木的帮助开始努力学习,最终成为一

---

① 雷米:《心理罪·画像》,重庆:重庆出版社,2007年版,第146页。

名警察。在"心理罪"的故事中,她是方木的助手、知己,拥有自身的成长轨迹和较为完整的人物故事,是一个具有审美性的人物。但总体上来说,她的人物魅力主要是通过作为警察的助手身份展现的,而作为女性人物的独特性却不那么突出。小说中的女性呈现出标签化特征,在学校中结识的女性大多温驯柔弱,社会上结识的女性敏感而强硬,她们以自我牺牲的方式推动着主人公的成长和情节的发展,因此女性角色的功能导向性质更为明显。

三、叙事模式:通向心理探索的黑色悬疑叙事模式

法国文学理论家托多罗夫在1971年发表的《侦探小说类型学》中指明侦探小说具有"犯罪故事+侦察故事"的二重叙事结构,并将侦探小说分为了推理小说、黑色小说和悬疑小说,三种类型各有特色也互相交叉。犯罪心理小说是侦探小说与犯罪小说、推理小说和广义的悬疑小说融合发展而成的兼类小说,主人公具有侦探属性,因此叙事模式上也与侦探小说紧密关联。首先,"心理罪"系列小说同时具有黑色小说和悬疑小说的特征,同时作为新生的网络小说类型,其对传统的二重叙事进行了进一步革新,并通过大量专业知识的运用将叙事重心从事件发生发展的过程转向了对人物内心世界的探索。

(一)黑色悬疑向模式生成

托多罗夫在《侦探小说类型学》中归纳了黑色小说和悬疑小说的特征。黑色小说着力于强调贫穷、暴力、社会的不公,犯罪伴随着侦查发生,侦探需要通过行动直面暴力,主人公失去了侦探豁免权,时刻有丧命的危险,因此读者的兴趣转为了体验心理上的惊险、刺激和好奇;悬疑小说是以罪案和谜团开头的小说,包括"遭受攻击的侦探的故事"和"侦探成为替罪羊"的故事。

"心理罪"同时具有黑色小说、悬疑小说的特征。首先,"心理罪"中描写了大量死亡场面,而案件背后反映的是城乡差距、贪污腐败、体罚教育等社会问题,这构成了黑色小说阴暗、诡秘的氛围和揭示黑暗面的主题。同时,"心理罪"的所有案件都与探案同时发生,"发生的事件终点的叙述者并不存在,我们

根本不知道他在故事的结尾是否还活着"①,例如在《第七个读者》《画像》中警察邢至森和丁树成都是方木的助手,而在《暗河》里,他们先后牺牲。另一方面,方木在几乎所有故事中都深陷险境,侦探豁免权消失,这属于"遭受攻击的侦探的故事";而在《城市之光》中方木为了引诱真凶出现不惜以自己做诱饵,被公众误以为是真凶"城市之光",这一情节中主人公成为真凶的替罪羊,属于"嫌疑人化身侦探的故事"。以上二者是悬疑小说的典型特征。

"心理罪"在继承传统的黑色、悬疑小说成规的基础上进行了突破和发展。首先,在黑色小说中,尽管智力游戏让位给了深刻的情感,但其目的依旧在于体现血腥、暴力和阴暗的场面。而"心理罪"中各类刑侦手段只是探案的工具,是故事的次要元素,其核心在于揭示主人公内心的情感变化,犯人犯案的心理动机和案件背后的启示价值。《城市之光》的案件告破后,作者写道:"人们似乎了解到这样一个事实,不管这个城市曾经多么罪孽深重,总有人肯以宽恕和牺牲去挽回它的清明宁静。在人人变成凶器的当下,方木这个名字成为一段传奇。它代表先卸下的盔甲,先露出的笑容,先伸出的双手。暴力固然强大,然而,更强大的,是勇气和彼此的原谅。"②残忍、阴暗的事件只是故事的表层,其背后的社会现象、通过人物行动展现出来的精神力量,才是"心理罪"的核心所在。正如欧阳友权所言:"发现日常生活中的真善美,文学有讴歌的义务;而面对社会的不公、人性的暗角,作家也要敢于担当批评的责任"③,"心理罪"既展现了真实的社会矛盾与复杂人性,也歌颂了方木等人物身上展现出来的崇高品格。

另一方面,托多罗夫指出,悬疑小说可以从心理学和行为学的角度对背景复杂的人物进行分析,"心理罪"正强化了这一点。依托犯罪心理学知识对案件进行侦破是犯罪心理小说的核心元素,"心理罪"系列以方木所具有的"犯罪心理画像"天赋为主要刑侦手段,通过犯罪现场留下的痕迹和罪犯的行动模式

---

① [法]茨维坦·托多罗夫:《散文诗学——叙事研究论文选》,侯应花译,天津:百花文艺出版社,2011年版,第9页。
② 雷米:《心理罪·城市之光》,重庆:重庆出版社,2017年版,第417页。
③ 欧阳友权:《网络文学的三大迷局及其打开方式》,《文艺争鸣》2020年第7期。

来推测罪犯的性别、年龄、性格、社会身份、潜意识诉求等特征,运用心理侧写缩小嫌疑人的排查范围,高效准确地锁定罪犯。"心理罪"将托多罗夫主张的对人物进行心理学、行为学考察具象为真实可感的刑侦技术和专业知识,并将对人物内心世界的考察作为故事的重中之重,这是对悬疑小说的继承与发展。

(二)"侦破+罪犯"的二重情节营构

侦探小说一般具有"二重性"特征,即包含着"犯罪的故事"和"侦破的故事","犯罪的故事讲述实际发生了的案件,侦破的故事解释读者(或叙述者)是怎样获悉真相的"[①]。而"心理罪"的二重叙事结构则转向了新的元素——"罪犯的故事",传统的悬疑推理小说关注罪犯做了什么(案件本身),并不关心他为什么要这么做(犯案动机),但"心理罪"把描述的重心置于造成案件发生的深层原因上。例如《画像》中开辟番外《毒树之果》讲述本来是同门天才画像师的孙普因为一次失误彻底断送了职业生涯,在看到师弟方木大展身手的时候,他逐渐心态失衡。《教化场》中更在正文中开辟专章讲述"罗家海的故事""Q小姐的故事""J先生的故事",讲述几个普通人被教化场实验折磨后决定走向联手复仇的道路。主人公在探案过程中接近真相,也逐渐揭开了嫌疑人走上犯罪道路的内在原因。

雷米认为中国的悬疑推理小说"有些急功近利和浮躁,缺乏对生活的深入思考和人性的深刻反思,把精力放在如何设计精密的诡计上,往往对犯罪嫌疑人'是谁'下大功夫,而忽略了'为什么',所以推理小说变成了逻辑游戏"[②]。而"心理罪"花费大量笔墨讲述罪犯作案的原因,通过"罪犯的故事",引导读者反思社会、探讨人性,甚至可能看到罪犯作案的无奈或自以为是的正确性。犯人的所作所为都能在个人心理和社会结构中得到说明,这促使读者对现代社会中的种种不合理性和发展的不平衡性进行反思,打破了传统"正义与邪恶""光明与黑暗"过于绝对的二元对立,当罪犯最终被绳之以法,读者在喝彩之余

[①] [法]茨维坦·托多罗夫:《散文诗学——叙事研究论文选》,侯应花译,天津:百花文艺出版社,2011年版,第10页。

[②] 张中江:《警察作家雷米推新书 李西闽等畅谈悬疑推理小说》,中国新闻网,2011年4月16日,https://www.chinanews.com/cul/2011/04-16/2977882.shtml。

也会感受到巨大的悲剧色彩。在"侦破+罪犯"的二重情节营构下,读者既会为主人公探案时的惊险和悬念所屏住呼吸,为真相大白而拍手叫好,同样也会为罪犯无奈悲惨的人生轨迹扼腕叹息,构成了多重性的审美愉悦。

(三)专业知识设置悬念与破解谜题

为了进入罪犯的内心世界,《心理罪》中运用了大量的专业知识。陈进指出:"由专业性带来的真实性,是现实题材网络小说作者的核心优势所在。"[①]"心理罪"的作者雷米是中国刑事警察学院法学副教授,精通犯罪心理学和刑事侦查学,因此他善于把故事悬念与知识性悬念结合起来,在破解知识性谜团的过程中推动情节的发展。

除了上文提及的"犯罪心理画像"之外,小说中还出现了"罪犯人格障碍""无组织力的犯人""创伤后压力障碍症""操作条件反射""标记行为""心理危机转嫁"等大量刑侦学和犯罪心理学知识,它们既描绘着嫌疑人在生理、心理、行为上的特征,是追凶的过程,也是"叙述者"向读者传授知识的过程。专业知识的运用不是故弄玄虚,而是小说中探寻案件真相过程中必不可少的理论工具,能够让方木的"推理"更具说服力。专业化的书写姿态改变了以"诡计"为中心的传统悬疑推理小说范式,而构建了一种因为知识量的差异而产生悬念,尤其是犯罪心理学以其学科特殊性联结了理性与情感两大核心要素,使得主人公的智慧天赋和人格魅力在"科学"的名义下获得了合法性,更以此为通道将科学知识、悬念谜团和人性探究连接在一起,激发了读者的阅读兴趣。

"某一具体的现代小说类型'分享'了现代性总体价值域的价值具体。"[②]黑色悬疑向叙事模式,以专业知识进行"罪犯的故事"的书写,可以看出"心理罪"展露死亡场景和扭曲人性不是为了展现罪恶本身,相反,这种叙事语法是以行业知识为依托,以接触到的案例为素材,推动公众对警察工作的认识与理解和对各类犯罪事实、社会事件的反思,宣扬惩治罪恶,伸张正义的观念,引发

---

① 陈进:《现实题材网络小说的"硬核"现象:专业性与认识旨趣》,《淮北师范大学学报》2020年第6期。
② 张永禄、葛红兵:《类型学视野下小说类型的正体与变体》,《当代文坛》2017年第5期。

对个人的内心世界的关怀。

结 语

"爽"是中国网络文学的自创概念,特指读者在阅读专门针对其喜好和欲望而写作的类型文时获得的充分的满足感和畅快感。[①]"心理罪"的爽感由猎奇心理、破解谜题和专业技术三个方面共同构成。首先,小说中对案件的描述满足了读者的猎奇心理,为其带来了阅读快感。其次,方木在一次次死里逃生中发现谜题,搜寻线索,不断抽丝剥茧接近案件真相,对谜底的好奇和揭开真相时的感慨,为读者带来了第二重爽感。再次,以"心理画像"为代表的专业知识带领读者走进日常生活中陌生的行业日常,大量鲜少接触的专业术语熔铸在探案解谜的过程中,犯罪心理小说依托这些知识建立起了指向人物内心世界的独特属性,探索欲和新鲜感构成了第三重爽感。

网络文学现实主义写作是当下网络文学讨论的热点,而行业文则成为这一领域的新亮点。《2022现实题材网络文学发展趋势报告》显示"当前现实题材创作的专业化水平日益提升。深入行业的一线经历和充满'烟火气'的个体感受,带来了层次更丰富的观察视角。创作者的亲身经历,也使作品内容更加真实可信,激发了众多读者的共鸣"[②],近年来有越来越多的研究者认为行业文展现出对时政、民生等问题的关切,成为网络文学现实主义题材发展的重要方向,具有较高的研究价值。犯罪心理小说作为网络现实主义行业背景的小说,接续了问题小说对现实的关注,其对社会事件的关注带有鲜明的时代印记。正如周志雄在谈及网络文学的现实主义形态时所言,"现实主义深度还包括是否直面现实中的重大问题,是否触及了深层的社会矛盾"[③],犯罪心理小说以案

[①] 邵燕君:《破壁书:网络文化关键词》,北京:生活·读书·新知三联书店,2018年版,第227页。

[②] 温小娟:《网络文学直面时代命题,逾23万人书写中国当代故事》,《河南日报》2022年9月2日。

[③] 周志雄:《网络文学的现实主义形态》,《中国图书评论》2019年第7期。

件为故事核心,主人公以警察的身份直面重大问题和社会矛盾,引发人们对现实事件的关注和对现实社会的反思。同时,它通过犯罪心理学的知识的运用,为行业流书写提供了新的发展方向。再者,它对悬疑推理小说进行了创新突破,将其从展示犯罪引向人性探索。犯罪心理小说秉持着惩恶扬善的基本主题,将悬疑案件、专业知识、正向价值结合起来,较好地平衡了网文爽感与主流价值之间的位置,为网络文学的现实主义发展提供了值得参考的样本。

然而,当前的网络犯罪心理小说也存在着许多有待解决的问题。首先,随着大量作品的诞生,网络心理小说赖以生存的犯罪心理学知识出现了流俗现象,许多作者并没有进行过专门的知识学习,而是以前人们反复使用的术语和手法进行书写,使得专业知识构建智力悬念的能力和对读者的吸引力都受到磨蚀。同时,随着专业知识运用流于表面,小说的内容也出现了和现实世界的分野,许多作品过于夸大主角的能力,使得先进的专业技术变成了超现实的"魔法"。再者,犯罪心理小说的人物形象出现同质化趋势,例如作为配角的刑警,几乎在不同小说中都可以用勇敢、忠诚、鲁莽、注重武力值作为关键词,即使是作为开山之作的"心理罪"系列,也存在人物刻画偏重明显、配角人物突兀等问题。可见,未来的犯罪心理小说需要塑造更多个性化、多样化、立体化的人物形象。在专业性、现实性、艺术性三方面的共同提升下,未来的犯罪心理小说能够为现实主义题材网络小说注入更多鲜活的动力。

网络玄幻小说主角流动身份的文化隐喻探析[①]
——以《诛仙》为中心

王 瑜 陆 赟[②]

摘 要：以《诛仙》为代表的网络玄幻小说中，现代体验与传统文化心理并置共存，主角身份既有较强的流动性，又追求依凭传统价值观念建构的稳定性，是考察复杂社会文化的典型文本。网络玄幻小说塑造虚拟身份和后人类形象是技术参与文学想象的结果。受游戏文化影响，主角们均在行动中建构自我。系统流网络玄幻小说在表现人们不得不服膺现实秩序的同时，隐含了对个性被压抑的不满，凸显青年群体对自我处境的清醒认知和建构主体身份的渴望。网络玄幻小说主角流动身份体现自由开放、包容创新的文化观念，是中国式现代化和中华文明的可贵探索。从文化隐喻的角度发掘网络玄幻小说主角流动身份的内涵，有利于理解时代青年的文化心理结构，为理性认识当前的文化转向提供借鉴。

关键词：网络玄幻小说；身份；文化转向；后人类

网络玄幻小说《诛仙》从2003年开始在文学网站上连载，出版后销量超过1000万册，"被誉为'后金庸时代的武侠圣经'"[③]，网友将它与《飘邈之旅》《紫川》《小兵传奇》并称为"网络四大名著"，已改编为游戏、电影、电视剧和动画等。以《诛仙》为代表的网络玄幻小说中，主角的身份建构深微曲折，描摹了当

[①] 基金项目："广西高等学校千名中青年骨干教师培育计划"人文社会科学类立项课题"中国网络文学与文化传统转型研究"（2023QGRW002），2023年广西研究生教育创新计划项目"青春文学视域下玄幻小说文化新变研究"（YCBZ2023078）。

[②] 作者简介：王瑜（1979— ），男，安徽阜阳人，广西师范大学文学院/新闻与传播学院教授，博士生导师，研究方向为中国现当代文学；陆赟（1989— ），女，广西灌阳人，广西师范大学文学院/新闻与传播学院博士研究生，研究方向为中国现当代文学。

[③] 欧阳友权：《网络文学词典》，广州：世界图书出版广东有限公司，2012年版，第175页。

下青年的生命体验、集体记忆与个人思索,饱含青年受众对生命现象的观察和对社会文化的思考,体现了"读者要求优先"[①]的叙事特征。现代社会的流动性让个体身份难以稳定,伴随技术发展的虚拟身份和后人类现象增添了人们身份的不确定感,加之价值多元引发身份建构标准缺失,网络时代青年的身份认同陷入焦虑。"网络故事是了解当代青年的重要途径,通过网络文学认知当代中国社会及其情感结构,是网络文学的根本价值所在。"[②]网络玄幻小说表现了主角因流动身份而焦虑、质疑人类身份和积极拥抱流动身份的复杂样态,内蕴青年对身份的审视和建构。《诛仙》等网络玄幻小说主角流动身份的文化隐喻意味深长,检视分析其与时代变迁的关联,有利于认知当代文化转向。

一、流动身份的"变"与"常"

现代社会,事物与周围情境都处在不断变化中,以身份流动串联青年成长的故事在文学中有集中呈现。《青春之歌》《人生》《长恨歌》《篡改的命》等传统文学作品里,主人公的身份转变是情节发展的主线,喻示命运变迁,隐含作者的价值判断等。网络玄幻小说常以特异的设定引发读者共鸣,主角身份的流动性更强,更具戏剧性和奇观性。这类小说中的主角大多在经历高流动的人生险境后归依传统,成为强者,有丰富的文化内涵。

《诛仙》中,农家少年张小凡一夜之间失去双亲,懵懂中拜天音寺高僧普智为师,习得佛家功法,意外获得魔教圣物噬血珠,在没有自主选择权的情况下成为道教青云门弟子。后来,青云门掌门道玄欲诛杀张小凡以绝后患,魔教鬼王宗宗主之女碧瑶为救他而死,张小凡加入魔教为鬼王效力,寻找复活碧瑶的巫术。张小凡无意间成为佛、道、魔三派弟子,身份多元交互,具有不稳定性和非单线性,由此产生的冲突成为他迷茫和痛苦的根源。与张小凡类似的身份

---

① 储卉娟:《说书人与梦工厂:技术、法律与网络文学生产》,北京:社会科学文献出版社,2019年版,第171页。

② 张永禄:《建构网络小说的类型学批评》,《当代文坛》2022年第6期。

设定在网络玄幻小说里普遍存在。《紫川》的紫川秀、《凡人修仙传》的韩立、《斗破苍穹》的萧炎、《遮天》的叶凡、《神控天下》的凌笑、《一世之尊》的孟奇、《诡秘之主》的周明瑞、《我在精神病院学斩神》的林七夜、《道诡异仙》的李火旺和《穿进赛博游戏后干掉 BOSS 成功上位》的隗辛等,都不断被牵制到新情境中,必须快速适应新身份才能赢得生存。身份的不确定性被无限放大。《凡人修仙传》是典型——山村穷小子韩立被带离青牛镇五里沟,先后经历了七玄门弟子、妙音门客卿长老、落云宗长老、天南第一剑修、人界第一修士、灵界第一大乘、青元宫主、烛龙道内门长老、时间道祖、真言门门主、仙界至尊等数十种身份的转变,穿梭于人界、灵界、魔界和仙界,每一次身份的改变都是韩立在冷峻处境中奋力拼搏取得的。主角身份是网络玄幻小说架空世界体系设定的基础,关系到后续情节的展开和主角的成长等,作为故事的端绪和基调,是吸引读者注意的焦点。有论者提出,网络玄幻小说通过主角线性时间里的身份转换串联情节,拓展叙事时空,扩充了故事内容,是作者在不同时空、宇宙位面实现人物和故事的转移升级,通过"换地图"拉长文本形成"超长篇"的策略。[1] 笔者认为,仅仅将人物的时空转移视为叙事策略,难以触及身份变换背后的文化心理等复杂内蕴。网络玄幻小说本质上是时代青年思想情感的表达,主角身份的流动潜藏着作者和读者对自我处境的认知。现实中,人们的身份流动受到包括出身、教育、职业等因素的制约。一方面,网络玄幻小说幻想世界里的身份流动给主角成长带来巨大风险和挑战,是现实社会身份焦虑的投射。另一方面,主角身份的变化使人物成长拥有无限可能,身份流动是"不能流动"的匮乏性在场,是对现实空缺的想象性补偿。网络玄幻小说的主角可以通过自身努力、借助机缘突破不同境界,不断升级,甚至脱离肉身对身份的限制跨越到平行世界或不同位面,是对现实中阶层固化和身份改变困难的想象性突破。"数字社会来临后,工业社会封闭的生产场景被开放的数字场景所替

---

[1] 房伟:《时空拓展、功能转换与媒介变革——中国网络小说的"长度"问题研究》,《文学评论》2022 第 4 期。

代"①,人们的活动场景增多,网络玄幻小说对主角流动身份的书写,是青年群体在数字时代对个人成长道路的全情投入,对过去的再思考与再建构,也是对现时风险的承认和对未来的畅想。

  网络玄幻小说均凸显主角对强大力量的渴望。《诛仙》《遮天》《神控天下》《凡人修仙传》《诡秘之主》《穿进赛博游戏后干掉 BOSS 成功上位》等作品中,主角被牵制到陌生时空后的首要任务是确认自我身份,适应新情境。玄幻世界危机四伏,主角提升自我才能在弱肉强食的世界赢得生存机会。反复强调主角变强和对强大力量近乎病态的追逐,隐晦地表达了作者和读者对社会无秩序的恐惧②,也是现实中人们为争取和维持身份奋力拼搏的表征。张小凡只有修炼变强,才能得到他渴望的理解和认可;叶凡穿越后的生存体验使他快速领悟到:只有成仙才能保全自己,守护人族;凌笑若没有强大的实力,不仅自己无法报被人陷害失去修炼能力的仇,家人也会遭人毒害;韩立在洞悉好友张铁已被墨大夫制成傀儡和自己险遭夺舍后,坚定了成为强者活下去的信念;周明瑞穿越附体克莱恩后,命运被黑夜女神和阿蒙等神明支配,自己和妹妹、哥哥、塔罗会成员的生命都时刻面临威胁;隗辛穿越到真实的平行世界后,具有游戏穿越者、联邦一级通缉犯和官方缉查部门卧底等多重身份的她必须快速代入角色,利用智慧赢得生存的机会……主角们的身份危机意识,使他们每到一个空间都全力提升自我,取得新身份,获得安全感。网络玄幻小说中的主角身份一直处于流动状态,不受控制,没有秩序,走到哪里都是陌生人。持续"流浪"带来的虚无感加剧了主角的身份焦虑和认同危机,隐喻竞争激烈的现代社会中个人难以找到稳定的归属,是受众文化心理的直观呈现。张小凡并无修炼成仙的野心,渴求的生活不过是在出生地草庙村过平凡的日子;紫川秀曾被紫川家族误认为叛徒,被家族悬赏追杀,但始终以为家族效力为使命,拼尽全力回归;叶凡穿越到异域后苦苦寻觅回到出生地的方法,跨越星际也要回家与

---

  ① 谢新水:《元宇宙中的内容生产者:生产境况与行动沼泽》,《广西师范大学学报》2022 年第 5 期。
  ② 陈海:《媒介美学视野下的网络玄幻小说》,《中州学刊》2017 年第 10 期。

生养他的父母团聚。从多部代表性网络玄幻小说的结局来看,主角们最终均依凭价值信仰与对传统伦理的认同获得了相对稳定的身份。无论是张小凡回归草庙村,凌笑解救玄灵大陆的人族,克莱恩成神后战胜阿蒙守护人类,还是《间客》许乐带领不同族群的人乘坐飞船回到地球,都具有明显的寻根意识。网络玄幻小说中的主角们依恋传统伦理,有明确的还乡意愿,实力强大后主动肩负守护人类的责任,对自我身份的确认基本遵循了传统"小我"到"大我"的成长认知。

随着发展,认为网络玄幻小说"价值混乱""颠倒规范""道德混乱"[①]的观点得到纠偏,其对当代青年价值观的引导作用获得越来越多的研究者的肯定。历时性梳理网络玄幻小说,可以看到,主角们选择的是一种从自身出发的新型价值观,开放多元,能紧随变化进行调整,集体认同感越来越强。他们并不盲从传统价值,而是根据现实情境对其进行现代性的转化,身份是现代与传统的叠加。在这些小说里,个人英雄消退,忘我牺牲型人格消失,主角不再是道德楷模,也不在价值和道德方面标榜自己,是作者和读者互动同构的体现。20世纪90年代以来,在市场经济和信息化社会的推动下,青年对社会道德价值有了越来越个人化的理解,认可多元价值与道德相对主义。网络玄幻小说更接近刘小枫所说的自由伦理的个体叙事,它们并不教导个人应该如何做,不提供伦理道德尺度去衡量行为正确与否,只讲述个体的生命境遇,提供的是一种道德情境,一份个人独特的生命感觉。[②] 这种个体叙事与当下青年的时代精神相契合,引发了读者的共鸣。书迷们因《凡人修仙传》中韩立明哲保身的处世态度,与人斗法稍有弱势就会溜之大吉而将他称为"韩跑跑"。《我师兄实在太稳健了》中的李长寿对外隐藏实力,凡事谋而后动,从不轻易涉足危险、沾染因果。《诛仙》《将夜》《神控天下》《诡秘之主》《我在精神病院学斩神》等网络玄幻小说中,主角不主动承担宏大使命,对自我身份的认同从个人出发,倾向于用爱

---

① 陶东风:《中国文学已经进入装神弄鬼时代?——由"玄幻小说"引发的一点联想》,《当代文坛》2006年第5期。
② 刘小枫:《沉重的肉身》引子,北京:华夏出版社,2007年版,第7—8页。

自己、爱家人、爱朋友的"亲我主义"价值观①维护自我及群体的利益。张小凡说:"我只是突然觉得,这天下苍生,与我又有何干系? 我毕生心愿,原只是想好好平凡过一辈子罢了。"②"韩跑跑"和李长寿在弱肉强食的修仙世界保全自我,始终将维护自身正当利益放在首位。《将夜》里的桑桑是宁缺的爱妻,被认为是冥王之女和世界毁灭的根源,面对众人对桑桑的逼迫,宁缺说:"如果说是为了苍生,苍生与我何干? 我又不是修佛的。如果说是为了大义,大义与我何干? 我又不是道士。我只是书院里的一名普通学生。我想做的事只是带我妻子离开。"③在这些网络玄幻小说中,玄幻世界的丛林法则使个体生存和保护自己亲近之人成为第一要务,启蒙等教条被摒弃,道德回归原点。这既是对个体"本我"的观照,也是对市场经济时代残酷竞争环境和风险社会的影射。事实上,"亲我主义"价值观吸收了费孝通所说的中国传统人伦的"差序格局"④理念,将"己"作为中心来延伸个体情感和个人与他人、与社会的关系,是传统伦理的复归,映照青年群体在具体时代情境中的价值选择。

改革开放使我国单一的集体主义价值观受到冲击,利益主体增多,金钱至上、实用主义等不再与传统道德观念冲突,个体追求自身利益变得合理合法。市场经济的快速发展使个人参与其中,在经济理性的影响下,青年守护自身利益成为正当行为。网络文学是大众文学,"少有探讨价值观,而是宣传读者普遍认同的价值观,且多用刘半农所说的'积极教训'"⑤。网络玄幻小说的主角虽秉承经济理性采取行动,但在自身所处的集体面临危机时,并不回避群体责任的承担,保护弱者,关怀天下苍生是他们强大后的共同选择。从"个人本位"出发的现代精神与中国传统"以天下为己任"的奉献精神对接,呈现出一种"新天下观"。这种"新天下观"在网络玄幻小说中普遍存在:张小凡最终诛灭荼毒

---

① 邵燕君:《"正能量"是网络文学的"正常态"》,《文艺报》2014 年 12 月 29 日。
② 萧鼎:《诛仙 6》,北京:朝华出版社,2006 年版,第 194 页。
③ 猫腻:《将夜》,第三卷《多事之秋》第九十二章《我们都在抵抗》,2012 年 11 月 3 日,见 https://vipreader.qidian.com/chapter/2083259/42011375。
④ 费孝通:《乡土中国》,北京:人民出版社,2008 年版,第 25—34 页。
⑤ 周志雄、王婉波:《网络文学的主流化倾向》,《江海学刊》2020 年第 3 期。

生灵的鬼王,拯救了天下苍生;叶凡在克服生存危机后,保护弱者和守护人族的初心始终不变;宁缺在保全心爱之人桑桑安危的前提下,毅然肩负起拯救唐国的重任;林七夜原本只想保证姨妈和表弟的生命安全,却被赵空城等人牺牲性命守护人类的精神感动,自愿加入"守夜人"组织,成为大夏的守护者;克莱恩曾经害怕危险,明哲保身,在被"值夜者"的无私付出触动后,面对地球不断被旧日侵蚀的危机甘愿牺牲自己守护人类世界。网络玄幻小说中的主角常常为了他人和集体牺牲个人利益,主流价值观和"积极教训"随处可见,"新天下观"与以集体利益为先的家国天下情怀相通,使主角渴求的稳定身份与民族文化相连。"事物具有重要性是针对一个可理解的背景而言的"[①],"寻求生活中的意义、试图有意义地定义自己的行为者,必须存在于一个有关重要问题的视野之中"[②]。中华文化中自强不息、求实精神和厚德载物等人生信条和传统价值理念为网络玄幻小说主角提供了稳定性追求,也为现实中面临文化失根危机的青年读者带来历史性的集体记忆,强化了他们的身份归属感。网络玄幻小说一边大写主角的流动身份,一边凸显传统文化认同,隐含着人类的集体无意识,表现时代青年身份建构的复杂心态。现代性生存体验与传统民族文化心理并置共存,使网络玄幻小说呈现主角流动身份的同时,在建构主角身份归属时仍根植于文化传统和当下时代的认可,展现了读者对兼具追寻自由与现实稳定的想象和寄托。

二、流动身份与后人类文化

如果说网络玄幻小说大写主角渴求稳定身份体现了在现代理念的基础上对传统伦理的认同,那么小说中随处可见的虚拟身份和后人类设定,则源于科技发展带来的新世界观。现实中,科技改变了人们的生活,"由数字化带动的虚拟生存是人类有史以来最具革命性的生存方式变革,这一变革将彻底改变

---

① [加]查尔斯·泰勒:《本真性的伦理》,程炼译,上海:上海三联书店,2012年版,第47页。
② [加]查尔斯·泰勒:《本真性的伦理》,程炼译,上海:上海三联书店,2012年版,第51页。

我们当前的生活方式和行为格局"①。每个人都身处技术带来的巨大变革中，频繁在现实世界和虚拟世界切换，人类中心主义观念受到冲击，影响了网络玄幻小说的架构。网络玄幻小说糅合了科技思维与玄理逻辑，在当下文化语境中常通过多样化的身份设定形塑技术进化和未来生命的可能，是当代青年文化心理的典型症候。

噬血珠和诛仙剑是《诛仙》里人类征服世界的武器/工具，张小凡凭借这两大神奇的工具获得了非凡的力量，成为传奇性主角。它们在小说中是"人化的技术"，拥有巨大的意识能量，可以反过来控制它们的使用者。普智神僧因被噬血珠反噬性情大变，屠杀了草庙村244位村民；道玄真人被诛仙剑反噬后行为不受控制，对师弟田不易和青云门后辈大下杀手；张小凡一生都在为压制噬魂棒的反噬努力。肉身成为被意识操控的工具，揭示人为物役的残酷现实。小说对灵肉关系的理解走向了"身心二元论"——人的主体性在于意识而不是身体，发出了"我是谁"的终极之问。互联网制造了身体的"缺场"，人们越来越普遍地置身于脱域的社会关系中，时空"虚化"②，意识与身体的割裂感增强，自我同一性被打破。

网络玄幻小说中，魂穿、夺舍、分身、傀儡、人格分裂和意念化形等虚拟身份设定高频次出现，精神/意识可以脱离肉体的囚笼，身体"缺场"后的主角可以穿行于不同空间或位面，自由停留在不同的载体。凯瑟琳·海勒认为，后人类将身体建构成思想/信息的具体证明，"强调的是观念而非具体形式（身体）"③，"信息被视为某种形态，与特定的物质体现并无关联，可以在时空中自由旅行"④。《遮天》《天道图书馆》《诡秘之主》等穿越类网络玄幻小说中，主角魂穿后均凭借意识的连续性而非身体来确定自己的身份，延续了笛卡尔的思

---

① 金枝：《虚拟生存》，天津：天津人民出版社，1997年版，第12页。
② ［英］安东尼·吉登斯：《现代性的后果》，田禾译，南京：译林出版社，2011年版，第16—18页。
③ ［美］凯瑟琳·海勒：《我们何以成为后人类：文学、信息科学和控制论中的虚拟身体》，刘宇清译，北京：北京大学出版社，2017年版，第7页。
④ ［美］凯瑟琳·海勒：《我们何以成为后人类：文学、信息科学和控制论中的虚拟身体》，刘宇清译，北京：北京大学出版社，2017年版，第17页。

考。网络玄幻小说的主角常常具有虚幻性,身体只是灵魂寄居的场所,"灵魂、身体、身份三者间隐秘的分裂往往形成了情节的张力和节奏"[1],直指"身份何为"的追问。《我是大法师》中,主角吴来曾于心灵空间中见到另一个自己,另一个自己对他说:"我就是你,你亦是我,我们两个乃是一体";《万道主宰》里女主角唐雪嫣前世的执念与她抢夺身体的主导权,执念对男主角凌霄说:"我就是她,她就是我,我们已经同为一体,不会再分彼此,如果你真的爱她,就该放手。"这些小说通过"向内转"探讨"我是谁",突出"实力为王",只有正体/主人格足够强大,才能压制住夺舍者/复制体/副人格/执念,保全真实的自己。现代性的扩张使人的力量得到张扬,实力的变动决定了身份的不稳定,"在无坚不摧的现代力量面前,随着人们的自我反思力量的强化,人对自己的身份感反而产生了怀疑"[2]。网络玄幻小说通过放大虚拟性的后人类身份,"自我"他者化,身份失去整一性,走向分裂和瓦解。《星辰变》里秦羽有莲华分身,《盘龙》中林雷拥有地、火、水、风四大分身。《天道图书馆》里,张悬的九天莲胎分身拥有自我意识,一度比本尊还要强大,分身最终与本尊共同突破成为帝君。《诡秘之主》中,克莱恩在晋升为序列6"无面人"后,可以改变自身容貌和性别,制造"假我"。《我师兄实在太稳健了》里,李长寿可以使用"剪纸成人"神通将自己的意识灌注到纸人上,制造无数以假乱真的分身。《道诡异仙》中,李火旺的身体可以自由变形,意识的承载物不限于肉身。分身、傀儡、意念化形等可助力主角摆脱肉身对身份的限定,解决时间困境,帮助主角赢得竞争优势,是对现实压力下社会身份流动困难的白日梦式补偿。现实中,人类在多数情境下的时空维度由"在场"支配,"随着数字技术的发展,物质环境逐渐从各种场所中分离开来建构出虚化的情境"[3],网络技术使个体可以同时拥有唯一性的肉身和多个虚拟分身,数据化生存让生活等变得更加便捷的同时,"个人"的概念也变得复杂。无论蓝江把"构成数字化界面的节点"界定为"虚体"(Vir-

---

[1] 邱慧婷:《网络空间的多元身体建构》,《上海文化》2021年第6期。
[2] 王成兵、张志斌:《认同危机:一个现代性问题》,《新视野》2005年第4期。
[3] 张爱军、贺晶晶:《元宇宙赋能数字政治主体:表现、风险与规制》,《广西师范大学学报》2022年第5期。

body），认为每个构成数据体的用户个体都是位于多个数字节点网络中的虚体[①]，还是将与内在自我意识主体不同的数据主体称为"外主体"（Exo-Subject）[②]，都直指数字时代人们主体的新变化。实际上，赛博空间从内部对现实和主体进行了编码与重构，虚拟生存体验拓展主体的感知范围后，"虚体"与"外主体"都成了现代人的"分体"。"在技术理性时代，社会大众有关日常生活的直观认识和感性经验仍然是艺术创作的直接动力和不尽源泉"[③]，网络玄幻小说中主角的虚拟身份和后人类书写有其现实依据，身份可变性的增加使"我是谁"的追问更加深刻。玄幻故事里蕴含着哲学思考，显示了网络文学深度书写的可能。"网络文学并不排斥思想，'网络语境'给创作披上了'爽文'的外衣，但其包裹的仍然可以是有思想深度的'走心'之作，思想性评价应该是评价网文不可或缺的有效'抓手'。"[④]实际上，除个体自我追问，网络玄幻小说思想性的生成还将目光投向更广阔的宇宙与位面空间。

网络玄幻小说经常通过表现特异的、多元的生命体验向外求索，探讨人类身份和宇宙生命的无限可能。《诛仙》成功塑造了三尾狐妖、六尾白狐、小白、兽神等拥有人类形体的具象化后人类来启迪主角的身份认知。六尾白狐在人类的逼迫下为三尾狐妖殉情而死，狐妖亦有真情，它们对待爱情的忠诚不亚于人类。张小凡受六尾白狐赴死时对人类主宰世间、任意索取天生万物和不允许非人类反抗的质问触动，人类中心伦理被颠覆，主动解救了六尾白狐的母亲小白。计算机、互联网和现代生物技术的突飞猛进，使智能生命的产生具有实现的可能，"后人类时代来临，人面临或被淘汰或与机器并存的两难困境"[⑤]，催生了网络玄幻小说对科技的反思。兽神是人类女巫玲珑的创造物，却凭借自

[①] 蓝江：《一般数据、虚体、数字资本——数字资本主义的三重逻辑》，《哲学研究》2018 年第 3 期。
[②] 蓝江：《外主体的诞生——数字时代下主体形态的流变》，《求索》2021 年第 3 期。
[③] 楚小庆：《技术进步对艺术语言表达与创作形式表现新特征的影响》，《山东师范大学学报（社会科学版）》2022 年第 6 期。
[④] 欧阳友权：《网络文学评价体系的"树状"结构》，《当代文坛》2021 年第 6 期。
[⑤] 庞金友：《数字秩序的"阿喀琉斯之踵"：当代数据治理的迷思与困境》，《广西师范大学学报》（哲学社会科学版）2022 年第 5 期。

身能力强大到超出了人类的控制范围,反过来控制人类,无数妖兽和武士主动臣服,成为他的追随者。小白修炼等级极高,其人类形态优美,情感丰富细腻,是比人类更强大的后人类。兽神和小白形象均隐含对科技发展带来的生命伦理的反思。"在科技异化社会中,科技成为统治人类的力量,人类社会的伦理在异化统治下发生了荒谬的改变。"①兽神不仅拥有强大的实力,还具备人的意识和思考能力,认为人类与其他生命体并无分别,愤恨玲珑漠视自己的感受为保全人类封印他。他对张小凡说:"岂不知众兽亦有感觉,你杀了这只野猪,当知野猪痛苦畏惧,如我杀你,你亦如猪。众生本是平等,何来人兽之分?"②兽神报复人类潜藏着当代青年对人类身份的思考:人类以自我为中心罔顾异类生命的价值,生杀予夺,是自私自利的表现,"人类并不是世界的主宰,而是像其他生物一样,都是这个世界的创造物"③。《诛仙》经由兽神、小白等形象强化了张小凡对人类中心主义的审思,使他产生了"生命究竟何为"的追问。"人是自然的一部分,'他者'即'自我'。如果摒弃人类中心的狭隘观念,每种形态的人和物都具有平等的权利。"④以《诛仙》为代表的许多网络玄幻小说虽通过后人类书写提出了"非人类中心""人类与非人类平等共存"等命题,但其强调的道德原则只是对人类的他律而不是自律,并不能真正实现非人类与人类的平等。"万物有灵观"是网络玄幻小说建构人设的基础设定理念⑤,这些小说中有大量动植物和非生物通过艰苦修炼成为兼具人类身体和独立意识的书写,但神兽、神藤、灵树、灵器等在拥有自我意识后依然弱于主角,是人类征服和索取的对象。小说中的非人类纷纷呼吁人类尊重它们的主体性,恰恰说明这些小说依旧是人类中心的叙述。后人类伦理的核心问题在于我们如何对待他者,包括宇宙范围内的非人类他者,消除自我中心的人类中心主义带来的障碍等。在

---

① 计海庆、孙路:《科幻小说的伦理解读》,《自然辩证法研究》2004 年第 10 期。
② 萧鼎:《诛仙4》,北京:朝华出版社,2005 年版,第 138—139 页。
③ 王瑜:《聆听大地的语言——说说阿来文学创作的生态观》,《光明日报》2022 年 2 月 23 日。
④ 陆赟:《技术在进化:元宇宙电影中的人工智能》,《电影文学》2022 年第 11 期。
⑤ 刘赛:《网络文学的跨类研究:以玄幻小说的类型演变为例》,《网络文学研究》2023 年第 1 期。

此基础上,部分代表性网络玄幻小说通过表现新型智慧生命和人类的多形态、多位面宇宙生存,显示了思考身份和生命的宏大世界观,拓展了对人类中心认知的质询。

网络玄幻小说在玄幻逻辑中架构故事,文本开放,内容无所不包,具有当下性,对新事物和新观念的表现极其敏锐。"网络文学在反映各种新事物的过程中,已洞察到这些新经验和新技术对人既有的存在模式的挑战","通过反映时空观念的变化,某些玄幻小说得以触及现代人某种根本的存在性质"[1]。《凡人修仙传》中,"三尸"——"善尸""恶尸"和"自我尸"是修士修行中最深的执念,韩立必须斩杀已具备身体实体和自身意识的"三尸",才能冲击更高的修行等级。人性的善恶观念和个体的自我意识被客体化,隐喻人类突破自我必须抛弃旧我。《一世之尊》里,地球所在的宇宙是仙界或称"真实界"衍生的宇宙之一,主角孟奇只是"真实界"的垂钓者于万界各方投影衍化的拥有相对独立魂魄的"鱼",是"真实界"的碎片之一,垂钓者与孟奇是"本我"和"他我"的关系。由平行空间和位面世界构成该小说的多面向世界,挑战了读者的固有认知,对"我是谁"的追问有了更为宏阔的视野。《大道朝天》中,主角井九是景阳真人飞升失败后景阳神魂与万物一剑剑体合二为一的产物。他实力超群,能脱离身体以剑魂形式存在,用神识与对手开战,用感知力感受世界。井九作为更高维度的生物与人类共存,是人机混合的产物,也是技术参与文学想象的结果。夏烈认为,《大道朝天》用井九贯穿东方玄幻和太空歌剧场景,其实质是在当下各种科技到达临界点后追问生命究竟为何,探询未来"什么是人"和"人如何确证生命的存在及价值"等相关问题[2]。蒂姆·奥莱利预测了未来的混合型人工智能,认为这一新型人工智能会走向基于人机交互的"文化交织体","互联网加速了人类思想的连接,我们的集体知识、记忆和感知得以用数字形式分享和存储,我们编织着一种新型超级生命体,在技术的协调下,它把全人类紧

---

[1] 陈奇佳:《虚拟时空的传奇——论网络玄幻小说》,《江苏行政学院学报》2006年第3期。
[2] 夏烈:《类型小说的传统与个人才能》,《长江文艺》2022年第1期。

密相连,组成全球大脑。这个全球大脑是一座人机混合体。"①《第一序列》中,主角任小粟是人类实验体,在沉睡两百多年后意外获得宫殿系统,通过不断完成系统布置的任务,获得了复制其他超凡者技能的超能力,从底层流民逆袭为人类领袖,成为最接近神的人,带领末世中的人类战胜强敌、废土重生。任小粟作为混合型人工智能,是对未来世界人类身份的寓言性建构。在后人类视野中,"身体性存在与计算机仿真之间、人机关系结构与生物组织之间、机器人科技与人类目标之间,并没有本质的不同或者绝对的界线"②。科技颠覆了人类生存的诸多条件,"这些改变触及的会是人类的本质,就连'人'的定义都有可能从此不同"③。网络玄幻小说对进化观的态度开放包容,它们一方面将人类塑造为修炼提升后具有超凡能力的"神",把人类看作自然万物的组成部分,有自然和灵性崇拜意识;另一方面又将后人类塑造成人类与技术的合体,大写人工智能和复杂形态的智慧生命,突显科技发展进程中人类身份的未来可能。"网络文学对于后人类意义上'人—自然'的表征将'后人类'的反思经验化,是后人类理论嵌入现实的重要路径,可以被看作全球化背景下具有先锋性与反思性的文学表达。"④后人类作为一种思维,有利于我们摆脱某些旧观念的束缚,适应人类所处环境结构和文化现状的变化,更好地在文学中塑造自身形象,用新的模式考量人类存在的意义和未来文化等。网络玄幻小说中的后人类身份作为概念性想象的存在,是文化欲望和形式化复杂身份的显像,既镌刻了当代科技文化的烙印,又蕴藏着对科技发展的预判。网络玄幻小说对主角流动身份的书写"引入网络文明新经验"⑤,表现了超越经验世界的虚幻现实,

---

① [美]蒂姆·奥莱利:《未来地图:技术、商业和我们的选择》,杨晨曦、戴茗玥、蔡敏瑜译,北京:电子工业出版社,2018年版,第293页。
② [美]凯瑟琳·海勒:《我们何以成为后人类:文学、信息科学和控制论中的虚拟身体》,刘宇清译,北京:北京大学出版社,2017年版,第4页。
③ [以]尤瓦尔·赫拉利:《人类简史:从动物到上帝》,林俊宏译,北京:中信出版社,2017年版,第388页。
④ 李玮:《多重主体的表征:中国网文如何想象后人类意义上的"人—自然"》,《文艺理论与批评》2023年第2期。
⑤ 李玮:《从类型化到"后类型化"——论近年中国网络文学创作的新变(2018—2022)》,《文艺研究》2023年第7期。

不仅契合青年群体具有时代特色的主体身份体验和审美价值观,还具有衍生和促进新型文化形成的巨大潜能。

三、流动身份的内蕴

电子游戏影响着青年的认知结构,潜在地塑造了当代人的世界观。网络玄幻小说从诞生之日起就包含电子游戏的基因,大写主角接纳流动身份后不断突破自我,升级成为强者,其世界观与电子游戏"行动创造世界"的观念对接,表现了当代青年的成长期许和自我建构欲望。《诛仙》《凡人修仙传》《斗破苍穹》《神控天下》《星辰变》等网络玄幻小说里,主角出场时均为"凡人"或"废柴",他们的逆袭是吸引读者的核心情节。主角"升级"是大部分网络玄幻小说叙事的根本动力,显示了已经形成的不同于传统文学的文本特征和审美特质,凸显文学新变。主角逆袭离不开"金手指"的帮助。"金手指"一词来源于游戏,本意为修改器,玩家通过篡改游戏数据立于不败之地,"金手指"就是作弊器。[①] 主角获得"金手指"是他们改变身份的重要契机,无论张小凡的噬魂棒、林雷的德林爷爷、韩立的墨绿色小瓶子、萧炎的药老、凌笑的绿翁,还是张悬的天道图书馆系统、任小粟的宫殿系统、林七夜的精神病院系统等,都具有帮助主角改变原有被动局面,不断获得新身份的功能。"金手指"的加持使主角得以突破提升,身份不断变换,成就自我价值。"金手指"为主角带来特殊能力和人生转机,是推动网络玄幻小说情节发展、弥补叙事漏洞的重要设定。许多资深读者认为,网络玄幻小说的主角不过是"金手指"召唤下实现其目的的工具人,"金手指"才是真正的主角,其与主角身份建构的关系耐人寻味。

穿越、重生、噬魂棒、小瓶子、"随身老爷爷"和各种系统"金手指"等,都是网络玄幻小说在电子游戏影响下为凸显主角形象、增强读者阅读代入感使用的特殊设定。网络玄幻小说中的主角大多主动拥抱"金手指"——张小凡明知

[①] 黎杨全:《中国网络文学与虚拟生存体验》,北京:中国社会科学出版社,2021年版,第292页。

噬血珠为魔教至凶之物却不愿舍弃,林雷、萧炎、凌笑在面对"随身老爷爷"提出的交易条件时均欣然同意合作,张悬、任小粟和林七夜在面对系统"金手指"附身时并无抗拒之心。新近流行的《系统供应商》《我有一座诸天城》《系统赋我长生,活着终会无敌》等许多系统流网络玄幻小说中,主角均在穿越后对自己被系统附身欢喜异常。主角乐于接受"金手指"已经成为网络玄幻小说固定的叙事模式,紧随"金手指"展开的后续情节增加了读者的阅读趣味。"金手指"的存在使网络玄幻小说拥有生成主角身份的无限可能,主角对"金手指"的认可意味着对流动身份的接纳。张小凡的流动身份是噬血珠和摄魂棒带来的,普智神僧的关门弟子、大竹峰弟子、魔教鬼厉等诸多身份都非自我选择。他在被施加的身份面前无奈且痛苦,渴望找到人生意义和身份的确定感。"人一旦面对他人表达意义……就不得不把自己演展为某一相对应的身份。"[1]身份是自我的具象化呈现,呈现身份的过程就是自我社会化的过程。张小凡身份展演特征明显,老实木讷的道教弟子,冷血无情的鬼厉,对同门情谊深厚的伙伴,真心对待小环和小白的朋友等,都是他多元身份叠加的体现。表面上看,身份展演是对张小凡个性和本真的束缚,但实际上,在展演身份的过程中,张小凡不断加深对自我的认知,获得了建构自我的契机。自我认知的形成离不开与他人的关系,与社会建立关联是身份认同之必须。"一个人不能基于他自身而是自我。只有在与某些对话者的关系中,我才是自我……自我只存在于我所称的'对话网络'中。"[2]张小凡无奈之下叛出青云门加入魔教,但他天良仍在,不仅做鬼厉的十年间从未做伤天害理之事,而且始终把曾书书当朋友,从未对陆雪琪、林惊羽等同门不利。他最终谅解普智,拯救天下苍生,得到了正道的认可。通过身份展演,张小凡在与外部世界和内部自我的对话过程中内心日益丰盈,反拨了"完整的、初始的和统一的身份"[3]这一本质主义身份观。

---

[1] 赵毅衡:《符号学》,南京:南京大学出版社,2012年版,第341页。
[2] [加]查尔斯·泰勒:《自我的根源:现代认同的形成》,韩震等译,南京:译林出版社,2001年版,第50—51页。
[3] [英]斯图亚特·霍尔、保罗·杜盖伊:《文化身份问题研究》,庞璃译,开封:河南大学出版社,2010年版,第1页。

张小凡、叶凡、韩立、克莱恩、隗辛等人均在"扮演"身份的过程中生成了更加立体真实的自我。《诡秘之主》中,"扮演法"是消化魔药、提升人物非凡力量的基本法则,但非凡者只有记住自己"只是在扮演"才能避免失控,他们在扮演的过程中加固了对自我的认知。人的身份并非一成不变,每个人都有建构身份的自由,无论是"韩跑跑"还是"韩老魔"(网友对工于心计、手段狠辣的韩立的称呼),都是韩立基于现实情境的选择。现实中,人们或主动或被动地扮演和建构着自我的不同身份,在网络平台建构的身份(分体)尤其多样,每个分体都在进行特定的身份展演。个体在展演不同分体的同时确证自我。网络玄幻小说的主角们受"金手指"牵制,被牵制到新情境后不得不对自己的新身份负责,与人们在现实中的处境相似。在近年流行的系统流玄幻小说中,系统作为大他者不断询唤主角,主角在系统的规制下生存,成为游戏者。"在游戏中,既没有必然性也没有偶然性(在一个不知道必要性和决心的世界是不会有偶然性的),没有什么能被完全地预测和控制"①,主角在被动跟随系统设定变换身份的同时生成新的自我。网络玄幻小说多通过游戏化"金手指"的设定,根据游戏逻辑表现主角升级变强,突显不断升级的主角频繁改变身份,实现个体价值。

  网络玄幻小说的主角身份是在行动中不断丰富、生成的。即便有"金手指"的加持,主角依然需要强大的内心、顽强的毅力与果断力,才能在弱肉强食的世界极致发挥出"金手指"的功能,借"金手指"的助力实现自身价值。系统流网络玄幻小说自带任务、等级、经验值等网络游戏的属性,主角通过完成系统分配的任务提升自我,作品有更强的升级感。《大王饶命》中的吕树通过搜集他人的负面情绪得到系统奖励获得超能力。《系统供应商》《系统赋我长生,活着终会无敌》中,主角的能力和等级均以数字的形式直观可视,数值的增大代表能力的提升。主角身份成为系统的被动指派,在系统的监视和操控下,主角将自己展演为系统安排的身份。这一设定鼓励游戏者遵守规则而不是僭越

---

① [英]斯图亚特·霍尔、保罗·杜盖伊:《文化身份问题研究》,庞璃译,开封:河南大学出版社,2010年版,第39页。

规则。"普通人在其有限的环境中是没有力量解决由体制或体制缺失所施加于身上的困扰的。"[①]表面上看,系统流网络玄幻小说"金手指"的设定使主角获得超越他人的优势,是当下青年读者在科层化的现实压力下希冀通过外力获得成功、自我救赎意愿缺失的隐喻[②],折射了人们的躺平心理。但仅以躺平来分析系统流网络玄幻小说,难以揭示其隐含文化的复杂性,无法抵达当下青年真实的生存体验和文化心态。一方面,系统能够帮助主角获得成功,主角由被动完成任务变成主动加快进程,调适自我适应系统并"将系统的规则内化为自己的标准"[③],与现实生活中人们得到外力支持后的认同心态一致。另一方面,部分系统流网络玄幻小说中,主角的暂时妥协只是因为尚未找到对抗系统的方式,一旦拥有可以摧毁系统的力量,他们就不会迟疑。《天道图书馆》中,主角一度以拥有天道图书馆系统为傲,但在他自身实力不断提升后,系统的规制力量逐渐弱化,张悬最终摆脱了意念中的系统,突破帝君桎梏,登上了修炼者的巅峰。《万古最强部落》里,主角夏拓在出场后不久就拍死了变成蚊子的系统,但他依然在图腾的帮助下最终成为人皇。实际上,在主角实力不断增强后,包括系统在内的"金手指"的支配能力明显下降,网络玄幻小说张扬的依旧是主角的主体价值。

小说主角在"金手指"的引导下果断行动,信奉行动哲学,明知系统力量强大仍不失抗争,主角与系统之间微妙的对峙关系隐含着主角对强大秩序的抵抗。在此意义上,系统流网络玄幻小说在表现人们不得不服膺现实秩序的同时,既隐含了对个性被压抑的不满,又凸显了人们对自我处境的清醒认知和建构主体身份的渴望。现实中,个体处于这样那样的系统中,"系统的总体认知

---

① [美]C.赖特·米尔斯:《社会学的想象力》,陈强、张永强译,北京:生活·读书·新知三联书店,2016年版,第11页。
② 王瑜、杨洋鑫:《网络玄幻小说"无父"现象研究——以我本纯洁的创作为中心》,《广西科技师范学院学报》2023年第2期。
③ 邱慧婷:《技术变革视域下网络文学的身体叙事研究——以穿越、系统流为中心考察》,《广西师范大学学报》,2023年11月23日,https://link.cnki.net/urlid/45.1066.C.20231110.1424.002。

能力总是超过我们的个人知识"①。网络玄幻小说中的系统通常拥有上帝视角、无限资源和超能力,助力主角突破既有认知、获得依靠自身难以具备的能力,增加了主角的主体价值。如果没有系统等"金手指"强大力量的加持,玄幻故事中的主角只是一个空洞无力的符号。朱迪斯·巴特勒认为,"'服从'意味着被权力屈从的过程,同时也是成为一个主体的过程"②,权力起先是压制主体的外在力量,"主体不仅仅在屈从中形成,而且,这种屈从提供了主体可能存在的持续条件"③。与此同时,许多系统流网络玄幻小说中,系统随机抽取奖励、指派任务和生成主角新身份的设定,既迎合了当下年轻人开盲盒的刺激心理,又使得网络玄幻小说中的主角身份建构拥有了更强的人物主体精神和塑形可能。系统流网络玄幻小说的主角在系统询唤下展开行动,通过暂时屈从系统和将系统为我所用来实现自我,恰如西西弗斯手推巨石,在过程中实现自我价值和身份确认,获得生命意义的升华,内蕴存在主义哲学思辨。

海德格尔将人"在世界中的存在"称为"沉沦"和"被抛"④,认为庸庸碌碌是常人的存在方式。⑤ 网络玄幻小说的主角多是突然被抛到极限情境中,面临残酷的考验。世界对他们来说全是偶然,但他们在被抛到陌生世界后均不甘沉沦,独立承担命运,在行动中展现了人的主体性力量。张小凡、韩立、叶凡、凌笑、张悬、任小粟、克莱恩、隗辛等主角奋斗历程带来的正能量是网络玄幻小说广受欢迎的重要原因。现实题材中,小说人物倾向于守护既有的世界秩序,而在网络玄幻小说里,主角们的行动原则是改变世界甚至是再造新世界。卢卡契认为,文学作品应该描写人的行动,因为"生活真实只有在人的实践中,在

---

① [美]凯瑟琳·海勒:《我们何以成为后人类:文学、信息科学和控制论中的虚拟身体》,刘宇清译,北京:北京大学出版社,2017年版,第392页。
② [美]朱迪斯·巴特勒:《权力的精神生活:服从的理论》绪言,张生译,南京:江苏人民出版社,2008年版,第2页。
③ [美]朱迪斯·巴特勒:《权力的精神生活:服从的理论》绪言,张生译,南京:江苏人民出版社,2008年版,第7页。
④ [德]海德格尔:《存在与时间》,陈嘉映、王庆节译,北京:生活·读书·新知三联书店,1999年版,第203—204页。
⑤ [德]海德格尔:《存在与时间》,陈嘉映、王庆节译,北京:生活·读书·新知三联书店,1999年版,第148页。

他的行动中才能显现出来。……只有人的行动才能具体地表明人的本质。"[1]网络玄幻小说通过书写主角改变世界的行动展现人的本质力量。主角身份在自我升级的过程中不断生成,与游戏世界的生成逻辑一致。游戏世界与海德格尔所说的"能在"类似。"在玩家操作之前,网络游戏只是一个隐而不见的,由场景、人物、声音与画面等组成的数码意义上的框架,故事并未生成。只有当玩家开始操控时,世界才开始形成并生动起来。"[2]在网络游戏"操控主义"的影响下,网络玄幻小说主角从根本上失去了身份的统一性和确定性,他们也获得了随时重新创造自己的可能。主角的行动生成不同的选择,带来相应的身份,引发不同的故事走向和最终结局。身份的生成性表征着现实的虚拟性和可变性,是技术发展带来的新世界观的演绎。

在《无限恐怖》《一世之尊》《从精神病院走出的强者》等无限流玄幻小说中,主角成为典型的德勒兹所说的"游牧民",在不同的空间栖居,成为解域的向量[3]。他们因主神/系统的作用快速穿越至不同的时空,代入穿越后的角色处境,以事先被赋予的身份生活,完成主神/系统安排的任务。主角成为主神/系统选中的用以实现其意志的角色,完成一项任务后,迅即进入下一时空。这类小说切断积累的过程,更强调现时的快乐,与电子游戏的契合度更高。小故事的结束代表主角身份的转换,无须交代即可让有游戏经验的读者在阅读中理解。主角作为游牧者在完成任务的过程中体验多元身份,从而拓宽自己的视野,体验不同的生活方式,并在高速流动的身份切换里建构自我,接驳了当下年轻读者的游戏体验和超越现实的渴望。前文所述的网络玄幻小说中诸多拥有后人类身份的主角也可以突破时空藩篱,在精神、肉体和宇宙空间乃至不同位面穿行,"游牧身体"成为对人类身份的自反式建构,实现了人类意志上的

---

[1] [匈]卢卡契:《叙述与描写——为讨论自然主义和形式主义而作》,见中国社会科学院外国文学研究所外国文学研究资料丛刊编辑委员会编:《卢卡契文学论文集(一)》,北京:中国社会科学出版社,1980年版,第52页。

[2] 黎杨全:《中国网络文学与虚拟生存体验》,北京:中国社会科学出版社,2021年版,第72页。

[3] 陈永国编译:《游牧思想:吉尔·德勒兹 弗利克斯·瓜塔里读本》,长春:吉林人民出版社,2011年版,第276页。

大自由。网络玄幻小说遵循游戏的生成逻辑和能动性,身份建构在主角的选择和行动中持续进行,寄寓着当下青年的新认知。"游戏、系统等网络名词已经内化为'世界'的一部分,从而在三次元之外开拓出异度空间",游戏世界已经成为新一代阅读群体日常生活的重要组成部分,"对他们来说,那不是虚拟,那就是真实生活"[1]。游戏化向度的网络玄幻小说中,世界不是唯一的,身份并非固定不变,敏锐捕捉了网络原住民对现实的真实感受。网络玄幻小说是基于"可能性"的新型文学,它们对可能的世界自由敞开。这些小说中,重要的不是何为"真实",而是人们如何感受和确认"真实"。网络构成新生活,网络社会中真实的虚拟文化成为新文化,"流动空间(space of flows)与无时间之时间(timeless time)"作为这一新文化的物质基础[2]打破了真实与虚构的传统认知。电子游戏成为人们"在新时代观看世界的新的眼睛"[3],新视角构成新意识形态,促成了青年群体对自我和世界万物的重新理解。"网络叙事的意义不是确立一种价值标准,更不是一种真理或本质标准,而是一种新的趋向,是人的总体经验的构成之一部分。"[4]网络玄幻小说映照当代青年的现实处境,忠实记录了人类的总体经验,刻画着时代的印记。

余 论

网络玄幻小说对主角身份的想象更为直接地从个体真实体验的欲望、情感和文化感受出发,表现了当下青年的心灵真实。其身份流动书写开放包容,既受到传统文化心理的影响,又借鉴了现代技术带来的世界观和时下流行的游戏文化,呈现了中国式现代化进程中自由开放的文学想象。网络玄幻小说

---

[1] 张春梅:《网络文学"现实"的多重变异、未来性与大众美学》,《中国文艺评论》2022年第3期。
[2] [美]曼纽尔·卡斯特:《网络社会的崛起》,夏铸九、王志弘等译,北京:社会科学文献出版社,2001年版,第465页。
[3] 严锋:《游戏化生存:未来的艺术与艺术的未来》,《上海文化》2021年第2期。
[4] 周志雄:《网络叙事与文化建构》,《文学评论》2014年第4期。

主角身份建构是复杂社会文化发展的抽象化寓言,在探索"可能世界"的过程中呈现出青年群体文化心理结构的变迁,是理解青年新认知和新世界观的重要窗口,对其研究可为探讨全球文化视野中的当代文化转向提供参考。同时,网络玄幻小说建构主角流动身份体现出的文化延续性、包容性和创新性,接驳了中华民族现代文明的文化主体性,是当下文化建构的重要收获,有可能为未来文化/文明的发展提供新契机。

"大女主"及其裂隙
——以希行《大帝姬》为例

陈立群[②]

摘 要:针对目前影视文化市场以至网络小说中火爆的"大女主"的生产,本文以《大帝姬》为例,讨论"大女主"包含的革命性与局限性,以及它对女性自我成长的意义。《大帝姬》想象、设计、逻辑化了女性的可能,对女性在身体上、在意志上、在道德精神上、在人生境界上,可能达到的高度,进行了极限的拓展。它全面、彻底地落实了"大女主"。而"大女主"对"女性"的摧毁也因此暴露无遗。女性的性爱、女性的身体、女性的群落,乃至"女性"本身,都在"大女主"的构建中被抹杀。而其中是否有什么残余?新的"女性"将如何成长?这还是一个没有解决的问题。而在新一代的"大女主"小说中,这些问题将继续发生发展。

关键词:大女主;《大帝姬》;女性

There is a crack in everything, that's how the light gets in.
　　　　　　　　　　　　——Leonard Cohen :*Anthem*

一、"大女主"的由来及其表征

"大女主"一词最早出现在 2016 年豆瓣的一篇帖子《科普向:普通小言女主戏和大女主戏的区分》中。这个标题,就反映了当时影视市场的一个趋势:

[①] 基金项目:国家社科基金重大项目《中国网络文学评价体系建构研究》(18ZDA283)。
[②] 作者简介:陈立群(1972—),女,广西壮族自治区天峨县人,文学博士,华南师范大学副教授,主要从事中国古典文化与网络文学研究。

女性角色在言情剧中的分量逐渐加重,以至于出现了"大女主"——以女主角叙事视角为主、以女主角的成长为叙事主线的影视剧,它与"普通小言""女主戏"形成了鲜明的区别。①

由彼时至今,"大女主"在影视剧市场上的热度有增无减,其内核也在不断增益,它不仅以女主视角和成长线为主,而且对女主的人设有进一步的要求:"女主角在经历各种情感波折、人生磨难后,跨越其原有阶层,最终达成所愿,完成自我蜕变。"②也就是说,这个"大女主"的"大",不仅是占据叙事篇幅比例的"大",而且是内在人格力量的强大。它或者是女主在权力博弈场域的主导性的优势地位,或者是女主智慧、谋略、技能的卓越,或者是女主道德、眼界、见识的超凡出众,等等。很显然,这是对"女性力量"的追求。

这是一个新鲜的趋势。新世纪以来,女性话语日趋退缩、保守。新中国成立以来一直提倡的"妇女能顶半边天",此时换成"回归家庭"的口号。媒体、学者和公众掀起了一波又一波关于"妇女回家"的讨论热潮。有学者公开抨击"曾经推行的所谓男女平等",认为它"破坏了中国家庭的角色分工,给中国家庭造成很多混乱",主张女性"回归家庭、学习生活"③。2000年全国妇联和国家统计局组织实施的第二期中国妇女社会地位抽样调查结果中,有53.9%的男性和50.4%的女性赞成"男人以社会为主,女人以家庭为主"的观点。④ 2001年政府相关部门甚至准备将专门针对女性的"建立阶段性就业制度、发展弹性就业形式"写入十五纲要草案的建议稿,后因遭到妇联的强烈反对方才作罢。⑤在女性的社会角色、社会地位收缩的同时,"女性"的"性别"形象也在被反复强调,曾经被刻意抹去的"女性"与"男性"的性别差异此时被浓墨重笔地凸显,传统性别话语里的顺从、退却的"女性"性别规范重新被规定为"女性"的性别特

---

① 王圣:《〈三十而已〉的大女主欲望法则与女性主义寓言》,《上海文化》2021年第2期。
② 樊依菲:《浅谈大女主剧的霸屏与困境》,《视听》2019年第12期。
③ 郑也夫:《回归家庭,学习生活——2004年11月7日在中华女子学院的演讲》,《博览群书》2005年第3期。
④ 第二期中国妇女社会地位调查组:《第二期中国妇女社会地位抽样调查主要数据报告》,《妇女研究论丛》2001年第5期。
⑤ 吴小英:《市场化背景下性别话语的转型》,《中国社会科学》2009年第9期。

征。如此这般的"女性"塑造在大众文化里得到广泛的响应。2008年大热的网络小说《平凡的清穿生活》就是一个典型的例子。其中女主一反穿越者往往在思想与行为上有意无意地对抗所穿越的时代的落后的观念和制度并力图改造它们的传统,和光同尘,明哲保身,顺从既定社会规范和权力等级制度,不挑衅,不挑战,而最终获得当时社会认可、自己也衷心接受的幸福。

而在这种情势下,在21世纪第二个十年的后半期,"大女主"的名号出现了,对"女性力量"的鼓吹和召唤出现了,为什么呢?

首先,有学者认为,这与"网络独生女一代"的成长分不开。[①]20世纪80年代中国大陆广泛实施计划生育政策,独生子女成为普遍现象。众多女性在家庭中被当作继承人长大,在思想观念上、技能和素质的培养上,受到与男性无异的教育。而这一批独生女在21世纪第二个十年陆续成长,进入劳动市场,也进入消费市场。她们与此前的女性劳动者主体有巨大差别。此前的女性劳动者大多受教育程度低,在社会转型中最先被抛弃,失去劳动岗位,形成"女性"贫困。[②]但作为"独生女"的新一代女性,享受着家庭资源的全面倾斜,拥有不亚于男性同龄人的教育程度、劳动素养、知识技能,是劳动市场与消费市场的重要力量。这构成了"女性力量"的基础。而这一代女性对网络话语活动的广泛参与,又使她们的愿望和需求形成不可忽视的网络舆论,渗透、影响着整个网络乃至整个社会的文化传播与文化生产。

其次,21世纪第二个十年之后个体家庭经济压力增加也是一个不可忽视的原因。2008年亚洲金融危机之后,中国政府采取了大规模增加基础设施建设投入等刺激内需的政策,城镇化步伐加快,资源向中心城市集中,物价尤其是房价呈现上涨趋势,个体家庭生活成本上升。大部分家庭不能单凭男性家庭成员的收入支撑生活,导致育龄女性普遍无法回归家庭。

同时,进入21世纪第二个十年,中国日益深切融入世界市场,全球化的生

[①] 高寒凝:《"女性向"网络文学与"网络独生女一代"——以祈祷君〈木兰无长兄〉为例》,《中国现代文学研究丛刊》2016年第8期。

[②] 吴小英:《市场化背景下性别话语的转型》,《中国社会科学》2009年第9期。

产转型趋势也波及中国社会,文化产业兴起,情感劳动、非物质劳动的分量扩大,女性的劳动空间扩大,女性工作岗位增多,地位和影响扩大。"大女主"的出现就是一个表征。它表明,第一,影视市场繁荣,资本进入多,利润丰厚。第二,影视文化影响大,辐射广,"饭圈"与粉丝文化兴盛。豆瓣小组"娱乐八卦"的出现及其讨论就是其表现。第三,女性逐渐主导影视制作,"女性"形象的生产成为影视制作生产的主要内容。

由此,"大女主"的诞生就是合乎情理的现象了。

但是,这个"大女主"的文化呈现与时代的发展、时代的要求并不能完全契合。这反映在它遭遇的众多批判中。

最为人诟病的,是这些"大女主"剧中,女主的成功成长,本质上是依赖了男性权力或男权制度,而女性则是以情爱关系来获得男性的支持和帮助。如《甄嬛传》中,甄嬛的地位和权威的上升,主要来自皇帝的宠爱和信任,而当这一宠爱和信任动摇,甄嬛的地位就出现了危机。而帮助甄嬛渡过危机的,又是一心恋慕她的男人,如太医温实初、清河王玄清,等等。如《知否?知否?应是绿肥红瘦》中,明兰也是依靠夫婿顾廷烨的不断上进,一跃成为侯门主母,才彻底完成了从家中最不受宠的庶女到影响家族兴荣的举足轻重的人物的蜕变。而作为她的对照组的墨兰,则以嫁入衰落的永昌侯府并最终分家,又生了五朵金花作为失败标志。因而,在这些"大女主"剧中,女性并没有成为独立自强的自主人格,它们散发的,与其说是女性主义的光辉,不如说是男权思想的锋芒。

从而,这些"大女主"剧中,女主的成功成长,往往呈现为"雌竞"——与其他女性一起争夺男性资源。最典型的表现就是网络小说与影视剧中的"宫斗""宅斗"的标签——后宫、内宅,这些女性聚集的地方,成为女性狙击彼此的战场。《甄嬛传》中,后妃们为争夺皇帝的宠爱,钩心斗角,尔虞我诈,不择手段。吱吱的《庶女攻略》中,从罗府到徐府,后宅众女性都费尽心思耍手腕,花样百出,争夺男主人的宠爱与信任。《知否?知否?应是绿肥红瘦》中,明兰、如兰、墨兰乃至曼娘等等,诸多青春美貌、秀外慧中的女性,明争暗斗,你死我活,只为嫁一个优质男性。这也是批评者不满的一个聚焦点。

最终,"大女主"的故事呈现出胜者为王、强者为尊、物竞天择、适者生存的丛林法则。"大女主"的"大",是战胜了竞争对手的强势,是占有了生存资源的优势,是善于利用既定社会规则的顺势,而不是女性内在自我意识的完善强健。从而,"大女主"的"大",表面是对女性自身内在能量的凸显,实际上却是以权力为终极坐标系的对女性的市值评估。它并没有给"女性"以及"女性力量"一个正确的价值导向和评判标准,反而有扭曲异化与误导的嫌疑。

不过,"大女主"招致批评的最主要的原因,恐怕要归咎为"大女主"影视剧的脚本——那些曾大热的网络小说。它们大多已是十年前的产物,恰恰正是《平凡的清穿日子》所掀起的那个潮流的代表,女性意识萎缩的时代意识的反映。因而,它们与当下时代形成了反差,虽然戏份是"大女主",意识形态内核却恰恰相反。这正反映了主流文化对当前女性的时代需要的基本应对策略。

那么,一个真正地响应了新时代的呼唤、完美的"大女主"会以什么样的形态呈现呢?她又会给女性带来怎样的解放前景呢?

我们不妨以希行的《大帝姬》为例,看一看。

二、"大女主"的完成

《大帝姬》是起点女频大神级作家希行 2017—2018 年间发布的作品。希行主攻古风言情,向来偏好"女强"型的女主。这部作品是她继《君九龄》之后的又一部"女强"式穿越力作。《大帝姬》发表后,与希行的其他作品一样赢得了女性读者的由衷喜爱。几乎每一章后面都会有读者发表评论,讨论小说情节与人物,并激烈地争论。几乎所有评论留言的读者都以不同的方式表示,她们从作品、从主角身上受到了感染,得到了激励。直到今天,《大帝姬》仍然位于女频销售榜前列。

《大帝姬》内容简介:

来自现代的女杀手穿越到一个架空的古代王朝,成为女扮男装的少年薛青,与寡母一起投奔未来岳父生活。未婚妻及其堂兄弟对这个挟恩缔结婚约的未婚夫十分不满,设计驱逐她。薛青提出读书中状元后方娶妻的远大理想,踏上漫漫求学路。她偶遇一位潦倒的老者四大师,拜他为师,研读诗书,锻炼身手。同时与镇上一干少年不打不相识,赢得他们的尊重,一起创办知知学堂。

大将军秦潭公谋害先帝后,扶持伪外甥登基,并派遣密使暗里寻访捕杀原继承人宝璋帝姬,众多年龄相仿少女被害。薛青为解救相识少女,刺杀了密使,并发动一同读书玩耍的少年开展抗议活动,家长们一并被席卷进来。薛青发现自己就是宝璋帝姬。她与小伙伴们一起来到当年皇后与宝璋帝姬焚身的黄沙古城,参加了君子试,夺得状元,同时与支持她复位的五蠹军探索皇后陵墓,寻找传国玉玺,未果。

而后薛青与小伙伴们一同来到京城任职。大臣陈盛与秦潭公的心腹宋元发动宫变,真正的宝璋帝姬、宋元的养女宋婴上位。原来薛青只是宝璋帝姬的替身,被父亲宋元李代桃僵而意外存活。新朝的纷争中,薛青宣称自己才是帝姬,针锋相对开展反击。同时,西凉大举南侵。混战中,皇寺出面调停。苍山上,四方会面,秦潭公、四大师身亡,宝璋帝姬坠崖,薛青最后登上帝位。

在这部作品中,希行塑造了一个典型的"女强"式主人公,突出地表达了女性对自身的思考,对自身的解放的探索,突破了穿越言情小说的爱情书写模式,拓展了女性的自我设定,尤其是拓展了"大女主"的视域。

首先,与过往"大女主"所谓依赖男性及其偏爱而成事不同,《大帝姬》中,女主身手强悍,心志坚定,智计百出,是一切事件与行动的发起者、组织者、决定性要素。她前世杀手出身,搏击技巧高明,以瘦弱的少年(女)之身,独自先后格杀了秦潭公的得力下属、武功高强的宗越、"左臂右膀"等人。她意志强大,百折不挠,努力不懈。读书预备科举的时候,每首诗、每篇文章反复背诵默写,滚瓜烂熟。刺杀宗越的时候,不惜先用铁条捅穿自己的身体,以便击中对方。到黄沙道参加君子试的时候,她夜间与"左臂右膀"肉搏,内伤严重,但仍然强忍身体的巨大痛苦,参加第二天的棋艺比试,并在比赛过程中巧妙利用茶香暗算对手西凉太子,致其吐血,搅乱棋局,以拙劣的棋艺赢得胜利,并掩饰了自己的伤势。她机敏主动，善于审时度势，把握人心，团结领导他人，掌控大局。她在长安府参加长乐社蹴鞠取胜，赢得原先敌视轻视她的少年们的信任爱戴；她在社学附近组建知知堂，聚集学堂少年，在与秦潭公的爪牙们斗争的时候，暗中引导学堂少年自发调查了解受害学生的家庭状况并广为宣传，以讨论读书的目的的方式鼓舞学生坚持正义，为同学鸣冤，用大声读书的方式与官府非暴力对抗，进而鼓动城中大族罢市，共同对抗，最终使主持者被朝廷治罪。她带领长安府学生参加君子试，策划有方，个人独占鳌头，团体也基本入围，其后进京入读国子监，以自己的才华、品行、谋略影响引导同学们，他们学习她、支持她，成为她最后逆袭的重要助力。她开始受五蠹军庇护，后来以为自己是帝姬的时候，成为五蠹军对抗秦潭公的主力乃至领导者，宋婴上台后，五蠹军的使命落空，她经营五蠹军的后方，使其成为自己反击宋婴的根据地。总之，这个女主不再依赖其他男性角色的能力、地位行事，而是完全凭一己之力，推动整个故事的进行，是完全主导的主角，是名副其实的"大女主"。

其次，小说的主题，不是个人情爱，而是自我、自由。

《大帝姬》人物众多，情节曲折，时时有出人意料的转折发展，令人应接不暇。然而，小说的主题始终非常清晰明确：自我、自由。作为一个传统的"王子复仇记"类型的故事，小说的主线却并不是"复仇"，也不是来自"王子"身份的权谋博弈，而是一个陷入自我命运之中的"我"从命运的旋涡中挣脱，进而主导命运的潮流的故事。《大帝姬》分为三部，分别命名为《有一个秘密》《又一个秘密》《最后一个秘密》。穿越而来的薛青首先面临她的第一个秘密、第一重命运：女扮男装。在她努力逆转命运解决这个问题之后，第二个秘密暴露：她是宝璋帝姬，身怀国仇家恨。她努力逃避，而后勇敢面对，经历残酷的血肉搏杀，眼看即将战胜仇人的时候，第三个秘密暴露：她是被牺牲的替身……每个秘密，都是薛青人生道路上的天坑、巨雷。命运反复拨弄她。她的人生的主旋律就是从命运的手下，抢夺自己，保存自己。

而她对命运的反抗，并不是因为不满于命运安排的阶层，想要争夺更多的生存资源。她并没有对权力、财富的渴求。她真正所不满的是这种被安排、被操控的命运。我可以牺牲,可以去死。但是,这必须得让我知道,必须由我自己自愿选择。我不愿做棋子,任人摆布。没有人应该做棋子,任人摆布。一切冠冕堂皇的大义,忠君、牺牲,都不能蛊惑我。薛青对命运的抗争因此具有强烈的示范性和感染力,正如读者"修仙呀略略略"的长评:"穿越女主的讨人喜欢不在于她们和别人'不一样',而是'在哪里'不一样。一个现代灵魂的价值到底在何处?人类文明发展千年,进步在何处?不是几个科技发明,不是几篇精彩诗词——是经过信息爆炸才能具有的眼界,只有现代社会才能教养的平等灵魂,是保持清醒和克制的独立人格。"①

而在希行的笔下,这个自我、自由,并不是女主的专利。似乎是头号反派的秦潭公,他的反叛到后来也显得合情合理:先帝凭什么摆布他?需要他和他的军队的时候,他们就是英雄;想要和谈的时候,他们就是被推出来的挡箭牌、被抛弃的砝码;凭什么?他的反叛又因此不可饶恕:他凭什么让万千百姓成为他的棋子,为他的棋局丧命?宋元的《赵氏孤儿》中程婴般的牺牲,也从英勇大义变得无比虚伪可笑:牺牲是他的决定,但被他牺牲的是他的妻儿子女,他们完全没有得到选择的机会,他凭什么替他们做决定?——小说的主题由此升华到一个崇高的精神境界。

最后,与一般所谓"大女主"的成功哲学不同,《大帝姬》中,女主的人生目标,她奋斗的目的,自始至终都不是阶层的跃迁。薛青虽然身手不凡,谋略周到,但从未想要力压众人,称霸天下。她渴望的是平平安安、平平淡淡地度过一生。她的理想职业是教书先生,原因不是要化育万民,恩泽天下,而只是钦羡这个职业清闲,不需劳力而有酒食可用。她对人间、对生活充满兴趣,珍惜而爱护。她的反抗,从来不是针对世界、针对生命本身。她特别珍视生命,为同学张撵的妹妹——一个普通的不相干的甚至不认识的少女,她可以去刺杀武力超群、权势可怖的当朝权臣,谋划整个城市的反抗浪潮。她得知自己是宝

---

① 《大帝姬书友圈》,2018 年 10 月 13 日,https://h5.if.qidian.com/h5/share/post/base?circleId=6924323103929403&postId=268368133364973568&spdt=14&spdid=18&ex1=268368133364973568&shareUserCode=mIotGNJf&dt=11&did=2。

璋帝姬的时候,本打算脱身而出,却为了救溺水的郭子安而滞留了脚步,从而无法脱身。她爱护周围的人,亲人、同伴、朋友,想方设法地成全他们,满足他们的心愿,帮助他们实现自己的目标。对她身边的小丫头蝉衣,薛青帮助她逃脱朝廷抓捕,帮助她求学杨大夫,成为大夫。对青楼的小姑娘春晓,薛青帮助她在才艺比赛中获胜,成为青楼名角儿。她从来没有霸王雄图,也绝不牺牲他人来达到自己的目的。在这一点上,她与真正的帝姬宋婴形成鲜明的对比。宋婴也有才华、坚忍、大度,具备一切上位者的优秀品质。但是,她视复国为自己的目标,视别人为自己和自己的目标而奋斗牺牲为理所当然。周围人实际上在她看来都可以成为她的工具,都有自身的用场。尾声里,她与护卫坠崖。护卫为了保护她,不惜性命,身受重伤。而她认为护卫已无生存的可能,就不必消耗食物药品。作者通过薛青对宋婴的胜利,昭示了她的世界法则:一切生命、一切情感都被爱护,都能被好好安置。这是对丛林法则的旗帜鲜明的反抗。来自女性的保守、恬淡、惜生的心性,在这里焕发出耀眼的光芒,开辟了一种崭新的天下设计的乌托邦。

于是,《大帝姬》将一切针对"大女主"类型作品的批评都驳斥回去了。它全面、彻底地落实了"大女主"。它想象、设计、逻辑化了女性的可能,对女性在身体上、在意志上、在道德精神上、在人生境界上,可能达到的高度,进行了极限的拓展。"大女主"因此得以树立起来,完成了她的价值建构。

三、"女性"的死亡

然而,在这个过程中,我们看到,为了成为"大女主","女性"需要付出巨大的代价,而趋于"死亡"。

首先,是"女性"的性爱的死亡。

《大帝姬》开文后不久,它的言情模式就遭到了众多读者的纷纷质问:你这是言情?男主呢?——然而,《大帝姬》中,男主始终没有出场。作品中,自始至终都没有女主与他人的爱情互动。最后,大家都接受了。甚至有读者表示:

没有男主,挺好;没有恋爱,挺好。一种新的言情模式——无CP、反言情,一种新的女性形象——"大女主",由此在穿越言情小说中冉冉升起。

但是,同时,我们不能不看到,这种新的言情模式、新的女性形象中对女性的阉割。薛青丧失了性趣、丧失了对性爱的生理与情感的需求。小说中,间或也写到她对男性身体的欣赏,例如与少年们游泳时,对少年们裸露的美好肉体的正大光明的窥视。但是,这个"好色",只停留在一种静观的欣赏,却没有深入了解、感受、占有的欲望。所以,小说虽然提到薛青对少年们身体的观看,却并没有在文中描绘这些身体,塑造这些身体的形象,表现这些身体的性魅力。并且,薛青欣赏的对象一直都只是"少年",从来没有成熟的男性的展示——无论是身体还是精神世界,从来没有描绘女主对成熟的男性的向往或被吸引。实际上,"性",在小说中是不存在的。

这种阉割的指向,不仅仅是生理层面的欲望,还有精神层面的情感。小说塑造的薛青是个非常重视感情的人。小说细腻地刻画了薛青与周围人的情感纠葛:与四大师的师生之情,与薛母的母子之情,与少年们的友情,等等。薛青重视情感,不肯辜负任何一份情谊,哪怕是陌生的同学妹妹给的一个糖饼,她也竭尽全力报答了这份好意。然而,唯独这里面没有爱情。爱情,来自人的残缺,人感受到生的孤独,而渴望分享、分担,渴望伴侣。然而,在薛青与他人的感情里,从来没有这种主动的需求、渴望。在各种情感关系里,在人际关系里,薛青一直都是被动的,她永远都是回馈、报答,从来没有渴望、追求。从这一点来说,她的情感其实也是缺失的。

无疑,这是作者有意识的剔除。性欲、爱情,造成个人对外在的世界、对他人的需要,造成人的渴望、向往、爱恋、追求,因而会带来痛苦、失望、难堪……带来自我的虚弱、匮乏、破败。于是,为了维护自我,塑造一个强大、坚不可摧的自我,就要堵住一切缺口,就要断情绝爱,从而,对女主、对女性进行了阉割。

其次,是"女性"身体的死亡。

言情小说中,女性身体是一个重点描述的对象,是故事情节推动的重要因素,爱情的生成与消亡,往往与女性的身体的演变紧密相关。因而,网络言情小说的传统,女主的外貌身材都是美丽绝伦的,具有强烈的性吸引力。

但是,《大帝姬》中,女主伊始便女扮男装,身体被矫饰、被掩盖。"女扮男装"其实也是言情小说的传统类型模式,如著名的《梁山伯与祝英台》。在言情叙事中这个桥段通常是为了制造女主与男性接近、发展出亲密情感的机会。女主的身体虽然被男性的衣装包围,但是她的女性化的性魅力会在男性的外壳之下渗出,激发男性对象的不自知的异性恋的欲望与爱恋。但是《大帝姬》几乎没有对女主身体男装阶段的女性魅力的描写。此时,她的身体形象所突出的是无性别的能力,甚至是男性化的能力:迅捷的动作、强悍的身手,对击打和伤痛的强大的承受力,以及致命的杀伤力。她与男性同伴的身体关系,首先是力的征服,是在打斗、比赛中压倒他们、战胜他们。其次是力的支撑、支援,在并肩的奋争中领导他们、支持他们。男性同伴对她的感受是敬畏,进而尊重、钦服。"女扮男装"对薛青而言,是抹去女主的性别标签,发展无性别的关系,发展伙伴情谊。

而即使是在男装之下,作者赋予女主的身体形象也是弱性别化的。作者偶尔描绘薛青男装身体外观,都是身体瘦弱,面目清秀,性别特征并不突出,可男可女,性魅力也不明显。小说中对女主的身体的展现,更多的是在一次次战斗中:

> 薛青的双眼猛地一眯,身形微转似乎要躲避宗周咬来的牙,左手抬起握住插在右肩上的铁条……噗的一声,没有拔出而是狠狠地推了进去。
>
> 扁平的铁条狠厉快速地刺穿了薛青的箭头,噗的又一声,刺入了宗周因为歪头而展露的咽喉深处,薛青的左手翻转,铁条在肩头转动,骨肉发出咔咔的声音,血从身后泉涌而出。(第一部第108章)

评论区一片惊呼,有的感同身受:"疼疼疼疼疼!""痛死了!"有的惊讶于薛青的心志:"好狠!"有的彻底拜服:"太牛了!""被青哥帅弯了!"这里展现的不是传统的女性身体形象:美丽的外观、愉悦的观感、温柔的性吸引力,而是疼痛、血腥、暴力,男性化的令人"心惊肉跳""惊心动魄"的身体景观,并且激发的性吸引力也是男性化的——薛青被称为"青哥"、她的形象的魅力被描述为"帅",薛青以男性化的性形象呈现。

这是真正的"女扮男装"。男装之下,女性的性别身份,从名义到肉体,彻底消失。

在作者的设定中,薛青的前世是一个杀手,从而穿越而来的她才拥有了强大的身体能力和搏击技巧。这也就是说,薛青本来的身体就已经是一个去女性化、"杀手化"的身体。原来的身体已经被这个穿越而来的杀手身体取代。所以,这就是本书的"穿越"的寓言象征意义:女性原本身体被穿越者覆盖而消失,甚至是"女性"身体本身的消失。——如果"女性"与男性的性别差异最终不可逃避地落实在身体上,那么就从身体上彻底消灭这种差别。

然而,刻意抹杀女性的身体性别特征,也是一种逃避。它完全回避了女性的现实处境、现实困难。女性身体带来的困境:体力的弱小,月经,怀孕,生产,哺乳,等等,这是一众女性无时无刻不在这个世界体验到的。而作者给予女主强悍的、少年化、杀手化的身体,躲避了女性的所有身体困境。"大女主"因而成为个别女性的幸运。这样的"大女主"是从女性中逃逸的,不具备普遍性,不具备示范性。

再次,是"女性"群落的死亡。

《大帝姬》中,并没有作者此前的作品如《君九龄》中的妇女群体、妇女共同空间。而在《君九龄》乃至《知否?知否?应是绿肥红瘦》《庶女攻略》《平凡的清穿日子》中,这样一个庞大的、地位相近、关系亲密的妇女群落是女主最主要的生活空间,她主要的活动、重要的事件、最终的胜利,都是在这个女性共同空间中发生、发展、完成的。这种世界构建几乎是当前网络言情小说的标配。然而,在《大帝姬》中,女主作为一个女扮男装者,生活在男性当中,并与他们发展出各种关系,她脱离了这个女性空间。她与宋婴的争执,也并不是一种宅斗,一种女性技术与女性策略的较量,而是政治斗争,是世界观、价值观与政治方针的斗争。她的世界与眼界,按照读者们的说法,超出了通常女性生活的这片狭小的空间。

那么,其他女性呢?

希行的作品被人称道的一点是,她不像许多言情小说那样大肆抹黑女主之外的其他女性。《大帝姬》中,除主角之外,作者也塑造了一些个性鲜明、思想独立的女性。如薛青的仆役女伴蝉衣、初出茅庐的小妓春晓。蝉衣为仆时懵懂、安于现状,历经生死大劫后猛然成熟,毅然决定跟从杨太医学医,后来目睹宋元之妻、薛青之母死亡,忍受住宋元、宋婴的恐怖探查,最后告诉了薛青真相。蝉衣野心勃勃,机敏过人,善于抓住机会向上爬。她认准了薛青身上的潜力,努力争取她的诗赋作品表演,一鸣惊人,扬名青楼,随后自动自觉地在青楼中搜集消息,帮助薛青,在紧急关头给予了薛青帮助。两人都有鲜明的、丰满的个性,有明白而合理的成长历程,最后都成长为勇敢、机智、有独立思考的女性。还有薛青的养母、一个软弱爱哭的妇人、五蠹军里用毒出神入化的戈川,以及精于搏击的妙妙,那是五蠹军里真正杀敌的中坚力量,也是薛青的坚强后盾。骄蛮的大小姐郭宝儿也有不甘被女子之身困缚,期望成为上阵杀敌的大将军的理想。甚至宋婴,也完全是一个完美的帝王继承人的形象,有学识,有才华,有心胸,坚忍不拔,忍辱负重,刻苦自律。

但是,这些女性是零星的、个别的个体。她们只与女主发生深切的关联,有情感与命运的相互影响。但是她们彼此之间并没有像薛青的同学与伙伴一样,构成一个团体,一个共同体,一个群落,在社会上、政治上发生深刻的影响,产生了新的命运、新的故事、新的情节、新的结局。

这样,女性的困境也从小说中泄露出来。故事里,帝姬亦可继位,全文并无重男轻女的情境。然而,学堂里,只有男性;伙伴中,几乎只有男性;朝廷上,更是满是男性。可见,这仍然是男性主导的环境。所谓的"大女主"文的困局,也在《大帝姬》中突出地显露:只有女主一人独大。

四、死亡中的残余

不过,在这样的扩张与死亡中,似乎仍然有东西被生产出来,仍然有东西被保存下来。

首先,是情爱。作为一部无CP的言情小说,《大帝姬》的评论区和读者群却自始至终充斥着对男主,或者说薛青的配偶的猜测。直到《大帝姬》完结以后很久,还有读者意难平地坚持,女主的官配应当是她认定的某某某,证据如下,等等。

之所以会有这样的情形产生,一个原因,是小说中确实有若干男配或主动或被动地、完全地或不完全地意识到了女主的性别身份,并因此对女主产生了恋慕之情。如郭子安。薛青发现自己的帝姬身份,决定投水死遁,郭子安误会,下水来救反遇难,薛青不得不暴露身份救人。得救后的郭子安看到了薛青的女儿身:

身边青石上一人黑发如水草铺落,薄衫丝绸衣湿滑贴身散乱,脖颈颀长,白肤如凝脂,微胸半露,纤腰如柳,日光下媚人欲醉。(第二部第6章)

自此,郭子安为薛青鞍前马后,百般呵护,后来又为能帮助她而投军,后来被她牵连遭遇酷刑也不改口。

然而,这种忠诚的爱慕并不仅仅来自薛青的女体的诱惑,更多的是之前薛青的所作所为:刺宗周、救蝉衣、驱梁承、脱张撑……这使郭子安毫不犹豫地舍身相救。之后,薛青一如既往地勇猛、强悍、光明……在这些高大夺目的光芒的映衬下,那个河边石上的女子才如此妖艳动人,以一种完全不同于这世间女子、完全不同于这世间人的姿态——"河妖",深深铭刻在郭子安心中。

这正如另一个CP大热门柳春阳的情形。柳春阳在薛青救蝉衣的时候就已经发现了她的真面目,他亲眼看见她用铁条捅人杀人,他亲手持着这根铁条,被薛青压倒再次捅入自己的身体,以掩饰她原来的伤口。从此他就和薛青共享一个致命的秘密,从此他就拥有一个唯有自己知道的秘密:她是"妖怪"。她对自己的狠辣,她的坚韧果敢,非人可忍受,非人可想象,唯有"妖怪"可当。那种非人的、"妖怪"的美……"妖怪"是柳春阳的恐惧,也是他的向往。柳春阳甚至很长时间里都不知道薛青的女性身份,但他一直是薛青的秘密活动的得力助手——只要薛青需要帮手。他一边恐惧,一边竭尽所能地为她奔波。后来,薛青被宋婴追捕的时候,他在京城大肆撒钱,传递消息,联络京师同乡和知知堂的学生……这种与郭子安异曲同工的忠诚,对薛青的"非人"的一面的惊怖与向往,使他们与薛青的情感纠葛暧昧而复杂。

至于另外的CP,情况似乎就简单明晰得多了。无论是张莲塘、张双桐兄弟,还是裴家的凤凰裴焉子,乃至卖身为奴的乐亭、知知堂的伙伴们,女主与他们的关系都是不容错认的兄弟情谊,意气相投,生死与共。不过,与传统历史争霸文里的兄弟情谊不同,这里没有"王霸之气"和对它的颤抖臣服,没有对个人的盲目的崇拜和服从,也不是系于个人情谊、为特定个体的前赴后继的牺牲,而是少年情怀,赤子心志,对自由与正义的源自初心的追求和坚守。正如裴焉子所说:"我不喜欢你,我喜欢的是你身边会发生的事。""所以我就跟着你,来体验一下我经历不到的事。……人生乐趣。"(第二部第140章)这个天才少年,这个家世优越、智商出众的少年,这个家族的荣耀的期待,他的人生自出生起就可以预料得到,那是千百年来众人复写的轨道。而薛青所有的行为都是人们习以为常的世俗规则的打破!少年心底的热血与期盼,对新鲜的世界的向往和追求,老成持重的人们以为的不现实不成熟的理想的落实……鼓励着薛青周围的少年。焉能不激发少年们的追随呢?

而她与同伴们的情谊,就建立在这样的心性和这样的理想之上。所以,当薛青的女性身份大白于天下的时候,伙伴们并没有太多的彷徨、犹疑。对他们而言,薛青仍然是那个勇往直前的"三次郎"——一次两次尝试或许不行,第三次一定成功,或者"三次娘"。他们依然跟随他/她为他们树起的旗帜,团结战斗。这是超越性别的同志之情。它明晃晃地向世人宣示:男女之间除了性的关系之外,还可以有人之间的关系。

嗯,也许,还可以不止于此。

当尘埃落定时,薛青称帝,裴焉子收拾行李上京,准备竞争王夫。这个情节,震惊所有读者。但是,如果作者所写的一切,都是对这世间之事的重写、改写、新编,那么,夫妻、婚姻、家庭,乃至情爱、女子,也会在他的笔下呈现出新的篇章吧。我毫不怀疑。我充满期待。

所以,又怎么能责怪读者们兴致勃勃地磕 CP 呢?就算《大帝姬》是无 CP、"大女主",那也不妨碍它言情啊。

同样的还有身体。还是身体。

在薛青的女性身份曝光之后,她开始频频以女装出现。很多时候,这里的女装身体并没有太大变化,仍然是一具强悍、勇猛、战无不胜的身体。如在攻打黄沙道的时候:

> 那黑衣女子恍若一道黑色的光,几乎在一眨眼间冲过了二十丈,所过之处如乱拳砸下一拳一个坑。
>
> 她喊道,发出一声低吼,手从身后一抽,一根裹着布的铁条点向城墙,同时人也贴上,伴随着锵锵锵的身影(声音),女孩子沿着城墙向上而去。
>
> 一眨眼间那女孩子在众目睽睽之下攀爬上了城墙,伴着一声吼铁条撞城墙人翻身跃起,越过握着弓弩的张大嘴的兵丁,在半空中翻滚,落在了城墙的另一边。
>
> 锵的一声,铁条插入垛墙上。(第三部第 100 章)

评论区又是一片"太帅了""帅炸了"的惊呼,"威武霸气""力拔山兮气盖世"的陶醉。

这不再是一具被抹去女性名义的身体,还是女性名义的身体。它没有抹去女性的名字。它改写了女性的名字。在女性的名字之下,也可以是这样强悍无伦、坚不可摧的身体。"女性"在被抹除之后,又得以重新构造。

而同时,这具身体又一而再,再而三地展露纯粹女性化的风情。

薛青躲在春晓的闺房,换上了女装,"长睫毛大眼,鼻挺眼润,一张脸娇小轮廓精美","声音如花吐芬芳,又如蝶儿春风中飞舞……"她还与春晓比美:"你很好看","不过,你没我好看。""我真好看。"(第三部第 69 章)

这些在言情文里司空见惯的肉麻文字,此时却显得分外奇异,但并不令人反感,相反,有种劫后余生的庆幸,有种水到渠成的欣慰,令人惊喜,仿佛脱下戎装的花木兰,对镜帖花黄。

当我脱下戎装,下面仍然完好无损地保存着我的女性。男装并不是对女性的拒绝和否定,不是厌女,而只是保护我自己,乃至保护女性。

我用男装抹杀"女性"的程式化的样貌,为的是让你看清我本来的模样,不能、不想让"女性"的统一的固定的模板糊了我真正的样子。而后我再次穿上女性的衣装,戴上女性的花冠,让你进一步真真切切地看清我的模样。作为女性的我。因为,我确确实实就是女性啊。强行剥离这个性别、这具身体,我也失真了。

而当我回归女性,当我融入女性时女性也将不再是僵化的外壳,而成为更灵活、更包容、更具行动力的共同生成的基础,生产性的群落的可能的希望。

所以,女性并没有彻底死亡。对女性的身体的美的爱、女性的自恋,以及被爱的想象和憧憬,这些,女性深处,女性之为女性的东西,女性对自己本身的迷恋、爱护、执着被保留下来。

正如小说最后,已经正位的薛青穿着男装私自探访长安府的同伴,独处时,薛青问曾经见过她为躲避追捕而穿着女装的样子的张莲塘:你看我的模样相比上次如何?

上次,我穿着世俗规定的女性服装,按人们对"女性"的审美标准,涂脂抹粉,浓妆艳抹;这次,我仍然身着男装,但不再按男人的模样装扮自己,我的眉目我的笑容完全是我自己,只是我自己。那么,你觉得,哪一个我好看?女性,美,应该是怎样的模样?

莲塘不负众望,回答:"现在好看。"(第三部第145章)

这也是作者给读者的回答,这也是读者们给自己的回答。

如果按照波伏娃与巴特勒的说法,"女性"是一种社会文化的话语构造,如果按照巴赫金的说法,每一种话语的驯化中都包含着对它的反抗,那么,我们将要探究,在"女性"的名义下,有什么东西在被摧毁与摧残;同时,我们也要探究,在"女性"的名义下,有什么被保护、被保存、被小心翼翼地看护着长大。关于"爱情",关于"美",那些贯穿了"女性"话语的整个历史的乌托邦,并不仅仅是规训"她"们的幻象,也是支持"她"们、成就"她"们的理想。在彼此的相互接济、相互激励中,逐步生长为人类文明永不凋谢的灿烂花朵。

七年过去了。而今回望,《大帝姬》果然成为新时代"大女主"的起点。青年学者肖映萱在总结2022—2023年的女频网络小说时,不得不打出了《"大女主"的游戏》的标题。那些最先在薛青身上闪耀的光芒——强大的行动力、救世的情怀、边缘化的性缘关系,等等,在隗辛(《穿进赛博游戏后干掉BOSS成功上位》)、祝宁(《我在废土世界扫垃圾》)等身上继续发光发热,而小说中缺失的女性群落意识,也在《买活》《我在废土世界扫垃圾》等作品中得到强化。[1]未来依然未知,但已经可以怀着期望、期待。

---

[1] 肖映萱:《"大女主"的游戏法则——2022—2023年女频网络文学综述》,《文学报》2024年3月28日。

"创世纪"的尝试[1]
——论《我们生活在南京》的科幻书写

汪 杨[2]

摘 要:《我们生活在南京》赓续了"硬科幻"的风格,是网络与科幻联手的一次浪漫主义的尝试,小说所采用的已知性末日与拯救的主题叙事,是一次有关人类文明历史进程书写的"创造性"尝试。小说的叙事核心是人对终极价值的事实追寻,人类如何去对抗必然,如何去正视宿命,构成了这部科幻小说潜隐的叙事目的。小说以三个叙事人,开启了一场孤岛与众生的假定性伦理实验,作者借由虚幻的时空幻想故事回答了"作为人意味着什么"的哲学命题,启示出人类牺牲的意义和生而为人的尊严与价值。

关键词:天瑞说符;网络"硬科幻";绝对价值;浪漫主义;思想实验

作为类型文学中最难定义的一个文类,科幻文学以其科学性的经验传达和专业化的文学表述,已逐步实现了从少数派的亚文化向"赛博化"的全球文化转型。2021年6月,天瑞说符的《我们生活在南京》在起点中文网上连载,小说曾获第三十二届中国科幻银河奖·最佳网络科幻小说奖,荣登"网文青春榜"2021年度榜单,2022年小说由中信出版集团实体出版后,2023年5月获第十四届华语科幻星云奖2022年度长篇小说金奖,2023年9月获得了第二十届百花文学奖·网络文学奖,同时即将被影视化。这位以"硬科幻"风格为标志性特征的作者,已是四年三次荣获银河奖[3],而这一奖项自1986年颁发始就被

---

[1] 基金项目:国家社科基金重大项目《中国网络文学评价体系建构研究》(18ZDA283)
[2] 作者简介:汪杨,女,安徽大学文学院副教授。
[3] 《死在火星上》获第三十届中国科幻银河奖·最佳网络文学奖,《泰坦无人声》获第三十三届中国科幻银河奖·最佳原创图书奖。

业余爱好者和专业人士视为中国科幻领域的权威认定,网络成为天瑞说符讲述和传播中国科幻故事的重要途径,电子阅读和数字平台的出现与普及,客观上改变了以文字为载体的文学作品的创作方式和接受途径。本文所感兴趣的是,这部经由网络连载而生成的科学幻想具备了何种新的故事形态？这部成功"跨界"并得到通俗、严肃、消费三重认可的网络科幻是如何在新的科技背景和时代命题之下延续经典的科幻传统叙事的？在网络与科幻的双重加持下,这部小说达成了何种"再造文明的尝试"？

一、末日与拯救

《我们生活在南京》自更新就被起点中文网划为"科幻·末世危机",这一文类的统一介绍语是:"星海漫游,时空穿梭,机械科技,目标是未知的星辰大海!"对于网络小说而言,选定的分类与提炼的关键词是读者获取小说的直接路径,在网络创作平台低门槛准入制以及近乎零成本的"出版"方式下,相似主题的小说作品体量巨大,如何在连载首页呈现故事大纲和人物小传,从而被读者"看见"并有效维持点击率,成为众多网络作家创作小说介绍文案的首要目的,对此,《我们生活在南京》使用了极其俭省的一句话——"这是两个年轻人拯救世界的俗套故事":"两个年轻人"符合使用网络平台阅读的群体的身份认同——这是作者对读者的暗示,一个属于"我们族类"的故事;"拯救世界"是科幻的经典主题——这是作者对体裁的确认,一个对"不可知"且"不可思议"未来的现时性书写;而"俗套"的自我体认——来自作者的修辞戏谑,却也隐含对传奇叙事法则的反叛态度,多少让人联想起小说《虚构》的开头,"我就是那个叫马原的汉人,我写小说。我喜欢天马行空,我的故事多多少少都有那么一点耸人听闻"。马原一入题就直接介入小说,同时否认了小说的现实性,剥夺了读者的参与感,宣示了作者的绝对主权,而天瑞说符则在未开始叙事之前就直接否定了以想象为主业的科幻类题材的"创新性",那么,这部小说的可读性难道是通过作者"正言若反"的设迷方式实现的吗？

事实并非如此。小说是以同一地点——秦淮区苜蓿园大街66号,梅花山庄中沁苑,11栋二单元,进小区门左拐二十米,八楼,805①——位置坐标精确到再无阐释与渲染的可能,两个不同人物——少女半夏、少年白杨,展开双线叙事的,作者几乎毫不掩饰地揭示出了这个房间就是两个时空的意外交会点。在这个命定空间内,两个天选之子以各自的活动展示出两个截然不同的世界:一个是大街上成群结队地路过野水牛、鹿群,唯一的人类自言自语的陌生化未来;一个是有着当下一切熟悉生活图景的正常化现在;读者很轻易就参透出了文本的秘密,这必然是一个知晓未来、逆转时空、拯救过去的科幻故事,是一个预先揭露谜底的悬疑叙事,当小说中的人物还在反复自证、怀疑、试错的时候,读者已经在知晓"末日"已至的结局下,等待着作者去布局"拯救",去"逆天改命",读者急于推动故事的焦虑感构成了小说情节的外推力,这也符合连载文本的叙事需求,作者通过让渡自己的知情权,让读者以上帝视角等着小说人物的自我发现,以此延续读者的阅读期待,在通晓2024年人类文明将尽数毁灭的结局之下,作者一步步推动拯救的进程,形成了共情。

　　科幻的文学基底在于幻想,但一切文学的想象都是有"原型"可依的,丹纳在《艺术哲学》里提出影响艺术生成与发展的三要素分别为"种族、时代、环境",作为幻想类文学,科幻小说在受此规约的前提下,又天然地具备了"越界"的可能,通过技术想象,空间可以折叠,时间可以穿越,在情节主题和人物动机皆可获知的前提下,科幻小说仍然可以实现"可能的不可能",以科学的假设赋予想象以合理的逻辑性。《我们生活在南京》中2019年的白杨和2040年的半夏,构成了命运的"莫比乌斯环",神奇在于源头的不可知,而无从知晓又注定了神秘的不可解读,因此,天瑞说符所采用的已知性叙事,恰恰是隶属于科幻的"创造性"尝试,作者把对人类终极价值的追问放置于假定性的无限循环的宇宙系统中加以陈述,现在的人类需要依靠未来的启示避免浩劫的来临,未来世界里唯一幸存的人类要改变孤独的处境和被"刀客"追杀的命运也要依赖于

---

① 在起点中文网连载时房间地点为804,实体书为805,门牌号虽有变动,但故事设定中仍是两人超时空位置重叠。

现在的技能输送,两个时空的相互依存性,也就决定了看似偶然的巧合其实具备了合乎实际的必然。

天瑞说符在网络连载的后记里谈到了构思的缘起——新海诚的《你的名字》,但细究之后不难发现,《我们生活在南京》是一个与之截然不同的科幻故事形态,《你的名字》的基底是拯救之后的爱情故事,是"向左走""向右走"的双方命定的遇见,但《我们生活在南京》中人与人的相遇则是为了完成拯救人类赓续文明的使命,二者对于个人与社会的关系定位是不同的;在情节设定上,《你的名字》是双向穿越,男女高中生都在各自时空的17岁互换灵魂,为了达成叙事的合理性,新海诚加入了神社、巫女等传奇设定,但在《我们生活在南京》中现在与未来是不可重叠的,作者是在遵循科学理性的前提下完成了幻想叙事,所以,这并非只是一部单纯的"中国版高中生拯救世界的故事",在科幻的主题下,《我们生活在南京》有着中国古典世情小说的叙事特征,《红楼梦》开头之处的"作者自云""真事隐去",就先回避要说的现实,从前缘谈起,在人物命运判词已定的前提下进行情节的起承转合,《我们生活在南京》借鉴了历史演义的"漫长的开头",把传统科幻故事中末日降临归因于人类自食恶果的叙事模式,修改为人类是在渴慕宇宙未知求索自救的同时,由于探索的一体两面性导致了灾难的发生,终结者刀客因为人类启动前所未有的观测计划而来,人类进行自我拯救的合法性不再需要通过悔罪与赎罪来完成,拯救本身也因此具有悲壮性,是人类穷尽智慧去与宇宙之不可抗力争夺生存权,是人之所以为人的自我价值确认,正如作者在另一个末日叙事中的感慨,"对于宇宙而言,客观公正大概是无所谓的,但对人类来说,客观公正是一种道德,这种道德与星空一样伟大。一个人认清历史只要一瞬间。而历史认清一个人则要一千年"[①]。

---

① 天瑞说符:《死在火星上》,青岛:青岛出版社,2022年版,第354页。

二、孤岛与众生

显然,坍塌、废墟、浩劫、灾难、末世,这些关键词并不能穷尽《我们生活在南京》的科幻叙事空间,在世界将在五年零半个月后毁灭的设定下,小说的叙事核心是人的存在与挣扎,是人对终极价值的事实追寻。刘慈欣曾说《三体》的写作源于"假如宇宙中充满着文明,它最糟糕的是个什么状态",而在《我们生活在南京》中,"最糟糕"的结局已经由宇宙写定,异世界以降维式的方式对地球文明进行摧毁式打击,在这样的极端环境之下,人类如何去对抗必然,如何去正视宿命,构成了这部科幻小说潜隐的叙事目的。

科幻小说的源起普遍被视为玛丽·雪莱的《弗兰肯斯坦》,怪物的产生是源于人类的"创世"实验,这类"反英雄"的叙事开启了科幻小说"认知陌生化"的想象方式,人类在科技探索中成为另一维度的"狂人"。与之相似的是,《我们生活在南京》中黑月之日、"刀客"收割的末日浩劫究其原因也是人类得知天启后的"自毁"之举,天文组领命开拓观测通道以便探知"敌情",于些微处找寻逆转的先机,他们用"甚长基线干涉测量技术,利用多台射电望远镜构成一台口径更大的虚拟望远镜"[①],以地球公转作为望远镜位移的动力,以期走出盲区,获得多时空的认知,人类希望利用现代科学技术补齐文明的短板,看清未知的盲区,找出对手的弱点,但这一举动恰恰将地球文明的丰饶与限度全然暴露给了异时空,人类是用自己的技术召唤出了抢占"果实"的"恶魔",因自我而毁灭自身,如同弗兰肯斯坦运用当时的电疗理念一样,无生命的尸块因为人类的技术获得了重生,而由人类强行催生的新生命体成了造物主的终结者,人工智能、基因技术等等,皆因人类拯救众生的意念而生却也会在一念之间成为死亡的暗语和孤岛的前奏,这几乎颠覆了科幻小说拯救主题的意义,行动是无效且多余的,无限期推迟搁置才是人类起死回生得以延续的契机;那么,在这样的悖论之下,该如何去定义《我们生活在南京》中两个时空的人类存在与牺牲

---

① 天瑞说符:《我们生活在南京》(下册),北京:中信出版集团,2022 年版,第 307 页。

的价值呢?

时至今日,一直有观点认为强调幻想只有合乎科学逻辑的"硬科幻"才是真正意义上的科幻文学,"硬科幻和科学一样,其首要前提就是,我们可以通过有组织的观察和思考来理解宇宙"[1]在"硬科幻"的视域下,科幻本是一场文学领域的假定性伦理实验,是人类审视自我理解他人观察寰宇的另一视角,天然地具备了文学的"世界性"因素。在《我们生活在南京》中,南京这个现实的地名被幻化成了现时与未来的交接点,成为一个具备现代性特征的"虚化空间",未来与现时的两个时空因同一台无线电设备而交接,小说借由科学技术达成了现代性中空间对地点的剥离,2019年真切的"在场",被同一地理位置的2040年变成了"缺场","建构场所的不单是在场发生的东西,场所的'可见形式'掩藏着那些远距关系,而正是这些关系决定着场所的性质"[2]。小说以三个叙事人,开启了这场跨时空之下对"绝对价值"的追问。

作为科幻小说,小说中的第一个显要叙事者就是2040年的半夏,她的存在决定了小说的科幻性质,"全世界只剩下我一个人了"[3],半夏的存在难题在于,一是如何在废墟中求生并保持自己作为人的本质;二是如何证明自己的真实性,孤岛求生是幻想类小说的经典模式。在人类科技归零的情况下,半夏的活动半径及保障方式受到了限制,但她如鲁滨孙般,获取了物资,保障了自己在末日生存的可能性,这层细节的搭建也使得这部幻想小说兼具细密写实派的特征;人类的生存还有精神的需求,鲁滨孙尚有"星期五"可以命名,孤岛中的半夏没有这般归化异类的条件,她需要找到同类,电波使得她突破了被肉体限制的物理空间,但她又必须脱离无线电约束的"BG4MSR"代码身份,完成生而为人的认定。小说里写道当时空交流能以图像形式进行时,2019年的众人首先看到的是半夏用石头、砖块、混凝土搭成的"Hi",这是幸存的人类借助文明的遗迹用文字标识了自己的存在。与半夏直接建立联系的"BG4MXH"白杨是小说

---

[1] [英]罗杰·拉克赫斯特《科幻界漫游指南》,由美译,北京:新星出版社,2022年版,第171页。
[2] [英]安东尼·吉登斯:《现代性的后果》,田禾译,南京:译林出版社,2000年版,第16页。
[3] 天瑞说符:《我们生活在南京》(上册),北京:中信出版集团,2022年版,第70页。

的第二个线索人物,作为被选定的知情者,小说很详尽地写出了这个人物的心理层次,白杨被圈定在了意义的孤岛,他面对的是身为历史"中间物"所恒定的"铁屋子"的困境,《银河系漫游指南》中的人类幸存者被告知地球其实只是老鼠的实验,高三的白杨也如此这般真切地感受到宇宙的荒谬。两个时空的年轻人互为回音,达成了对"人类的伟岸与卑微、强大与悲苦之矛盾"的认知①。

《我们生活在南京》中的科幻书写并不止于现在与未来两个时空的信号交流,小说在"楔子"中就植入了"我"——作者本人,为这个幻想故事进行采访实录,这个讲述者的出现丰富了科幻小说的表达形式,复杂的公式、自证的科学原理、容易造成阅读障碍的专有名词,都可以作为采访附录予以补充说明,不用一再介入影响和打乱故事节奏,同时采访者的片段叙事又在客观上间隔了虚构与现实,这个亦真亦幻的叙事人,他的出现就暗示了人类必胜的结局,同时又以记录者的身份强调了小说叙事的真实性。作者在获"百花文学奖"时曾表明文学"是一种自我表达的手段,也是一种理解世界的途径",那么,小说中他或许就是众生的代言吧,他把那些为人类存亡而上下求索的"姓名、声誉、辉煌功绩留在集体的记忆中"②。

三、幻想与启示

在科学幻想的世界里,"科幻元素介入内容、形式、思想、叙事等小说的各个方面,既能叙述现实主义所能叙述之事,也能重构传统现实主义所依赖的既有社会秩序乃至整个世界"③。人类对现代科学技术推进及运用的合理性想象,既是对未来生活的展望,更是对现实的反映与思考。"神说要有光,于是便有了光",科幻的书写本身就具备"创世"的能量,而对于"硬科幻"而言,追求与彰显科学细节,是它区别于世俗传奇的标志,小说中的"奇观不是点缀性的,

---

① [美]段义孚:《浪漫地理学》,陆小璇译,南京:译林出版社,2021年版,第3页。
② [法]韦尔南:《神话与政治之间》,余中先译,北京:生活·读书·新知三联书店,2005年版,第512页。
③ 陈舒劼:《隐身人:科幻小说人物塑造的隐喻、想象与挑战》,《文艺研究》2023年第11期。

而是情节本身的逻辑依据"①,《我们生活在南京》中令人印象深刻的就是对"时光慢递"原理的解析与流程的展示,宛若一场大型的现场实验,徐徐在读者面前展开,这种借由假设来启发思辨的想象实验,在众多领域多有展示,如针对富勒提出的法律虚构案,前后十四份假想的法官陈词传达了以下哲学思考:"'绝对正义'是人生永远不可能直接经验得到的,正义也因而是神圣的。"②。而《我们生活在南京》中的"时光慢递"就可视为人类对宇宙时空不可逆法则的一次虚拟挑战,"时光慢递"作为拯救的方式,是逆转末日的重要介质,在这一过程中,人类的信念这一形而上的主题,被描述成了"一种关乎宇宙、可测量的经验事实"③。

半夏的现在是白杨的结局,这本是不可辩驳的因果,可偏偏人类要"倒果为因",以"知其不可而为之"的无畏精神去"修订"自然法则,2019年的人类要以"耗散与失真"的随机性和不确定性去确保信息传递的有效性和目的性,在这部幻想小说中,严格遵循三定律的时光传送成功了,2019年的人类帮助2040年地球上唯一的人类除掉了2024年毁灭人类社会后遗留下的唯一一个"刀客",但是,这场倾其人类科技与智慧的抵抗,固然杀死了威胁者,但也因此唤醒了"母机",更多的收割者在未来的世界登陆。看似死局的博弈困境,却被人的自主选择打破了,小说最后两个年轻人有这样一段对话:"如果这世上只剩下你一个人,那你不去做就没人做了","你没有这个责任","可是我想救你们"④,半夏选择走出安全区,去抢救和传送存储数据,她才是2019年真正的拯救者。科幻,归根到底是人类对不可测的想象,而在宇宙的不确定中,最大的不稳定性就在于人的选择,半夏是过去观测未来的唯一视角,她的消失也将原本确定的未来变成了"薛定谔的状态",历史又在重新书写。"故事是在想象的

---

① 宋明炜:《弹星者与面壁者——刘慈欣的科幻世界》,《中国科幻新浪潮:历史·科学·文本》,上海:上海文艺出版社,2020年版,第28页。
② 赵明:《思想的能力和司法技艺》,《洞穴奇案》,北京:九州出版社,2020年版,第13页。
③ [英]罗杰·拉克赫斯特:《科幻界漫游指南》,由美译,北京:新星出版社,2022年版,第291页。
④ 天瑞说符:《我们生活在南京》(下册),北京:中信出版集团,2022年版,第366页。

世界中发生的,有明显的虚构性……但这类文学仍然是'现实主义'的,是因为这类作品以变形的方式隐喻了现实的秩序,表现了人性的真实,彰显了人类的梦想与力量。"[1]人生有涯,宇宙无涯,但在这幻想的时空转换中,人力虽有限,却依然有改写历史的可能性,其原因就在于人类灵魂的高尚伟大,由此也就启示出人类牺牲的意义和生而为人的尊严与价值。

对于《我们生活在南京》一书而言,在科幻之外,它还是电子文本实体化的标志文本,经由网络载体的传播,这部小说的阅读数据在视觉呈现上已成为一个新兴文化现象的代表。"网络本身就是一个非历史化的幻想空间""传统的中国文学一直是入世的,网络中幻想风格的文学的大量出现,可以说正在弥补这一缺陷。"[2]文本新的生成与接受形态,赋予了幻想表达的自由度,这样一个有关存在与毁灭的沉重主题,却是在一个"轻盈"的姿态下进行讲述的,在以互联网为创作及传播载体中,文学需求和生态发生了何种位移?需正视的是,网络连载作品的完成度和日更量是其能否"登榜"的重要尺度,在不断提示更新的庞大的文字体量任务前,创作者需要人物在人设固定目标确定的前提下服膺于故事发展,《我们生活在南京》中没有负面人物,也没有常见的社会阻力与反派,身在未来的半夏在世界即将倾塌的时候,仍然给出了肯定的回答:"我们还会再见的",人类是在齐心协力的状态下通过了这场宇宙的不确定性实验,成为时空中恒定的"常数",再配合小说幽默的语言,为读者呈现出的是一个充满希望的现实与未来,这是网络与科幻联手的一次浪漫主义的尝试,是作者借由虚幻的空间幻想的故事来回答"作为人意味着什么"的哲学命题,达成了对日常生活的超越。

刘慈欣的《三体》在最初被作者命名为《地球往事》,我想,《我们生活在南京》也是另一段"地球往事",或许,这存于科幻维度的"昨日的世界",是人类文明进程的一种书写形式,也是独属于人类回忆的似水年华。

---

[1] 周志雄:《网络文学的现实主义形态》,《中国图书评论》2019 年第 7 期。
[2] 严锋:《走向网络的文学》,《跨媒体的诗学》,上海:复旦大学出版社,2013 年版,第 74—75 页。

名家访谈

网络新武侠中的文化传承
——藤萍访谈录

王 颖 藤 萍

对话人：

王颖，北京大学文学硕士，中国作家协会网络文学中心副研究员

藤萍，著名网络文学作家

对话时间：2023年9月

对话地点：北京

藤萍在网文圈里，是一位不得不说的人物，她身上有许多身份和标签。其一，"侠情天后"。2000年她以《锁檀经》出道，此后相继出版大量作品，收获大批读者，奠定了在武侠言情网络小说领域的地位，被称为"侠情天后"，是当时的女频顶流。其二，2018年4月第十二届中国作家富豪榜之"网络作家榜"公布，藤萍以年收入2500万成为榜单前十的唯一一名女性作家。其三，2018年5月在第三届"橙瓜网络文学奖"评选中，位列百强大神。其四，2022年入榜第四届"茅盾新人奖·网络文学奖"。

一、网络文学的时代

王颖：作为和中国的互联网同时成长起来的一代人，可否请您谈谈是如何与网络结缘的？不知您有没有熬夜去过网吧的经历？都喜欢去网上哪些地方冲浪？记得您在温瑞安本人也会去的"小楼"论坛活跃过，还会去"榕树下"等文学网站或BBS，在里面潜过水吗？对初创时期的互联网有着怎样的印象？

藤萍：我刚上大学的时候，宿舍里是没有电脑的，后来就在学校的电脑店租了一台电脑，再后来到大三搬回广州校区，我就买了一台电脑。过程和00级的大部分大学生应该都差不多吧，一点也不稀奇。我从来不去网吧，好像到现在为止也没去过网吧。当年上网基本上都在"神侯府·小楼"，那是我们自己的论坛，就天天刷论坛，"榕树下"和"清韵"只是经常过去看看，我不记得有没有发过帖子了，可能没有。最初的互联网内容并不多，大部分是大学生在一起写一点华丽的文字互相批评和学习，当年的作品结构都比较松散，注重文笔，大概因为是从高考散文作文那里发展过来的。

王颖：当时有喜欢的网络作家、作品吗？

藤萍：当时喜欢小椴，现在也依然喜欢啊。

王颖：有些作家谈起创作缘起或动机，都说自己原本只是一个网文读者，但读着读着觉得不过瘾了，要么是因为作者的更新太慢，或者断更了留下了坑，就想自己来填坑，要么像《三体 X》一样想给喜欢的小说续写，给故事别的走向和结局，要么是觉得有些作品烂尾或未能达到预期，就想自己上手。您的情况是怎样的呢？

藤萍：当时……就没什么网文，我们自己就又是读者又是作者，大部分都是互相读互相写。那时候太早了，还没有网络文学的概念。大家找到自己感兴趣的圈子，就自己写，互相看，然后互相批评，再互相进步。当时贴一篇文出来下面挂一串逐字逐句的点评非常正常的，没有人点评的话，作者会觉得自己好失败没有受到重视，当时的写作环境非常好。

王颖：是什么促使您开始写作的？记得当时您在同学的建议下，把《锁檀经》文稿寄给《花雨》杂志社，被推荐参加他们举办的第一届"花与梦"全国浪漫小说征文大赛，获得第一名。这是您的处女作吗？此前您就已经有写作训练了，还是从新手小白开始的？您的创作是从大学还是更早的中学时代就开始了？

藤萍：我从五年级就开始写了，没发表过的作品不知道有多少。这不叫写作训练，这就是不务正业不好好读书自己私下玩儿，是一种游戏，和现在的小朋友不爱做作业爱偷偷打游戏没什么区别。

王颖：其实我们对网络文学的概念一直众说纷纭。如果从狭义的角度说，您在《吉祥纹莲花楼》之前走的是出版写作的道路，但当时您在网上已享有盛名，您的作品在网上也可以找到，因此从广义的角度我们会称您为网络作家。自《吉祥纹莲花楼》您正式开始网络连载，之后一直与火星小说合作，您认为网络是否影响了您的写作？

藤萍：我虽然不是一个标准的网络作家，但是的确是网络给了我创作的平台，我在"神侯府·小楼"结识了很多志同道合、惊才绝艳的网友，在彼此的影响和鼓励下，才逐渐形成了自己的风格，建立了审美和取舍的标准。网文写作影响了我整个写作的状态，没有网文最初的时代，没有"神侯府·小楼"论坛的许多朋友，就没有我。

二、小说的类型

王颖：请问青少年时代受到的文学启蒙是什么？平时喜欢阅读哪些类型的作品？喜欢的作家有哪些？除了温瑞安先生、金庸先生、古龙先生，还有别的传统文学的作家吗？从哪些作品汲取了写作养分，从哪些地方获取了创作灵感？

藤萍：青少年时代受到的文学启蒙……难道是《射雕英雄传》和《神雕侠侣》？我从二年级开始看的第一本书就是《射雕英雄传》，那时候太小没怎么看懂，就又同时看了《神雕侠侣》，看懂了《神雕侠侣》再回头去看《射雕英雄传》，就看懂了。平时喜欢阅读哪些类型的作品？我从小到大，喜欢任何类型的作品，除了武侠小说和言情小说之外……除了整个小说类之外，我还喜欢一切看起来稀奇古怪的杂书，比如说《我是怎样造飞机的》《完全肉食指南》《孟德尔妖基因简史》之类的，什么奇怪看什么，各种字典也可以。喜欢的传统作家也很多啊，我也喜欢鲁迅先生，不是从课本里学的，是真心实意地喜欢，他很可爱。还有刘震云老师写的《我不是潘金莲》，我觉得写得很好。至于从哪些作品里汲取了写作养分,我不是很清楚"写作养分"的概念,可能就是看得越多,感受到的境界越宽广,就越觉得可以尝试的方向太多了吧!至于"创作灵感",对我来说,一般就是看到了更加稀奇的东西,或者是心情不好的时候,特别有灵感。

王颖:从那时至今,能大致谈谈您对文学的认识和理解吗?

藤萍:我不敢谈"文学",我觉得"文学"是一个历史性的词,可能要过好几十年后,回过头来看,才知道那段时间的文学是在关注什么。我只能谈文字,文字是一种工具,但它又是一种真诚的态度,对我来说,文字应该是真诚的、私人的,是自己与彼岸对话的渠道。

王颖:这么多年来,您的阅读趣味和审美取向有没有发生过变化?

藤萍:没有呀,我的阅读趣味覆盖的范围太广了,几十年也没什么变化。至于审美取向,我小时候可能只喜欢一两类特定的主角,现在我什么主角都能喜欢,只要文章写得好,什么都可以。

王颖:您说过从小喜欢武侠小说。从小学二年级就开始读《射雕英雄传》,能谈谈最喜欢金庸先生的哪部作品吗?

藤萍:我最喜欢《鹿鼎记》。

王颖:您和温瑞安先生的交往也颇有些江湖意趣,温瑞安在您的《香初上舞》序中曾这样评价:"其中最值得交的一位赏心悦目的同道,最任侠述情的女子,就是藤萍……她对写作各类相关题材、形式与技巧用心之深,以及消化糅合圆融之妙。她对文字真是情到深处,她对写作才是大爱无言。才情对她而言是挥洒即就的,反而并不出奇,但难得的是她那一种别人似摹不采的侠意奇情。"您如何回应他的评价?

藤萍:汗颜,这是老温在吹牛,老温才华横溢,吹牛也吹得文采斐然。

王颖:武侠基本是被男作家统治的领域,从平江不肖生的《江湖奇侠传》、赵焕亭的《奇侠精忠传》,到还珠楼主的《蜀山剑侠传》、宫白羽的《十二金钱镖》、王度庐的《卧虎藏龙》,再到金古梁温的时代,但您的武侠言情在以男作家为主流的写作中独树一帜,被称为"侠情天后"。在网络江湖群雄逐鹿的时代,您怎么看待这一称谓?

藤萍:这……其实……写得比我好,比我武侠的网络女作者多得去了,只是她们可能没有出版的机会,又或者她们没有找到抱团的圈子,所以不为人所知。如果武侠是以以上这些作品为基准的话,那我的水平真是差得太远了,毕竟在这种刀光剑影的环境中,我既不够大气,也不够豪迈,更不够血性和壮烈。但我觉得,以上这些作品,描写的主角的情感、道德、成长……它们都有一些不符合我的审美的地方,作为一个当代女性,我觉得我的三观或者我的审美和以上这些有出入,所以我就会做出尝试,试图写一个属于我的武侠故事。

王颖:您如何看待金古梁温的新派武侠小说?如何汲取前人的写作经验运用到自己的写作中?

藤萍:我觉得新派武侠小说……可以算是国粹之一,它不但弘扬中华化,还弘扬"侠之大者,为国为民",金古梁温所共同塑造的江湖武林,已经融入中华文化中,永远不可分离了。至于如何汲取前人的写作经验,对我来说,写作经验只能自己练习和累积,每个人的观感和着眼点不同,写法都不太一样。可能你只能做到尝试去理解前人为什么这样写。

王颖:在我心中,您是我们这个时代武侠的白月光,您心中武侠的白月光是……?

藤萍:我心里武侠的白月光依然是金庸、老温和小椴。

王颖:您觉得我们这个时代的武侠和他们那个时代的相比,哪些地方变了?

藤萍:思想变得更开放,人物之间的关系更平等,而"江湖武林"更宽广了。

王颖:网络时代的武侠,有哪些自己的不同或特色吗?

藤萍:网络时代的武侠太有特色了,它兼容各种不同的类型,游戏武侠、修真武侠、现代武侠、玄学武侠、言情武侠……什么都可以,什么都有。也许很多人要说这不纯粹,这些不算武侠,但时代和思维在突飞猛进,谁说武侠一定要是一百年前或者五十年前的样子呢?武侠,最主要的是"武"和"侠",凡是能展现出这种特质的文章,我觉得都可以。

王颖：您的小说也涉及许多不同的类型，武侠、言情、悬疑、推理，还有幻想。例如《中华异想集》是一个典型的山海经世界观架构下的奇幻世界，如一场华丽烟火的百鬼夜行；例如《未亡日》是一个充满脑洞的末世科幻题材。似乎您喜欢颠覆自己，突破自己，每一次动笔都有着里程碑式的意义，这是否因为您的兴趣爱好广泛？对生活和探索世界充满热情？在您的心底最深处有最喜欢的类型吗？

藤萍：是啊，我的兴趣爱好太多了，什么我都爱好一点。小时候的梦想是当博物学家，然而学识不够，只能想想。我对一切冷门的东西都非常好奇，只是因为好玩。在我心底最喜欢的类型还真的是武侠，浊世翩翩佳公子，永远是少女的梦啊。

王颖：您认为纯文学、传统文学、通俗文学、网络文学之间的关系是……？如何看待这些区分？

藤萍：我认为这些都是文学，对我来说没任何区别。不同之处只是它们写的内容和情感不一样，难道网络文学作家就一定写不来纯文学？纯文学作家就一定写不来通俗文学吗？文字是互通的，一篇文章好不好，不在于它是什么文学，在于它表达的情感是否真诚，是否引起共鸣，文笔是否真诚自然，有没有矫揉造作等等，而不是它是什么文学。

三、一个人的写作

王颖：从创作状况看，您十分高产，从 2001 年的《锁琴卷》（情锁之人篇），到 2017 年的《未亡日》，已累积了几十本著作，网文的体量比传统文学大很多，坚持写网文，是需要付出非常多的心力的一件事，您又有本职工作，您认为写作与平时的生活和工作相关联，还是独立分开的呢？能否介绍一下是怎么平衡他们之间的关系的？警察的工作对您的创作有影响吗？您爱推理和工作有关系吗？

藤萍：基本是独立分开的，我一般要找一个比较长的能独处的时间段才能认真码字,不然像我这样长年累月没时间的作者,经常找不到状态。我肯定是先照顾家庭和孩子,其次安排好工作,最后才码字的。警察的工作一开始对我的创作是没有影响的,我喜欢推理和本职工作没太大关系,毕竟在派出所的时候我是户籍警,我不会办案。但是现在是有影响的,我做了快二十年的民警,所有时间都在基层,看见了太多人世间的细节,就会写得比年少的时候更现实一点。

王颖:距离您的第一部作品《锁檀经》已此去经年,现在回过头看,您会如何评价这部作品?它在您的创作经历中,有怎样的意义和地位?或者在您心中,哪部作品有着特殊的意义或地位?

藤萍:诚恳地说,《锁檀经》对我来说没有太大的意义,我五年级开始乱写,像《锁檀经》这样的故事和人物,我反复写过很多个,就是可能年纪小,都非常幼稚和荒唐。包括《吉祥纹莲花楼》里面藤妈恨得要死的肖紫衿,这个名字也是我小时候各种乱七八糟的主角常用的名字之一。在我心里,我写过这么多故事和人物,肯定是《吉祥纹莲花楼》对我来说有特殊的意义和地位,大部分的作品完结,我就不再回忆和思考了,但这一部即使过了这么多年,我还记得我大概写了什么,以及为什么这样写。

王颖:网友认为您笔下的侠义人物"连缺陷都唯美绝伦",您怎么看这句话?您最喜欢自己笔下的哪个人物?可否谈谈对她(他)的塑造。

藤萍:这是……非常大众的少女审美,就十全十美不够美,一定要整点缺陷才会美啊。我最喜欢的就是李莲花了,对他的塑造就是从何太哀那来的,那前世今生得非常明显,差不多就是同一个人。

王颖:网络文学的半壁江山是飞翔的文学,您是如何保持旺盛的想象力的?

藤萍:我也不知道,可能是杂书看得太多了。

王颖:现在还会读其他作家的网文吗?有比较关注的作者吗?

藤萍:那当然了,我喜欢的作者太多了,比如蝴蝶蓝和P大。

王颖:您在写作中喜欢与读者互动吗?会根据读者的实时反应,调整写作的故事走向等细节吗？

藤萍：我写作中一般不看读者的反应。写作对我来说是一件私人的事，是一个游戏。

王颖：这些年网络环境的变化对您的写作有没有影响，会因此调整自己的写作还是坚持自我？

藤萍：网络环境的变化的确是有影响我的，我也迷茫过，试图学习当一个标准的网络作家，但事实证明我不适合干这个。我只适合把写作当成一个快乐的游戏。

王颖：除了小说创作，您平时还会创作别的体裁的作品吗？

藤萍：打油诗吗？一般我也不写打油诗，我只写小说。

王颖：回顾创作，您认为这么多年来有怎样的变化？

藤萍：就……人总会迷失，会迷茫，但只要还是喜欢写的，总还是能在追求快乐和理想的路上继续努力。

四、江湖之上，莲花楼

王颖：能否谈谈当初《吉祥纹莲花楼》的创作动机和灵感来源？它在您的创作中是否属于分水岭？

藤萍：这本书创作的动机是因为我觉得《九功舞》除了华丽的词语和人设，在故事和情节上一无是处……我想尝试写一个完全不同的东西。一开始我写了何太哀，后来因为他是个瞎子，瞎子探案探一两个故事还行，如果是几十个故事让他个个用手来摸线索，那不是在不停地自我重复？于是我放弃了何太哀，写了李莲花。

《吉祥纹莲花楼》在《九功舞》和《中华异想集》之后，的确是我创作的分水岭。它更像我的网文，在这之前，我的言情和我的网文其实风格完全不同。

王颖：《吉祥纹莲花楼》写武侠，也写探案推理。您喜欢本格推理还是社会派推理或其他？有喜欢哪些推理作家和作品吗？

藤萍：我……喜欢一切推理……我不但喜欢福尔摩斯，还喜欢阿加莎，也喜欢霍桑，也喜欢柯南和金田一。

王颖：我很喜欢李莲花这个人物。饱经风霜又满怀赤子之心。一念心清净，莲花处处开，于是从李相夷到李莲花就有了佛学或哲学的意味。他的人生是特别的，江湖风波恶，楼里莲花清。一般的网文喜欢讲草根逆袭，猫腻的玄幻写得很好，但也没有脱开草根逆袭成天下第一。您却反其道而行之，一开篇就是天下第一的武林盟主跌落神坛，成为江湖游医，又有几分特意被塑造成方多病嘴里的江湖骗子形象，最后再拨乱反正。李莲花的退隐之路，就像朴树唱的《平凡之路》一样，充满人生的况味。您在创作这个故事时融入了哪些思考呢？或者请谈谈创作李莲花这一灵魂人物时的想法。

藤萍：我写的时候，完全没有想过这是什么逆行人生或者佛学还是哲学或是玄学，我只是直觉。我仅仅是因为本身喜欢这样的人物，因为看过了那么多武侠，里面全是升级打怪的少年，要不然就是复仇冷血的少侠，要不然就是悍匪巨盗，要不然就是风流浪子，我只是想看一点别的，纯粹就是怀着一种"我们可不可以不这样"的心情，写一个自己喜欢的人物而已。而李莲花为什么是这样的，他身上大家各自理解和找到的哲学，其实不一定是来自我，而是来自人物本身。一个人物，当角色背景和性格确定完了以后，他就是活的，他对我来说是真实存在的，他为什么会这样会那样做选择，是因为他是这样的人，而不是因为作者是这样的人。我做的是我尽力去理解和描绘他，就像文章本天成，妙手偶得之，有些有趣和美丽的灵魂可能他本来就在那里，只是有一天我偶遇了他，然后努力让他在我的故事里闪了闪光。

王颖：《吉祥纹莲花楼》写到形形色色的人物，写到现实和世道人心，触及了人与时代的改变，感情的真挚与背叛，道德的反思与辩证等等。我感动的是您一直写得很克制，这是网文里相对稀缺的属性。我们的创作终是想通过小说表达自己的观点，世界观、人生观、价值观、历史观等等。您曾提到觉得尚未写出金庸先生那种厚重扎实的武林，我认为轻盈恰恰是这个时代的特性。能谈谈您对这个时代的看法吗？

藤萍：这是个很浮躁和焦虑的时代，很轻微的一点沟通不顺，就会引发巨大的误解和情感创伤。但我写故事的时候，并没有想过要表达什么"世道和人心"这样宏伟的主题，我只是想要写这么一个人，希望真的有这么一个人，他能波澜不惊，能耐心地听你讲完你想讲的话，也能理解你没讲完的话，能真心实意地不嘲笑你和不嫌弃你，如果大家真的有这样一个朋友，那是很好的事。

王颖：小说最后李莲花弃了少师剑和莲花楼，令人感慨世间再无莲花楼，一蓑烟雨任平生。可偏偏是您塑造的莲花楼，一座随时可以拉着走的房子，给了很多读者精神的皈依，就像毛姆说的阅读是我们随身携带的精神避难所。莲花楼和李莲花互为映照，李莲花以残破之躯，重塑肉身，回归人间，自在心性，莲花楼可以看作李莲花精神内核的外化象征。您在营造莲花楼时是否想到了东方美学和古典意趣？让我们得以窥见莲花舒展的生命真谛。

藤萍：我只是单纯地为了"吉祥纹莲花"那个图案刻在木头上很美，中华文化美的细节非常多，道具老师做出来的莲花楼也很温馨，住在里面是很幸福的。

五、从小说到影视

王颖：您谈到影视改编的要领时说，要找到原小说最打动人心的东西，并理解它，不要放弃它。您认为电视剧呈现的主旨和您在写小说时的主旨是否相同，或者不同在哪里？大致保留了您的精神内涵吗？

藤萍：这是个好危险的问题……电视剧呈现的主旨和我写的略有不同。电视剧在说，论情怅满身的李相夷如何放下；而我在说，论惊才绝艳的李相夷如何接受。这两个问题是略有不同的，但并不是对立的。我看到有一个网友评论说，这两个李相夷最终都变成了李莲花。这也是我大体上的感受，他们似是而非，但他们仿佛一对半身。书中的李莲花可能更坦然一点，剧中的李莲花可能更遗憾一些，但他们都从容地接受了发生在生命中的每一件事，并最终不以为意。很多人都在遗憾李莲花没有恢复武功，但武功和荣耀在人生中仿佛一时的功名利禄,你一会儿得到,一会儿失去,经历过得到和失去,剩下的,就是你独一无二的有趣的灵魂,也就是你为什么成为现在的你。

王颖:您谈到对电视剧总体还是满意的。这些年有的流量剧为了抬咖魔改,而这部剧每个主要人物都立体丰富,个性鲜明。我认为从呈现的效果看,属于有效改编。方多病与原著相比改动最大,在剧中为贴合演员形象,改成初涉江湖天真热血的少侠方小宝,后又有他的成长,他自创多愁公子剑,有点武林传承的味道,李相夷后继有人了。剑眉星目阳光直率的曾舜晞也很好地诠释了这一改动后的角色。还有将师兄单孤刀塑造为明面上的大反派,以增加戏剧冲突,推进情节发展。虽然我采访了一些书粉,他们对此持有异见。您曾说有些情节您也不太理解,能谈谈大概是哪方面吗?

藤萍:这引战的还是不回答了。

王颖:我觉得剧版突出的一点是,女性大放异彩。苏小慵、乔婉娩、角丽谯、两仪仙子等人的个性都得到了丰富。"女宅案"更是典型地表现了女性"独立之精神,自由之思想",您对剧版女性角色的展现、女性群像的刻画是否满意?是否延伸了您的表达?

藤萍:剧版对女性角色的描绘超出了我的书,我的书里没有把这些女孩子拔高到这么优秀的地步,这是剧版非常优秀的地方,我很喜欢。书里大多数女性配角出场的篇幅很少,大多数属于工具人,没有机会体现像剧版那样多姿多彩的精神世界。

王颖:最近《莲花楼》在海内外热播,不仅受到许多网友的追捧和好评,也受到来自央媒的官方肯定,这些对您接下来的创作会不会有影响?

藤萍:可能……不会,我可能就是那种不看评论回家写自己的小说的宅女。

王颖:您还会用微博或其他社交媒体和网友们互动吗?

藤萍:偶尔会吧,其实一般我也不玩微博。

王颖:是否觉得网络也是一个江湖?

藤萍:网络不但是一个江湖,也是一个小世界啊。

六、网文出海与文化传承

王颖：网络文学一开始就是以草根性、互动性兴起的，创作者和读者互相启发，亦师亦友，影响着网文的更新与变化。后来随着起点 VIP 付费模式开启，网文逐渐进入第二阶段，开始塑造大神的运动，进入诸神狂欢。随着网文进入全产业链的第三阶段，IP 转化、网文出海成为新发展点。您对您的作品的 IP 转化有什么设想？在网文出海的大背景下，您有什么想对国外读者说的吗？

藤萍：我对我的作品的转化没有什么设想，毕竟二度集体创作本身就是很难的事，我尊重为此努力的所有人。我觉得我的网文都是坑，可能还不值得出海吧，汗颜。

王颖：现在我们谈传承中华优秀传统文化，赓续历史文脉，谱写当代华章。我想恰恰是通俗文学因为接近读者在这方面大有可为。金庸先生曾经说过，大作家的出现，可以提升一个文学类型的品位。这个世纪武侠小说的出路，或许取决于"新文学家"的介入，取其创作态度的认真与标新立异的主动，以及传统游侠诗文境界的吸取，注重精神与气质，而不只是打斗厮杀。其实小说属于什么类型并不重要，重要的是达到了何种境界。祝愿您能继续创作好作品以飨读者。能否大致谈谈您的写作计划？还会继续书写江湖的故事吗？

藤萍：我计划把坑填完后，写一个新的悬疑故事，然后再写一个武侠故事，目前的进度是给这两个故事都起了个名字，哈哈。

让未知始终停留在那里
——狐尾的笔在北京大学的分享会
狐尾的笔　王玉玊　吉云飞

对话人：

狐尾的笔，男，著名网络文学作家

王玉玊，中国艺术研究院副研究员

吉云飞，中山大学中文系（珠海）助理教授

参与人： 北京大学学生 50 余人

会议时间： 2023 年 6 月 11 日

会议地点： 北京大学

坚持远比天赋更重要

狐尾的笔（以下简称"狐尾"）：各位同学好！虽说让我上台分享，但是说实话，我不知道分享什么，也没什么好分享的。毕竟，我当时开始写小说的初衷，只不过是想在工作的过程中"摸鱼"，想先搞点副业增加收入。相比现在以写作为主业的风光，我更喜欢当初偷偷摸摸写小说的感觉。那时上班偷偷拿手机码字，每码一个字都感觉像赚了老板的钱一样。

写小说是真的难！大家可能知道，我刚开始的时候是写女频的。这当然不是说女频不好，只是我走错赛道了。当时我想入行，但是不知道从哪入，也找不到引路人，结果阴差阳错之下找到了一个女频的编辑，编辑给我的稿子就是女频的稿子，让我照着写，那我就写了。是不是很不可思议？

我不仅写过女频，而且写的是那种特别狗血的玛丽苏霸道总裁文，当时真

的什么都不懂。写多少字呢？一天写八千字。给我多少钱呢？一千字两块钱。现在回想起来，我应该是被骗了，编辑把我骗去当"枪手"，而且写的还是一些"垃圾文"，毕竟一千字只给两块钱，这种小说的剧情大家可以想象得到。我还记得写过一些特别狗血的剧情，比如写一个女杀手，她碰到的每一个男人都会爱上她，并且彼此争风吃醋。你能想象到的任何肉麻剧情，都可以从那个小说中找到。

每天写八千字这种东西，我还要工作，这段时间也陆陆续续写了几十万字。大家可能会问，我为什么要坚持写这种东西？因为当时我是一个什么都不懂的新人，没有入行，也没有渠道去了解一些写小说的资讯，所以我需要别人带我入行，哪怕是写女频也行。我当时还以为每个人写小说都要经过这一步骤，我怕我放弃了就会失去这个机会。当然，写女频的日子并没有维持太久，大概写了几十万字之后，我就回过神来：作为男性，我更应该写的还是男频小说。

要说这段经历教会了我什么，那就是"坚持"。在写作这方面，至少在网络写作这方面，坚持远比天赋更重要，哪怕你开头走错路，错得很离谱——比如像我一样——但是只要你坚持下去，肯定会有收获。即使没有别的收获，至少也收获了面对挫折的抗击打能力。如果成功了，怎样都行；关键是遇到失败后能知道该怎么办。要是没有这段经历，接下来我连继续写三年恐怕也坚持不下去。我基本上是一步一步爬上来的。在写出《诡秘地海》这部勉强合格的作品之前，我还写过其他的，不过成绩都不好，可以说是写一本亏一本。

我当时写过的小说，有《火影忍者》的同人，有《海贼王》的同人，有《魔兽世界》的同人……各种各样的小说都有写过，有些网上还能查到，有些已经查不到了。那么，我擅长写这些小说吗？显然，就跟我不擅长写女频文一样，我同样不擅长写这些。正因为我写的这些东西很烂，所以我这三年写了有两三百万字，一毛钱稿费都没赚到。天天码字腰酸脖子痛，而且还没见到钱。

那为什么要坚持？正常情况下，是不是该放弃了呢？那么，是写了三年之后再放弃，还是应该之前写一年、写两年的时候就放弃，或者刚开始就直接放弃呢？幸好我没有放弃，如果我在任何一个点放弃，都不会有《道诡异仙》。在写作这一方面，坚持远比天赋更重要，至少在网文写作方面是这样的。或者说，坚持本身就是一种天赋，这个天赋比其他天赋重要很多。现在回想起来，其实那三年我写的那些无人问津的作品，除了不赚钱这一最大的缺点外，对我还是有很大的帮助的。写小说的节奏，起承转合的比例分配，码字的速度，情绪的引导和爆发，以及什么是人设，这些都是我从这三年不断的写作过程中陆续学到的。没有这些恶臭的淤泥，也开不出《道诡异仙》这朵荷花来。

　　要说这三年中没有过迷茫是不可能的。三年时间，什么都没赚到，我有时候也会自我怀疑，我是不是不适合写小说？继续写下去，什么时候才是出头之日？我曾经也放弃过，也有过一段自暴自弃的时间，但是最终幸好还是坚持下来了。三年后的夏天，我遇到了一个契机。那是《诡秘之主》[①]刚完结的时候，我是这本书的"死忠粉"，那时也刚好在玩《无光之海》[②]这个游戏，所以我就脑子里灵光一闪，我想：这些"轻克"读者会看，那"重克"有没有人看呢？

　　我不知道。但是既然失败了那么多次，也不在乎再失败一次。所以，没有大纲，没有灵感库，什么都没有，脑子一热就开始写了。结果，这次终于走对了，我适合写"重克"小说，我找到了自己的路。我说的不是《道诡异仙》，而是我的上一部小说《诡秘地海》。回看起来，《诡秘地海》的成绩其实并不理想，首订只有296，这么说可能不太直观，我换一种说法——我第一个月的稿费只有1000元钱出头。现在看来其实是不多的，但是我当时真的特别激动，辛苦这么多年，终于有回头钱了！后来继续写下去，稿费也越来越多，从一千多直到上万。

　　写完《诡秘地海》以后，又写了《道诡异仙》，成绩大家也都看得到，稿费就

[①] 作者爱潜水的乌贼，发表于起点中文网，2018年4月1日开始连载，2020年5月1日完结。小说以第一次工业革命革命时期的西方为背景，融合了克苏鲁、西方魔幻、蒸汽朋克等元素，均订超过十万，引领起"克苏鲁网文"的风潮。

[②] 由 Failbetter Games 于2014年制作发行的角色扮演类游戏，画风阴暗诡谲，是一部克苏鲁元素浓厚的游戏作品。玩家扮演在广袤地下海域航行的维多利亚蒸汽船的船长，随着航行的展开，船员将失去理智、被恐惧操控，船也会在无光之海上遭遇不可名状的存在。

更夸张了。从前我一毛钱都没有,只能干写三年,现在有钱赚了,并且钱赚得越来越多,那我肯定写得越来越起劲。

这就是我写小说的经历,希望能给各位同学带来一些启发。我觉得,人面对失败之后怎么应对,远比成功更重要。在人生中,失败会经历很多次,你要学会如何与它为伴,但是成功只需要一次就够了。就像网上说的一句话:高速踩油门谁都会,但弯道超车才是真的快。

我从前也非常痴迷于看网文,从小学四年级开始看网文,看了有十多年了。过去看,现在我就写。我觉得写网文这一行跟其他行业最大的不同之处,就是它非常纯粹,比其他行业相对干净一点。在这个行业,你只要写小说、写好的小说,其他什么都不用管;哪怕你连签约流程都不会走,只要你写得好,编辑会跑到你家门口来,手把手教你怎么签约。说实话,在写小说之前,我也干过许多不同的职业,和它们比起来,"努力就能获得回报"这种事情真的比较少见。社会上有很多工作,你能不能获得成绩,很大程度上是受到工作成果之外的影响的,比如说人脉、关系、资源运作等等。但是写网文不是这样,至少我通过写了这几年网文之后,我的自我经验是这样感知的:网文的道路就是,写得好你就上,写得差你就下——非常残酷,但是非常公平。

我喜欢网文的这种纯粹,我也觉得同学们肯定也会有喜欢它的。如果在座的各位同学对写网文有想法的话,可以尝试一下,万一成功了呢?因为写网文是没有试错成本的,写作除了花费你一点时间之外,它不需要成本;失败了也没什么,继续往下走就行了,继续下一个故事就好。此外,能够通过想象,通过一个字一个字地码,创造出一个个光怪陆离的世界、一个个生动的人物,以及各种充满奇思妙想的剧情,作为作者也是非常享受的。

写小说是一件非常有成就感的事情。至少,相比我之前那些工作而言,我觉得非常有成就感,我热爱这份工作。

那大家可能觉得疑惑,你虐李火旺也享受吗?其实,虐李火旺也是很享受的,大家可能不理解,可以去尝试一下,你要是写出一本完整的"虐主文"①,你就知道我到底在享受什么了。

克苏鲁小说的内核是对未知的恐惧

王玉王:狐尾老师好,您刚才说到您的小说的特点是"重克",但是其实《道诡异仙》的克苏鲁元素并不是原教旨意义上的克苏鲁元素,而是一个本土化的东西。您觉得克苏鲁元素或者克苏鲁设定的核心是什么?或者说,它的灵魂是什么?如果有这个东西在,不管我们去结合什么,它都依然是有"克味"的,您觉得这个内核是什么?

狐尾:我觉得克苏鲁小说的内核是对未知的恐惧。未知的恐惧,不管是东方西方、现在未来,其实一直都有。东方古代的人们为什么要给那些不了解的东西贴上神鬼的标签?因为打上标签之后他们就不怕了,就不是未知了。知道神仙也是通人性的,鬼也是有地府收的,有了这样一个标签,那就不是未知,就可以把未知的恐惧消解掉。但是,恰恰这种未知的恐惧才是人类最深层次的恐惧。这一点是可以从原教旨主义小说里面提取出来的,他可以跟任何小说进行融合,它可以变成一个元素,而且我个人觉得是一个融入性非常强的元素,它跟其他元素融合,不会消除彼此的底色。

王玉王:您所说的这个"未知",您觉得它指的是不可知——就是我们永远不可能达到的状态,还是它是我们也许可以达到,但是对于现在而言是一个未知的状态?

狐尾:我觉得是不可知。未知的恐惧不好描写,因为很难用文字来描写一个无法描述的东西。相比这个问题的答案,不知道你有没有了解过一个故事。这个故事是说,一个东西放在那里,只能用否定的形式来描述它的状态,它不是圆的,不是方的,不是活的,不是死的,你无法通过自己的想象在脑海中把它

---

① 虐主,即以虐身或虐心的方式使小说主角遭遇各种痛苦折磨,往往采用"欲扬先抑"的叙事结构,通过压抑主角的方式使读者获得阅读快感。虐主文在男频中较为少见,但也有一定受众。

呈现出来，因为它就是未知的。不要把未知当作一个可以探索的东西，把它当成一个苹果，这样来利用其实是更好的。你不能探索未知后面是什么，如果能，那它的未知就不是未知了。就好比之前说的，古代的人为什么要给神鬼世界观贴上标签呢？这是因为他们要给未知祛魅，这样就不再害怕了。

吉云飞：对您来说，"轻克"和"重克"的界线在哪里？

狐尾：我觉得"重克"的底色一定是压抑、绝望，也就是说，未知的恐惧始终是其中最大的无法解决的矛盾，这一点是绝对的。"轻克"的话，可以把这个矛盾给去掉，可以在小说后面不断地祛魅，让未知变成可以贴上标签的，击败未知，把未知变成不同的东西：比如说让它变成神鬼，然后击败神鬼。但是我觉得"重克"就不要撕下这个标签，未知就是未知，让未知始终停留在那里，充当着整个故事的底色。

吉云飞：那您还有其他"重克"作品推荐吗？

狐尾：比如说《铁鹤书》和《马恩的日常》。短篇的话也有，《黑太岁》《巴虺的牧场》等等。我其实也很困扰，因为我也在找"重克"作品，可是我找不到；正因为我找不到，所以我才想写出来。

"克系"是小说的底色

同学：《道诡异仙》的番外您大概写得怎么样了？

狐尾：番外还一个字都没动呢。我总得休息休息吧！干了这么多年了，好累啊。从《诡秘地海》到《道诡异仙》，陆陆续续写了快三年了，这两三年每天都在码字，所以我打算休息一个月之后再开始写番外。

同学：有一批老白读者会特别强调网文创作的"黄金三章"理论——网文它火不火，就得看它前三章写得好不好。现在《道诡异仙》已经完结了，商业成绩也特别好，为了达到一个引人入胜的效果，您觉得您在前三章里有哪些别出心裁的设计，或者说您觉得前三章有哪些部分写得特别好？

狐尾：我对前三章中丹阳子这个角色的塑造是很满意的。主角刚出场的时候是在山洞里，他不知道外面就是一个绝望、黑暗的世界，因为刚开始的时候在山洞中接触不到外面的人，没有世界观。那怎么来展现世界观呢？我只能通过丹阳子来展现。他是一个非常迷信的文盲道士，我想在他身上塑造出一种在有神有鬼的世界中也是迷信、愚信的执着的状态。丹阳子的这一特点，我是在和一些老人的接触中获得灵感的。很多七八十岁的老人，他们有着独特的神鬼价值观，在他们的世界观中，神就都是神，鬼就都是鬼，比较简单，他们的这种价值观就是我创作丹阳子的灵感来源。而且，有这样的丹阳子定在这里，就可以衬托出这个世界的怪异和与众不同，也可以给主角立一个前期的反派，给一个前期的强烈冲突和强大的动力。

同学：在《道诡异仙》中，李火旺是个"癫子"，他分不清到底现实是真的还是道诡世界是真的，这是非常吸引我的一点。请问您这样写的灵感是什么？

狐尾：我是写"重克"的，"重克"的话，精神病是在其中占有很大的比例的。我首先想尝试颠覆一下过去的写作手法——主角遇到了任何事情、任何设定，就一定是正确的吗？我就想，能不能通过一种想法来颠覆这种写作手法，比如通过让主角是一个精神病患者的方式，他就会分不清现实跟虚幻，那他遇见的任何设定都有可能是假的。这就是对过去我们那种绩效体系的一种改变吧。至于为什么这么写，就是因为我想这么写，我一想到这个故事我就高兴，热血沸腾，就想要把它写出来。其实有的时候写东西没有那么多想法，我想要写，那我就写。

同学：网上有一种说法，说李火旺是"离异带娃寡妇"，您怎么看？

狐尾：我怎么看？我拿手机看呗！作者写一本小说，就像是厨子做出来一盘菜，这盘菜大家怎么吃，其实我这个厨子是不应该指点的；大家该怎么吃就怎么吃，不用靠着我，倒立着吃也行，就是这样。

同学：《道诡异仙》里面的主角李火旺要经历心灵跟肉体的双重极致痛苦。那请问狐尾老师，您对把控主角的痛苦是有什么样的一个标准？您有没有构想过，让主角在经历一些痛苦的时候让他更痛苦？

狐尾：其实是有的。其实我觉得李火旺的这种痛苦还不够，我有点收着写了,但是毕竟我写的是网络小说,我不能写毒点。写小说,能让读者代入主角、感受到比剜心剖腹更痛苦的事情有很多,但是那些不能写,比如说"戴绿帽"什么的。首先我觉得这种没意思,其次这种过于简单了。你如果随便戴个绿帽子都能虐主角,那岂不是显得我虐主角的水平不高嘛!

同学:虐主会让您有快感吗?

狐尾:我是把小说里面的角色当成案板上的菜来对待。虐主这件事,只可意会不可言传。写虐主文,不能单纯只是为了虐主而虐主,在虐主的同时,必须给读者提供强烈的冲击感或者情绪的爆发力,必须两个一起配合。如果只是平白无故地给李火旺插上一刀,那是没有意义的。

《道诡异仙》是一本克系的小说,克系是它的底色,从头到尾不能抛弃这个底色。既然是克系,那就不可能有大团圆的结局,角色必须要么死,要么疯,这是我的想法。但是我最后也写了一个开放性的结局嘛,也没有太残酷。

同学:狐尾老师,您的小说里出现过一个我很喜欢的人物,是一个跳大神的,他叫申屠刚。我觉得他的出场非常酷炫,对这个人物非常期待,但是他直到结尾都再也没有出现过。您是忘了申屠刚这个人物,还是说有其他安排,想让他在番外中出场?

狐尾:我最初塑造申屠刚这个角色是准备写支线的,想写二神和白灵森她们跳大神的支线。但是后面写主线的时候,发现主线太紧了,如果插入一大段支线的话,小说的情感和读者的代入感会被打断,所以我想了一想,还是决定把这条支线给砍掉。面对主线,任何支线都必须让步,虽然说这样写有点仓促,但是我觉得主线的流畅感是必须保持的。

同学:可以期待他在番外中出场吗?

狐尾:申屠刚是没有在番外出场的,不过我打算在番外写几万字诸葛渊的故事。也是可以顺带地填一下坑。申屠刚的故事毕竟是支线,虽然砍了支线有点遗憾,但是我觉得还是要果断,该抛弃就抛弃。

同学:您塑造出岁岁这个角色的时候,就是打算让她死掉的吗?

狐尾:那倒没有。岁岁……其实也没死嘛,大结局的时候不是蛮好的吗?

岁岁会不会死,取决于我最后能不能把她塑造出来,对吧?我要塑造的是一个完整的角色、完美的角色,大家喜爱的角色,如果塑造得出来,最后杀掉才有价值,才有这种情绪的爆发力。如果这个角色塑造失败了,提供的情绪价值不够,那就不会死了。

同学:狐尾老师您好,我们知道《道诡异仙》的世界观是很黑暗的,我想问一下,您创作诸葛渊这个角色的时候,是一开始就设定他是一个如此美好的人吗?我觉得您一开始可能并不知道他的人气会那么高,想问一下您创作诸葛渊这个角色的心理过程。

狐尾:诸葛渊就是个工具人。他的出现,他的行为,他的一切,都是为了铺垫最后的故事、最后的大结局的。虽然说大结局写得我个人有点不太满意,但是诸葛渊所做的一切都必须是为故事而服务的。至于之后他会有这么高的人气,我确实没有想到。我写这本书的时候,其实是没有顾及读者的想法的,我觉得《道诡异仙》这么黑暗,女读者应该不会很多,但是没想到还有这么多女读者喜欢我的故事,我感到非常高兴。

同学:在《道诡异仙》中有两个和李火旺关系很密切的女性角色——白灵淼和杨娜,和其他配角如诸葛渊等等相比,白灵淼和杨娜似乎并不是特别出彩。您在塑造这两个女性配角的时候是怎么考虑的呢?

狐尾:我想你的潜台词可能是觉得我感情戏写得很烂。我承认这个问题,作为作者我能感觉到,在写配角的时候我能写出一些出彩的地方;但是在感情方面,可能因为我是个直男,写得有点不符合大家的期望。这方面是我的缺点,所以下一本书我会根据这个缺点进行调整,尽可能地规避这方面的问题。

因为我还在学习当中,每写一本书都可以从中学到点什么,上一本《诡秘地海》告诉我小说节奏不能写得太紧,写太紧读者接受不了。《道诡异仙》这本书告诉我,我不擅长写感情戏,下一本要么不要写感情戏,要么把感情戏尽可能压缩一点,又或者我要尽可能地通过取材来改变这个毛病,比如说谈个恋爱什么的,我也正在努力地改正这个缺点。每个作者不可能是十全十美的,只能说遇到问题、改变问题,遇到挫折就跨过去。

令人热血沸腾的故事是小说的锚点

同学：大家都很关心您的精神状态。

狐尾：我精神状态很好，除了写书写得有点累之外，我精神状态真的很好。

同学：狐尾老师我想再确认一下，为了写作《道诡异仙》，您是不是真的去过精神病院，才能把精神病人写得这么好？

狐尾：去精神病院倒没有，我确实一点精神病也没有。但是我跟他们接触过，为了取材，为了也跟一些工作人员探讨过。还有类似白塔精神病院那种专门关押精神病人的监狱，我和它的狱警聊过，从那里获得了非常多的"小道消息"。另外，知乎上有很多精神病人的自述，可以从中尝试收集素材。但是如果我是个精神病的话，是写不出来小说的，文字上下颠倒，没有起承转合，那样的小说就没法看了。

同学：我在读《道诡异仙》的时候，看到静心师太、肉山佛祖等形象都非常有冲击力，想问您是如何积累这些灵感的？

狐尾：我收集素材的渠道，首先是游戏，然后是视频和电影。比如说血肉佛祖，如果大家玩过游戏《战锤40K》[①]的话，肯定就了解到，"色孽"配上"纳垢"的体型，就是"血肉佛祖"的灵感来源。至于佛祖本身，我有去各种不同的地方取材，相互融合，变成了这样一个东西。

同学：您是边写边完善大纲，还是一开始就有一个详细的大纲再开始写作？

狐尾：我写小说的话，首先要确定有故事，小说毕竟还是故事为王，得先有故事。《诡秘地海》的第二个故事——就是第一卷的完结处查尔斯跳海的那一段，这个故事就很有冲击感，至少对我来说，把这一段剧情拿出来，我感觉到热

---

① 由英国游戏公司"游戏工坊"（Games Workshop）制作的系列桌面战棋游戏。该游戏初版规则于1987年发行，2023年已更新至第十版规则。游戏内包括大量形态各异的种族，糅合了浓重科幻魔幻色彩。其中，"混沌恶魔（Chaos Daemons）"是一支重要力量，由色孽、恐虐、纳垢、奸奇四位混沌邪神统领。

血沸腾,我就会认为这是一个好故事。有了故事,我就开始物色人设、物色剧情、物色金手指……也就是说,先有故事,再有大纲,再有小说,是这样一个反推的过程。但是我始终觉得,小说最重要的还是故事,故事是小说的底色。

同学:您是写之前就想好了整本书要发生什么故事、每一卷有哪些故事,还是边写边想呢?

狐尾:如果是说那种非常能让自己热血沸腾的故事,是在写之前就想好了。在我心里,那种故事是锚点,是只能发生在这个世界观下的锚点。如果说一本小说有三到五个这样的故事并置在那里,那整本书的风格就不会飘。有了这些故事,再去想其他的故事,小说就会稳很多,也会紧张很多。

同学:《诡秘地海》的节奏非常快,大约十章就是一个大的剧情,信息量非常大,我可能看十章就需要休息一下;但是您好像在《道诡异仙》中有意识地做了调整。如果说别人的小说是"起承转合",您好像是"起承"然后就"合"了,看的时候就觉得很刺激。您创作的时候是怎么去考虑小说节奏的安排的呢?

狐尾:《诡秘地海》这本作品比较青涩,因为写《诡秘地海》之前我还在写那些"垃圾文",而且写了整整三年,节奏没有改变过来,虽然找到了自己的路,但是还有一定的适应过程。正因为有了《诡秘地海》的铺垫,所以我知道自己在节奏这方面做得不够好,所以我在写《道诡异仙》的时候,就刻意地放慢了剧情节奏,让它不那么紧,不那么赶人,不那么像"压缩饼干"。其实《道诡异仙》的故事是有起承转合的,只是埋得比较深而已,因为如果一个故事的起承转合其中少了一个点,读者是会不满意的。作为作者,在读者评价这方面我很有经验:有些读者可能不了解起承转合的作用,但是他们能感觉到,因为他们是"老白",他们看过的小说非常非常多,如果作者有一点点做得不对劲,他们就会骂,狠狠地骂。

同学:您认为多重元素融合题材在写作的时候该注意什么?

狐尾:要注意不要 OOC[①],不要拿两个有冲突的元素进行融合。比如说"东方"+"西方"这两种元素,强行融合会改变元素的底色。如果说加入一个元素,

---

① OOC,意为"角色性格走形",是英语短语"Out of Character"的首字母缩写。此处引申表示题材、元素、世界观融合失败。

会改变了原有的底色的话，那就不要用了，必须找那些底色类似的或者相辅相成的元素；哪怕不相辅相成，也尽可能稍微偏向一点，不要让它们的底色相互交叉排斥。比如"蒸汽朋克"+"东方"，这两种元素可以融合，但是很难融合，需要的技术非常高，至少我是写不出来的。

同学：您是否会去看读者评论，比如"本章说"里的整活内容，然后依此做一些写作的调整呢？

狐尾：我不会做写作的调整的，但是我通过在评论中看到的一些有意思的点来得知读者的爱好，了解到读者喜欢什么样的故事，我就相对地增加这方面故事的比例。比如说大家都很喜欢坐忘道，但其实这也是一个工具门派，我把坐忘道创作出来，就是觉得李火旺还不够分不清。李火旺是个神经病，他只分不清现实世界和道诡世界还是不够的，这样的故事有点平庸，因此就必须再加一个工具门派——坐忘道。坐忘道的出现让李火旺遇到什么事情都有可能分不清。

同学：您之前提到过，让您感到热血沸腾的故事是小说的锚点，您写小说会准备到什么程度再开始写呢？

狐尾：我觉得至少需要两个锚点来把主角的性格、人设给定住，准备到这样的程度我才会开始写。比如说《道诡异仙》94 章[①]那个锚点，它把主角的性格展现了出来。而且这是一个大锚点，它的作用首先是让读者代入李火旺，知道李火旺是一个什么样的人，这是最重要的。如果有两个锚点能展示出主角的性格和魅力，另外两三个锚点就可以更多地用来塑造世界观，用来塑造配角甚至反派。比如说《诡秘地海》中的教皇，他其实是一个大反派，但是他最后死亡的那一刻就算一个锚点，因为它把整个世界观的这种绝望的氛围定住了。当然，锚点越多越好，但是作为个人是写不出那么多的，而且也不能太多，太多的话每天带给读者的都是爆炸的冲击力，读者会疲劳的。必须起起伏伏、上上下下，这样才是正常的小说节奏。

[①] 《道诡异仙》94 章《迷惘》中，主角李火旺终于下定决心将现实世界的一切当成幻觉，为追捕怪物"腊月十八"而打算杀死一个小女孩时，他的母亲却突然出现，声泪俱下地跪着求他停手"咱们家里真的没钱赔了"；而李火旺则彻底陷入迷惘之中，绝望地呐喊"妈，我是真的分不清啊"，将情绪引爆至高潮。

同学：您的下一部小说筹备得怎么样了？小说的锚点有没有找到呢？大概什么时候可以和大家见面呢？

狐尾：锚点是找到了，因为我动笔之前基本上会找到锚点。而且我写小说有一个习惯，就是要提前一年开始准备素材库，创建一个文件档放在那里。比如说我要写一部赛博朋克题材的作品，那我在生活当中，或者是玩游戏等娱乐活动当中，或者是写作当中，突然脑海中闪过一个灵感、一个火花，我就把它放进去，不断地沉淀。沉淀到差不多一年半左右，我再开始把它们拿出来，创作成小说。这个写作手法，我觉得是《道诡异仙》的成功之法吧，因为《道诡异仙》我当时也是这么创作出来的。具体下一本书什么时候能和大家见面，要看我最后大纲写得怎么样，我现在只有锚点，只有灵感库，没有金手指，连主角叫什么都不知道。所以我要把这些确定好，把大纲写好，如果写得顺利的话，那就早一点跟大家见面，如果写得不顺利，那可能要晚一点，估计在四五个月之后吧。

（整理者：潘舒婷，本文经狐尾的笔审定）

作家论坛

四组关键词道尽网文创作感悟

管平潮[①]

我是管平潮,网文创作入行二十年,就用四组含义相对的关键词来说说对网文创作的最新感悟。

第一组关键词:"新人"与"老兵"

相比其他行业,网文对新人算是友好的,新人并没有特别明显的劣势。网文界少有论资排辈,少有先来后到,只要你写得好,哪怕昨天刚入行,今天想到个厉害创意,明天说不定就写出一本爆款来,以后我在活动场合遇到你,还要对你格外尊敬。

这就是"一书封神"。

在网文圈,一书封神绝对不只是传说,已经发生过好多次了。

相比新人,我显然是老兵,想装嫩都不行,年龄已经不支持了——我是2004年入行的,在日本留学时开始写古典仙侠,到今天快二十年了;用仙侠的话来说就是"奔波一万里,奋笔二十年"。

因为是老兵,我对老兵的心态,就能说得更多。我一直觉得,自己在网文方面的成就,还远远不够,相比新人,不过是入行早、写得多、浪得一点虚名。

所以我这样的老兵,一直都在努力,都在反思,都在想办法提高成绩。长期思考的结果,我觉得我们这样的老兵,可以每天都以新人的姿态和心态来学

[①] 作者简介:管平潮(1977—),男,江苏通州人,本名张凤翔,著名网络作家,浙江省政协委员,浙江省作协副主席,浙江省"五个一批"人才。

习,来码字,来进步,不要有论资排辈的想法,那些只是包袱,具体到码字上,会让我们的技术动作变形。

我确实一直都在学习,每写一本书,都在总结经验,吸取教训,就算一时成绩不好,也经常拿一句话来"PUA"自己:"名不显时心不朽,再挑灯火看文章。"

第二组关键词:"坚守自我"与"拥抱变化"

网络文学的底层逻辑,是以网民为中心的大众文学,这就注定它会变化很快。

网文新的梗、新的创意、新的热点、新的题材,甚至新的传播方式、新的商业模式,一直层出不穷。那咱们是该坚守自我,还是要拥抱变化?

我个人的答案是,无论坚守,还是变化,都是对的。

所谓"有心栽花花不开,无心插柳柳成荫",面对变化,不试试怎么知道自己是不是更适合新赛道?说不定原来只是小透明,换了个赛道,忽然成了所谓的大神。

这是说的拥抱变化。如果选择坚守自我,我觉得也是对的。

网文要高质量发展,追求既要有高原,又要有高峰,甚至还要经典化,我觉得离不开这种坚守。有句诗我挺喜欢,叫"明知十年难换帅,不可一日不拱卒"。如果没有这样日复一日的坚守、拱卒,怎么可能等到从量变到质变的那一天?

咱们只要方向正确,那就坚持下去,不用担心速度,也不用害怕遥远,总有一天,我们终会到达。

其实无论坚守自我,还是拥抱变化,只要咱们都不忘初心,那就都是对的。

不知道其他同行投身网文,当初是怎样的初心。我想了想自己的初心,如果要感性地描述出来,那就是:

"我多么想描绘那些,在碧蓝天空下、青草山坡前,意气风发的少年啊!"

我想,无论大家的初心是什么,有什么区别,有一点总可以肯定,我们最初都是很想表达出心中的故事啊。

既然这样，那就无论坚守还是变化，无论路走多远、多复杂，我们只要别忘记最初这种想要表达的心情，那就永远是对的。

初心，就是支撑我们一路前行的精神家园！

第三组关键词："成功"与"失败"

对于写每一本具体的书，我自己的心态就是：

尽一切努力，做到最好，同时可以接受失败的结果。

只要可以接受失败，我感觉，就能治愈咱们百分之九十九以上的焦虑——这一点，不限于网文。

对网文来说，成功和失败的形式有很多。比如写出来了一本书，你影视改编了吗？还是没能改编？出没出海传播啊？

对于这些，我感觉，无论怎样，都是没关系的。

很多人的书，也许就适合文字阅读，有些故事，就适合给咱们土生土长的中国人看，真的没必要求全责备的；能改编最好，能出海很好，如果不能，也没关系的，只要咱们认认真真地写了书，接下来的事情，就交给平台、交给时间、交给命运吧。

只要咱们自己努力了，可以接受失败，可以原谅自己平庸，可以跟自己达成和解。

第四组关键词："波澜万丈"与"细水长流"

我曾经的从业心态，用矫情一点的话来说，就是：

"男儿当持剑，追千载风流，立万丈功业，才不负生平。"

这样的心态，不能说不好，虽然有点中二，说出来似乎羞耻，但现在，对我来说，尤其是经历了最近特殊的几年，我的心态已经变成，能健康地生活，还在写，多写点，写好点，就非常好。

四组关键词，终于都说完了。看来这四组具有相对含义的关键词，咱们无论选哪组,都挺好,我们都有光明的未来。

显然,我这篇基于四组关键词的感悟,带有明显的疗愈风格。疗愈,是为了更好地前进,希望广大辛苦的网络作家同行能接受我这番心理按摩,以更好的姿态再出发,写出叫好又叫座的网文精品佳作来!

《网络文学研究》征稿启事

　　《网络文学研究》由安徽大学网络文学研究中心主办，每年出版2辑。内设"理论前沿""宏观视野""跨界研究""类型探析""作家评论""作品解读""作家访谈""著作评介""作家讲坛"等板块。一经录用，即付稿酬，所发文章默认同意由中国知网收录，并由"安大网文"微信公号转发。欢迎投稿，投稿邮箱：wangluowenxue123@163.com。

　　来稿系原创首发，以word文档（电子文档）格式投稿，字数一般以8000～15000字为宜。具体格式如下：

　　1. 按照标题、作者、基金项目、作者简介、摘要、关键词、正文（注释）的顺序成文。

　　2. 标题。字数不宜过多，可设副标题。

　　3. 作者。如有多位作者，中间用空格分开。基金项目、作者简介，置于页下注。基金项目：本文系××××项目（项目编号：××××）成果。作者简介：姓名，性别，出生年月，籍贯（×××省×××市人），单位，职称，学位，研究方向。附联系电话，详细通讯地址。

　　4. 摘要和关键词。中文摘要限制在300字以内；关键词3～5个，中间用分号隔开。

　　5. 正文。宋体小4号；一级标题独立成行，加粗并居中；如引用其他文献单独成段的，用楷体5号。

　　6. 注释。采用页下注，序号为带圈阿拉伯数字，宋体小5号，格式如下：

　　①期刊。作者：《论文名》，（××译），《期刊名》××年××卷（期）。

　　②书籍。作者：《书名》，（××译），出版地：××出版社，××年版，第××页。

③文集。作者:《论文名》,见××编:《文集名》,出版地:××出版社,××年版,第××页。

④报纸。作者:《题名》,《报纸名》出版日期、版次。

⑤电子文献。作者:《题名》,××年××月××日,见网址。